AU MESSAGER DE MONTPELLIER

Du même auteur chez TDO éditions

Les enfants perdus de Saint Félix, 2015

Le Pont du Diable, 2015 (format poche)

Les larmes de sang, 2016

Bacchus Requiem, 2017

Sous le masque du Phénix, 2018

Couverture : Photo-montage Marjorie Falguera

Yves Desmazes

Au messager de Montpellier

Poche

Avertissement

Ce roman est une œuvre de fiction nourrie d'éléments et de faits historiques. Il évoque la vie, très librement interprétée et romancée, du parfumeur Jean-Louis Fargeon, fournisseur des Enfants de France et parfumeur attitré de la reine Marie-Antoinette, qui sut porter haut les couleurs de sa ville, Montpellier. Certains personnages ayant existé ont vu leur destin transformé au service de cette fiction suivant les besoins de l'auteur. Toute ressemblance avec la réalité ne saurait être que fortuite et involontaire.

1

De nos jours

Tout en râlant comme il en avait l'habitude, Bernard Roset, les deux mains crispées sur le volant de la 308 de la PJ, slalomait entre les voitures bloquées par un embouteillage, ses collègues Kevin Normand et Patricia Bonnaud à ses côtés. Enfin, il put accéder à la voie réservée au tram et rouler plus rapidement en direction de la place Albert Ier, puis s'engager dans la rue Auguste-Broussonnet. L'institut de botanique, sa destination, était situé au centre de Montpellier, ce qui expliquait la difficulté à s'y rendre facilement en ce tout début de matinée du 15 octobre.

Compte tenu de l'incendie qui y faisait rage, les principales artères y conduisant avaient été fermées à la circulation, ce qui contribuait à rendre le trafic, d'une manière générale difficile, encore plus chaotique.

Une fois sur place, Kevin et Patricia descendirent prestement du véhicule, laissant Bernard aller le garer un peu plus loin. Une épaisse fumée se dégageait du vénérable bâtiment, qui appartenait à l'université de Montpellier-II. Des nombreux camions de pompiers présents sur les lieux jaillissaient comme autant de serpents de caoutchouc de multiples tuyaux qui se tortillaient sous la pression de l'eau leur conférant un semblant de vie.

Bernard les ayant rejoints, les trois enquêteurs de la PJ enfilèrent leurs brassards portant la mention «police» et s'engouffrèrent dans l'édifice par la porte principale. Un gardien de la paix du commissariat filtrait les entrées. Il leur indiqua de prendre sur leur gauche pour pouvoir gagner les étages supérieurs malgré le feu.

Ils suivirent les dizaines de mètres de lances à incendie constituant une sorte de fil d'Ariane et tombèrent enfin sur plusieurs de leurs collègues de la Sûreté départementale. Une odeur âcre de fumée avait envahi l'espace et, bien que toutes les fenêtres aient été ouvertes, l'air était difficilement respirable.

Du fait de l'importance du bâtiment, de nombreux pompiers étaient à l'œuvre. Ils couraient en tous sens, tentant manifestement de maîtriser le sinistre avant qu'il ne se propage davantage. Plusieurs d'entre eux portaient des bouteilles d'oxygène sur le dos et respiraient au moyen du dispositif ARI, appareil respiratoire isolant, ce qui en disait long sur l'atmosphère viciée dans laquelle ils évoluaient.

Cela expliquait le fait que les enquêteurs ne soient pas allés plus loin.

— Salut, lança Kevin Normand au petit groupe, composé d'un officier et de cinq spécialistes de la police scientifique à la tête desquels se trouvait Claire Fonola, à laquelle il adressa un clin d'œil en guise de bonjour. Le parquet a saisi la PJ, vous êtes au parfum ?

Les préliminaires étaient souvent délicats, les équipes de la Sûreté appréciant peu de se faire damer le pion par leurs collègues du SRPJ.

— C'est nous qui avons sollicité le proc, on est débordés actuellement et…

— C'est sympa, les gars, on vous remercie ! ne put s'empêcher de rétorquer la brigadière-chef Patricia Bonnaud, un brin caustique. Vous croyez que…

Le lieutenant Normand mit discrètement sa main sur le bras de son adjointe pour la faire taire. Le parquet avait tranché, ce n'était pas la peine de se lancer dans ce type de discussions.

— Comment se présente l'affaire ? demanda-t-il.

— Les pompiers ont été appelés vers 8 h 10, à l'ouverture des portes de l'institut de botanique par le personnel de l'université. Rapidement arrivés sur le site, malgré l'épaisse fumée présente à tous les étages, ils ont découvert un corps, légèrement brûlé, dont leur médecin n'a pu que constater le décès. Ils ont alors paré au plus pressé et se sont consacrés à maîtriser le sinistre.

— Il est mort des suites de brûlures liées à l'incendie ? s'enquit le brigadier Roset, une lueur d'espoir dans la voix.

Il se disait que, dans le cas d'un incendie sans caractère criminel ayant entraîné un décès accidentel, l'affaire resterait du ressort de ses collègues de la Sûreté.

— Hum… D'abord, je ne crois pas que l'on puisse parler d'un simple incendie, répliqua l'officier de la Sûreté. Ensuite, le gars a pris une balle dans le buffet et une autre dans la tête d'après les déclarations du médecin des SP. Sinon, on ne vous aurait pas fait venir. Je suis allé voir le corps en vitesse vu la chaleur qu'il fait. Je n'ai pas encore procédé aux constatations. Maintenant que vous êtes là…

Normand acquiesça d'un simple signe de tête. Il ferait le nécessaire dès que possible.

Le temps filait, il fallait agir.

— Bon, qu'est-ce qu'on fait ? On attend quoi, le déluge ? s'impatienta le chef de groupe de la brigade criminelle du SRPJ en se tournant vers Claire Fonola.

— Tu ne crois pas si bien dire. Que veux-tu qu'on fasse tant que les rouges sont là ?! se désespéra à son tour la lieutenante. Quant à ce qu'on va pouvoir trouver après leur passage, ne te fais pas trop d'illusions ! Ils ont balancé des mètres cubes d'eau sur la scène de crime, alors quand tu parles de déluge…

— À moins d'un miracle ! murmura Bernard à voix basse, sur un ton légèrement goguenard.

Sa remarque suscita quelques rires sous cape. La qualité de diacre de Kevin lui valait de temps à autre ce genre de plaisanteries faciles, qui sans être vraiment méchantes lui couraient sur le système. Il ne releva pas, s'amusant à part lui de voir Patricia donner un coup de coude dans les côtes de son coéquipier, tout en lui lançant un regard furibond.

— Tu n'as pas d'autres infos ? interrogea Kevin en s'adressant à l'officier de la Sûreté départementale.

Ce dernier compulsa ses notes et déclara :

— Lors de l'ouverture au public, c'est-à-dire aux salariés ainsi qu'aux différents intervenants de l'institut de botanique et aux étudiants, la responsable du département a senti comme une odeur de brûlé. Elle a grimpé dans les étages et a constaté qu'une épaisse fumée se répandait par la porte à code interdisant normalement l'accès aux diverses galeries de l'herbier. Elle l'a poussée…

— Elle était ouverte ? le coupa Kevin.

— Fracturée, tu verras mieux tout à l'heure…, rétorqua le policier de la Sûreté avant de continuer. Elle a dû reculer immédiatement tant la fumée était épaisse et la chaleur insupportable. Au vu des flammes elle a compris que le sinistre dépassait ses seules compétences et est redescendue en vitesse à son bureau pour faire le 18. Tiens, je te donne son nom. J'ai demandé aux pompiers de ne pas noyer le corps inutilement, histoire de protéger au maximum la scène de crime, mais leur objectif prioritaire n'est pas le même que le nôtre…

Il coula un bref regard vers leur collègue de l'Identité judiciaire.

— Oh, tu sais, un peu plus ou un peu moins ! râla Claire.

Les enquêteurs de la PJ ainsi que les hommes de la police technique et scientifique firent le pied de grue pendant que les sapeurs-pompiers terminaient leur travail.

Dans l'ordre des priorités, il convenait de s'assurer qu'il n'y avait pas d'autres corps ou des personnes en danger. Leur équipement permettait de les protéger de la fournaise et de la fumée dense dans laquelle ils évoluaient, pour faire en sorte que l'incendie ne s'étende pas au bâtiment entier, et, pourquoi pas, aux immeubles voisins.

Les enquêteurs les voyaient avec inquiétude transporter vers le rez-de-chaussée des monceaux de débris calcinés, rougeoyant encore pour certains, malgré les milliers de litres d'eau déversés.

— Bonjour le respect de la scène de crime, susurra Bernard à l'oreille de Patricia.

Le lieutenant Normand se tourna alors vers son collègue.

— Bernard, faites en sorte que tous les gravats soient conservés et mis à l'abri, Claire en aura besoin pour les prélèvements en vue de rechercher des traces d'hydrocarbures, ainsi que les autres experts chargés de déterminer où et comment le feu a pris.

Le brigadier se contenta d'un simple hochement de tête et fila immédiatement.

Enfin, après pas moins de quarante-cinq minutes,

le capitaine des SP s'approcha des policiers et leur déclara que le feu était contenu et qu'il leur abandonnait la place.

Kevin, qui voulait en avoir le cœur net, chercha à connaître l'opinion du spécialiste :

— Il s'agit d'un incendie…

— Criminel, sans aucun doute, affirma d'un ton péremptoire l'officier des sapeurs-pompiers avant de s'en aller.

Claire Fonola et les cinq membres de son équipe en avaient profité pour s'équiper. Revêtus de leur combinaison blanche, ils pénétrèrent dans la galerie avec à leur suite le médecin légiste qui venait d'arriver. Elle lança un regard en direction de Kevin mais n'eut pas besoin de lui dire quoi que ce soit.

— On attend ton feu vert, la rassura-t-il avec un ample geste de la main.

La priorité devait maintenant être donnée à la police technique scientifique.

Bien que toutes les issues du bâtiment soient grandes ouvertes depuis un certain temps déjà, une odeur irritante se déversait toujours dans les couloirs, piquant la gorge. Kevin savait qu'il en serait ainsi pendant plusieurs jours, voire plusieurs semaines.

Il se dirigea vers le petit groupe de personnes réunies là, selon toute vraisemblance des fonctionnaires œuvrant sur place, qu'il avait aperçues en grande conversation avec l'officier des pompiers peu de temps auparavant, et se présenta.

— Je me nomme Chloé Turaud et je suis conservatrice, directrice du pôle patrimoine scientifique, se fit connaître à son tour l'une d'entre elles.

— L'institut de botanique est sous votre responsabilité ?

— Uniquement l'herbier.

Et comme son interlocuteur semblait ne pas comprendre, elle précisa :

— L'incendie a eu lieu au sein d'un des six étages qui lui sont consacrés.

Normand releva qu'elle avait les traits tirés et le visage livide, et paraissait même avoir pleuré.

— Et le cadavre découvert… ?

La conservatrice eut un hoquet avant de laisser libre cours à ses larmes. Le policier attendit quelques instants que ses collègues, qui faisaient bloc autour d'elle, la réconfortent.

— C'est notre veilleur de nuit, parvint-elle enfin à expliquer en faisant un notable effort sur elle-même.

Même s'il n'ignorait rien des difficultés à s'exprimer après un choc important, surtout de nature criminelle, Kevin ne pouvait se permettre de perdre du temps. Il devait obtenir un certain nombre d'informations. Bien souvent une enquête se jouait dès les premières heures. Il ne pouvait déroger à la règle qui consistait à recueillir à chaud, sans jeu de mots, le maximum de précisions. Aussi revint-il à la charge.

— Il était employé ici depuis longtemps ?

— Depuis un an environ, répondit à sa place son

adjoint. Il est… était étudiant en licence pro et il faisait les nuits pour se payer ses études. C'est un Mexicain.

— Vous pourrez nous communiquer ses coordonnées complètes ? Où demeure-t-il ? Sa famille a-t-elle été prévenue ? A-t-il des amis ?

La conservatrice avait repris ses esprits et ce fut elle qui réagit immédiatement.

— Non, nous n'avons avisé personne. D'après ce que je sais, il vit en cité U, c'est du moins ce que j'ai noté sur sa fiche d'embauche. Par contre, on pourra vous donner les renseignements qui figurent sur son contrat. Il se nomme Felipe Juarez. Quant à savoir s'il avait des amis ou des ennemis…, fit-elle en se tournant vers ses collègues comme pour quêter leur avis, impossible de vous répondre.

— Vous le connaissiez bien ?

Chloé Turaud réfléchit un instant avant de répondre.

— Personnellement, je ne l'avais rencontré qu'une fois ou deux. Il prend ses fonctions le soir, quand tous les membres de l'université et les étudiants sont partis et, lorsque nous revenons le lendemain matin, il n'est plus là. Mais il nous a été recommandé par son professeur, qui pourra peut-être vous en dire plus à son sujet.

Patricia Bonnaud avait rejoint son chef de groupe et sorti son carnet.

— Comment se nomme-t-il ? s'enquit-elle.

— Dorian Aumaitre. Il est maître de conférences à

la fac des sciences, directeur de la licence pro parfum, arôme et cosmétiques. Juarez était un de ses étudiants de 3e année. Il nous l'avait proposé, il y a un an environ.

— Y a-t-il des objets de valeur dans votre établissement ? demanda Bernard Roset. Quelque chose qui pourrait justifier un meurtre et un incendie criminel… ?

La conservatrice se tourna une nouvelle fois vers ses collègues qui l'entouraient avant de répondre.

— De grande valeur, pas particulièrement… Je veux dire par là rien qui puisse se vendre sur le marché, mais par contre notre herbier a une valeur patrimoniale et historique énorme.

Le brigadier manifesta sa surprise.

— Pourquoi employer un agent de sécurité dans ce cas-là ?

— Parce que, à plusieurs reprises, nous avons eu des intrusions nocturnes et que nous craignions pardessus tout un départ de feu.

Eh bien, c'est gagné ! pensa Bernard, se contentant d'un regard entendu en direction de sa collègue.

Un détail tracassait Normand.

— Vous dites avoir été alertée lors de votre prise de service vers 8 heures par l'odeur et l'abondance de la fumée, n'y a-t-il pas une alarme incendie quelque part ?

— L'alarme a dû résonner dans le local du veilleur, qui est au rez-de-chaussée… C'est peut-être ce qui s'est passé, et pour cela qu'il s'est rendu au deuxième étage.

À ce moment-là, Claire Fonola fit son apparition. Si elle avait commencé ses investigations dans une combinaison d'une blancheur éclatante, elle ressemblait maintenant à un charbonnier, son visage lui-même étant à présent couleur cendre.

— Nous avons effectué les premières constatations sur le corps, terminé nos prélèvements et réalisé une vidéo. Tu peux venir avec tes troupes, mais je vous conseille d'enfiler une de nos combinaisons.

— Et en ce qui concerne l'effraction de la porte ?

— Comme d'hab. On a relevé les traces de pesée, il ne faut pas être grand clerc pour se rendre compte qu'il s'agit d'un pied-de-biche.

Puis, s'adressant à la conservatrice, elle demanda :

— On pourra obtenir un plan des lieux et du bâtiment ?

— Oui, bien sûr, j'ai tout cela dans mon bureau.

— Et le corps ? s'enquit l'officier de la brigade criminelle.

— On attend que tu l'aies vu avant de le faire transporter. Le légiste nous enverra son rapport. Il confirme que la victime est décédée après avoir reçu deux balles. Bon, tu y vas ?

Le lieutenant se tourna vers la conservatrice.

— Vous nous suivez pour confirmer son identité ?

Chloé Turaud fit un brusque mouvement en arrière, paniquée.

— Je viens avec vous, je le connaissais moi aussi, proposa son adjoint.

La combinaison blanche que tous avaient revêtue ne leur fut pas d'un grand secours contre la chaleur de la fournaise qui les enveloppa instantanément lorsqu'ils s'avancèrent dans la galerie. Ils transpiraient abondamment et durent immédiatement mettre devant leurs nez des masques de protection, fort obligeamment remis par les pompiers, tant la respiration s'avérait difficile.

Le confinement relatif de l'étage, s'il avait eu pour avantage de restreindre la propagation de l'incendie, avait permis à celui-ci de couver longuement puis d'éclater brutalement dès les premiers appels d'air provoqués par l'explosion des vitres des fenêtres ajourant les lieux.

Murs, plafonds et sols étaient uniformément recouverts d'une suie noirâtre, transformée sous l'action des lances à incendie en une boue de même couleur. Le lieutenant Normand avait l'impression d'évoluer dans un univers d'une noirceur absolue. Il pensa au peintre Soulage – dont il avait visité quelques mois auparavant l'exposition au musée Fabre – qui affectionnait tout particulièrement cette couleur. Nul doute que, en dehors de l'aspect criminel de l'affaire, les lieux auraient été pour lui source d'inspiration pour une prochaine toile. Il y avait là toute une palette de noir.

Le feu avait trouvé un combustible de choix pour sa propagation rapide grâce aux centaines de milliers de feuilles cartonnées conservées, dont certaines, jaunies, dataient de plusieurs décennies, ainsi qu'avec les dizaines de milliers de plantes mises patiemment à sécher, dont quelques-unes avaient jusqu'à plusieurs siècles.

Tout en avançant avec précaution, il fallait enjamber les débris de plâtre, les morceaux de bois consumés et divers autres matériaux et gravats que la combustion rendait difficilement identifiables, l'officier constata que la plus grande partie des étagères métalliques avait bien résisté au feu.

C'était une vision d'apocalypse. Encore heureux qu'il n'y ait eu qu'une seule victime à déplorer. Que se serait-il passé si l'incendie s'était déclenché en pleine journée alors que des centaines d'étudiants se trouvaient présents à proximité ?

Il réalisa qu'il avait fallu un véritable miracle pour que le corps n'ait pas été entièrement calciné, ce qui aurait rendu l'identification de la victime délicate. Manifestement, celui qui était à l'origine du meurtre et de l'incendie n'avait pas atteint pleinement son deuxième objectif, celui de faire disparaître toutes les preuves de sa présence. Encore que, il avait bénéficié de l'aide, bien involontaire, des pompiers, qui avaient noyé pas mal de traces ou indices. Pour ne pas dire tous.

Le cadavre de l'agent de sécurité était allongé par terre à plat dos. Mais il avait déjà été retourné et manipulé par les collègues de Claire Fonola. Le visage était intact, alors que le bas de son corps et ses cheveux étaient légèrement brûlés. Ils respectèrent tous un instant de silence. L'émotion liée à une telle découverte était toujours grande. Après avoir confirmé qu'il s'agissait bien de Felipe Juarez, le sous-directeur fit demi-tour rapidement, abandonnant les enquêteurs.

Il fallait à présent faire abstraction de tout sentiment, et envisager la scène sous un aspect purement technique. Tâche difficile, même si les enquêteurs de la crim y étaient habitués. Le chef de groupe se tourna vers sa collègue de l'IJ.

— Des traces d'un ou plusieurs projectiles ou douilles à proximité ?

— On n'a rien trouvé pour l'instant, Kevin, on cherche encore. Mais, après le passage des pompiers… En ce qui concerne le veilleur de nuit, je dirais vingt-cinq à vingt-huit ans environ, corpulence athlétique, teint cuivré, cheveux courts, bruns, glabre. Les vêtements à partir de la taille se sont collés au corps à cause de la chaleur. J'ai effectué tous les prélèvements de contacts possibles avec nos écouvillons, je fouillerai ses poches quand on l'aura fait transférer à l'institut médico-légal, ce sera plus facile pour nous. Tu auras le détail des cicatrices, blessures, etc. Qu'en penses-tu ?

— Oui, tu as raison. Bernard, vous… ?

— J'irai, chef, proposa Patricia Bonnaud. Ce n'est pas un travail pour une petite nature.

Le brigadier, tout heureux de couper à l'examen du cadavre à la morgue, ne fit pour une fois aucun commentaire.

Kevin autorisa l'enlèvement du corps. Il eut une pensée pour le défunt et les membres de sa famille, et fit discrètement un signe de croix.

Bernard à qui rien n'échappait se pencha vers sa collègue mais, avant qu'il n'ait eu le temps de dire quoi que ce soit, il reçut un nouveau coup de coude dans les côtes et grogna de douleur.

Une fois la dépouille enlevée, l'officier sollicita la présence à ses côtés de la responsable des lieux.

— Pouvez-vous nous accompagner ? Vous seule pourrez nous préciser ce qui a pu être dérobé ou ce qui vous paraît étrange, inhabituel, pas à sa place, etc.

— D'accord, accepta d'une voix blanche et visiblement à contrecœur la conservatrice.

— Vous pouvez nous expliquer où nous nous trouvons ? demanda le chef de groupe de la PJ.

La responsable, renvoyée à un terrain plus familier, reprit de l'assurance.

— Nous nous trouvons au sein de l'herbier. Celui-ci occupe six étages de 250 mètres carrés chacun, soit pas loin de 1 500 mètres carrés. Les échantillons qui se trouvent devant vous – ceux qui n'ont pas brûlé – constituent une petite partie de l'ensemble, qui se répartit sur près de 5 kilomètres et demi d'étagères en métal.

Normand s'arrêta un instant. Ils se trouvaient effectivement au milieu d'une sorte d'immense cathédrale de constructions métalliques.

— Les fenêtres situées à l'étage restent-elles toujours ouvertes ? questionna le brigadier Roset.

— Non, bien sûr. Normalement elles sont fermées.

Patricia était quant à elle intriguée par la présence de tentures devant les ouvertures, et le fit savoir à la conservatrice.

— Il y a une raison à leur présence ?

— En effet. C'est pour éviter la pénétration de la chaleur, néfaste à la conservation des plantes. Le taux d'hygrométrie et la température sont deux facteurs très importants dans le processus de sauvegarde.

— Eh bien, c'est gagné…, murmura Bernard à l'oreille de sa collègue, s'attirant un autre coup dans l'estomac et une répartie cinglante à voix basse.

— Tu la fermes un peu ! lui souffla-t-elle, excédée.

— L'herbier est constitué par environ trois millions et demi de plantes en provenance du monde entier, plantes séchées, mousses, champignons, etc.

Kevin se demandait si l'incendie avait été déclenché afin de se débarrasser du corps de celui qui avait été tué… Dans ce cas-là, l'enquête devrait s'orienter vers les fréquentations de Felipe. Et si l'agent de sécurité avait surpris un voleur… ? À moins qu'il ne s'agisse de la vengeance d'un employé licencié, ou d'un étudiant mécontent surpris par le veilleur de nuit ? s'interrogea-t-il. Voire, pourquoi pas, plusieurs de ces facteurs combinés... ? Mais son expérience professionnelle lui ayant appris que le principal mobile des crimes était l'argent, il demanda :

— Vous disiez que l'herbier avait une valeur patrimoniale forte ?

— Oui, répondit Mme Turaud, un sanglot dans la voix, et historique également. Il a été créé par le professeur Charles Flahault en 1889 et abrite des collections qui en font le deuxième de France après celui du Muséum national d'histoire naturelle de Paris.

— Il représente une sorte de banque de données, si je comprends bien.

— Tout à fait, c'est exactement cela. Une banque de données de plantes en provenance du monde entier, sachant que la nomenclature botanique moderne des végétaux n'a débuté qu'en 1753. À cette époque on procédait à une classification selon la morphologie des plantes. De nos jours, cette nomenclature évolue grâce à l'ADN, qui permet un tri ou groupement des plantes entre elles et…

À ce moment-là, la sonnerie du téléphone du lieutenant Normand coupa la parole à la conservatrice. Il essaya de récupérer son portable mais dut, pour ce faire, ouvrir la fermeture Éclair de sa combinaison désormais gris cendré puis celle de la veste qu'il portait, et chercher en tâtonnant où il avait pu le fourrer. Enfin, il parvint non sans mal à l'extirper au moment même où les trompettes de Jéricho se turent. En maugréant, il consulta rapidement la rubrique « historique des appels » et lâcha :

— Merde, le directeur !

L'officier s'excusa et s'éloigna en appuyant sur la touche rappel.

— Où en êtes-vous, Normand ? tonna la voix du commissaire divisionnaire Rességuier, directeur du SRPJ.

Kevin donna à son supérieur toutes les explications utiles.

— Rejoignez-moi dans vingt minutes à l'entrée, au rez-de-chaussée. J'arrive avec le procureur adjoint, le recteur d'académie et le président de l'université de Montpellier-II.

Et le patron de la PJ raccrocha sans attendre la réponse de son subordonné.

Pour qu'il se déplace avec le ban et l'arrière-ban de l'université, c'est qu'effectivement la renommée de l'établissement était plus importante que Kevin ne l'avait cru. Et par voie de conséquence, réalisa l'enquêteur sans le formuler à haute voix, les pressions iraient de pair en vue d'une résolution rapide de l'affaire. Très rapide, même. Avec comme toujours le risque en voulant brûler les étapes de louper des faits de premier plan, des pistes qui, si elles n'étaient pas explorées méthodiquement et calmement, conduiraient les investigations vers une impasse. Enfin, il était là justement pour faire en sorte que l'efficacité ne soit pas sacrifiée sur l'autel du spectaculaire, de la rapidité ou du médiatique. Il resterait ferme sur les fondamentaux, sachant pertinemment qu'en cas d'échec on lui en ferait le reproche. Le divisionnaire ne se priverait pas de lui faire remarquer que c'était lui le directeur d'enquête.

Le lieutenant transmit la bonne nouvelle à ses collègues. La conservatrice versa de nouvelles larmes.

— Je n'ai pris mes fonctions il n'y a que très peu de temps et il faut que cela arrive maintenant… gémit-elle.

Le chef de groupe essaya de la rasséréner.

— Vous n'y êtes pour rien. L'incendie est d'origine criminelle, par ailleurs…

Il hésita un instant à aller plus loin dans ses commentaires, mais s'enquit tout de même :

— Votre bâtiment me semble vétuste, je me trompe ?

— Il n'est plus aux normes de sécurité, renifla Chloé Turaud. C'est pour cela qu'on ne le fait plus visiter et que nous avons un veilleur de nuit.

— Il n'y a que cet étage qui a été touché par les flammes, la rassura le brigadier Roset. Les cinq autres ont été épargnés, et je présume que vous avez enregistré de façon informatique votre banque de données ?

— Hélas, notre grand chantier à venir était de numériser tous nos dossiers et de scanner les plantes, ce qui permettrait aux chercheurs du monde entier d'effectuer leurs comparaisons en ligne en se connectant à notre fichier, sans être obligés de se déplacer…

— Manque de budget, je suppose ?

— Oui, tout à fait.

Kevin scruta sa montre. Plus que dix minutes avant l'arrivée du big boss.

— Les plantes sont conservées comment ?

La conservatrice se dirigea tout au fond d'une travée et prit sur une étagère métallique un dossier à la couverture cartonnée gondolée mais à peu près intacte.

— Regardez, les végétaux sont séchés puis déposés sur des feuilles de papier sous forme de « planches ». Ils ne sont ni collés, ni attachés. C'est une spécialité de Montpellier, s'enorgueillit-elle.

— Et ça ? interrogea Bernard Roset en désignant un bout de papier noirci.

— C'est ce qu'il reste de l'étiquette, qui est un élément fondamental… fondamental, reprit-elle dans une sorte de sanglot. Sans cette étiquette, il est impossible de dire qu'elle est la nature de la plante et son nom. Sans elle, nous ne saurons plus le lieu où elle a été récoltée, la date et la personne à l'origine de la récolte. C'est une catastrophe ! Une véritable catastrophe.

— Quel type de collections avez-vous ? demanda Kevin, désireux d'obtenir le maximum d'informations.

— Nous avons un herbier général, issu de diverses collections officielles ou universitaires, avec une présentation homogène, et d'autres en provenance de collections privées, comme celle de l'abbé Coste, par exemple.

Patricia donna un coup de coude préventif à son collègue, qui rouspéta à voix basse.

— Mais je n'ai rien dit !

— C'était au cas où.

Elle savait très bien que Bernard avait beaucoup de mal à s'empêcher de faire des plaisanteries sur le sujet, au grand dam, même s'il n'en laissait rien paraître, de leur supérieur.

Ils déambulèrent ainsi pendant dix minutes sans que leur guide ne remarque quoi que ce soit d'anormal, si ce n'est qu'une grande partie de l'herbier entreposé à cet étage était désormais inexploitable.

Le lieutenant Normand consulta de nouveau sa montre. Il était temps pour lui de descendre accueillir son patron, qui détestait qu'on le fasse attendre.

— Je viens avec vous, lui souffla la directrice. Moi aussi je vais devoir rendre des comptes.

— Patricia, Bernard, vous finissez les constats... ?

— Oui, chef ! répliqua la brigadière-chef en simulant une sorte de salut.

Le commissaire divisionnaire et sa suite venaient d'arriver au moment où Kevin et la conservatrice atteignirent la porte d'entrée. Les présentations effectuées, le policier, son directeur et le magistrat du parquet se retirèrent un peu à l'écart. Le chef de groupe leur fit part des premières constatations et des maigres éléments recueillis.

— Poursuivez l'enquête en flagrant délit, je ferai ouvrir une information ultérieurement et...

Du temps perdu, pensa l'enquêteur. Il préféra s'en ouvrir immédiatement au magistrat, ne le laissant pas finir sa phrase :

— Monsieur le procureur, il nous faudrait pouvoir faire brancher tout de suite plusieurs personnes, mettre le standard de l'université sous surveillance téléphonique, pour qu'en cas de revendication…

— Bon, d'accord, lieutenant, soupira le représentant du parquet. Dès que je retourne au palais de justice, j'ouvre une information. C'est le juge Charabot, de permanence, qui sera désigné. Vous prendrez attache avec lui pour obtenir votre commission rogatoire.

Le magistrat et le directeur du SRPJ, abandonnant l'enquêteur à ses occupations, se dirigèrent vers les deux officiels de l'université.

Kevin décida pour sa part de se rendre à la fac des sciences. Il voulait rapidement prendre contact avec le maître de conférences ayant recommandé son étudiant. Il confia à ses deux coéquipiers le soin d'effectuer l'enquête de voisinage – il y avait malgré tout peu de chances que, les faits s'étant déroulés de nuit, dans une zone peu fréquentée, quelqu'un ait vu quoi que ce soit. Il leur rappela de récupérer les coordonnées de tout le personnel affecté à l'herbier et d'opérer une perquisition dans la loge de l'agent de sécurité.

On accédait à la faculté des sciences par la place Eugène-Bataillon. Le campus était immense, mais l'officier put se repérer grâce aux indications fort heureusement fournies par un panneau signalétique placé à l'entrée. Il devait gagner le deuxième étage du bâtiment 17.

Une fois sur les lieux, la porte d'entrée étant codée, il attendit le passage d'un groupe d'étudiants pour pouvoir se faufiler. Au vu de l'environnement et de l'accoutrement des personnes qui vaquaient dans les couloirs, il réalisa tout de suite que l'endroit était le domaine des chimistes.

— Dorian Aumaitre ? Deuxième bureau à votre droite, obtint-il en guise de précision d'un jeune homme en blouse blanche qui passait par là les bras chargés d'éprouvettes.

Effectivement, c'était bien le nom indiqué sur la porte. Il toqua.

— Entrez ! lança une voix ferme.

— Bonjour, Kevin Normand, lieutenant de police à la brigade criminelle du SRPJ de Montpellier, asséna-t-il en entrant.

Passé le premier moment de surprise, le maître des lieux – mince, le visage cireux, vêtu d'une chemise bleu clair et d'un jean assorti – l'invita à s'asseoir d'un geste, sans se lever de son fauteuil pour autant ni lui tendre la main.

— Je vous laisse, prononça alors dans un souffle tout en se levant précipitamment une jeune étudiante qui occupait un siège devant un ordinateur coincé dans un angle du bureau.

— Qu'est-ce qui me vaut le privilège de votre visite ? s'enquit le chercheur, un brin de sarcasme dans la voix.

L'officier de police lui narra alors les circonstances de la découverte du corps de Felipe Juarez.

Dire que l'enseignant avait blêmi eût été mensonger, dans la mesure où la pâleur naturelle de son teint rendait la chose impossible. Il n'en ouvrit pas moins toute grande la bouche de stupéfaction. Difficile également pour le policier de lire dans le regard de celui qui lui faisait face, car il portait sur le nez une paire de lunettes aux verres fumés cerclées d'une fine monture métallique. Était-ce par coquetterie ou tout simplement parce que la pièce, située plein sud, était baignée de lumière ?

— Mais, comment… ? Pourquoi ? parvint-il à balbutier.

— Nous comptons justement sur votre concours pour nous aider à le découvrir. Comment l'avez-vous connu ?

Dorian Aumaitre se servit un verre d'eau, et Kevin remarqua qu'il en avait versé un peu à côté. Était-ce l'émotion ?

— Je l'ai rencontré il y a trois ans lors de son inscription dans notre département…

— Il était intéressé par la chimie ?

— Oui, on peut dire ça. En fait, il était attiré par l'étude des parfums et envisageait d'effectuer sa carrière dans ce domaine-là. Son père – il demeure au Mexique, mais je suppose que vous le savez déjà – est propriétaire d'une petite entreprise d'herboristerie.

— Il s'est donc inscrit et…

L'enseignant-chercheur leva sa main pour interrompre son interlocuteur.

— Ce n'est pas aussi simple que cela. Nous sommes particulièrement sélectifs puisque, sur quatre cents candidats, nous n'en retenons qu'une quinzaine dans la section dont je suis le responsable, c'est-à-dire en parfumerie et arôme, et une quinzaine également en cosmétique.

— D'après nos renseignements, il était en dernière année. Devait-il bientôt passer sa licence pro ?

— Tout à fait, c'était un de mes meilleurs éléments. Je m'étais d'ailleurs pris d'amitié pour lui, car il était seul en France, sans trop de moyens, et je lui avais trouvé, il y a un an environ, ce job d'étudiant comme veilleur de nuit. C'est donc un peu ma faute si…

Le reste des propos de Dorian Aumaitre se perdit dans une sorte de borborygme. L'universitaire se servit un autre verre d'eau qu'il but d'un trait, ôta ses lunettes et se passa la main sur le visage, comme s'il espérait sortir d'un cauchemar, puis les chaussa de nouveau sur son nez. Réalisant que l'enquêteur était toujours là, attendant ses réponses, il se reprit.

— Excusez-moi. Oui, il aurait obtenu sa licence, ce qui lui aurait permis d'être recruté comme assistant parfumeur dans une grande entreprise. Bien que…

— Bien que… ?

— Je crois qu'il prévoyait de rentrer dans son pays tout de suite en vue de se mettre à son compte comme parfumeur. Ce qui à mon avis aurait été une erreur.

— Pourquoi ça ?

Le maître de conférences réfléchit un instant avant de répondre.

— Afin de devenir responsable d'une parfumerie, surtout lorsque l'on souhaite faire autre chose que du simple commerce, il faut un « nez » ; c'est-à-dire faire preuve d'une capacité hors du commun pour identifier les multiples arômes existants, savoir les combiner pour obtenir des fragrances exceptionnelles, etc. Notamment si l'on veut espérer quelques succès et se démarquer des autres. L'apprentissage du métier ne peut se résumer à trois malheureuses années d'études, il ne suffit pas d'acquérir un diplôme, des années de pratique s'avèrent nécessaire par la suite. Et encore… tout le monde n'en est pas capable.

— Et, selon vous, il n'avait pas les compétences pour cela ?

Un mince sourire s'afficha sur le visage de l'enseignant.

— Chaque année, mes étudiants doivent être capables de reconnaître environ cent cinquante molécules différentes… Savez-vous combien doit en connaître un véritable « nez » ?

L'officier de police haussa les sourcils en signe d'ignorance.

— Pas moins de deux mille. Vous voyez qu'il était encore loin du compte !

— Il n'y a pas de diplôme spécifique pour devenir « nez » ?

Dorian Aumaitre secoua la tête avant d'articuler, comme pour lui-même :

— Non, aucun en particulier. Peu de spécialistes dignes de ce nom se prévalent de ce titre. Cette appellation est en fait une reconnaissance qui vous est conférée par les autres, vos confrères, grâce à vos succès.

— Felipe Juarez avait-il des ennemis, à votre connaissance ?

Le policier vit poindre une expression d'incrédulité sur le visage de son interlocuteur.

— Vous n'êtes pas sérieux ?! Vous sous-entendez que l'on aurait pu s'en prendre à lui, personnellement ?

— Nous n'écartons aucune hypothèse, au contraire nous sommes obligés de toutes les envisager… Alors ?

— Il a été engagé notamment car la responsable de l'herbier déplorait des intrusions nocturnes. J'imaginerais plutôt que, en faisant son travail, il a dû se trouver au mauvais endroit au mauvais moment… Enfin, pour répondre à votre question, même si certains liens nous unissent, nous n'avons pas le même âge, ni les mêmes fréquentations. Le mieux serait de poser la question à ses amis. Ils sont actuellement en travaux pratiques dans le bâtiment voisin, le 16. Suivez-moi, je vais vous y conduire.

Kevin à sa suite, Dorian Aumaitre quitta son bureau, qu'il ferma à clef, et ils parcoururent côte à côte le long couloir -donnant accès à l'escalier extérieur.

Durant leur trajet, l'enseignant-chercheur fut salué à plusieurs reprises par les gens qu'ils croisèrent, ses pairs ou ses étudiants. Il était en effet difficile pour Kevin de faire le distinguo, tous oscillant autour de la trentaine, et le port quasi général de la blouse blanche contribuant également à gommer les différences sociales.

— Dorian ! Une de mes étudiantes viendra te voir cet après-midi pour te lire son pré-rapport, lança en passant un enseignant visiblement pressé.

— Merci, je ferai le nécessaire, rétorqua sans même le regarder le responsable de la licence pro.

Le chef de groupe trouvait le comportement de celui qu'il accompagnait singulier. Le maître de conférences se tenait la tête bien droite, comme s'il avait une haute opinion de lui-même, ou peut-être pour compenser une taille modeste, 1 m 70 environ, songea l'officier du haut de ses 1 m 80, et regardait fixement devant lui, apparemment indifférent à ce qui l'entourait. Il paraissait complètement dans son monde. Froid, distant, hautain… Kevin n'aurait su le dire avec précision. Mais certainement se trouvait-il aussi quelque peu désemparé. Il n'était sûrement pas confronté tous les jours à une nouvelle aussi effroyable.

Alors qu'ils arrivaient au bout de l'interminable couloir, un employé en blouse bleue, certainement un manutentionnaire, passa vivement devant eux et entra dans une classe occupée par de nombreux étudiants, abandonnant au beau milieu de la travée son chariot rempli de fournitures, visiblement pour en livrer une partie.

— Bon Dieu, quel est le con qui a laissé traîner ça au milieu de la galerie ?! s'emporta en se cognant dessus Dorian Aumaitre, dont le visage s'était empourpré. Vous ne pouvez pas faire attention ?! s'écria-t-il à la cantonade, hors de lui.

Normand fut surpris de cette explosion de colère, aussi soudaine qu'injustifiée.

— Excuse-le, Dorian, intervint une enseignante d'un certain âge en sortant de la salle de cours.

Elle poussa le chariot, prit le bras de son collègue et lui fit contourner l'obstacle.

Sidéré, le lieutenant Normand comprit que son interlocuteur, dont l'attitude l'avait étonné, était en réalité non voyant. Ce dernier s'était approprié son environnement de telle façon qu'à aucun moment Kevin ne s'en était douté.

— Vous enseignez à la fac depuis longtemps ? s'enquit-il, désireux d'interrompre un silence tout à coup pesant, alors qu'ils s'engageaient dans l'escalier.

Le maître de conférences s'éclaircit la voix, dévalant les marches en se guidant grâce à la main courante, avant de répondre :

— Voyons, j'ai trente-cinq ans et j'exerce ici depuis sept ans… en fait, cinq, rectifia-t-il, si l'on prend en compte mon arrêt maladie de deux ans.

— Vous êtes pharmacien, c'est bien cela ?

— Oui, j'ai un doctorat en pharmacie, mais également en biologie, et j'ai décidé de me consacrer à l'enseignement et à la recherche.

Normand ne jugea pas utile de lui demander sur quoi portaient ses recherches, ni de s'appesantir sur les raisons précises de son arrêt maladie.

La pièce, réservée aux travaux pratiques, était relativement petite. Une quinzaine de garçons et de filles, ces dernières en légère majorité, se partageaient l'espace dans une certaine convivialité, lui sembla-t-il. Tout du moins jusqu'à son arrivée.

Une chape de silence s'abattit en effet sur la petite assemblée après les déclarations du professeur. Des sanglots étouffés, de la part de quelques-unes des étudiantes, fusèrent. Tout le monde fixait maintenant Kevin avec horreur.

— Y en a-t-il parmi vous qui auraient des choses à dire au policier concernant votre camarade ? interrogea l'enseignant.

Devant le mutisme des élèves présents, Dorian Aumaitre finit par déclarer à l'enquêteur de la PJ :

— Ils sont sous le choc, je leur reposerai la question après votre départ, vous pouvez compter sur moi. Suivez-moi.

Et sur ce, ils quittèrent la pièce.

Malgré la brièveté de leur passage dans la salle de TP, Kevin avait eu le temps d'observer les lieux, et de s'étonner de ce qu'il y avait découvert : des éprouvettes, des flacons, des pipettes… Rien qui évoquât à ses yeux un domaine aussi romantique que celui de la parfumerie. Aussi demanda-t-il :

— En quoi consistent les TP des étudiants ?

— Ils doivent être capables de décrire olfactivement et chimiquement une molécule, et pouvoir répondre à un certain type de questions… Est-elle de synthèse ou naturelle ? Et, dans ce cas-là, où peut-on la trouver ? Cette molécule se dilue-t-elle facilement dans l'alcool ? Son utilisation est-elle réglementée, interdite, allergène ? Ne risque-t-elle pas de provoquer une dépigmentation de la peau ? A-t-elle un pouvoir neurotoxique, ototoxique, photosensibilisant, carcinogène, etc. ?

On était effectivement loin, très loin, des images poétiques que faisait naître inconsciemment le mot « parfum » dans l'esprit de l'enquêteur. Sans faire part de sa surprise, pour ne pas dire de sa désillusion, il poursuivit :

— Cela paraît très technique, toutes ces éprouvettes…

— Je devine à votre ton une certaine déception…

Le policier s'apprêtait à réfuter ses propos mais n'en eut pas le temps.

— Rassurez-vous, votre réaction n'est pas singulière du tout. Les non-initiés s'attendent généralement à tout autre chose qu'à découvrir une sorte de… de laboratoire pharmaceutique. Mais, voyez-vous, l'art de la parfumerie a bien évolué depuis des siècles. L'art du prêtre égyptien a cédé la place à celui de l'apothicaire, puis à celui du gantier, de l'artiste, du couturier, du professeur, du chimiste – et il fait un large geste de la main désignant son environnement – nous en sommes maintenant à l'art de l'industriel. Savez-vous qu'il existe un département de « neuromarketing » dans les agences travaillant pour la grande distribution ? Bien, que je vous explique… Le boîtier jaune, si mes souvenirs sont exacts, dans lequel se trouvent les nombreuses éprouvettes qui vous intriguent tant, est ce que l'on nomme un orgue à parfums. On y classe de petits tubes renfermant diverses molécules. Les étudiants y trempent une mouillette, appelée également touche à parfum, l'éventent pour en enlever l'éthanol – vous savez, cette odeur caractéristique de l'alcool –, puis ils en calculent le temps d'évaporation. Cela doit être traduit sur un graphique, indiquant en abscisse le laps de temps, en secondes, minutes et parfois même en jours, au terme duquel ils ont constaté l'évaporation, et en ordonnée son intensité. Cela permet de déterminer le classement de la molécule : s'agit-il d'une note de tête, de cœur, de fond… ?

Les explications de Dorian Aumaitre s'enchaînaient, son visage s'animait. Il semblait visiblement désireux de faire partager son amour du métier.

Malgré l'intérêt croissant de Kevin pour le sujet et sa méconnaissance du domaine, une ignorance qu'il détestait par-dessus tout et à quoi il comptait remédier rapidement, il n'était pas là pour ça. Estimant qu'il en avait assez appris pour l'instant, il décida de prendre congé.

— Je vous remercie de votre aide. Je vous demanderais cependant de bien vouloir vous présenter aux locaux du SRPJ aussi tôt que possible, ainsi que tous vos étudiants, pour y être entendus comme témoins.

Après que le maître de conférences eut acquiescé à sa requête, Kevin s'en alla, perplexe, se demandant comment un enseignant non voyant pouvait parvenir à dispenser de telles connaissances, notamment lors de travaux pratiques...

De retour au service, le lieutenant retrouva ses collègues pour faire le bilan de leurs investigations respectives.

Kevin récapitula :

— Nous avons donc un cadavre, découvert au sein d'un établissement qui a une forte identité patrimoniale. Si l'on part du principe que le veilleur de nuit a surpris un rôdeur dans les étages, la question est : que peut-il y avoir à voler dans cet endroit ?

Seul le silence fit écho à son interrogation.

— Vous avez vu les locaux, lieutenant, ils sont plutôt vétustes. S'il y avait quoi que ce soit de valeur, cela se saurait, déclara finalement Bernard.

— Il y a les plantes..., hasarda quant à elle Patricia.

— Pourquoi voudrait-on voler des plantes ? Elles n'ont qu'un intérêt historique, rétorqua le brigadier Roset, aucune valeur commerciale.

La brigadière-chef détestait que Bernard, qui était son subordonné – elle savait le lui rappeler à l'occasion – lui tienne tête devant leur chef de groupe. Aussi attaqua-t-elle :

— Alors explique-moi pourquoi son corps a été trouvé au deuxième étage, où il n'y a que des plantes, même pas le plus petit ordinateur ou n'importe quel autre matériel !

— Et si le corps avait été transporté à cet endroit ?

— Quel intérêt ? répliqua du tac au tac Patricia.

— Ce n'est pas le cas, intervint Kevin. Claire m'a confié que l'importance de la quantité de sang découverte sous le cadavre attestait qu'il n'avait pas été déplacé.

— Dans ce cas, c'est que ces plantes ont bien une valeur particulière, trancha Patricia. Peut-être pas à nos yeux, mais à ceux de l'assassin, oui.

— Au point de sacrifier une vie humaine ?! objecta le brigadier, décidément sceptique.

Kevin mit un terme à la polémique :

— C'était notre première hypothèse de travail. La seconde piste à exploiter est de déterminer si l'agression peut avoir été dirigée contre Felipe lui-même. Auquel cas, peu importe l'endroit où il se trouvait. Il faudra se pencher sur sa vie, son environnement, etc. Je suis allé faire un tour à l'université des sciences et j'ai rencontré son prof, enfin le maître de conférences dont il suivait les cours, qui, tenez-vous bien, est non voyant. Je l'ai prévenu qu'il devrait se présenter à nos bureaux ainsi que tous ses étudiants…

— Non voyant ? s'étonna Patricia. J'espère qu'il

arrive à se faire respecter !

— Avec la sélection draconienne imposée, je pense que ce problème ne se pose pas. Et n'oubliez pas qu'il s'agit d'étudiants adultes et non de lycéens de banlieue...

Bernard avait quant à lui des préoccupations beaucoup plus terre à terre.

— Tous ! s'exclama-t-il, inquiet à l'idée de devoir procéder à des dizaines et des dizaines d'auditions.

— Rassurez-vous, ils ne sont qu'une petite quinzaine, d'après ce que j'ai compris. Mais je demanderai l'aide des collègues des autres groupes, et vous vous répartirez la tâche. J'ai demandé les noms, adresses et numéros de téléphone de tous ses élèves au secrétariat de l'université. Pour ma part, j'entendrai l'universitaire.

— J'ai convoqué pour demain matin la conservatrice de l'herbier, l'informa alors Patricia.

— Et moi, j'ai récupéré dans ce qui servait de loge à Juarez un ordinateur ainsi qu'un téléphone portable. Je vais m'y mettre, précisa avec une certaine délectation Bernard.

Le brigadier se réservait en règle générale toute cette partie technique, ayant même suivi plusieurs stages pour se perfectionner dans l'exploration des disques durs et autres puces électroniques. Il était toutefois parfois conduit à passer la main au profit du laboratoire de police scientifique d'Écully, en région lyonnaise.

Le lieutenant Normand poursuivit :

— Bien. J'ai contacté le juge Charabot, il va nous adresser une commission rogatoire générale, et une technique dès qu'on aura tous les numéros à faire brancher. Maintenant, il faut taper la perquise chez Juarez. On a son adresse ?

La brigadière-chef lui répondit aussitôt.

— J'ai vérifié celle inscrite sur son contrat d'embauche : elle n'est plus d'actualité. Du coup j'ai passé un coup de fil au CROUS, mais on n'aura la réponse que demain. La secrétaire était malade et personne n'a accès à son ordinateur en son absence, râla-t-elle.

Bernard tapota sur le couvercle du téléphone du défunt avant de déclarer :

— En l'explorant, j'obtiendrai le nom de ses contacts, on tombera bien sur une de ses connaissances qui pourra nous en dire plus… Je m'y colle tout de suite !

Le lieutenant Normand était inquiet. Normalement il fallait procéder à la perquisition le plus vite possible, sous peine de courir le risque de voir des indices importants disparaître. Mais il devait se faire une raison, et de toute façon, le travail ne manquait pas.

— Je vais rédiger un message à la direction centrale pour -demander à Interpol de vérifier ce qu'ils ont sur cette famille, si elle n'est pas connue des stups, etc.

— Bonne idée, chef, apprécia Bernard. Avec le Mexique comme pays d'origine, c'est vrai que l'on peut se poser la question !

— Il y a quand même une autre hypothèse que nous n'avons pas évoquée…, conclut Kevin.

Et, devant le silence interrogateur de ses coéquipiers, il ajouta :

— Le fait que l'on puisse être confrontés à une histoire de vol doublée d'une affaire personnelle. Pourquoi pas, après tout ? Bon, au boulot. Je file chez le directeur faire le point avec lui.

— Du nouveau ? interrogea le divisionnaire dès que Kevin franchit le seuil de son bureau.

Le chef de groupe lui relata par le menu le détail de ce qu'ils avaient appris.

— Le maître de conférences est non voyant. Pouvez-vous obtenir plus de renseignements sur lui auprès du doyen de l'université ? demanda-t-il à son supérieur après avoir fini de lui résumer la situation.

— J'en fais mon affaire. Tenez-moi informé, et tâchez d'avoir du concret rapidement. Le cabinet du directeur général vient de me téléphoner… Vous savez que c'était notre ancien préfet, n'est-ce pas ? C'est l'occasion ou jamais de vous faire remarquer. Compris ?

Le lieutenant serra les dents. Il s'abstint de répliquer à son directeur qu'il lui chantait toujours la même chanson, celle d'une éventuelle promotion, qui n'arrivait jamais, même si comme l'Arlésienne on en parlait beaucoup, et alors que son groupe avait le meilleur taux d'élucidation de tout le SRPJ.

À la fin de la journée, Kevin regagna son appartement situé au centre-ville. Il grimpa en courant les marches, de façon à faire un peu d'exercice. De toute façon, l'immeuble ancien ne disposait pas d'ascenseur. Immédiatement après avoir pris une douche et enfilé des vêtements confortables, il donna un coup de fil à ses parents. Depuis que son frère Victor avait failli succomber, un an auparavant, sur un lit d'hôpital, il ne laissait pas passer un jour sans les contacter. De même, il avait multiplié les visites à Baillargues, lieu de leur résidence et village de son enfance, et mettait un point d'honneur à s'y rendre au moins deux fois par semaine. Compte tenu de ses activités professionnelles et de celles de diacre à l'évêché, il ne lui restait plus beaucoup de temps de libre…

Le lendemain matin, Kevin se leva de bonne heure, vers 6 heures, fit une rapide prière, enfila un short, chaussa une paire de baskets, et dégringola les escaliers pour s'élancer au pas de course vers la place Albert 1er. De là, il suivit le tapis engazonné du réseau réservé au tram en direction du nord de la ville. Aller-retour, il consacrait plusieurs fois par semaine pas moins de quarante minutes à cet exercice. Il en avait besoin, cela lui permettait de décompresser et d'évacuer le stress. Sans compter qu'il exerçait un métier pour lequel il valait mieux être en excellente forme physique.

Après une douche rapide, il avala son petit déjeuner sur le pouce, avant de filer à son travail.

Arrivé dans son service depuis seulement un quart d'heure, son collègue Bernard vint le saluer.

— J'ai laissé le bureau à Patricia, elle prend la déclaration de la conservatrice, Mme Turaud… Vous y allez ?

Le lieutenant répondit d'un ton laconique :

— J'irai si j'ai un moment. Je me bats toujours avec toutes les réquisitions à établir et les télégrammes pour informer la direction.

Alors que Normand venait de reprendre sa lecture, le brigadier resta devant lui à se dandiner d'un pied sur l'autre, visiblement mal à l'aise.

— Chef, je crois que vous devriez y faire un tour…

Et, avant que son supérieur, surpris, n'ait eu le temps de lui demander des explications, Bernard s'en fut sans donner plus de précisions.

Normand demeura quelques instants indécis. Quel était le problème ? Ils n'avaient pas besoin de s'y mettre à plusieurs pour entendre la conservatrice, et cela ne présentait aucun danger pour Patricia… Intrigué, il se décida toutefois à abandonner la tâche en cours, et parcourut vivement les quelques mètres qui séparaient son bureau de celui des deux membres de son groupe.

Tout était calme lorsqu'il ouvrit la porte de la pièce. Mme Turaud, apparemment venue avec une amie, répondait aux questions de la brigadière-chef.

Les deux femmes, qui se tenaient dos à lui, se retournèrent à son entrée.

— Bonjour Kevin ! lança alors la visiteuse qui accompagnait la conservatrice.

Abasourdi, ce dernier serra malgré lui la poignée de la porte qu'il tenait encore, et se trouva incapable de réagir immédiatement au salut qui lui était adressé.

2

XVIIIe siècle

Alors qu'il venait juste de franchir la porte cochère de sa demeure, Jean se retrouva face à un peloton d'hommes en armes dont celui qui paraissait manifestement être le chef l'interpella.

— Holà citoyen ! Tu es bien Fardon, le parfumeur de l'Autrichienne ?

Médusé, Jean Fardon resta un instant sans répondre. Manifestement cette patrouille de sans-culottes ne se trouvait pas là par hasard. Il avait été reconnu après avoir certainement été dénoncé.

— Oui… parvint-il à balbutier malgré la terreur qui l'envahissait. Que me voulez-vous ?

En guise de réponse, une pointe de baïonnette se posa sur sa gorge alors que deux des individus le saisissaient sans ménagement au collet. Sans paroles supplémentaires, les mains prestement entravées, il fut poussé vers une charrette dans la plus grande précipitation, où se trouvaient quatre autres malheureux dont les poignets avaient également été ligotés.

— Mais pourquoi… ?

Pour toute explication il reçut un solide coup de crosse dans le bas des reins, qui l'envoya la tête la première dans la paille. Il parvint non sans mal, les cahots du véhicule roulant sur les pavés inégaux de la capitale ne favorisant pas la manœuvre, à se relever puis à s'asseoir à côté de ses compagnons d'infortune. Il se reprocha immédiatement d'avoir quitté son domicile, quand il aurait dû rester cloîtré chez lui, bien à l'abri. Mais, de toute façon, on serait venu le chercher, songea-t-il, et peut être même se serait-on alors saisi de sa femme…

Arrivés devant le palais des Tuileries, dont tous les Parisiens connaissaient maintenant la sinistre réputation, ils furent conduits à la queue leu leu en direction des sous-sols, à travers une succession de couloirs malpropres, humides et peu éclairés.

Là, ils furent dispersés. D'une solide bourrade, il fut quant à lui projeté sur le sol en terre battue d'une vaste cellule. Son odorat, habitué aux plus fines exhalaisons, fut rudement mis à l'épreuve. Des dizaines de détenus se trouvaient déjà dans la pièce, et il se dégageait de l'endroit une senteur épouvantable. La sueur se mêlait à l'urine, à la crasse et par-dessus tout à l'odeur de la peur. Peur de passer de vie à trépas dans quelques heures, quelques jours, quelques semaines, ou quelques mois au mieux, mais était-ce vraiment souhaitable ?... Oui, c'était bien cela qui prédominait et empuantissait l'atmosphère : l'odeur de la mort.

Après l'exécution du roi, suivie de celle de la reine Marie-Antoinette, nul ne pouvait se prétendre à l'abri des persécutions et des arrestations arbitraires, en cette période de Terreur, lorsque le Comité de sûreté générale en avait décidé ainsi.

Jean se posa immédiatement la seule question qui importait désormais : quand comparaîtrait-il devant le Tribunal révolutionnaire et quel sort lui serait réservé ?

Il n'avait rien d'autre à faire qu'à attendre.

Et à prier peut-être aussi, mais en toute discrétion en ces temps difficiles où le clergé avait été mis en coupe réglée et où les ecclésiastiques épargnés s'étaient trouvés sommés de jurer fidélité à la Révolution. Le tout Paris bruissait encore de l'horreur des exactions commises par un représentant du nouvel ordre en place en mission à Nantes, qui se targuait d'avoir noyé dans la Loire quelque quatre-vingts prêtres. La rumeur s'était répandue dans la capitale comme une traînée de poudre, en terrifiant plus d'un.

— Tiens, le parfumeur de la reine ! s'exclama l'un des prisonniers après avoir tourné longuement autour de lui pour l'identifier.

Il ne répondit pas, trop occupé à épousseter les brins de paille qui constellaient son habit et ses cheveux. Son regard se porta ensuite sur ceux qui l'entouraient et faisaient cercle autour de lui, avides d'obtenir les dernières nouvelles de l'extérieur. Jean Fardon réalisa immédiatement que toutes les personnes présentes appartenaient à la noblesse, leurs vêtements, certes maintenant en lambeaux et extrêmement sales, témoignant de leur rang d'autrefois.

— Peut-être est-il celui qui a créé le parfum « Élixir de la guillotine », se moqua un des aristocrates tout en se rapprochant de lui, les poings serrés, comme s'il s'apprêtait à le rosser.

L'interpellé s'indigna aussitôt.

— Pas du tout ! Si tel avait été le cas je ne serais certainement pas ici avec vous. Je fais justement partie de ceux qui sont restés fidèles à la reine jusqu'au bout, protesta-t-il avec toute la vigueur dont il se sentait encore capable.

— Avant que l'on me tranche la tête, je demanderai qu'on la parfume avec la « Poudre à la Fardon », trouva le courage de lancer un autre de ses compagnons d'infortune, sous les éclats de rire général.

Jean était stupéfait que l'on puisse rire dans de telles circonstances…

Les semaines passèrent, sans que le parfumeur de la reine en apprenne davantage sur ce qui lui était reproché. Il en allait de même pour la plupart des détenus, si ce n'était qu'ils savaient quant à eux devoir leur arrestation à leur qualité de membres de la noblesse. C'était pour Jean une véritable torture de ne pas connaître les motifs de sa présence en ces lieux. Il lui était impossible de se défendre. Contre qui ? Contre quoi ?

Chaque jour voyait le départ vers l'échafaud d'un certain nombre de prisonniers, immédiatement remplacés par de nouveaux arrivants. À chaque fois que la porte de la cellule s'ouvrait, tous tremblaient. Qui allait être appelé ? Qui allait tâter de la sinistre invention du docteur Guillotin ?...

— Fardon, debout ! cria un beau jour un des geôliers.

Jean, tout à ses pensées – il passait l'essentiel de ces interminables journées dont il avait perdu le compte seul dans son coin, n'ayant que peu de rapports avec des codétenus qui appartenaient à un monde dont lui-même ne considérait pas faire partie –, n'avait même pas entendu l'intrusion du garde. Il fut sèchement rappelé à l'ordre, et se leva, les membres tremblants. Il jeta un dernier regard à ceux qui le contemplaient alors avec dans les yeux, il le savait bien pour avoir partagé le même sentiment, le soulagement visible de ne pas avoir été appelés.

Il fallut que le gardien le soutienne par le bras tout le long de son cheminement, ses jambes refusant de le porter. Ils suivirent à nouveau un entrelacs de couloirs étroits et d'escaliers obscurs, jusqu'à ce qu'il soit ensuite poussé brutalement à l'intérieur d'une immense salle.

Après le trou noir, ce fut l'explosion de lumière.

Enfin, il se trouvait dans une pièce correctement meublée qui n'empestait pas les relents de misère humaine. Un tribunal, réalisa-t-il soudain plein d'espoir à la vue de la longue table derrière laquelle siégeaient une dizaine de personnes. Il avait craint d'être obligé de monter sans explication aucune comme c'était bien souvent le cas dans la charrette conduisant les condamnés vers leur sombre destin : la mort.

Un élan d'espérance le traversa. Que pouvait-on bien lui reprocher, à lui qui n'avait rien fait de mal, n'avait jamais fait de politique, et s'était simplement contenté de faire de son mieux le métier qui était le sien ?

Encadré par deux factionnaires, il fit face à ceux qui, il l'avait compris, se trouvaient là pour statuer sur son sort.

— Citoyen, lança d'une voix de stentor celui qui visiblement présidait aux destinées de la juridiction, tu comparais ce jour du 8 nivôse de l'an II devant le Comité central de salut public pour y être jugé d'un crime des plus graves, poursuivit-il en désignant de la main les autres juges présents à ses côtés.

Le magistrat s'interrompit pour laisser au prévenu le temps de réaliser la portée de ses propos. Puis il reprit :

— Mais, tout d'abord, connais-tu ces lieux ?

Jean, bien qu'assommé par cette déclaration, d'autant plus inquiétante que les accusations portées contre lui demeuraient imprécises, avait en effet reconnu le salon au sein duquel il se trouvait, ayant déjà eu l'occasion d'y accéder dans le cadre de ses fonctions. Aussi, plein de bonne volonté et désireux de coopérer avec une cour dont il attendait son salut, répondit-il d'une voix intimidée :

— Oui, c'est la salle verte du pavillon de Flore.

Une explosion de murmures mécontents se firent entendre parmi les membres du tribunal ainsi que dans la foule qui se tenait rassemblée dans la salle, tout acquise à la Révolution et qui n'était là que dans le seul but d'obtenir vengeance contre tous ceux qui au cours des siècles précédents avaient méprisé et exploité les petites gens, les pauvres, les travailleurs…

— Tu es bien le parfumeur des Capet ! tonna le président. Tu te trouves dans le pavillon de l'Égalité. Le pavillon dans lequel les ennemis de la liberté doivent rendre des comptes. Sur leur vie, s'il le faut. Le mot de liberté t'est-il donc inconnu ?

Jean Fardon ne put que bredouiller de vagues excuses. Il se rappela, mais un peu tard, que la salle verte avait en effet été débaptisée depuis que les révolutionnaires l'occupaient pour y rendre la justice. Leur justice.

Plusieurs exclamations fusèrent des rangs de ceux qui, agglutinés comme pour assister à un spectacle, se serraient dans la salle d'audience. Des cris de haine éclatèrent même :

— À mort l'ami des Capet, à mort le parfumeur de l'Autrichienne !

— Citoyen, reprit le président, après être parvenu à rétablir un semblant de silence, tu es accusé d'avoir favorisé la fuite du roi et de la reine, fuite dont tu avais été informé et dont tu t'es bien gardé de prévenir le Comité de salut public. Qu'as-tu à répondre ?

Hébété, Jean ne savait que dire.

On le soupçonnait donc d'avoir favorisé la fuite du roi et de la reine ! Comment lui, simple parfumeur, aurait-il pu être informé des desseins du couple royal et jouer un rôle dans une telle entreprise ? Il ne pouvait s'agir que d'une erreur. Et pourquoi l'arrêter maintenant, en 1794 – il avait toujours un peu de mal à utiliser le nouveau calendrier –, quand la fuite de Louis XVI s'était déroulée plusieurs années auparavant, en 1791, et alors même que les deux souverains avaient été exécutés quelques mois auparavant ?

Il se sentit soudainement anéanti. Il avait trouvé du courage tout au long de ces longues semaines de détention en attendant avec impatience ce moment au cours duquel il aurait enfin pu réfuter les accusations portées contre lui et prouver son innocence. Mais il était maintenant totalement désemparé devant la nature desdites accusations. Comment parvenir à s'en défendre ?

— Mais, je ne suis qu'un simple parfumeur, et je...

— Un simple parfumeur ! s'exclama le président, lui coupant la parole. Pourtant, dans ta boutique portant l'enseigne *Au -messager de Montpellier*, tu ne t'es pas privé d'exposer à la vue de tous les privilèges dont tu bénéficiais ! Ceux dont tu t'enorgueillissais tant alors ! Et tu as bien été nommé « fournisseur des Enfants de France », entretenant un commerce régulier avec, la reine, Mme Veto se reprit-il ? Le nies-tu ?

La salle se mit alors à scander « À mort le suppôt des Capet, à mort ! », le président devant une nouvelle fois intervenir pour calmer l'assemblée. Puis il se leva et, brandissant une liasse de documents, il assena :

— Le tribunal a en sa possession de nombreux éléments à charge. Lors de la fouille de ton hôtel particulier, il a été découvert toutes les preuves de tes actes odieux. Alors, reconnais-tu ton crime ?

Jean fut tenté de répliquer qu'il ne disposait pas d'un hôtel particulier mais d'une simple maison bourgeoise, cependant, de peur de s'attirer l'inimitié des personnes rassemblées devant lui, il préféra passer sous silence l'erreur d'appréciation de celui en qui il persistait, par naïveté, à voir un juge impartial.

— Non, je vous assure que je ne sais pas de quel crime…

Il fut brutalement interrompu par son accusateur.

— Tu en as donc commis tellement contre le peuple ?

Et du regard l'homme balaya l'assistance pour solliciter son soutien.

De nombreux cris jaillirent à nouveau de la foule impatiente.

— À mort, à mort les affameurs du peuple !

— Allons, réponds donc, au lieu de chercher à échapper aux conséquences de tes actes ! s'échauffa le président.

— Mais je vous assure, citoyen, que je ne vois pas

quel crime on peut me reprocher. Je n'en ai commis aucun, et...

— Accuserais-tu le tribunal d'incompétence ou de parti pris ?! hurla maintenant le juge, qui s'était levé à demi de son siège dans son emportement.

La foule gronda dans le dos de Jean.

— On a découvert chez toi des factures et des reçus portant sur des sommes s'élevant à des milliers de livres.

Haussant encore le ton d'un cran, comme pour s'adresser à la foule des citoyens qui se tenaient dans la salle et les inviter à réagir, à crier leur indignation, il poursuivit :

— Des dizaines de milliers de livres payés par la première catin de France alors que le peuple mourait de faim !

Comme l'espérait celui qui le sollicitait ainsi, une explosion de cris de haine roula dans le public du tribunal. L'assemblée assoiffée de sang et de vengeance répondit à la harangue du président par de nouveaux braillements qui firent froid dans le dos au parfumeur montpelliérain. Jean était maintenant figé comme une statue. La terreur imprégnait tous les pores de sa peau. Il n'osa pas affronter du regard celui qui le harcelait de la sorte et garda les yeux baissés.

— Et pourquoi détenais-tu plusieurs armes dans ton secrétaire ? Sûrement pour occire les citoyens du peuple qui viendraient se saisir de ta personne ?

— Mais, je...

— Silence ! Tout cela n'est rien par rapport au crime que tu as commis et pour lequel tu comparais aujourd'hui. Avoue, mais avoue donc !

Tétanisé, Jean Fardon avait beau réfléchir, il ne voyait pas comment se défendre. Comment pouvait-on imaginer qu'il ait eu d'étroites relations avec les souverains ? Il n'était qu'un simple fournisseur, parmi les centaines approvisionnant régulièrement le palais de Versailles ! Par ailleurs, depuis le temps, il s'était assuré que toutes les preuves accablantes, ou du moins celles pouvant être considérées comme telles, prouvant son commerce avec Leurs Majestés avaient été détruites. Que savait donc le tribunal ? Comment avait-il pu l'apprendre ? Toutes ces questions se télescopaient dans son crâne en une danse infernale.

— Alors, reconnais-tu avoir ourdi un complot contre la République ? hurla le président.

À ce moment-là un homme armé s'approcha de lui et se pencha pour murmurer quelques mots à son oreille. Le magistrat se tourna alors vers le détenu et, d'un ample mouvement du bras, fit signe aux factionnaires de garde de s'emparer de lui et de le reconduire dans ses quartiers.

— Le peuple n'en a pas fini avec toi ! lança-t-il avec hargne. Le tribunal examine dans le détail tous les documents découverts à ton domicile. Tu as des comptes à rendre à la Révolution, citoyen !

Encadré par deux sans-culottes, Jean Fardon était sur le point de quitter le pavillon de l'Égalité, puisqu'il fallait l'appeler ainsi, lorsque son regard se posa sur deux personnes qui se trouvaient au premier rang. Il eut du mal à reconnaître sa femme. Cette dernière avait en effet abandonné les riches toilettes tant affectionnées pour un vêtement beaucoup plus simple et adapté aux circonstances. Elle tamponnait ses yeux rougis d'un mouchoir de batiste tandis qu'à ses côtés, tentant de la réconforter, se tenait celui qui avait été son apprenti, son commis, puis son égal en maîtrise, mais qui était surtout son ami, Quentin. Discrètement, ils lui firent un petit signe de la main. Il faillit y répondre mais s'en abstint à temps, réalisant qu'en agissant ainsi il les désignerait à la vindicte de leurs voisins, qui vociféraient toujours à son endroit.

Les voir lui fit chaud au cœur. Il n'était pas oublié. Il leur lança un regard chargé à la fois de désespoir et d'espérance. Il n'ignorait pas pouvoir compter sur eux. Il savait que ces deux-là feraient tout pour lui venir en aide, qu'ils feraient le maximum pour le sortir de là.

Son retour dans la cellule, qui en surprit plus d'un — en règle générale tout départ était définitif, en direction de l'échafaud –, fut douloureux. Une nouvelle fois, il eut l'impression de plonger dans une baignoire empuantie par l'odeur des corps mal lavés, dont les effluves nauséabonds lui donnèrent la nausée.

Au cours de ces quelques semaines passées dans les sous-sols des Tuileries, il s'était lié avec un prêtre. Lui qui d'ordinaire avait du mal à se faire des amis avait trouvé chez cet homme de Dieu réconfort et assistance, et il n'était d'ailleurs pas le seul. À plusieurs reprises, alors qu'il était sur le point d'abandonner tout espoir, il avait été porté à bras le corps par les paroles de celui qui supportait sa condition sinon avec indifférence, du moins avec sérénité.

Nicolas Beaujon était un prêtre qui, ayant refusé de prêter serment sur la Constitution et n'ayant pu ou voulu prendre la fuite, avait été arrêté et attendait lui aussi de passer en jugement. Il ne se faisait aucune illusion. Seuls les prêtres jureurs trouvaient grâce aux yeux des révolutionnaires. Pour les autres, qui n'étaient donc pas en odeur de sainteté, ils avaient rendez-vous avec la guillotine.

— Vous voyez bien qu'il faut garder confiance ! lui déclara celui-ci à son arrivée, quand les autres détenus se contentèrent de lui jeter des regards suspicieux. Avez-vous réussi à plaider votre cause ?

Jean réfléchit longuement avant de répondre. Il n'était pas du tout convaincu que sa prestation lui ait été favorable, mais il espérait malgré tout de l'aide de sa femme. Il se confia à l'ecclésiastique.

— Je ne comprends pas quel est le crime que l'on me reproche. Fait-on grief au boulanger d'avoir vendu son pain à la cour ? Au cordonnier des souliers aux nobles ? Au boucher de la viande ? Pourquoi, monsieur l'abbé, pourquoi moi ? Jugez vous-même si j'ai commis la moindre faute, la plus petite vilenie qui puisse justifier ma présence ici même.

Jean se replongea alors dans le passé, dans les années de sa jeunesse qui avaient décidé de sa destinée. Il leva son visage vers le prêtre assis à ses côtés dans un recoin de la pièce et entreprit de lui raconter son histoire.

***

Tout avait commencé dans sa ville natale, capitale des États du Languedoc, Montpellier.

En cette année 1773, marié depuis un an seulement, la conjoncture économique morose l'avait décidé à franchir un pas. Il avait été le principal instigateur d'une réunion visant à rassembler les corps des marchands, négociants et apothicaires de la ville. Certes sa notoriété, ou plus exactement celle de ses aïeux, donnait du crédit à cette initiative, qui soulevait cependant de nombreuses controverses. Son but ? Clarifier les prétentions et droits des uns et des autres, créer une force qui soit à même de lutter contre les concurrents de Grasse et de Paris dans ce qu'il pressentait être un tout nouveau métier aux multiples et confortables débouchés : l'art de la parfumerie.

Le jour de ladite réunion, le président de la corporation des apothicaires, dont sa propre famille était issue, l'introduisit en annonçant :

— Je laisse la parole à notre ami Jean Fardon. Je pense qu'il est inutile de présenter celui dont un des glorieux ancêtres a été le fournisseur de la Grande Mademoiselle !

Nul n'ignorait en effet qu'un certain Jean Fardon – il était alors courant que les prénoms se transmettent de génération en génération – avait été un siècle auparavant un apothicaire ayant porté haut les couleurs de Montpellier en recevant un privilège royal, celui d'être nommé « apothicaire et parfumeur ordinaire de Son Altesse royale, Mlle d'Orléans ». Anne-Marie Louise d'Orléans, fille de Monsieur, frère cadet du roi Louis XIII, n'avait pas peu fait pour contribuer au prestige de la famille. D'ailleurs, pour que tout le monde en soit bien informé, le parchemin faisant état de cette distinction était affiché en bonne place au dessus du comptoir de leur boutique située Grand-rue. Jean regretta toutefois que celui qui venait de le présenter omette d'évoquer son père, « apothicaire et parfumeur à privilège royal » à l'origine d'un ouvrage considéré comme la bible familiale, qui traitait des « compositions pour la santé » et des « parfums pour les embellissements ». Disparu maintenant depuis de nombreuses années, son géniteur lui manquait terriblement.

Ému plus qu'il ne le souhaitait, le digne descendant de l'illustre dynastie des Fardon se leva et s'éclaircit la voix. Du haut de ses trente ans et alors qu'il n'avait toujours pas été nommé « maître gantier-parfumeur », il était bien conscient de l'outrecuidance qu'il y avait de sa part à s'adresser à ceux qui seraient demain, mais demain seulement, ses pairs. Mais enfin, se dit-il pour se donner du courage, la présence, en nombre, d'un tel auditoire accréditait l'intérêt de sa démarche. Il savait devoir commencer sa harangue par des déclarations susceptibles d'emporter l'adhésion de tous. Aussi, après avoir salué l'assemblée, se lança-t-il, entrant directement dans le vif du sujet :

— Mes amis, il est impératif de nous rassembler pour faire connaître à Sa Majesté que nous sommes injustement frappés de taxes et impositions auxquelles échappent nos concurrents de Grasse et de Paris. Vous n'ignorez pas que ces villes, elles, sont exemptées de droit sur les compositions aromatisées et eaux de senteur depuis l'édit de 1719. Nous sommes victimes d'une injuste surtaxe excessive aux conséquences terribles.

Il retint ses propos un temps avant de poursuivre :

— Pas moins de six d'entre nous viennent d'ailleurs de faire faillite.

Il ne put aller plus loin. Ce fut une explosion de cris de mécontentement, de récriminations contre l'intendant du Languedoc, qui n'avait pas su rapporter à Sa Majesté les difficultés de ses sujets.

Jean Fardon en fut rasséréné. Il avait emporté l'approbation de l'assistance. Mais il devinait que le plus difficile restait à faire : codifier les droits de chacun de façon à limiter la concurrence interne à sa bonne ville, aussi dangereuse qu'inutile.

Il regarda ses interlocuteurs, attendant qu'un semblant de silence se fît. Hormis la communauté des apothicaires, qui forte d'un statut prononçant depuis 1572 l'indépendance de leur ordre se sentait intouchable, tous attendaient avec appréhension ses propositions.

— Nous devons décider quels sont ceux qui peuvent, aujourd'hui, exercer le négoce des parfums, tonna-t-il, haussant la voix comme pour donner plus de poids à ses déclarations.

Ce qu'il craignait arriva, ce fut un tollé général. Cette fois-ci, Jean eut nettement le sentiment que les vitupérations se dirigeaient directement contre lui. Mais comment aurait-il pu en aller autrement ? Il savait que plus d'une vingtaine d'artisans, de commerçants et de corporations en tous genres revendiquaient, et parfois à juste titre, ce privilège.

— Nous disposons de ce droit depuis des lustres ! assena férocement le délégué des pébriers sobeyrans, négociants en gros dont les allégations furent reprises immédiatement par son homologue parlant lui au nom des pébriers de mercat, qui s'approvisionnaient en leur qualité de détaillants auprès des premiers.

Mais ils n'eurent pas le temps d'aller plus loin dans leurs revendications respectives que chaque porte-parole se leva pour crier haut et fort ses prétentions. C'est ainsi que sans écouter les propos des uns et des autres ni respecter les temps de parole qui avaient pourtant été déterminés par le représentant des apothicaires, chacun se lança dans une légitimation effrénée du bien-fondé de son activité.

— Nous tenons nos privilèges des maîtres apothicaires, éructa celui qui parlait au nom des espéciayres, plus connus par certains sous l'appellation d'« espiciers-apothicaires », et employaient des drogues à des fins thérapeutiques.

Il eut du mal à se faire entendre tant sa petite taille jouait en sa défaveur, et ne put de toute façon poursuivre plus avant, étant bousculé par son voisin de travée, représentant des parfumeurs-gantiers.

— C'est nous qui détenons les droits les plus anciens ! hurla celui-ci, qui parvint presque à rendre audible sa revendication en grimpant d'un bond sur une table se trouvant à proximité. Notre corporation a obtenu dès 1190 ses premiers statuts octroyés par Sa Majesté Philippe-Auguste, statuts confirmés par lettre royale du roi Henri III le 22 juillet 1582, enchaîna-t-il.

Et, à l'appui de ses dires, il brandit en l'agitant une copie desdits statuts, certain que le rappel de tels actes en ferait taire plus d'un.

Ce fut peine perdue.

— Et nous ! lança le représentant des barbiers-perruquiers et baigneurs-étuvistes, qui lui n'avait pas besoin de hausser le ton tant sa stature et sa voix de stentor en imposaient. Nous qui demandons depuis toujours à pouvoir faire commerce des opiacés, poudres pour les dents, pommades, pâtes à laver les mains et tout ce qui touche à la propreté des corps... Croyez-vous pouvoir nous oublier ? s'écria-t-il.

— Votre soi-disant corporation n'a même pas obtenu le droit à maîtrise ! lâcha, goguenard, un apothicaire.

D'un seul élan tous les autres participants se levèrent à leur tour, et dans le plus grand désordre crièrent à qui mieux mieux leur mécontentement, leur exaspération, leurs attentes et exigences. Barbiers-perruquiers, baigneurs-étuvistes, merciers, droguistes, distillateurs, vendeurs d'étoffes et de rubans, tous tentaient maintenant de justifier leur privilège à utiliser les parfums.

Était-ce dû à la chaleur de ce jour de juin ? Toujours est-il que les premiers horions furent échangés dans le plus grand des charivaris entre des commerçants peu enclins à se voir déposséder sans combattre de ce qui représentait leur activité, leur gagne-pain, leur vie. Rapidement ce fut la foire d'empoigne. Les heurts se multiplièrent et éclatèrent parmi tous les membres présents. Bancs et chaises volèrent.

Las, déçu de son incapacité à se faire comprendre et réalisant l'inanité de sa démarche, Jean Fardon préféra se retirer, non sans avoir reçu lui aussi de nombreux coups.

En cheminant en direction de la demeure familiale, il s'épongea le visage à l'aide d'un grand mouchoir parfumé et se laissa pénétrer par ses doux effluves de lavande. Ce seul geste ramena en lui un semblant de quiétude et il parvint à discipliner les battements de son cœur, qui battait la chamade. Il avait bien anticipé la difficulté de cette tentative de créer enfin une corporation des parfumeurs digne de ce nom, mais il en avait sous-estimé la complexité. Non, vraiment, il n'avait aucun espoir de voir cette question se régler. Du moins depuis sa ville de Montpellier…

Il avait eu besoin de cette tentative pour s'en convaincre. Et se convaincre aussi qu'il était temps pour lui de quitter le cocon familial pour aller porter les couleurs de sa famille dans la capitale. Il respecterait en cela le souhait de son défunt père, dont il se rappelait les propos maintes fois répétés : « Pense un jour à -t'établir dans la capitale. Seul ce lieu permettra de donner ses lettres de noblesse à notre activité et à notre famille. »

Oui, l'heure était maintenant venue. Il n'oublierait pas pour autant la ville dans laquelle il avait eu le bonheur de naître et l'échoppe dans laquelle il avait fait ses premières armes sous la ferme mais bienveillante férule paternelle, mais ce changement de lieu d'activité serait bénéfique à plus d'un titre. Tout d'abord, l'éloignement lui permettrait de s'émanciper de la tutelle de sa mère, une maîtresse femme qui avait repris les rênes de la parfumerie familiale, ainsi que d'apaiser les relations difficiles entre cette dernière et sa femme, dont l'arrivée dans la maisonnée ne s'était pas faite sans heurts. Par ailleurs, c'était également son propre intérêt. La boutique de sa mère, dont il hériterait, représentant à ses yeux les racines d'un arbre dont le feuillage se développerait à Paris, où il pourrait donner une tout autre dimension à son négoce.

Jean était effectivement persuadé que conquérir la

capitale lui offrirait la possibilité de mettre en valeur la plénitude de son art. Mais il ambitionnait également un accès à la cour de Sa Majesté, qui était d'ailleurs surnommée «la cour parfumée» tant l'usage des parfums se développait... Certes, il gardait pour lui ce fol espoir qui en aurait fait rire plus d'un, cependant il n'avait pas dit son dernier mot. Il avait décidé de jeter son dévolu non pas tant sur Louis XV que sur le dauphin et la dauphine. Tout le monde vantait leur grâce, leur maintien, et la rumeur courait également qu'ils étaient à l'origine d'un regain du commerce du luxe.

Il entendait par ailleurs se faire, en toute discrétion s'il le fallait, le représentant de quelques-unes des autres grandes familles amies dont les rejetons, à son image, souhaitaient que l'art de la parfumerie ne se voit plus associé à celui des boutiquiers, comme les gantiers, liquoristes et étuviers de toute nature, mais soit reconnu en tant qu'activité à part entière. Il pensait aux Matte La Faveur, aux Barbe, aux Coste, aux Baumel, aux Castelnaud, aux Estève... La liste était trop longue pour qu'il pût l'énumérer, même en pensée.

Il traîna volontairement en chemin, désireux de prolonger une promenade apaisante qui lui permettrait de faire bonne figure devant sa mère. Toutes les activités liées à la parfumerie se trouvaient concentrées dans le quartier, et il parcourut pour le seul plaisir des fragrances subtiles et pénétrantes qui s'échappaient des diverses échoppes les rues Saint-Guilhem, de l'Aiguillerie, le faubourg de la Saunerie et, enfin, la Grand-Rue. En passant devant le local occupé par les Dames de la Miséricorde, il se souvint de l'époque où son père l'avait envoyé passer plusieurs semaines dans cette pharmacie qui accueillait les indigents. Là, il avait touché du doigt l'importance du lien unissant les plantes, les parfums et la confection des potions et médicaments nécessaires à la santé de l'homme. Là, il avait compris l'importance du rôle joué par ses ancêtres, membres de ce corps prestigieux qu'était celui des apothicaires. Là, il était tombé en admiration devant les magnifiques cruches au bleu de manganèse, devant les pots chevrettes, devant les pots canons et les mortiers avec pilon, dont il trouvait toutefois trace dans l'échoppe paternelle.

— Alors, mon fils ? s'inquiéta Marie Fardon en le voyant arriver malgré tout la face congestionnée.

— Comme vous l'aviez prévu, ma mère, comme vous l'aviez prévu ! Impossible de faire entendre raison à cette horde d'imbéciles qui ne voient pas plus loin que le bout de leur nez, ne pensent qu'à leur intérêt immédiat. C'en est fini pour moi. Ici tout du moins.

Et il attendit un instant avant d'aller plus avant dans ses déclarations.

Mme Fardon était une maîtresse femme. Elle savait que son mari avait toujours clamé haut et fort qu'il lui faudrait ouvrir une boutique de négoce à Paris, mais qu'il n'avait malheureusement pas eu le temps de mettre ses desseins à exécution. Elle se doutait, en le craignant et l'espérant tout à la fois, que leur fils unique souhaiterait un jour voler de ses propres ailes, portant ainsi à la fois les espoirs paternels et les siens propres. Mais comment le lui reprocher ? Elle n'ignorait pas qu'il avait du talent et que la capitale serait à même de lui offrir un champ d'opportunités à nul autre pareil. C'était là que se trouvait la clientèle la plus élégante et la plus fortunée…

Jean, comme s'il avait pu lire dans les pensées de celle qui lui avait donné le jour, tenta de la rassurer.

— Mais je reviendrai régulièrement m'approvisionner en herbes ici même. Je serai le messager de notre bonne ville.

Le messager de Montpellier, en quelque sorte…, chuchota sa mère, émue.

Il réfléchit un instant avant de lancer, enthousiaste :

— Oui, c'est tout à fait cela. Et le nom de ma boutique parisienne sera : *Au messager de Montpellier* !

Jean avait donc pris sa décision. Il terminerait ses études à Paris et obtiendrait là-bas sa maîtrise. Il sentait qu'un long et prometteur chemin s'ouvrait devant lui. Il en était sûr. Bientôt il ne serait plus seulement un excellent maître gantier-parfumeur, mais donnerait ses lettres de noblesse à l'art de la parfumerie. Il n'oubliait pas avoir lu sous la plume de Rousseau certaines phrases qu'il avait faites siennes, comme : « L'homme qui sent surpasse l'homme qui pense » ; ou encore que le « nez était la porte de l'âme »…

La veille de son départ, de leur départ – sa femme Amélie piaffait d'impatience tout autant que lui, désireuse pour sa part de mettre de la distance avec une belle-mère qui ne l'acceptait pas –, il fit le tour de la boutique familiale pour s'assurer qu'il n'avait rien oublié. Il voulait également, une dernière fois, même s'il savait qu'il reviendrait régulièrement visiter sa mère, s'imprégner de l'ambiance et se pénétrer de tout ce qui avait bercé son enfance. Il caressa, parfois du regard, parfois d'une main tremblante d'émotion, boîtes de bergamote, étuis de senteur, tabatières, taupettes, canettes, dames-jeannes et pots à esprit, dont son père lui avait appris jour après jour à apprécier les contenus. Il se rendit enfin dans le laboratoire paternel, et ne put s'empêcher d'essuyer une larme, ayant toujours l'impression de l'y voir, passer d'une cornue à un alambic, redressant un serpentin, secouant une écumoire, déplaçant un mortier tout en bougonnant…

Il n'avait pas besoin de prendre de notes, il savait pouvoir reconstituer tout cela à l'identique dans la capitale. Il comptait aussi sur la présence de sa femme qui, à l'instar du rôle tenu par sa mère auprès de son père, serait pour lui une précieuse collaboratrice. Jean ne doutait pas qu'elle fasse merveille en conseillant dans leurs achats leur future pratique. Après tout, n'avait-elle pas été pendant de nombreuses années employée chez un confrère ?

En somnolant au gré des cahots de la diligence les transportant en direction de la capitale, Amélie assise tout contre lui, sa chatte Doucette dans un panier d'osier à ses pieds, Jean Fardon fantasmait sur l'avenir glorieux qui se présentait à lui. Il serra davantage le bras de son épouse, et la contempla. En lui donnant son nom il était certes allé à l'encontre des vœux de sa mère, qui avait souhaité le voir épouser la fille et non l'employée d'un concurrent, comme cela se faisait, permettant ainsi aux Fardon de s'allier avec une autre famille exerçant le même négoce, mais il avait su tenir bon et ne le regrettait en rien.

C'était en fait la seule fois où il avait tenu tête à celle qu'il adorait pourtant. Mais il avait été tout de suite séduit par le sourire enchanteur d'Amélie. Sa femme était sa cadette de douze ans, et de sa taille fine à sa poitrine haute et fière, tout en elle portait l'éclat de sa rayonnante jeunesse. Ses beaux yeux bleus dans un visage rieur la rendaient irrésistible. Et ce n'était pas sans un pincement au cœur qu'il voyait les représentants de la gent masculine faire assaut d'amabilités à son endroit. Il rejeta au plus profond de lui-même les alarmes de sa mère… Il savait pertinemment que son seul physique – il jugeait sans complaisance son corps trapu à l'embonpoint naissant, ses cheveux raides et son visage aux traits épais – n'avait pas suffi à attirer les faveurs d'Amélie, mais espérait que son intérêt pour sa position sociale se transformerait petit à petit en une solide affection, à défaut de partager pleinement l'amour qu'il nourrissait pour sa part à son endroit.

Le voyage en direction de la capitale fut éprouvant. De maigres chevaux de poste tiraient la machine monstrueuse chargée de dix personnes et surchargée de coffres et de valises. Le marchepied y donnant accès était si haut que toutes les dames devaient être aidées pour accéder à leur siège. Il eut tout le temps pour réfléchir à ce qu'il devait faire. Tout d'abord, obtenir sa maîtrise. D'après les statuts de sa profession, il fallait justifier de quatre années d'apprentissage puis de trois autres années en qualité de compagnon. Après de sérieuses études chez les oratoriens, études imposées par son père alors que sa mère n'en voyait pas l'utilité, il avait à la demande expresse de son géniteur suivi le parcours des simples apprentis, même si sa qualité de fils d'un maître reconnu et estimé lui permettait de s'en dispenser.

Il était en outre tenu de réaliser un « chef-d'œuvre », qu'il présenterait à l'approbation des examinateurs. Il décida à l'instant de choisir *La Toilette à la mode de Montpellier*. Façon judicieuse, pensa-t-il, de lier la maison mère, déjà titulaire d'une prestigieuse réputation de nature à faciliter son établissement à Paris, à sa nouvelle boutique. Il ne se contenterait pas de copier la préparation existante, mais ferait tout pour l'améliorer et la rendre plus agréable encore. Il lui faudrait également innover dans le secret de la fabrication des parfums, poudres pour les cheveux, savonnettes, sachets de senteurs, pots-pourris et onguents en tous genres dont il se faisait fort de développer la vente. Des mots tels que distillation, enfleurage à froid, à chaud, huiles essentielles, etc., dansaient la sarabande dans sa tête.

La seule évocation de toutes ses fragrances plus odorantes les unes que les autres l'enivrait presque. Il en était tout étourdi. Son nez avait emmagasiné depuis sa plus tendre enfance tant et tant d'odeurs, naturelles ou composées, qu'un simple effort de mémoire parvenait souvent à le griser.

Sa mère avait bien fait les choses. Elle avait pris attache avec un cousin Fardon qui tenait son négoce sous l'enseigne de la parfumerie d'Oriza, dans l'enclos du Louvre. Il s'agissait d'un lieu prestigieux, et particulier, puisque ceux qui y déployaient leurs activités bénéficiaient d'importants privilèges, dont celui de pouvoir exercer leur art sans en avoir obtenu la maîtrise. Jean avait cependant bien précisé à sa mère que lui, justement, souhaitait acquérir cette dernière, dont l'absence aurait pu laisser croire à un manque de qualification. Il avait donc été décidé qu'il terminerait son apprentissage auprès de la veuve d'un certain Ligier, qui tenait son négoce rue du Roule. Le choix était judicieux car il avait été convenu qu'après l'obtention du précieux parchemin, Jean ferait l'acquisition de la parfumerie, qui bénéficiait déjà d'une brillante clientèle.

Si l'avenue conduisant à l'îlot du Roule était d'une belle largeur, dans un quartier commerçant de bon aloi, la circulation ne s'y faisait pas sans mal le nombre de chalands étant fort important. Par ailleurs, Jean dut à plusieurs reprises se boucher le nez, imité en cela par son épouse, tant Paris méritait bien son surnom de «ville de boue». Personne ne semblait respecter dans cette ville les règlements d'hygiène. Les seaux d'aisance étaient jetés au beau milieu des rues, des immondices de toutes sortes traînaient par terre... Tout cela contribuait à empester l'atmosphère. Mais il ne s'en plaignait pas, conscient que le développement de son négoce était étroitement lié à la volonté et la possibilité qu'avaient certains d'échapper à la puanteur ambiante.

Mme Ligier leur fit bon accueil et dispensa à Jean des conseils avisés. Après le tout récent décès de son époux, elle aspirait à plus de tranquillité et était ravie de pouvoir confier son négoce à une personne de confiance qui lui avait été chaudement recommandée, ainsi que d'avoir de la compagnie. Le commerce était prospère et, en faisant preuve de prudence, de discernement et d'imagination, Jean comprit rapidement que, grâce à son nez et à un labeur acharné, toutes les portes lui seraient ouvertes. Sa femme Amélie était également enchantée. Ici point de belle-mère qui la regardait de haut, lui faisant sentir à tout instant ses origines modestes, lui donnait des ordres, tenait serrés les cordons de la bourse... Elle respirait enfin! Elle devinait que son vœu le plus cher, celui de mener une vie de bourgeoise, et pourquoi pas de grande bourgeoise, allait pouvoir être satisfait.

Une année s'écoula, si rapidement que les époux Fardon ne la virent pas passer. Amélie, après le départ de la veuve Ligier, avait pris ses marques dans son nouveau logis, la boutique à l'enseigne *Au messager de Montpellier* se situant au rez-de-chaussée de la bâtisse achetée. En peu de temps, elle avait accommodé à sa convenance et embelli leur demeure, qui s'étageait sur trois niveaux. Ayant rapidement adopté les habitudes des femmes de la bourgeoisie, elle avait mis un point d'honneur à s'entourer d'un raffinement exquis, qui ne manquerait pas de faire enrager sa belle-mère si d'aventure elle se déplaçait un jour dans la capitale pour leur rendre visite.

Les murs étaient recouverts de boiseries et de coûteuses tapisseries, parfumées régulièrement à la mode de la Cour. Elle en avait vanté à son époux tous les avantages. Cette sorte de parfum d'ambiance était la seule manière de chasser les odeurs pestilentielles en provenance des rues avoisinantes qui assaillaient régulièrement leur intérieur et, lorsqu'elle recevait des amies, c'était également une façon d'attirer leur attention sur les nouvelles fragrances développées dans le cadre de leur négoce.

Jean se félicitait d'avoir une femme si avisée et qui tenait si bien leur commerce. Il était toutefois troublé de constater la rapidité avec laquelle Amélie avait fait siens les us et coutumes des coquettes de la Cour.

— Qu'est-ce donc que cela… ? lui demanda-t-il un beau matin en remarquant la présence d'une petite rondelle de taffetas noir sur sa joue.

Amélie lança alors, l'air mutin :

— Cela s'appelle une « mouche » ou encore une « tache avantageuse ». Les personnes bien nées s'en parent pour rehausser l'éclat de leur teint. Je parie que vous n'en connaissez pas les codes ! déclara-t-elle sans laisser à son mari le temps de répondre. Au coin de la bouche, elle appelle le baiser ; elle est friponne sur les lèvres ; près de l'œil, elle révèle une humeur assassine ; elle est effrontée, ou gaillarde, dès lors qu'elle est placée sur le nez ; majestueuse sur le front ; galante sur la joue ; discrète sur la lèvre inférieure ; et, enfin, se veut généreuse sur la poitrine…

Jean n'ignorait rien des mouches, même s'il ne connaissait effectivement pas leurs significations exactes. Il s'inquiéta en réalisant que celle de son aimée se trouvait sur sa lèvre. Il allait lui demander des explications lorsque Amélie, qui semblait avoir deviné le cours de ses pensées, s'approcha de son époux et lui dit :

— Si je l'ai apposée sur ma lèvre, c'est pour mieux vous presser sur mon cœur, mon ami.

Et, séance tenante, faisant fi de la présence des deux employées qui vaquaient à leurs occupations, elle l'embrassa tendrement.

Jean ne put s'empêcher de rougir devant tant d'audace. Mais n'était-ce pas un peu cela qui l'avait séduit chez Amélie ? Il trouvait cependant les appellations énoncées particulièrement suggestives, mais que faire si cela se trouvait être l'usage dans la bonne société ?...

— Imaginez que chaque mouche soit imprégnée d'un parfum particulier ! poursuivit sa femme. Cela nous serait fort profitable. Et connaissez-vous le langage de l'éventail ? enchaîna-t-elle ensuite.

Elle se dirigea aussitôt vers le comptoir et fit signe à une vendeuse, qui lui tendit le précieux instrument.

— Le tenir de la main droite face au visage signifie : suivez-moi ; de la main gauche : je désire un entretien ; le faire tournoyer dans la main gauche, continua-t-elle en se lançant dans une démonstration avec une grande maestria, veut dire : nous sommes surveillés ; le présenter fermé pose la question : m'aimez-vous ? Et il y a de nombreuses autres significations, mais... souhaitez-vous les connaître toutes, mon ami ?

Jean Fardon en était tout retourné, subjugué par la vitesse à laquelle Amélie s'était approprié toutes ces modes. Il se récria :

— Non, ma mie, non pas, mais je suis fort aise que votre savoir soit si grand.

— Et vous avez mille fois raison, mon époux ! répliqua-t-elle, virevoltant autour de lui comme un papillon en agitant avec dextérité son éventail. La seule chose qui compte, c'est qu'il s'agit là d'autant de messagers qui permettront de faire connaître vos compositions et de les propager. N'oubliez pas qu'il vous faut à la fois adapter vos créations à la mode de Paris, mais également savoir susciter la demande.

Jean réalisa alors que les mouvements décrits par sa femme à l'aide de l'éventail avaient effectivement dégagé un nuage de senteur de sa toute dernière fragrance, *Eau de cypre composée*, où l'odeur du jasmin le disputait à celui de l'iris et de l'angélique. Il ferma les yeux et se laissa envoûter par cette odeur divine.

Sa femme lui donna sur le bras un petit coup de son éventail, qu'elle venait de refermer d'un mouvement sec du poignet, pour le ramener à la réalité. Elle s'approcha ensuite tout près de son oreille et lui glissa :

— Je sais que certaines dames de la noblesse possèdent plus d'une centaine de mouches et d'éventails. Sachez proposer des senteurs qui correspondent aux attentes et circonstances qu'elles décrivent, de la joie à la peine, de la retenue à l'audace, et vous saurez vous rendre indispensable !

Bien que médusé par tant de suggestions, de recommandations et d'imagination, une fois encore Jean était aux anges devant les qualités de son épouse. Certes Amélie était à mille lieues du comportement sage qu'aurait attendu sa mère de la part de sa belle-fille, mais n'était-il pas temps pour lui, pour eux, de se fondre dans cette nouvelle société ? N'était-ce d'ailleurs pas pour cela qu'il était venu à Paris, pour conquérir une autre clientèle ? Donner un nouveau lustre à son nom ? Il se contenta de baiser les deux mains de sa femme, tout ébloui par l'à-propos et le sens du commerce de celle qu'il avait eu la chance d'épouser.

Ses propres activités, plus liées aux préparations et à la conception de nouvelles fragrances, le tenaient souvent à l'écart de la boutique, où sa femme régnait en maître. Mais il faisait toute confiance à Amélie et, son laboratoire se trouvant dans l'arrière-salle de leur établissement, il pouvait en outre s'y rendre à tout moment.

En 1778, soit moins de cinq ans après son arrivée à Paris, Jean Fardon pouvait se targuer d'un bilan plus que satisfaisant. Il avait obtenu sa maîtrise et été reçu maître gantier-parfumeur et poudrier, après avoir prêté serment devant le procureur du Châtelet. Sa réputation et sa notoriété étaient allées croissantes, à telle enseigne qu'il pouvait s'enorgueillir désormais, concrétisation suprême, du titre de « fournisseur des Enfants de France », obtenu grâce à Mme de Guéméné, gouvernante de Mme Royale, fille ainée de Leurs Majestés.

Tant de succès ne lui valaient pas que des amis. Certes, il entendait respecter les recommandations de son défunt père – « Un commerçant, lui disait-il, ne doit jamais susciter jalousie ou envie » – mais était conscient que ce qui était de bon aloi à Montpellier ne l'était plus à Paris, où il fallait briller de mille feux pour attirer l'attention des gens de la Cour. Et puis, fort de l'appui de Sa Majesté, il ne doutait pas de pouvoir affronter tous ses concurrents, ceux de la capitale et d'ailleurs.

Ainsi, à Grasse, on s'inquiétait de la notoriété grandissante du représentant de la ville de Montpellier, cité qui jusque-là n'était connue et reconnue que pour l'habileté de ses médecins et apothicaires. Il n'échappait à personne que le maître parfumeur s'ingéniait à obtenir certains privilèges fiscaux, réservés jusqu'alors aux tanneurs de leur bonne ville.

Anselme Tombaret faisait partie des principaux maîtres tanneurs et, si sa réputation et l'importance de son négoce ne pouvaient concurrencer celles des vieilles familles comme les Chiris, les Galimard, les Lautiers, Debezieux et Roure-Bertrand, il était ambitieux.

Empêtré dans ses soucis, il tournait en rond dans son entrepôt et houspilla même sa femme qui s'approchait de lui.

— Que voulez-vous donc, enfin ? lui lança-t-il, tout en connaissant parfaitement la réponse à sa question.

Lucille, revêtue de ses plus beaux atours, qu'elle n'avait pas hésité à enfiler alors que l'odeur des peaux en décomposition -risquait d'en imprégner durablement le tissu, s'avança, dissimulant son agacement du mieux qu'elle put.

— Vous m'avez promis, mon ami, vous rappelez-vous ?

— Promis quoi ? s'énerva le négociant.

Lucille Tombaret se colla littéralement à son mari.

— De faire en sorte que notre fils soit votre successeur en lieu et place de ce vaurien…

Elle ne put aller plus loin dans ses propos. Anselme la repoussa vivement.

— Ce vaurien comme vous dites est mon fils, à défaut d'être le vôtre.

— Votre indulgence vous perdra, mon ami. Ce galapiat fait honte à votre nom, reconnaissez-le au moins !

Et sans attendre de réponse, elle tourna les talons et s'en fut.

Anselme n'avait osé répondre par la négative. Son fils Quentin, âgé de dix-huit ans, lui causait beaucoup de tracas. À l'âge où lui-même était apprenti de son propre père dans la tannerie familiale, il ne pensait qu'à s'amuser avec les garnements de son âge, à conter fleurette aux ouvrières, et à plusieurs reprises, il avait dû intervenir pour le sauver des griffes de la maréchaussée. Mais c'était son fils, et il lui rappelait celle, morte de maladie, avec laquelle il avait tant partagé lors de son premier mariage... Il espérait même un jour lui laisser sa succession.

C'était faire peu de cas de sa nouvelle épouse, qui le harcelait au quotidien pour faire en sorte qu'il se détermine pour l'enfant qu'ils avaient en commun, âgé de dix ans seulement.

Lucille lui reprochait sempiternellement d'être

trop indulgent avec son bon à rien de fils, lui prédisant qu'il conduirait l'entreprise familiale à la ruine. En commerçant avisé, Anselme n'était pas dupe du peu d'intérêt et de goût pour le travail de son aîné. Mais il avait pu apprécier son intelligence, sa rouerie et son habileté à se sortir de toutes les chausse-trappes dans lesquelles il se fourrait régulièrement. Il n'espérait qu'une chose : que, l'âge venant, Belange, surnom donné par sa première femme tant son visage faisait penser à celui d'un ange, s'assagisse.

Lorsqu'il songeait à son cadet, son inquiétude était d'une tout autre nature. Souffreteux, timoré, toujours dans les jupes de sa mère, peu susceptible de prendre la tête d'un commerce qui demandait de la poigne et de l'imagination, il redoutait le jour où il devrait lui laisser les rennes de sa maison. Si tant est qu'il en soit réduit à cette extrémité.

Mais, de guerre lasse, peut-être serait-il obligé de passer sous les fourches caudines de son épouse ? Comment résister à ce harcèlement permanent ? Que faire pour éviter les éclats de voix et les disputes incessantes qui naissaient pour le moindre prétexte entre son fils et sa belle-mère ? La vie familiale devenait de plus en plus difficile…

Il fut tiré de ses pensées par une exclamation.

— Ah, père ! s'exclama Quentin. Je voulais justement vous entretenir. Il me faudrait quelque argent pour éponger une dette de jeu…

— Ah, non ! s'insurgea Anselme qui venait de

décider, à l'instant, d'une stratégie. Approchez-vous, mon fils.

Il lui mit la main sur l'épaule et l'obligea à s'asseoir.

— Vous n'ignorez pas que votre belle-mère me presse tous les jours pour que je reconnaisse devant notaire que…

— Elle profite de votre faiblesse ! lança son fils en se levant brusquement. Je suis l'aîné et je dois hériter de ce qui me revient de plein droit ! C'est grâce à l'argent de ma mère que vous avez pu acquérir…

— Il suffit ! s'écria Anselme, qui n'aimait pas se voir rappeler que c'était l'importance de la dot de sa première femme qui lui avait permis d'avoir pignon sur rue. Je vous mets à l'épreuve une dernière fois. Vous devez prouver votre compétence et votre ardeur au travail si vous voulez que je me détermine une bonne fois pour toutes en votre faveur ! Écoutez bien ce que j'ai à vous dire, il y va de votre futur état et je n'y reviendrai pas.

Et, prenant un air de conspirateur, ils s'engouffrèrent au plus profond de la tannerie, loin des oreilles indiscrètes.

Ce soir-là, Jean Fardon venait de mettre fin à un entretien avec un de ses nombreux débiteurs. La discussion avait été ardue mais il était satisfait de lui, ayant obtenu de solides garanties de paiement. Il hâtait maintenant le pas, ne s'étant pas rendu compte que la nuit était tombée. Il avait perdu beaucoup de temps à la recherche de son obligé, s'étant égaré dans le lacis des vieilles ruelles. Aucune indication de rues dans le vieux Paris, et l'adresse du sieur Quinquet était : non loin de l'auberge des Trois Cygnes, la troisième porte cochère en passant par la rue Saint-Marcel, à proximité d'un terrain vague... Il avait ainsi erré plus longtemps que prévu avant d'arriver à bon port.

Il faisait maintenant attention de ne pas glisser sur les pavés gras, tenant près de son nez un mouchoir parfumé tant les relents des fosses d'aisances vidées à même le sol empuantissaient l'air ambiant. L'éclairage de la capitale concourait lui aussi à rendre l'air irrespirable. Les lanternes à chandelles avaient été remplacées par des réverbères, et le combustible utilisé se trouvait être une sorte d'huile de tripes fabriquée avec des abattis de bœufs, de vaches et de moutons, répandant une odeur infecte. Mais il se faisait une raison, conscient que cela participait grandement au développement de l'utilisation de senteurs plus agréables et contribuait donc à la prospérité de son commerce.

Il regrettait de ne pas avoir fait appel à l'assistance d'un porte-falot. Moyennant une faible rétribution, ces derniers éclairaient les particuliers le soir dans les rues de la capitale. Il écouta un -instant les bruits de la nuit, mais sans percevoir leurs appels caractéristiques : « Voilà le falot ! Voilà le falot ! »

Alors qu'il approchait de la rue du Roule, Jean devina devant lui dans le maigre halo qui se dessinait sur les pavés trois silhouettes. Il baissa la tête comme si le fait d'ignorer la présence de ces personnes lui permettait de passer inaperçu. Mais, lorsque les trois coquins se trouvèrent à ses côtés, ils lui sautèrent immédiatement dessus. Manifestement, ils en voulaient à sa bourse. Il se défendit comme un beau diable, décidé à ne pas se laisser faire. Rapidement l'agression tourna au vinaigre. Les assaillants furent surpris par une résistance à laquelle ils n'étaient pas préparés. S'il prit de nombreux coups de pied et de poing et fut projeté à terre, la joue en feu, l'œil poché et la lèvre saignante, Jean se releva malgré tout, bien déterminé à rendre coup pour coup. Il se mit également à crier, espérant qu'une patrouille du guet viendrait à sa rescousse.

— Au voleur, au voleur ! hurla-t-il.

Il reçut un autre coup en plein visage, et en perdit une dent. Le sang emplit immédiatement sa bouche et il se dit qu'il était perdu. Les coups de poing redoublaient, comme si on voulait le punir d'avoir appelé à l'aide. Il chuta encore mais parvint à se relever une nouvelle fois, pour affronter ses assaillants.

Mais alors l'un des coupe-jarrets sortit de sa poche un coutelas et, tournant tout autour de sa victime, qui ne savait où donner de la tête dans la mesure où il devait en même temps esquiver les attaques de ses deux acolytes, lui porta un rapide et imparable coup au ventre.

Jean Fardon s'effondra sur la chaussée empuantie, les deux mains sur la blessure qui saignait abondamment.

— Je vais te crever, lui lança l'œil mauvais et l'haleine avinée celui qui essuya son couteau ensanglanté sur le tissu de sa redingote avant de lui subtiliser sa bourse.

Jean songea alors que sa dernière heure était venue. Il allait passer de vie à trépas seul comme un chien, à quelques pas de sa demeure. Son corps serait sûrement jeté à la Seine, qui charriait régulièrement nombre de cadavres, cela sans que sa femme puisse savoir ce qui s'était passé. Il sentit alors qu'il sombrait dans l'inconscience. C'était la fin…

3

De nos jours

Kevin, tétanisé, avait du mal à lâcher la poignée de la porte. Le silence assourdissant qui s'éternisait lui fit réaliser qu'on attendait une réaction de sa part, alors il répondit enfin, la voix étranglée par l'émotion :

— Bonjour, Charlotte.

Le silence revint. Manifestement aucun des deux amis ne savait quelle attitude adopter. La brigadière-chef n'ignorait rien des liens très particuliers qui unissaient la journaliste à son supérieur, tout en les déplorant, se demandant bien ce qu'il pouvait lui trouver. Mais, moins elle se trouvait en présence de la journaliste, mieux elle se portait, aussi déclara-t-elle :

— Lieutenant, j'aimerais entendre Mme Turaud seule, si vous pouviez vous occuper de son amie...

L'officier acquiesça de la tête et fit signe à Charlotte de le suivre, tout en redoutant un refus.

Charlotte elle aussi avait la gorge nouée. Elle savait qu'elle jouait avec le feu en accompagnant Chloé dans les locaux de la PJ. À la description de l'enquêteur conduisant les investigations, elle avait tout de suite identifié celui en qui elle avait fondé de grands espoirs, celui à cause de qui elle avait quitté la capitale du Languedoc pour un poste dans un quotidien national, certes correspondant à une promotion, mais l'ayant conduite à s'installer à Paris. Cependant, elle n'avait pu refuser son aide à son amie.

Le temps de franchir les quelques mètres pour gagner le bureau de Kevin, une vive émotion la submergea, une sorte d'angoisse lui serrant même le cœur. Une vraie midinette ! se reprocha-t-elle. Elle se remémora leur première rencontre. Elle avait été séduite immédiatement par son allure athlétique, son assurance, la puissance qui se dégageait de lui, ce sourire craquant et ce regard franc, parfois teinté de mélancolie. Ils avaient beaucoup à partager, mais une chose les en avait toujours empêchés, au point de finir par les séparer définitivement. En effet, alors qu'il avait finalement décidé par amour pour elle d'abandonner ses fonctions de diacre pour qu'ils puissent vivre pleinement leur histoire, son frère cadet atteint de trisomie 21 s'était trouvé à l'agonie, conduisant Kevin à faire la promesse de la quitter si Dieu ne rappelait pas à lui Victor…

Leurs regards se cherchèrent, mais très vite un sentiment de gêne s'installa, et elle fut la première à détourner la tête. Gêne de deux amants qui ne s'étaient plus vus depuis presque un an, gêne de s'être quittés de façon abrupte sans véritables explications, gêne de ne pas avoir eu le courage de se rappeler, alors qu'ils avaient vécu tant de choses ensemble et envisagé d'en partager davantage encore…

Visiblement, le simple fait de s'asseoir derrière son bureau d'enquêteur de la criminelle lui redonna de l'assurance, ne put-elle s'empêcher de remarquer, même si lui aussi paraissait ému par leur rencontre. Mais l'espérait-il ? Depuis le temps qu'ils s'étaient perdus de vue, ne l'avait-il pas oubliée ? Elle, au demeurant, avait tout fait pour. Elle s'était jetée à corps perdu dans ses nouvelles fonctions de reporter dans cet environnement différent, jusqu'à s'étourdir. Elle avait failli réussir. Mais, failli -seulement. À -plusieurs reprises elle avait composé son numéro de téléphone, et raccroché in extremis, paniquée. Était-elle tombée si bas ? s'était-elle reproché à chaque fois. Pour rien au monde elle ne ferait le premier pas. Après tout, c'était bien lui qui avait manqué à sa parole ! Malgré tout elle s'était tenue informée de ce qu'il devenait, sans en avoir l'air, au détour de conversations avec ses frères, policiers eux aussi, et dont l'un était un de ses collègues de promotion.

— Appelle-le donc ! si tu y tiens tant que ça lui avait même conseillé Stéphane.

— Mais pas du tout, avait-elle rétorqué, piquée au vif d'avoir été démasquée. Après tout, c'était bien lui qui avait manqué à sa parole !

— Tu es venue en vacances ? l'interrogea alors Kevin.

Charlotte afficha un sourire qu'elle voulait plein d'une décontraction qu'elle était loin de ressentir.

— Non, j'ai été sollicitée pour donner des cours à l'école de journalisme.

— Tu parles de celle qui a emménagé dans les locaux de l'ancienne caserne de l'EAI ?

— Oui, l'ESJ pro. C'est une sorte de filiale de celle de Lille, qui est la plus cotée de France.

— Tu y avais fait tes études, n'est-ce pas ?

Ah, quand même, il se souvient de certaines choses me concernant ! se réconforta-t-elle.

— Exact. C'est pour cela qu'ils ont fait appel à moi. Pour mes compétences, et parce que je connais à la fois l'établissement mère et Montpellier, je crois.

— Tu interviens dans quel domaine ?

Il est gonflé de me demander ça, songea-t-elle. Il savait très bien qu'elle couvrait les faits divers et les enquêtes criminelles. Il n'avait tout de même pas oublié qu'elle n'était pas pour rien dans plusieurs de ses succès ! Elle s'entendit pourtant répondre avec le plus grand flegme :

— Comment acquérir les méthodes d'investigations journalistiques, mener la préparation des enquêtes, les relations parfois difficiles avec les policiers et les gendarmes, la collecte des faits divers, la présomption d'innocence, etc. Enfin, tu vois, quoi !

Kevin contemplait son amie. Elle lui avait manqué et, à plusieurs reprises, il avait été tenté de la contacter, mais sans oser aller plus loin. Il savait ce qu'elle désirait, et ne pouvait le lui offrir. Vivre à deux, hors le sacrement du mariage, n'était pas possible pour un diacre. Il s'était d'ailleurs fait sévèrement rappeler à l'ordre par son évêque l'année précédente, ce qui l'avait conduit à envisager de renoncer à sa charge... Mais il avait le cœur serré à l'idée de tout ce qu'il avait perdu lorsqu'elle était partie pour la capitale, et maintenant qu'elle se trouvait à nouveau devant lui, il ressentait encore davantage le vide que son départ avait suscité dans sa vie et son cœur.

— Bon..., murmura la journaliste en se levant, ne sachant comment interpréter son silence.

— Tu restes quelque temps ?

— Oui, deux ou trois jours, puis je remonte à Paris. Mais je serai amenée à revenir à plusieurs reprises. J'interviens dans le cadre de la formation continue, tu sais, je n'ai pas affaire à des néophytes.

Kevin cherchait un moyen de la retenir, aussi interrogea-t-il :

— Alors, tu connais la conservatrice ?

— Chloé ? Oui, c'est une amie. Elle m'héberge depuis mon arrivée, hier soir.

Charlotte vit tout à coup le moyen de poursuivre un dialogue dont elle appréhendait qu'il ne tourne court.

— Elle m'a raconté. Elle en est toute retournée et c'est pour cela qu'elle m'a demandé de l'accompagner, mentit-elle, se gardant bien d'avouer avoir fortement insisté pour l'assister. C'est un meurtre ?

— Apparemment, oui. Mais les mobiles sont flous pour l'instant... Quelle que soit la valeur patrimoniale de l'institut – les huiles sont même venues sur place –, on se perd en conjectures. Mais tu connais la musique. On commence juste les investigations.

— Lieutenant, lança Patricia en passant le nez par l'entrebâillement de la porte. J'ai terminé. Le témoin attend votre… amie.

Charlotte se dirigea vers la sortie le cœur battant. Elle ne pouvait décemment pas prendre l'initiative d'un rendez-vous… Allait-il se décider ?

— Tu es libre, ce soir vers 20 heures, par exemple… ? finit par demander Kevin.

Le visage de la journaliste, crispé jusque-là à l'idée de le quitter ainsi, se détendit.

— Oui, lâcha-t-elle rapidement, réussissant à cacher son soulagement.

— On peut se voir au resto Chez Doumé, rue des Teissiers, tu te rappelles où… ?

— Bien sûr, répondit-elle en faisant attention de ne pas manifester trop de contentement.

Elle s'éloigna, puis revint finalement vers lui et l'embrassa.

— À ce soir.

Kevin se sentait apaisé. Il se félicita du dénouement de leur première entrevue. Décidément, Charlotte était toujours chère à son cœur…

Le reste de la matinée passa rapidement. Les étudiants se présentèrent un à un pour être interrogés par les enquêteurs du groupe criminel, secondés pour l'occasion par d'autres officiers de police judiciaire.

Alors que le chef de groupe était en train de parcourir toutes les auditions pour en faire une synthèse et se faire une idée du contexte dans lequel évoluait le défunt, le brigadier Roset l'interrompit dans sa lecture.

— Chef ! J'ai l'adresse.

Kevin, tout à ses réflexions, sursauta et fronça les sourcils, ne sachant pas à quoi il faisait allusion.

— L'adresse… ?

— Ben oui, celle de la victime, le Mexicain. On y va ?

Arrivés devant le bâtiment, situé avenue du Mondial 98, les trois enquêteurs ne purent masquer leur surprise. L'immeuble était une belle construction moderne de huit étages, visiblement récente.

Patricia résuma la pensée de ses collègues.

— Eh ben, il ne s'emmerdait pas, notre pauvre étudiant.

— Je flaire une affaire de stups, pronostiqua Bernard.

Ils attendirent quelques minutes l'arrivée de leurs collègues de la police scientifique. Puis, au moyen de la clef récupérée dans la poche du pantalon du défunt, ils pénétrèrent dans un très lumineux T2 dont les larges baies vitrées s'ouvraient sur un balcon depuis lequel on avait une magnifique vue sur la ville de Montpellier.

— Je ne risque pas de pouvoir me payer un tel appartement ! commenta la brigadière-chef, l'air bougon.

Une fois certaine de l'absence de tout colocataire indésirable, Claire Fonola, accompagnée de deux de ses collègues de l'identité judiciaire, s'appropria rapidement les lieux. Trente minutes plus tard, elle fit signe aux enquêteurs d'avancer.

— Vous pouvez y aller, déclara-t-elle.

— Vous avez effectué des prélèvements intéressants ? ne put s'empêcher de lui demander Kevin.

Il savait que sa collègue n'aimait pas trop être bousculée et qu'elle le préviendrait en cas de mise en évidence de traces utiles à l'enquête en cours, mais c'était plus fort que lui. Son travail était de première importance et orientait bien souvent les investigations et, partant, leur résultat. Autant donc éviter de se lancer sur une fausse piste et de perdre du temps, si d'entrée de jeu des éléments cruciaux étaient mis en exergue par les analyses scientifiques.

— On a prélevé pas mal de traces biologiques, de poils, etc. De là à ce que ce soit intéressant pour ton enquête… Je te tiendrai informé.

Tout en évoluant dans l'appartement, le chef de groupe songea qu'il y avait effectivement contradiction entre la soi-disant indigence d'un étudiant obligé de travailler la nuit et le loyer que devait impliquer un pareil logement. Avaient-ils là un début de piste prometteuse ?...

Les lieux étaient malgré tout assez simplement

meublés. Le coin-cuisine était certes équipé, mais apparemment d'origine et sans ostentation. Le salon-salle à manger de 25 mètres carrés environ comportait, dans un coin, une table en verre avec quatre chaises transparentes et, de l'autre côté de la pièce, un canapé en cuir de bonne facture qui faisait face à un magnifique écran TV. S'y trouvait également un ordinateur, qui fit le bonheur de Bernard.

— Superbe bête, toute dernière technologie ! décrivit-il avec gourmandise. Je sens qu'il va nous en apprendre, des choses ! Et… Oh, oh ! Regardez lieutenant ! Un deuxième téléphone portable, déclara-t-il en le brandissant devant lui, avant de s'écrier : Stups, stups et stups ! Je vous l'avais bien dit.

— Précise, veux-tu ?

— Vise-moi ça, Patricia. Il y a une inscription en espagnol, au dos. Tu piges ce que ça signifie ?

Et, comme sa collègue manifestait son incompréhension d'un haussement de sourcils, il développa, un brin d'exaspération dans la voix :

— Je te parie qu'il a été acheté avec un nom bidon et qu'on va galérer pour identifier les correspondants de Juarez. Le coup classique des trafiquants : ils appellent depuis des cabines téléphoniques ou des portables « jetables ». Je ne serais d'ailleurs pas étonné que l'on en découvre d'autres. Allez, au boulot !

Dans la chambre, ils découvrirent sur une longue table tout le matériel du parfait chimiste : éprouvettes, flacons, mouillettes, etc.

— Il fabriquait lui-même ses propres produits ? s'exclama le brigadier, toujours bloqué sur le registre des stupéfiants.

— Désolé de vous décevoir, intervint le lieutenant Normand, mais j'ai vu le même genre d'ustensiles à la fac. Il s'agit certainement de molécules de parfum. J'ai appris que les étudiants emportaient ce type de matériel chez eux pour bosser dessus, vu qu'ils doivent mémoriser les odeurs.

Patricia ouvrit un flacon, prit une mouillette et la trempa dedans, puis la secoua avant de l'agiter devant son nez.

— Ouais, c'est bien du parfum, confirma-t-elle. Pas de stups !

Les policiers poursuivirent leurs recherches dans la chambre, et passèrent au crible les rayonnages de la bibliothèque en pin, qui renfermait de multiples ouvrages ayant trait au domaine de la parfumerie.

Kevin énonça à haute voix :

— *Le Lexiguide du parfum*, *Le Roman du parfum*, *Le Parfum* de Suskind… Ah oui, celui-là je le connais, c'est un best-seller, on en a même fait un film.

Puis il continua son énumération tout en secouant chaque ouvrage pour en faire choir d'éventuels documents. Il mit également la main sur un roman consacré au parfumeur -montpelliérain de Marie-Antoinette, qu'il feuilleta, curieux. L'ouvrage, d'une certaine Élisabeth de Feydeau, évoquait la vie de celui qui apparemment avait été fournisseur des Enfants de France au XVIIIe siècle, sous le règne de Louis XVI.

— Patricia, vous saviez qu'il y avait un parfumeur célèbre d'origine montpelliéraine à cette époque-là ?

La brigadière-chef exprima son ignorance par une mimique expressive qui eut le don de faire rire son collègue Bernard.

— J'aurais été étonné qu'elle le sache, chef. L'histoire et elle…

— Tu peux parler, toi !

— Oh, ça va, Patricia ! Ce n'est pas parce que tu bosses le concours d'officier que tu…

Il ne put aller plus loin qu'il recevait un oreiller en plein visage.

— Bon, vous me donnez un coup de main ? Si je ne vous dérange pas dans votre scène de ménage, releva Kevin, un brin excédé.

Ces deux-là n'arrêtaient pas de se chercher des crosses. Mais, dès qu'il y en avait un qui était en difficulté, l'autre était toujours là…

Ils soulevèrent le matelas, le soupesèrent, recherchant en vain une balance, un cutter qui aurait pu servir à couper des produits stupéfiants, un carnet d'adresses avec des noms, des pesées, des prix, des numéros de téléphone, etc., enfin toute preuve incriminante. Mais ils ne trouvèrent rien de tel.

— Tu t'es planté dans tes prévisions, ricana Patricia. Le contraire m'aurait d'ailleurs étonnée. Il n'y a absolument rien qui puisse nous conduire vers une histoire de stups, affirma-t-elle, pas fâchée de se venger.

Les trois enquêteurs ouvrirent tous les livres, feuilletèrent rapidement les cours pris en notes par l'étudiant, les polycopiés donnés par la fac : « Relation structure-odeur et formulation », « Chimie des matières premières spécifiques », « Physico-chimie des systèmes polymériques », « Connaissance du monde industriel », etc. Ils compulsèrent toutes les revues découvertes à même le sol ou sous le lit, dans l'espoir de trouver de quelconques annotations, indices. Lesquels ? Ils auraient été bien en peine de le dire. Comme c'était le cas dans bien des enquêtes, il fallait chercher quelque chose dont l'exploitation apporterait un plus aux investigations, sans savoir quoi exactement...

Ils explorèrent ensuite la penderie, en sondant les parois, mais sans découvrir de cache propice à camoufler des stups ou autres. Celle-ci était remplie de vêtements de prix, beaucoup de marques prestigieuses. Ils fouillèrent les poches des pantalons et des vestes, et ce faisant, Kevin fit une découverte.

— Tiens, tiens… qu'est-ce que c'est?

Immédiatement ses deux collègues se rapprochèrent de lui, et il leur présenta l'objet en question. Il s'agissait d'une petite clef portant une étiquette en plastique noire avec l'inscription « PLMG-O6-63 ».

Après un instant de silence, Bernard fit une suggestion.

— On dirait la clef d'un coffre…

— Un petit coffret pour recevoir des objets de peu de valeur alors, lança sa coéquipière. Regarde bien, elle n'est pas très sophistiquée ! Ce n'est pas pour un coffre de banque en tout cas.

Les enquêteurs se perdirent en conjectures.

Après plus d'une heure de recherches, sans avoir pu découvrir le moindre coffre ou coffret, les policiers refermèrent finalement la porte et y apposèrent des scellés.

Alors qu'ils sortaient de l'ascenseur, une fois arrivés au rez-de-chaussée, Kevin avisa un jeune couple qui pénétrait dans l'immeuble.

— S'il vous plaît, les interpella-t-il, il faut compter combien pour la location d'un T2, ici ?

— Nous louons le nôtre 700 euros. Mais, je ne crois pas qu'il y en ait de disponible actuellement.

— Merci, répondit-il sans s'appesantir davantage.

Une fois à l'extérieur, les enquêteurs reprirent le fil de leur discussion.

— Il n'y a pas à dire, il ne se refusait rien notre *pauvre* étudiant, émit Bernard, un soupçon de jalousie dans la voix.

— Il devait avoir des moyens cachés, le Mexicain ! 700 euros, ce n'est pas une paille pour un étudiant désargenté ! s'exclama Patricia à son tour.

— Surtout qu'apparemment il n'avait même pas besoin d'avoir de colocataire. Mais on en saura davantage après l'exploitation des réquisitions bancaires. On pourra tracer l'argent qu'il recevait. Vous ne croyez pas, lieutenant ?

Normand ne répondit pas immédiatement, réfléchissant. Si Juarez avait pris la précaution d'acquérir un deuxième téléphone pour assurer l'anonymat à certaines de ses communications, il y avait fort à parier qu'il avait pris également toutes dispositions en ce qui concernait l'origine de ses ressources financières. Surtout si elles étaient occultes. Ce qu'il fit savoir à ses coéquipiers.

À peine de retour dans les locaux du SRPJ, Kevin fut interpellé par un de ses collègues.

— Tu as un convoqué dans la salle d'attente. Je lui ai dit de patienter.

Il s'agissait du maître de conférences, qui se présentait pour être interrogé.

Le lieutenant alla le chercher, hésitant soudain. L'enseignant avait déplié une canne blanche. Devait-il le prendre par le bras pour le guider ?

— Vous voulez que je vous… heu…

Il fut soulagé lorsque son interlocuteur prit la parole.

— Contentez-vous de parler, et je vous suivrai à la voix. S'il y a un obstacle, dites-le-moi tout de même !

Une fois assis face à lui dans son bureau, Kevin commença à l'interroger.

— Vous avez connu Felipe Juarez comment ?

— Je crois vous avoir déjà répondu, mais je suppose que cela fait partie de votre méthodologie de travail… ? Faire répéter sans cesse aux gens les mêmes choses jusqu'à ce qu'ils se trompent, commettent une erreur et que vous puissiez en déduire qu'ils mentent ?

Kevin leva les yeux au ciel. Ça commençait bien. Mais à quoi s'était-il attendu ? Les rapports entre police et université n'avaient jamais été particulièrement chaleureux… Mais il avait pensé que l'état de dépendance de son vis-à-vis en faisait quelqu'un de plus fragile. Erreur de psychologie. Dorian Aumaitre, il s'en rendait compte maintenant qu'il l'avait devant lui, semblait en vouloir à la terre entière. Les cheveux bruns coupés court, séparés par une raie tirée au cordeau, il avait le visage fermé, les deux mains bien à plat sur le pantalon de son costume. La rigueur incarnée. Seuls ses yeux, pratiquement invisibles derrière ses lunettes fumées, échappaient à l'analyse.

— Vous regardez trop de films, rétorqua un peu rapidement l'enquêteur, vexé.

Il se rendit compte immédiatement que cette réponse n'était peut-être pas la plus appropriée dans le cas de son interlocuteur, et essaya de se rattraper.

— Heu… je voulais dire…

— Ce que vous avez dit. Sachez que je n'ai pas toujours été non voyant, et qu'il m'arrive également d'écouter des films, lorsqu'ils sont en audiovision. Mais, je suppose que cela ne vous intéresse pas plus que ça… Bref. J'ai connu Felipe quand il était étudiant en première année. C'était un garçon talentueux, qui présentait de grandes compétences. Quelqu'un capable de mémoriser un nombre très important, beaucoup plus important que la plupart de ses camarades, de molécules. Malgré les difficultés du métier, je suis sûr qu'il aurait pu se faire une place dans son pays…

— Il avait des amis, hommes ou femmes, parmi vos étudiants ?

— Je préférerais que vous obteniez cette information de l'un d'entre eux… mais, enfin, je ne crois pas me tromper en vous disant qu'Olga, Olga Petrov, était son amie. C'est une Russe. Il n'y a pas moins de cinq étudiants étrangers dans mon groupe.

— Un tiers des étudiants ! La réputation de votre enseignement, peut-être bien ?

Le policier vit une ride de mécontentement se former sur le visage de son interlocuteur, dont les lèvres se serrèrent, comme s'il était froissé.

— J'ai la faiblesse de le croire.

Normand ravala sa salive et prit note tout en se reprochant sa formulation malheureuse. Pour sa défense, il se dit que si l'enseignant avait pu voir son sourire il n'aurait pas interprété ses propos comme étant ironiques.

— Savez-vous où Felipe demeurait exactement ?

— En cité universitaire, mais je ne suis jamais allé chez lui. Olga pourra vous en dire plus, je suppose.

L'universitaire n'était pas bavard. Il fallait lui arracher les mots de la bouche.

Il ne collabore que du bout des lèvres, déplora le chef de groupe de la criminelle.

— Connaissez-vous ses ressources ? Bénéficiait-il de moyens financiers importants ?

— Il ne faut pas être grand clerc pour déduire que

lorsqu'on est obligé d'accepter un travail de gardien de nuit vos revenus ne doivent pas être très conséquents. Je me trompe ?

Le lieutenant éluda la question de l'enseignant.

— Et ses relations avec les autres étudiants, quelles étaient-elles ? Avez-vous entendu parler de quoi que ce soit qui puisse expliquer le meurtre ?

Le maître de conférences hésita un instant, avant de déclarer sur un ton beaucoup moins empreint de colère, la voix comme altérée par l'émotion :

— Non, vraiment pas. C'était quelqu'un de calme, oui, de très calme. Certes il avait de grandes ambitions, mais à grandes qualités grandes ambitions, n'est-ce pas ? En outre, mes étudiants étrangers sont assez soudés, je crois. Une façon comme une autre de faire face à l'adversité, je suppose.

— Donc, pour vous, rien n'explique une telle fin ?

Dorian Aumaitre haussa les épaules.

— Je ne peux vous répondre. Ce n'était pas mon ami, j'ignore tout de sa vie privée, comme j'ignore pratiquement tout de celle des autres étudiants, d'ailleurs ! Je suis suffisamment occupé avec mes activités.

— Oui, je m'en doute, lâcha, conciliant, le policier. Le métier d'enseignant…

— Je suis aussi chercheur et je participe à la création de parfums à la demande de laboratoires de grandes entreprises nationales et internationales.

Il attendit quelques instants avant de poursuivre, baissant la voix :

— Ma cécité m'a au moins apporté quelque chose de positif en développant mon odorat, soupira-t-il.

— Vous connaissiez son numéro de téléphone ?

— Oui, je dispose de celui de tous mes étudiants, de même qu'ils ont le mien. Cela facilite les rapports. Vous le voulez ?

— Si cela ne vous dérange pas.

Dorian Aumaitre se saisit de son portable, dans sa poche. Si le policier se demandait comment il allait opérer, il obtint tout de suite la réponse à son interrogation.

— Je suppose que vous êtes curieux de savoir comment je me débrouille ? Oh ! Ne dites rien, vous n'êtes pas le premier ni le dernier. L'association à laquelle j'appartiens a procédé à l'implantation d'un logiciel, le logiciel « talk » si vous voulez tout savoir, sur mon téléphone. Lors de l'appui sur chaque touche une voix annonce la lettre sélectionnée, tout comme la caractéristique de toutes les applications sollicitées, « contacts », « notes », etc. Je dispose même d'un logiciel spécifique de géolocalisation qui me permet de connaître avec précision l'endroit où je me trouve exactement. Ah, voilà le numéro !

Et une voix annonça effectivement : « Felipe Juarez », les chiffres composant son numéro suivant ensuite.

Normand n'avait jamais eu l'occasion d'approcher de près des personnes atteintes du handicap dont souffrait le chercheur. Il ressentait un sentiment de gêne à l'interroger et le contraindre en quelque sorte à se justifier ainsi. Comme si la vie ne l'avait pas déjà assez éprouvé ! Mais bon, il était obligé d'en passer par là.

— Et, la nuit dernière, vous étiez où ?

— Ah ! Je vois. Je suis suspect et il me faut un alibi ?

— Question de routine, elle sera posée à tout le monde, rétorqua le policier en fermant les yeux et en réprimant une mimique de lassitude.

L'enseignant-chercheur hésita un instant, puis finit par répondre, levant les bras au ciel :

— Eh bien, je n'en ai pas. Je vis seul. Vous vous doutez bien qu'avec mon handicap les amies susceptibles de partager ma vie ne sont pas légion. Tout ce que je peux vous dire c'est que, si j'avais quelque chose à me reprocher, j'aurais fait en sorte d'en avoir un.

L'entretien se poursuivit sans apporter d'autres éléments intéressants. Encore que, la seule remarque sur la supposée indigence de l'étudiant était révélatrice. Ainsi donc, Felipe menait vraisemblablement une double vie à l'insu de tous. De tous ? Il fallait attendre le résultat de tous les interrogatoires pour s'en assurer. Ce serait bien le diable s'il ne s'était pas confié à l'un de ses amis. Son train de vie avait tout de même dû en surprendre plus d'un ! Bien que, s'il était partie prenante dans une affaire de stups, la discrétion était de mise...

Après l'avoir remercié, Kevin reconduisit son visiteur dans le hall du commissariat.

Les trois enquêteurs se retrouvèrent ensuite dans le bureau de leur supérieur. Ils devaient faire le point.

L'officier se leva et se dirigea vers le tableau blanc magnétique accroché au mur. Il prit un marqueur, y dessina un rond au centre duquel il inscrivit « Felipe Juarez (DCD) », puis « Chloé Turaud », sur le coin supérieur gauche, en faisant glisser un magnet représentant le chiffre 1 juste en face, et enfin à la même hauteur mais à droite il nota le nom « Dorian Aumaitre » et positionna l'aimant en forme de chiffre 2.

— Voilà nos deux premiers témoins. Bon alors, Patricia, quelque chose d'intéressant après les premières auditions ?

— Olga Petrov était sa copine, elle l'a reconnu sans problème. Mais à mon avis elle ne m'a pas tout dit. Je la réinterrogerai plus tard. Comme elle avait un alibi, je ne l'ai pas mise en garde à vue. Laissons-lui le temps de réfléchir, de parler avec ses copains, et…

Bernard leva un doigt, énonçant :

— Au téléphone, si possible !

La brigadière-chef, qui n'aimait pas être interrompue, lui lança un regard noir avant de reprendre :

— En tout cas elle a fait état de nombreux repas au restaurant, de fréquentes virées dans des boîtes de nuit, et même de voyages, auxquels elle ne participait pas, et le tout réglé rubis sur l'ongle par Felipe.

Kevin, toujours debout, nota sur le tableau, sous celui de Chloé Turaud, le nom « Olga Petrov », et apposa à côté le magnet n° 3.

— Et qu'a-t-elle dit pour son appartement avenue du Mondial ? s'enquit Bernard, soupçonneux quant aux ressources, non avouées ou inavouables, qui auraient pu permettre une location si onéreuse.

— D'après elle, il était payé grâce aux subsides envoyés par ses parents. On en aura rapidement la confirmation en examinant les opérations bancaires inscrites sur son compte. Personne n'a paru étonné de son train de vie : premièrement, il travaillait de nuit ; deuxièmement, ses parents l'aidaient ; troisièmement, il profitait d'une allocation du Mexique et de l'aide d'une firme étrangère.

Patricia s'interrompit, consulta ses notes, et poursuivit :

— Voilà, c'est tout. Ah oui, aussi… En parlant de copains, il semblerait que les cinq étrangers qui assistaient aux cours de Dorian Aumaitre étaient assez soudés…

— Même son de cloche de mon côté, avec un petit bémol, enchaîna Bernard. Les quatre étrangers de la classe se surnommaient eux-mêmes « les trois mousquetaires ». Mais il semblerait qu'ils laissaient de côté le cinquième, c'est-à-dire Felipe…

Patricia fit la grimace en secouant la tête de droite à gauche, et lança :

— Et pourquoi cet ostracisme ? Tu n'as pas posé la question ?

Le brigadier fit celui qui n'avait pas entendu et continua :

— Ryan Taylor, un étudiant australien, membre des trois mousquetaires, donc, m'a confié savoir que Felipe bénéficiait d'une bourse en provenance du ministère de l'Éducation de son pays en plus de la subvention d'une société de parfums et cosmétiques internationale. Cette firme finance apparemment en partie, en toute petite partie, leurs études. Au fait, il semble en pincer pour Olga. Je ne l'ai pas vu longtemps, mais si vous aviez vu comment il la couvait des yeux…

— Leurs études ? l'interrompit Patricia.

— Oui. Lui aussi, comme tous les étudiants étrangers, bénéficie de l'aide de cette firme internationale, et cela grâce à l'intervention de leur prof.

— Un instant. Cela sous-entend-il qu'ils étaient redevables auprès d'elle ? interrogea l'officier.

— C'est ce que j'ai cru comprendre. Ils sont comme pré-embauchés, en attendant l'obtention de leur diplôme.

— Je suppose alors que, si l'un d'entre eux voulait monter sa propre entreprise ou aller travailler ailleurs, il aurait dû rembourser ce qui est une sorte de prêt, non ?

Le brigadier manifesta son embarras.

— J'avoue que je n'ai pas posé la question, reconnut-il.

L'officier, qui avait regagné son siège, se leva alors pour s'approcher du tableau et y ajouter le nom de l'étudiant australien, qui hérita du chiffre 4.

— Et qui sont les autres mousquetaires ?

Bernard répondit aussitôt :

— Santiago Gomez, un Argentin, et William Fortier, un Québécois. Ils se sont fourni mutuellement un alibi, ayant passé la soirée ensemble. En ce qui concerne leurs revenus, à vérifier bien sûr : aide des parents et bourses de la société internationale de parfums et cosmétiques.

Le chef de groupe les inscrivit sur le tableau à leur tour, et ils héritèrent respectivement des chiffres 5 et 6.

— Vous avez obtenu tous les numéros de téléphone, portables ou fixes, de ces personnes ?

— Voilà, chef. Le secrétariat de l'université nous les a adressés par courriel, dit l'enquêtrice en lui tendant une feuille sur laquelle figuraient tous les renseignements demandés. Ceux des mousquetaires figurent en bonne place.

— Merci, je vais pouvoir obtenir du juge leur mise sous surveillance. Bernard, dès réception de la commission rogatoire technique, vous effectuerez des demandes auprès des opérateurs téléphoniques pour avoir le détail des appels de Felipe, reçus ou émis. Faites le nécessaire également pour qu'on puisse les géolocaliser.

L'officier s'interrompit un instant, réfléchit, et déclara :

— Faites la même chose pour tous les autres numéros que nous allons faire brancher.

Le brigadier acquiesça, avant d'ajouter :

— J'ai commencé à examiner le disque dur de son ordinateur portable, celui saisi à l'institut. Apparemment, il s'intéressait à l'Osmothèque de Versailles.

Patricia haussa les sourcils d'un air interrogateur, puis se tourna vers son supérieur pour demander :

Vous savez de quoi il s'agit, chef ?

Kevin manifesta également sa méconnaissance par une moue.

— Non. Mais je suppose que vous pouvez nous en dire plus, Bernard... ?

— Tout à fait. Enfin, je peux vous faire part de ce que j'ai trouvé sur internet, car…

— On se doute bien que tu n'as pas la science infuse, persifla sa collègue.

Le brigadier feignit ne pas avoir entendu cette énième remarque désobligeante.

— C'est en fait le premier conservatoire sur le parfum de l'histoire, une sorte de banque de données, de maison des parfums. Il est situé à Versailles et se visite, lut-il sur la feuille qu'il tenait à la main.

— Bof ! Il s'y intéressait sûrement à cause de ses études. Ça nous apporte quoi ? demanda sa collègue.

— J'en parle car il avait consulté l'application Michelin pour le localiser avec précision, ainsi que les horaires de la SNCF !

— Et alors ? Tu établis quel lien avec son meurtre ? revint à la charge Patricia.

Puis, se tournant vers son supérieur, elle déclara :

— Peut-être avait-il un dossier à réaliser sur l'Osmothèque ?

— Pourquoi pas, tempéra l'officier. Posez la question à son amie Olga. Dès qu'on obtiendra les résultats de la géolocalisation de ses portables, on saura s'il y est allé. Au fait, Bernard, et le téléphone avec l'inscription en espagnol ?

— J'attends les infos, je les ai demandées en urgence. Attendez un instant, je file à mon bureau pour vérifier si on n'a pas de réponse.

Le brigadier s'éclipsa quelques secondes et revint en brandissant une liasse à la main.

— Pas de nouvelles du portable, mais on vient de recevoir sur la boîte mail du service le listing des opérations effectuées sur son compte bancaire au cours de la dernière année. Tenez, chef.

Normand posa à plat devant lui sur son bureau la vingtaine de feuillets. Ses deux coéquipiers se groupèrent autour de lui.

— Pas beaucoup de mouvements, constata Patricia.

Le lieutenant feuilleta rapidement toutes les pages du listing informatique.

— Effectivement, si l'on excepte le paiement du loyer, chaque mois, il n'y a pas beaucoup d'autres dépenses, par chèque ou carte bancaire du moins. Moins d'une dizaine mensuellement. En ce qui concerne les rentrées… je vois la somme de 800 euros versée par l'université, et la somme de 250 euros versée par la firme internationale qui a son siège en Amérique en fait.

— Et pas de virement depuis l'étranger, pas plus en provenance du ministère de l'Éducation du Mexique que de ses parents, commenta la brigadière-chef. Pas d'autres rentrées officielles donc

— Il y a un dépôt de fonds de 400 à 500 euros par mois, tempéra Kevin, mais…

— Tiens, tiens, il s'agit d'espèces déposées par lui-même ! s'étonna à moitié Bernard. D'où venait cet argent ?

Les trois enquêteurs se regardèrent.

— Je vous l'avais bien dit, s'exclama Bernard, il trafique les stups ! Pour un Mexicain, quoi de plus naturel ?!

— Vu le montant, ce n'est pas un baron de la drogue alors, rigola sa coéquipière. Et, regarde, cette somme n'est déposée que depuis… neuf mois. S'il trafiquait, alors qu'il est en France depuis le début de ses études, les versements seraient non seulement plus importants mais présents sur son compte depuis l'origine de son séjour en France, il y a trois ans.

Kevin était sceptique.

— Ce serait bien la première fois que l'on verrait un trafiquant étranger déposer l'argent en provenance de son trafic sur son compte bancaire français.

— De toute façon, on ne voit aucun paiement pour l'achat des fringues de marque rangées dans son placard. Pas plus que pour les repas au restau, les sorties en boîtes, etc. Ce n'est pas normal, ça ! observa Patricia qui s'était légèrement appuyée sur l'épaule de son supérieur. Il devait tout régler en liquide.

— Son train de vie ne correspond clairement pas à ses capacités financières officielles, reconnut le lieutenant. Cela nous fait au moins un début de piste à explorer. Dès que possible on croise toutes ces données avec celles de ses téléphones.

La secrétaire du directeur se présenta à ce moment-là, mettant un point final à leur réunion.

— Lieutenant ! Le patron veut vous voir.

L'officier prit donc la direction du bureau de son supérieur, à la porte duquel il frappa.

Entrez, lança le commissaire divisionnaire Rességuier.

Pour compenser sa petite taille, le patron du SRPJ se tenait toujours très droit. Il portait en permanence un costume trois-pièces impeccable avec de magnifiques cravates griffées, que son subordonné lui enviait parfois. Très nerveux, sec dans ses propos, tranchant dans ses ordres, il était avare de paroles. Mais, clairvoyant et juste, il était dans l'ensemble apprécié par ses troupes.

Debout face à la fenêtre donnant sur la cour de l'hôtel de police, les mains croisées dans le dos, il semblait en cet instant comme fasciné par le ballet incessant des véhicules sérigraphiés qui entraient et sortaient au gré des appels sur le 17.

Il n'invita pas son subordonné à s'asseoir, ce qui augurait d'un entretien bref.

Ce n'était pas pour déplaire à l'officier. Plus il séjournait dans le bureau du chef du SRPJ, plus il attisait les jalousies. Alors qu'il ne devait ses succès qu'à son travail acharné, qu'à son imagination, qu'à sa capacité à établir des liens souvent improbables entre des faits apparemment sans rapports, et également, il fallait en convenir, au facteur chance, il n'ignorait pas la rumeur qui courait : il serait apprécié du chef de la PJ parce qu'il était diacre et que l'évêché veillait sur lui ! Rien qu'à y penser, il sentit un sentiment de colère monter en lui. Il savait, lui, que bien au contraire, s'il n'avait pas encore été nommé au grade supérieur, c'était précisément à cause de ses activités diaconales. Dans ces moments-là, il avait du mal, devait-il s'avouer, à faire preuve de charité chrétienne...

— Bien, je me suis renseigné auprès du doyen de l'université des sciences. Dorian Aumaitre est un brillant universitaire. Chercheur, il était sollicité par les plus prestigieux laboratoires privés du pays et promis au plus grand avenir. Il est d'ailleurs toujours courtisé même si l'accident dont il a été victime, après l'avoir plongé dans le coma pendant une semaine, l'a éloigné de la recherche et de l'enseignement pendant près de deux ans. Ses qualités de pédagogue autant que celles de chercheur ont fait qu'on lui a proposé de récupérer des étudiants et qu'on lui a même restitué la direction de la licence pro.

Le directeur s'interrompit alors comme s'il cherchait ses mots. Kevin ne broncha pas. Il attendit. Son supérieur fit quelques pas dans son bureau, puis reprit :

— En aparté et sous le sceau de la confidence, à vérifier bien évidemment, le doyen m'a déclaré qu'il aurait perçu une indemnité particulièrement importante en échange du retrait de sa plainte.

Et, comme il vit son officier froncer les sourcils, il précisa :

— Alors qu'il conduisait son véhicule, il a été percuté de plein fouet par un gros 4 × 4 dont le conducteur, pris de boisson, aurait perdu le contrôle. Allez aux archives de la brigade accident du commissariat. Ils ont traité l'affaire et…

La sonnerie du téléphone qui trônait sur son bureau l'interrompit. Le commissaire regagna son siège et décrocha.

— Oui ! lança-t-il avant de baisser d'un ton et d'ajouter : Je vous demande un instant, monsieur le préfet.

Puis, s'adressant d'un geste à son officier, il lui enjoignit de fermer la porte en se retirant.

Déjà 19 heures. Kevin n'avait pas vu le temps s'écouler. Si d'habitude il n'était pas avare des heures passées au service, ce soir était particulier. Aussi s'échappa-t-il pour foncer à son domicile, où il prit une douche rapide avant de revêtir un ensemble en velours gris clair à fines côtes sur une chemise rayée de rouge et de gris. Il disciplina ses cheveux châtains coupés court en sifflotant et fit quelques grimaces devant la glace fixée au-dessus du lavabo. Il hésita un instant puis décida finalement de laisser les pans de sa chemise flotter sur le pantalon. Consultant sa montre, il s'avisa qu'il était maintenant 19 h 45 et qu'il était à la bourre.

Il redescendit quatre à quatre les marches de son immeuble et se dirigea à pied vers le restaurant, espérant que Charlotte n'attendait pas depuis trop longtemps.

Ouf ! Il la vit debout en grande conversation avec le serveur. Comme cela faisait plus d'un an qu'elle n'avait pas mis les pieds dans cet établissement, et lui non plus d'ailleurs, ils avaient de quoi échanger.

Il remarqua qu'elle était particulièrement élégante. Elle portait une veste cintrée munie d'épaulettes boutonnée sur le côté, sur un chemisier blanc et une jupe noire. Son poignet droit était orné d'un bracelet manchette argenté. Elle n'avait donc pas oublié qu'il aimait qu'une femme soit féminine et n'hésite pas à abandonner le jean, ne serait-ce qu'occasionnellement.

Le temps étant particulièrement clément, et ils décidèrent donc d'occuper une table à l'extérieur. Ils s'assirent côte à côte.

Kevin était légèrement anxieux à l'idée de ce rendez-vous, sur lequel il avait ruminé toute la journée. Surtout ne rien dire qui puisse la fâcher.

— Ce n'est pas à Paris que tu peux encore dîner dehors, non ?

— Oui, c'est d'ailleurs ce qui me manque le plus. Je n'avais jamais réalisé à quel point Montpellier bénéficie d'un climat agréable. Tu sais qu'il faut que je me retienne le matin en me rendant au journal pour ne pas me plaindre de la couleur du ciel ?

— Pour autant que je me souvienne, même si je n'y suis resté en fonction que pendant quelques années, c'est dû en partie à la pollution. Cela n'a pas changé, n'est-ce pas ?

— Hélas, non. Cela se serait plutôt aggravé, même.

Ils commandèrent. Les plats proposés au menu étaient simples, sans prétention, mais les produits servis de qualité et l'ambiance conviviale. D'ailleurs pratiquement toutes les tables étaient occupées.

— Et ce nouveau job ? interrogea Kevin.

— Tu sais, le job en lui-même n'est pas nouveau pour moi. Je suis reporter et je couvre les faits divers. Donc, une plus grande étendue de ces problèmes que tu connais : vols, crimes, etc. La matière est plus riche, mais le contrôle de mon activité plus important. J'ai perdu un peu d'indépendance…

Kevin se garda bien de lui suggérer qu'il ne tenait qu'à elle de recouvrer sa liberté d'action. Il savait qu'elle était partie en excellents termes du *Midi Libre* et se doutait qu'elle pourrait y retrouver sa place si elle en faisait la demande.

— Et ton activité d'enseignante, ici ?

— Le fruit d'une valeur reconnue, dit-elle dans un sourire, en dégustant de la tapenade sur un bout de pain.

Elle en tartina un deuxième canapé et, dans un geste familier, le glissa dans la bouche de son ami.

— C'est agréable. Cela faisait longtemps, trop longtemps, parvint-il à exprimer tout en mastiquant.

— À qui la faute ? lui rétorqua-t-elle, d'un air mi-figue mi-raisin.

Il faillit s'étouffer et fit passer le délicieux mélange d'olives noires pilées à l'aide d'un verre de vin rouge du Ventoux. Il décida de vite changer de sujet.

— Chloé est ton amie depuis longtemps ? questionna-t-il. Que pense-t-elle du meurtre de son gardien de nuit ?

Charlotte s'essuya les mains et, tout en le fixant, répondit :

— C'est un interrogatoire policier ? C'est pour cela que tu m'as invitée ?

L'enquêteur blêmit et se mordit la langue. Décidément, ce n'était pas son jour.

Elle lui prit la main et, radieuse, le rassura.

— Je plaisante. Je suis contente, très contente moi aussi de te revoir.

Elle se rapprocha un peu plus de lui.

Kevin mit alors la main dans la poche de sa veste et en retira un petit paquet.

— Tiens, c'est pour toi.

Charlotte ôta l'emballage, laissant apparaître un magnifique flacon de parfum : *L'État de grâce*, tel était le nom de la fragrance.

— Il est de la marque « En odeur de sainteté », je l'ai acheté dans l'Écusson à la boutique J'aime, annonça-t-il avec le plus grand sérieux.

La journaliste partit d'un fou rire inextinguible, vite rejointe par son ami.

— C'est ce qu'on appelle avoir le sens de l'humour, je suppose ? parvint-elle enfin à articuler entre deux hoquets.

Elle vaporisa le parfum à l'intérieur de son poignet.

— Senteur très agréable, apprécia-t-elle.

Puis, elle se pencha vers le visage de son ami et l'embrassa légèrement sur les lèvres.

— Merci. Tu devrais plus souvent t'occuper d'affaires de parfum, lui lança-t-elle, toujours taquine.

— C'est l'œuvre d'une Montpelliéraine. Au fait, tu savais qu'un autre Montpelliérain, du XVIIIe siècle celui-là, avait été le parfumeur de la reine Marie-Antoinette ?

— Bien sûr. N'oublie pas que j'ai un diplôme en histoire de l'art. Mais toi, comment le sais-tu ?

Kevin se fit un plaisir de répondre à son amie. Ils discutèrent à bâtons rompus sur l'enquête, la façon d'analyser les éléments à sa disposition... Charlotte ne put s'empêcher de regretter le temps où elle aurait pu, elle aussi, concourir au dénouement de cette affaire criminelle. Elle devait bien s'avouer, avec un certain regret, qu'à Paris elle couvrait souvent des événements à retentissements nationaux, voire internationaux, mais ne participait plus aux investigations. Du moins pas de la même façon. Cela lui manquait parfois, mais elle était consciente de ne pouvoir tout obtenir. Elle avait fait un choix et, sous peine de passer pour une girouette, elle devait s'y tenir.

Elle n'écoutait plus ses propos que d'une oreille distraite maintenant. Kevin était revenu dans son cœur, songeait-elle. Mais l'avait-il vraiment quitté ? Il l'obnubilait et occupait toutes ses pensées avec une force telle que cela lui faisait peur.

— Tu veux que je te raccompagne ? lui demanda-t-il à la fin de leur repas, alors qu'ils étaient les derniers à s'éloigner de la terrasse du restaurant.

Elle lui fit signe de se pencher, car il était plus grand qu'elle.

— Oui, chez toi…, lui murmura-t-elle dans le creux de l'oreille.

La fin de la nuit ne fut que bonheur, cris et soupirs.

Le lendemain matin, Kevin fut réveillé par une puissante odeur de café. Charlotte avait revêtu une de ses chemises, qui lui descendait à mi-cuisses. Elle s'approcha du lit d'où il avait du mal à s'extraire, s'y assit en repliant ses jambes sous elle et lui tendit une tasse fumante. Elle était vraiment ravissante, songea-t-il.

— On se revoit plus tard ? lui demanda-t-il un peu plus tard, en la quittant au pied de son appartement.

— J'y compte bien, lui rétorqua-t-elle avec un grand sourire avant de s'éloigner.

Normand regarda sa montre. Une fois de plus il était à la bourre. Il devait participer en compagnie d'une vingtaine de diacres et de plusieurs prêtres, sous l'égide de l'évêque de Montpellier, à la cérémonie religieuse d'investiture d'un tout nouveau diacre. Il avait eu l'occasion de rencontrer Claude une fois ou deux au cours de diverses célébrations mais ne le connaissait pas vraiment. L'événement, d'importance, se tiendrait au palais des sports de Castelnau-le-Lez – petite ville à la périphérie de Montpellier –, un public important étant attendu.

Le parking, dont l'accès était gardé par les policiers municipaux, était déjà bien rempli quand il arriva sur place. Cela le rassura et lui mit du baume au cœur. À plusieurs titres. Tout d'abord parce qu'il déplorait, et il n'était pas le seul, l'indifférence de plus en plus grande marquée par les catholiques envers la foi de leurs ancêtres, et cela en des temps où d'autres religions revenaient sur le devant de la scène avec virulence, parfois même violence ; puis aussi parce qu'il se rappelait sa propre ordination, et l'importance qu'elle revêtait aux yeux de celui qui prenait un tel engagement.

Une fois dans la salle réservée aux ecclésiastiques – on ne pouvait décemment parler de sacristie –, il salua plusieurs de ses amis, puis extirpa de son sac de sport ses vêtements liturgiques : sa dalmatique, sorte de grande tunique aux manches courtes et son étole diaconale en laine et coton, de couleur rouge, portée au travers du corps à partir du haut de l'épaule gauche vers la droite. Il camoufla tout au fond de son sac son arme de service, son brassard de police et sa paire de menottes, avant de confier le tout à une bénévole qui assurait la surveillance des lieux.

Tout en s'habillant, il ne pouvait s'empêcher d'envier celui qui, marié, allait recevoir son ordination par l'imposition des mains de l'évêque. L'Église latine n'ordonnait au diaconat que des hommes s'engageant à la stabilité de leur état. Les laïcs mariés devaient donc prouver une communauté de vie, sans le moindre nuage, au moins égale à dix ans avant de pouvoir, comme Claude, postuler. Les laïcs célibataires étaient quant à eux condamnés à le rester ou alors, s'ils désiraient convoler, ils perdaient le bénéfice de leur ordination pendant un délai de dix ans.

Kevin réfréna un soupir. Charlotte ne comprenait pas ça. Il n'avait pas osé lui parler de cette cérémonie, ni l'inviter à y assister, même si cela aurait pu être une façon de lui faire toucher du doigt l'importance de son engagement. Il n'oubliait pas que, s'ils s'étaient séparés, c'était à cause de sa volonté de rester diacre. Aussi avait-il pudiquement passé sous silence le rendez-vous de ce matin…

La journaliste, même si elle n'écrivait plus dans les colonnes de son ancien quotidien, le parcourait très régulièrement, notamment grâce à sa version informatique accessible sur le Net. Son attention avait été attirée ce matin par l'article qui faisait la une du journal et annonçait la cérémonie d'ordination prévue ce jour. Elle y avait vu un moyen d'essayer de comprendre une énième fois ce qui pouvait conduire un homme d'une trentaine d'années, dynamique, de son temps, vers une pratique aussi importante et prenante de sa foi, et avait donc décidé de s'y rendre sans en parler à son ami. Certes, elle n'ignorait pas que l'affection dont souffrait son cadet n'avait pas été étrangère à son choix, mais cela ne pouvait tout expliquer.

Le palais des sports étant immense, Charlotte avait pris place sur les gradins, à l'exact opposé de l'autel derrière lequel se trouvaient déjà, lors de son arrivée, plusieurs membres du clergé. Elle était surprise. Premièrement par l'importance de la foule, deuxièmement en réalisant que toutes les tranches d'âge étaient représentées, depuis de très jeunes scouts à des gens bien plus âgés.

Attendant le début de la cérémonie, elle prêta involontairement l'oreille à la conversation tenue par ses voisins de travée.

— C'est incroyable, tempêtait un homme assis à sa droite en s'adressant à des amis. On n'est plus tranquille nulle part ! Tu te rends compte, me faire voler dans ma propre boutique un masque ayant appartenu à un ancien parfumeur ! Je l'avais exhumé avec d'autres objets, flacons de parfum, vieux alambics, dans une distillerie inoccupée depuis des années. On m'avait demandé de la vider de son contenu, les héritiers voulant vendre des locaux vides. Et par un jeune apparemment très correct ! Je te garantis qu'il présentait bien et avait de sacrées connaissances en parfumerie ! À mon avis, c'était un étudiant étranger vu son accent. On ne sait plus à qui faire confiance, de nos jours…, déplora le commerçant, qui apparemment tenait un magasin de brocante et antiquités dans le coin.

Charlotte ne se manifesta pas. En d'autres temps, elle aurait bondi sur l'occasion et interrogé plus longuement son voisin. Mais aujourd'hui, elle se contenterait de faire suivre l'information à qui de droit. En sa qualité de simple citoyenne ne devait-elle pas concourir à la manifestation de la vérité ? Aucun rapport, bien évidemment, avec un quelconque prétexte à trouver pour rencontrer de nouveau un certain enquêteur... se convainquit-elle.

La cérémonie avait débuté et elle fut surprise du fait que les prières étaient récitées sur un mode beaucoup plus dynamique que dans ses vieux souvenirs d'enfance.

Lorsque l'heure de la communion arriva, le vicaire général qui présidait annonça que, compte tenu de l'importance de l'assistance, les officiants allaient se positionner à une quinzaine d'endroits différents sur les estrades. Son cœur battit la chamade en apercevant alors Kevin au milieu de ses pairs, mais elle tenta de se rassurer en se disant qu'il n'y avait que très peu de chance qu'il se retrouve à venir œuvrer à proximité.

Aussi fut-elle fut frappée de stupeur lorsqu'elle le vit se rapprocher. Non, se dit-elle, non ! Il va s'arrêter en chemin, se prit-elle à espérer. Elle regarda sur sa droite en songeant à s'éclipser, mais c'était une chose impossible à faire discrètement.

Lorsque son ami s'immobilisa finalement, il n'était

séparé d'elle que par six personnes. Manifestement perdu dans ses pensées, il ne l'avait pas vue. Elle se rencogna du mieux qu'elle le put sur son siège.

Mais, en accédant au palier de l'escalier conduisant aux gradins, Kevin leva la tête en direction des premiers communiants, et tressaillit en reconnaissant la personne qui se trouvait non loin de lui.

4

XVIIIe siècle

— Holà, marauds ! s'écria une voix. Quel courage ! Trois larrons contre un brave bourgeois !

L'exclamation réveilla Jean Fardon, qui venait de sombrer dans une semi-inconscience. Il peina à entrouvrir un œil, celui qui n'avait pas été touché par ses agresseurs.

L'homme qui avait poussé le rugissement, armé lui sembla-t-il d'un bâton, était en train d'en découdre avec ses assaillants. Aux menaces proférées, il comprit que ces derniers avaient trouvé à qui parler. Pour le peu qu'il pouvait en juger, compte tenu de son seul œil valide et de la pénombre environnante, les trois compères se colletaient durement avec le nouveau venu. Des cris, des bruits de coups et des jurons s'élevaient maintenant dans la nuit.

Au terme de plusieurs minutes, au cours desquelles Jean Fardon fut bien conscient que sa survie ne tenait plus qu'à un fil, il réalisa que ses agresseurs n'avaient pas le dessus. Ils finirent même par prendre la poudre d'escampette sans demander leur reste, probablement inquiets à l'idée que le guet alerté par leur tapage finisse par intervenir.

Le parfumeur était malgré tout anxieux.

Il n'était pas dans les habitudes des passants de porter secours à leur prochain. L'avait-on tiré d'un mauvais pas pour le précipiter dans un autre ?

— Vous pouvez vous lever ?

Jean regarda celui qui s'adressait à lui. Malgré l'obscurité ambiante, il eut l'impression d'avoir affaire à un ange. Un ange tombé du ciel qui venait de l'arracher aux griffes de la mort. Il essaya de se relever seul. En vain. Il dut accepter la main secourable de son sauveur pour, lentement, ponctuant chaque mouvement de faibles cris de douleur, parvenir à se mettre debout. Ce dernier passa un bras sous le sien et le maintint ainsi dans une position certes inconfortable mais qui avait le mérite de lui permettre de poser un pied devant l'autre. Son corps n'était plus qu'une plaie. Il avait mal partout et craignait pour sa vie. Le sang continuait de couler, lui sembla-t-il, et poissait ses mains appliquées sur sa blessure pour en contenir le flot. Il parvint enfin à articuler avec difficulté :

— Ma… ma demeure… n'est pas très loin… Pouvez-vous m'y transporter ? quémanda-t-il dans un souffle, les traits figés par la souffrance.

Il leur fallut plus de vingt minutes pour regagner clopin-clopant son habitation.

Les coups frappés à la porte d'entrée firent apparaître un domestique suivi par sa propre femme, inquiète de son retard. À la vue de son mari, la chemise ensanglantée, du sang sur le visage, la lèvre fendue et l'œil poché, Amélie Fardon poussa un grand cri.

— Mon Dieu, mon ami, mais que vous est-il arrivé ? Entrez vite, entrez vite !

Elle donna des ordres et une servante vint prestement leur prêter main-forte. Jean Fardon expliqua à son épouse qu'il devait son salut à l'intervention providentielle du jeune homme qui l'accompagnait…

— Comment vous appelez-vous, monsieur ? s'enquit alors le parfumeur. Je vous dois la vie !

— Mes amis me nomment Quentin…

— Mais, vous êtes blessé, vous aussi ! Amélie, que l'on donne des soins à mon sauveur.

— Mais non, ce n'est pas grave, rien qui ne disparaîtra dès demain.

— J'insiste, j'insiste, je suis votre obligé et il ne sera pas dit que vous aurez affaire à un ingrat.

Jean Fardon s'installa sur une chaise pendant qu'un serviteur partait à la course quérir un médecin. Les minutes passèrent, et le jeune Quentin s'obstinait à vouloir reprendre son chemin.

— Il faut que je vous quitte, maintenant…

— Revenez dans quelques jours, je vous en prie. Je vous dois tant ! insista le parfumeur, qui avait semblait-il recouvré quelques forces, avant de le laisser partir.

Quentin parcourait les ruelles de la capitale d'un pas alerte. Devant sa haute taille et son air décidé, la foule s'écartait sur son passage. Il souffrait encore des coups reçus quelques jours auparavant et était bien décidé à les rendre au centuple. Enfin, il aperçut les trois coupe-jarrets agresseurs de celui à qui il avait prêté secours. Il se dirigea immédiatement vers eux tandis qu'ils obliquaient vers une petite ruelle.

— Holà, vous ! leur lança-t-il alors qu'il se trouvait maintenant à leur hauteur.

Les trois larrons se retournèrent et un semblant de sourire s'afficha sur leur visage. Maniant son bâton au bout ferré avec une dextérité qui en disait long sur son expérience de la pratique, ils reçurent force coups, qu'ils parèrent de leur mieux sans chercher à s'enfuir.

— Eh quoi, messire, nous avons fait ce que vous nous aviez demandé ! Pourquoi nous donner du bâton ? Vous nous devez d'ailleurs encore une bourse bien pleine, s'enhardit celui qui paraissait être le chef.

— Imbéciles, vous auriez pu le tuer ! Ne vous avais-je pas dit de le rosser sans utiliser la moindre arme ?

— Oui, mais il s'est trop débattu et aurait pu avoir le dessus, si…

Le coquin ne put aller plus loin dans sa justification, recevant sur le haut de la tête puis sur le visage plusieurs coups assénés avec force, qui lui firent plier les genoux et choir à terre.

Quentin réfléchit rapidement. S'il ne leur donnait

pas l'argent promis, ils étaient capables de chercher à se venger. Et puis, il pouvait encore avoir besoin de leurs services ! Il hésita un instant puis se décida. Il prit une bourse et la leur jeta, les sommant d'un ton menaçant :

— Prenez et filez ! Qu'on ne vous revoie plus dans les parages. Votre signalement a été communiqué aux archers du roi. C'est clair ?

Celui qui avait un genou à terre s'empara prestement de l'aumônière et la soupesa d'une main experte pendant que de l'autre il se protégeait le visage apparemment meurtri par les coups.

— Le compte n'y est pas ! trouva-t-il malgré tout la force de regimber.

L'air menaçant, Quentin s'approcha de lui et leva haut sa canne…

— C'est bon, messire, c'est bon, on s'en contentera.

Et les trois compères filèrent, non sans jeter de virulentes imprécations en direction de celui qui ne respectait pas sa parole.

Un travail saboté ne valait pas plus que la moitié de la somme promise, se dit Quentin. Son projet aurait pu avorter si les coups reçus par le Montpelliérain avaient été mortels. Et il s'en était fallu de peu qu'ils le soient.

Il s'en retourna de nouveau non loin de la rue du Roule. Il avait décidé de ne pas se présenter à la boutique du parfumeur mais de feindre une rencontre fortuite. Cependant cela faisait plusieurs jours qu'il y traînait ses guêtres, en vain. Il soupira. Pourvu que ce dernier ne soit pas gravement blessé !

Jean Fardon s'était rapidement remis sur pied. Sa blessure, même si elle avait beaucoup saigné, était, aux dires de son médecin, bénigne. Seul son visage gardait encore, une semaine après l'odieuse agression, trace des coups reçus. La perte de deux dents rendait son élocution plus difficile, mais grâce à Dieu il s'agissait de celles situées à l'arrière de son palais et son visage n'en était pas plus disgracié.

— Quentin ! Quentin ! s'écria-t-il alors que, déambulant dans la foule, il venait d'apercevoir la haute silhouette de son sauveur.

Ce dernier feignit la plus grande surprise.

— Messire, comment allez-vous ? À vous voir ainsi, on ne croirait jamais que vous avez failli succomber !

Jean Fardon s'accrocha à l'épaule de son interlocuteur et lui reprocha :

— Mais pourquoi donc ne vous êtes-vous pas présenté à mon logis ? Je vous dois tellement !

Quentin se dandina d'un pied sur l'autre, comme s'il était gêné.

— C'est un acte bien naturel que de secourir une personne en mauvaise position, comme mon défunt père me l'a appris, en même temps qu'il m'enseigna l'art du bâton.

— Défunt ?

— Oui, je suis orphelin.

Le parfumeur montpelliérain regarda le jeune homme debout devant lui. Sa haute stature et ses muscles en imposaient. Sa vêture était pauvre mais propre. Il avait les traits bien dessinés, les pommettes hautes, le nez aquilin, les cheveux indisciplinés auraient certes mérité un coup de brosse, mais il se dégageait de sa personne, de sa bonne mine, une impression d'honnêteté, voire même de douceur, il est vrai démentie par sa dextérité à se défendre. Jean ne s'était pas trompé, sa première impression était la bonne : il avait l'air d'un ange, d'un bel ange.

— Que faites-vous dans la vie ? l'interrogea-t-il.

Quentin hésita un instant, comme s'il n'osait confier sa gêne.

— Je... je suis journalier. Je loue mes bras pour de menus travaux...

— Vous cherchez un emploi ?

— Oui, mais...

— Ne cherchez plus, l'interrompit Jean Fardon. J'ai justement besoin d'un commis pour m'aider à la parfumerie.

— Mais je ne connais rien à ce métier...

D'autorité, le parfumeur s'empara du bras de son protégé et fit demi-tour en direction de son commerce. Il avait décidé à l'avenir de ne plus parcourir seul, de nuit, les rues peu sûres de la capitale. Il aurait ainsi une sorte de garde du corps en cas de besoin et un employé de toute confiance qui avait fait ses preuves, n'ayant pas hésité à payer de sa personne.

Une fois arrivé à sa demeure, le maître montpelliérain rassembla toute sa domesticité. En présence de sa femme, il fit avancer devant lui son nouveau commis.

— Je vous présente Quentin, l'ange qui est venu à mon secours. Sans son intervention vous n'auriez plus de maître aujourd'hui.

Et pour que chacun se pénètre de l'importance de la chose, il précisa :

— Vous seriez tous à la rue à ce jour.

Un murmure approbateur parcourut toutes les lèvres, occultant les ricanements jaloux de certains.

Quentin fit ainsi la découverte des lieux dans lesquels il allait désormais travailler. Il fut immédiatement enveloppé par de capiteux effluves, des fragrances enivrantes qui l'auraient presque fait tourner de l'œil. Les rues parisiennes pas plus que l'environnement de la tannerie paternelle ne l'avaient préparé à respirer ces parfums inconnus propres à griser le plus solide des ivrognes.

La bâtisse était imposante. Il s'agissait en fait de la réunion de trois maisons distinctes, et elle se composait donc de plusieurs corps de bâtiments. Au rez-de-chaussée se trouvait le magasin à l'enseigne *Au messager de Montpellier*. La boutique, il allait s'en apercevoir rapidement, était sous l'entière responsabilité de Mme Fardon, qui y régnait en véritable souveraine sur plusieurs vendeuses.

Quentin jeta immédiatement un œil de connaisseur en direction des trois commises, Pauline, Guillemette et Isabeau, qui assistaient la maîtresse des lieux. Habillées avec une certaine recherche, coquettes par nécessité et soignées par obligation professionnelle – elles ne pouvaient décemment recevoir leur pratique, constituée de dames de la bourgeoise, de la haute bourgeoisie et parfois même de la noblesse, vêtues des pauvres vêtements auxquels leur condition d'ouvrières les cantonnait – elles lancèrent elles aussi des regards intéressés au nouveau venu, qu'elles saluèrent cependant d'un simple mouvement de la tête.

Tout dans la boutique respirait le luxe. Les parfums les plus subtils en emplissaient l'espace. On ne le laissa pas trop longtemps sur place tant il se trouvait étourdi par l'air saturé de lourds parfums, la visite se poursuivant par le reste des locaux.

L'espace réservé à la vente était relié à la manufacture à proprement parler par un long couloir, desservant également une salle occupée par deux commis aux écritures. Puis venait le bureau du maître de céans, immense et bénéficiant d'une large baie vitrée, privilège inouï en plein cœur de la capitale. Une chatte se prélassait sur un fauteuil. Et, pour finir, le saint des saints, le laboratoire dans lequel le parfumeur entouré de deux employés, triés sur le volet, effectuait ses recherches, ses préparations, et confectionnait dans le plus grand secret parfums, poudres et autres embellissements qui faisaient sa réputation. Nul, sans autorisation expresse du maître, n'y était admis.

Une arrière-cour disposant de sa propre entrée donnait accès à d'importantes dépendances : un lavoir, une serre, des écuries et un vaste entrepôt.

Aux premier et deuxième étages se trouvaient les appartements de Monsieur et Madame, appartements qu'on ne lui fit pas visiter. Le troisième comptait pas moins d'une quinzaine de chambrettes, desservies par un long et obscur couloir, dans lesquelles logeaient la plupart des employés, apprentis, commis ou vendeurs. Un escalier avait été aménagé, permettant un accès direct à la fabrique sans avoir à passer par les étages nobles de la maison d'habitation du parfumeur.

Quentin était content de lui. La première partie de son plan se déroulait conformément à ses prévisions. Il était dans les lieux.

Il avait longuement réfléchi à ce qu'il devait faire en vue de respecter l'ultimatum de son père. Ce dernier avait été clair et, tout en prêtant une oreille attentive à ceux qui lui faisaient les honneurs de la maison Fardon, il entendait encore à ses oreilles résonner ses paroles : « Si tu veux hériter de la parfumerie, tu dois faire tes preuves. Tu dois apprendre le métier et réussir à t'emparer des principales recettes de Jean Fardon. »

Quentin, même s'il ne prêtait que de temps à autre une oreille attentive aux problèmes rencontrés par les tanneurs de Grasse, connaissait la réputation grandissante de celui qui focalisait la jalousie de la profession.

«Mais, comment ?», s'était-il enquis, stupéfait des exigences paternelles. «Tu dois faire tes preuves, s'était contenté de lui répéter en guise de réponse son père. Ce sera ta façon de prouver ton investissement personnel et de démontrer ta capacité à assurer la gestion et l'expansion des établissements Tombaret. C'est ta feuille de route», avait lâché celui qui conduisait son commerce d'une main de fer, comme un militaire en campagne.

Quentin n'avait pas hésité très longtemps.

Il avait passé l'âge de faire la fête, du moins exclusivement la fête, et de courir après tout ce qui portait jupons dans sa ville natale. Par ailleurs, il était grand temps pour lui de mettre une certaine distance avec quelques maris jaloux qui le poursuivaient ainsi que certains créanciers, dont il avait tu l'existence à son père. Il avait donc décidé de commencer une nouvelle vie, celle d'un adulte responsable. Il savait pouvoir compter sur son apparence, qui en trompait plus d'un et plus d'une, ainsi que sur son intelligence. Il venait d'ailleurs de faire une preuve de cette dernière et était persuadé que son père, en commerçant roué, ne pourrait que le féliciter.

Il était dans la place. Il l'en informerait le plus vite possible.

Jean Fardon, bien que le corps toujours endolori, avait retrouvé de l'allant. Il ne pouvait au demeurant faire autrement que de s'activer à son office. Il n'était plus dans sa bonne ville de Montpellier mais dans la capitale, et il devait toujours surprendre ceux qui honoraient de leur présence son commerce en vue de poursuivre ses ambitions. Il lui fallait sans cesse inventer de nouveaux parfums, de nouvelles fragrances, de nouvelles poudres.

Chaque seigneur voulait une senteur qui lui soit propre. Ne pouvant faire face en de si brefs délais à autant de commandes, il trichait un peu, se contentant parfois de modifier de façon très légère ses diverses préparations : quelques gouttes de plus de rose ou de lis, moins de jasmin… et l'affaire était jouée ! Il pouvait ainsi prétendre en gardant la tête haute que la composition était différente. Il comptait par ailleurs sur le charme et le savoir-faire de son épouse. Elle savait au mieux faire apprécier à la clientèle, en en vantant les délices, différentes senteurs qui étaient en réalité bien souvent quasiment identiques…

Le parfumeur admirait avec le plus grand plaisir la boutique, entièrement décorée selon le goût exquis de sa femme. Il ne pouvait résister à la tentation de faire la comparaison avec celle tenue par sa mère. À Montpellier, l'agencement du magasin, c'était le mot employé en province, s'apparentait à celui des pharmacies. Peut-être, réalisait-il maintenant, à cause de l'origine de sa famille, issue du milieu des apothicaires… Les pièces étaient couvertes d'armoires vitrées et d'étagères qui grimpaient jusqu'au plafond. De nombreuses échelles permettaient aux commis d'accéder rapidement aux parties les plus hautes pour y puiser les ingrédients demandés par la clientèle, laquelle patientait sur de simples et solides chaises. Le maître mot était : efficacité.

Ici, rien de tel. Tout n'était qu'élégance, luxe et raffinement, jusqu'à l'étourdissement des sens. Les murs étaient recouverts de boiseries, les étagères étaient en acajou et s'évanouissaient dans un plafond décoré de peintures en trompe-l'œil. On avait l'impression d'accéder au paradis lorsque l'on levait la tête. Les sièges étaient de profonds et moelleux fauteuils habillés des velours et brocart les plus riches.

Il se trouvait en cet instant dans son antre, en compagnie de sa nouvelle recrue.

— Regardez, Quentin ! sollicita le maître des lieux, souhaitant le mettre dans le bain au plus vite.

Quentin s'approcha et feignit le plus vif intérêt pour les objets qui l'entouraient. Il en connaissait la plus grande -partie, même s'il n'en maîtrisait pas l'utilisation exacte. Son père, à grands coups de badine, avait essayé de lui inculquer, lorsqu'il était plus jeune, les rudiments de son futur métier.

— Nous sommes donc dans le laboratoire. Vous avez là des alambics, une chaudière dont je vous en expliquerai plus tard la fonction, dit-il en fixant celui qui buvait ses paroles, des serpentins et un petit tonneau de cuivre. Là-bas ce sont des barriques d'eau de vie, ici une balance romaine, là un pressoir… Vous me suivez ?

Quentin était surpris. Les senteurs qui l'environnaient étaient loin d'être aussi subtiles, aussi étourdissantes, aussi capiteuses que dans la boutique de vente. Mais il réalisa rapidement qu'elles se trouvaient ici au stade de simples préparations.

— Bien sûr, messire.

— Toutes nos préparations sont réalisées dans ces coupes romaines, dans ces terrines utilisées pour les sirops, dans ces mortiers pour piler les épices ou encore dans ces brassières de cuivre.

Quentin se contentait de hocher la tête de temps à autre en signe d'assentiment.

Ils traversèrent la pièce qui donnait sur une autre, de plus petite dimension.

— Voici des armoires, dont nous verrons plus tard l'utilité, et là…

— Des dames-jeannes, des bouteilles, des écumoires et une trompe en cuivre, avança Quentin, désireux de faire étalage de quelques connaissances.

— Bien, bien, lui répondit le parfumeur, satisfait de l'intérêt manifesté par son protégé.

— Et comment dosez-vous vos préparations ?

Jean Fardon, se retourna brusquement la bouche grande ouverte, stupéfait par le culot de son commis. Puis, il partit d'un grand éclat de rire.

— Mon jeune ami, vous ne doutez de rien ! Mais c'est là que je reconnais votre innocence, votre naïveté et votre honnêteté. Votre question touche à mes secrets de fabrication, que je ne communique à personne. À *personne*, entendez-vous. Ces secrets-là, Belange, déclara-t-il en posant la main sur son épaule et baissant la voix, sont à l'origine de mon succès !

Quentin afficha une mimique qu'il voulut admirative.

— Et vous ne notez pas les ingrédients entrant dans vos compositions ? Vous n'avez pas peur d'en perdre les recettes ?

Le parfumeur montpelliérain sourit de nouveau devant l'ingénuité de la question. Il porta l'index de sa main droite en direction de son front et répondit :

— Voilà mon coffre-fort. Tout est consigné là.

Le désormais surnommé Belange esquissa un sourire à son tour, tout en réalisant qu'il aurait fort à faire pour extirper lesdits secrets de leur cachette.

— Bien, il faut que je vous abandonne maintenant. Holà, Baptiste, venez ici ! Je vous confie Belange, il vous aidera dans votre travail.

Et, sans plus attendre, le maître parfumeur se dirigea vers son laboratoire, y pénétra et claqua la porte derrière lui.

— Suis-moi, Belange, se gaussa le premier commis qui porta ses pas vers la réserve. Si tu n'as pas peur de te salir les ailes, tu nous prêteras main-forte pour transporter tous ces tonneaux.

Et il ponctua sa phrase d'un grand éclat de rire, sous les quolibets des autres commis, garçons et journaliers présents, qui reprirent en chœur comme un refrain :

— Belange, Belange, Belange !

Quentin savait comment traiter ce genre de moqueries, auxquelles il avait été confronté très jeune à Grasse par les mégissiers, chamoiseurs et autres ouvriers de son père. À Grasse comme à Paris, son comportement resterait le même. D'un pas ferme, il se dirigea vers un commis dont l'imposante carrure en faisait visiblement le chef du petit groupe. En quelques coups de poing bien sentis, il l'envoya au tapis avant que l'autre ait pu esquisser le moindre mouvement de défense.

— Il y en a pour tout le monde ! À qui le tour ?

Suffoqués par la science du combat manifesté par le protégé de leur maître, ils baissèrent tous les yeux. Un grand silence se fit. Quentin se dirigea ensuite vers la Barrique, surnom de celui qui se trouvait encore à terre en train d'essuyer le sang qui lui coulait du nez et, magnanime, lui tendit une main pour l'aider à se relever. La Barrique hésita un instant, puis partit d'un éclat de rire en acceptant l'aide du nouveau venu.

— Merci, compagnon, je sens que nous allons bien nous entendre ! lança le perdant à la cantonade. Venez, vous autres, j'offre à boire en l'honneur de… Belange.

Et ils rirent tous à gorge déployée, constatant que Quentin en faisait de même.

Embauché et pris en amitié par le patron, Quentin n'en fut pas moins dans un premier temps cantonné aux tâches subalternes. Seul avantage, son statut de protégé lui permettait de passer sans grandes difficultés de la manufacture à la petite pièce attenante au magasin dans laquelle les vendeuses venaient prendre en compte les bouteilles, flacons et poudres réclamés par leur clientèle.

Belange comprit rapidement qu'il ne laissait pas indifférente Isabeau. Et la jeune vendeuse avait de quoi charmer l'homme le plus difficile. Sa taille mince, sa chevelure brune, son nez retroussé et son œil aguicheur attiraient les regards de tous les employés du parfumeur, quelle que soit leur position. Il y avait eu entre eux quelques sourires, quelques frôlements de mains lorsqu'il s'agissait de se saisir des précieux récipients ouvragés. Quentin multipliait donc les prétextes pour rencontrer la belle. Toutes les occasions étaient bonnes. Il ne doutait pas de parvenir à ses fins.

Après quelques mois à transporter fûts et tonneaux, son bienfaiteur le convoqua dans son bureau.

Jean Fardon avait parlé à son épouse de son vœu : prendre en qualité d'apprenti le jeune Quentin. Cette dernière, si elle reconnaissait ce qu'elle devait à l'intervention opportune de celui dont son mari semblait s'être entiché, avait émis quelques réserves.

— Je ne me prononce pas sur ses qualités, dont je vous laisse seul juge, mon ami, mais simplement sur le fait que ce jeune coq perturbe mes vendeuses. Il tourne autour d'Isabeau et…

Le maître des lieux était parti d'un éclat de rire avant de déclarer :

— À son âge et avec sa tournure, vous ne voudriez tout de même pas qu'il rentre dans les ordres ?

Et il s'en était allé en souriant, sans que le sujet ne soit plus mis sur le tapis.

— Écoute-moi bien, enjoignit Jean Fardon ce jour-là, après avoir fait venir devant lui son commis. Te plais-tu ici ? Ce nouveau métier t'intéresse-t-il ?

Enfin, soupira Quentin à part lui, il en a mis du temps… ! Il avait fait tout son possible pour démontrer, et avec une certaine science lui semblait-il, son intérêt pour tout ce qui touchait à la parfumerie et ne craignait qu'une chose, sachant que la gratitude était comme le parfum, une denrée très volatile, se voir remercié malgré ce.

— Oui, bien sûr, maître.

— Que dirais-tu si je te prenais comme apprenti ?

Belange en ouvrit toute grande la bouche. Il se devait de manifester à la fois surprise et reconnaissance.

— M'en croyez-vous capable ? balbutia-t-il avec juste ce qu'il fallait d'émotion et de doute dans la voix.

— Bien évidemment, sinon je ne te ferais pas cette proposition. Allons, tope là, c'est décidé !

Quentin claqua dans la paume de la main du maître parfumeur.

— Tu es engagé dès aujourd'hui comme apprenti. Tu obéiras au premier apprenti comme à moi-même.

Suis-moi maintenant, je vais commencer ton éducation.

Quentin était aux anges et avait toutes les peines du monde à réfréner son envie de crier sa joie. Depuis son arrivée chez le parfumeur, il se cassait les reins à des activités subalternes. Enfin, il touchait au but.

— Assieds-toi là, fit-il en lui indiquant de la main une chaise face à son bureau, dont il avait au préalable fermé la porte. Il faut que je t'apprenne un peu d'histoire. Sais-tu que le parfum a des origines très lointaines ? Les Égyptiens eux-mêmes l'utilisaient. Mais, et il sourit en fixant son élève, nous allons nous contenter d'un très rapide survol de mon art. À quoi servent à ton avis les alambics que tu as pu observer dans la pièce à côté ?

Quentin avait la bonne réponse mais crut judicieux de feindre l'ignorance en fronçant les sourcils comme sous l'effort d'une intense réflexion.

— Cet appareil sert à la distillation des végétaux ou de liquides placés dans le récipient chauffé, enchaîna alors Jean Fardon. Il est coiffé d'une coupole qui condense les vapeurs. Puis un dispositif permet de les refroidir pour les amener à l'état liquide. Tu vois ce que je veux dire ? As-tu eu l'occasion d'assister à cette opération ?

— Oui, maître.

— Eh bien, si les anciens connaissaient déjà ce dispositif, il a fallu attendre le XVIe siècle – tu te rends compte, le XVIe siècle ! – pour que l'on ait l'idée d'utiliser l'alcool comme conservant et diluant !

Et le maître parfumeur s'interrompit. Manifestement, il espérait une question avant d'aller plus loin.

— Mais, avant, comment faisait-on, alors ?

Satisfait de la curiosité de son élève et de la possibilité de mettre en valeur son savoir, Jean se rengorgea et continua :

— Avant, le parfum était un mélange d'essences naturelles pures. Les plus recherchées étaient d'ailleurs la rose, le jasmin et la tubéreuse. Grâce à l'alcool, on a pu utiliser des substances plus fraîches et plus subtiles. Comprends-tu ?

Quentin esquissa un hochement de tête.

— Et sais-tu pourquoi le parfum a toujours joué un rôle essentiel ?

— Pour masquer les mauvaises odeurs, avança Belange, tant la réponse allait de soi.

— Oui, mais pas seulement. De tout temps on s'en est également servi pour lutter contre les maladies. Tu n'ignores pas, c'est la conviction de nos plus illustres médecins, que le principal agent propagateur des affections est l'odeur nauséabonde qui transporte les miasmes de toutes sortes ? Et c'est pour cela que les doctes médecins insèrent dans les longs nez des masques qu'ils portent des tissus ou sachets parfumés. Tiens, regarde, dit le parfumeur en se levant. Je garde ce masque qui m'a été légué par un de mes aïeux.

Et il présenta un magnifique masque vénitien de couleur bleu nuit doté d'un long nez ressemblant au bec d'un oiseau.

Quentin se mit debout à son tour, rejoignit son maître et examina ce qui était une œuvre d'art, même s'il avait eu l'occasion d'en admirer de bien plus beaux et ouvragés. Il nota que les initiales « F.D. » y étaient gravées.

— C'est pour cela qu'il n'y a pas de distinction entre la parfumerie et l'apothicairerie ? demanda-t-il.

Jean Fardon marqua un temps d'arrêt devant la pertinence de la déduction du jeune homme. Décidément, il ne s'était pas trompé en décelant chez son sauveteur des capacités hors du commun. Même si Belange était un enfant trouvé, et qui d'ailleurs avait été affublé du nom de Trouvet, son apprentissage de la lecture et des principales connaissances dans le couvent où il avait été recueilli avait visiblement porté ses fruits.

— Tout à fait, tout à fait. Mais, tu touches là du doigt un autre problème. À mon avis la parfumerie est un art à part entière, et il nous faudra tout faire pour qu'il soit reconnu en tant que tel.

— Un art plus important que celui de la tannerie ? se hasarda l'apprenti, en pensant à son père.

— Mais, bien évidemment. La tannerie pue, même si elle est utile. Seul notre art lui donne ses lettres de noblesse.

— Comme pour les gants…

— Exactement, confirma le Montpelliérain, enchanté des reparties de plus en plus appropriées de son élève. Exactement. Bien, maintenant, au travail.

Suis-moi, je vais te montrer une de mes spécialités. Celle que j'ai améliorée et présentée pour obtenir mon brevet de maîtrise : La Toilette à la mode de Montpellier. Sais-tu de quoi je parle ?

— Oui, bien sûr. Tous vos aides, commis ou vendeurs connaissent la réputation de cette pièce de tissu servant à ranger ou à disposer sur une table les multiples produits et instruments indispensables à nos coquettes. Elle est constituée d'une toile imprégnée d'un sublime parfum.

— Pour les coquettes et leurs époux, ou amants, précisa Jean en esquissant un sourire. Puis, il se dirigea d'un pas alerte vers son laboratoire.

Belange le suivit en silence.

C'était le seul lieu dans lequel il ne pouvait pénétrer à sa guise. Il ne doutait pas que son nouvel état d'apprenti lui en ouvre enfin les portes. Ils s'y engouffrèrent. Trois de ses pairs, il pouvait enfin utiliser ce terme, penchés qui sur une cornue, qui sur un serpentin ou une écumoire à la main, y œuvraient en silence sous la férule du premier apprenti. Leur concentration était telle qu'ils ne levèrent même pas la tête à l'arrivée de leur maître.

— Tout d'abord, tu dois avoir à ta portée au moins onze végétaux qui sont la marque de notre maison mère. Je parle de celle de Montpellier.

Quentin opina.

— Fleurs d'oranges sèches, racine de campana, iris de Florence, bois de santal citrin, marc d'eau d'ange, bois de rose, souchet, labdanum, clous de girofle, calamus, cannelle, et enfin gomme adragante. Il s'agit d'un secret de fabrication que je te confie.

— Je vous remercie, maître, parvint à articuler Belange, tout en songeant que la liste de ces senteurs ne lui servait pas à grand-chose si on ne lui disait pas dans quelles proportions exactes il fallait les mélanger.

— Regarde bien : j'ai utilisé une toile neuve aux fibres serrées, dit-il en la présentant comme on brandit un étendard à son apprenti. Je l'ai lavée à plusieurs reprises et fait sécher, puis je l'ai trempée plusieurs heures dans de l'eau de senteur. Enfin, je l'ai laissée sécher à nouveau. Maintenant, voici le moment décisif. J'ai donc recours à de la fleur d'orange sèche, la racine de campana, l'iris de Florence, un certain nombre d'onces de bois de santal, du marc d'eau d'ange…

Quentin notait que son maître évitait soigneusement de lui préciser les quantités, sans lesquelles il était vain de vouloir copier sa préparation. Il avait beau danser comme un papillon tout autour de lui pour tenter de relever et mémoriser les mesures exactes des ingrédients, il n'y arrivait pas, Jean Fardon faisant en sorte de lui tourner le dos au moment crucial.

Il enragea en réalisant alors qu'il ne pourrait jamais reconstituer la recette.

— … du bois de rose, du labdanum, des clous de girofle…, poursuivait le parfumeur, imperturbable.

Quentin était perdu et sentait monter en lui une grande colère. Son maître se moquait de lui.

— Mais, le dosage… ? s'enhardit-il à demander.

Maître Fardon se retourna vers son apprenti et, le sourire aux lèvres, lui indiqua de son index le haut de son crâne.

— Dans le coffre-fort.

— Mais alors, comment…

— Mon cerveau est le plus inviolable des réceptacles, mon jeune ami. Et puis, je compte également sur lui, déclara le parfumeur en indiquant cette fois-ci son nez de la main, qu'il agita par un mouvement comique qui lui était habituel.

Belange se contenta d'un simple mouvement de la tête, réprimant un soupir.

L'appendice nasal de son maître était par ailleurs l'objet de moqueries incessantes, car très souvent, au grand amusement de tous les commis ou apprentis, Fardon reniflait dans tous les coins et recoins de son royaume, remuant son nez pour humer l'air ambiant et lancer de sévères avertissements : « Hum, hum ! faisait-il. Fragrance trop obsédante, odeur trop volatile, trop poivrée… » Trop ceci, trop cela, se moquaient ses employés. Il était en outre vrai que son petit nez en trompette détonnait dans un visage rond et plutôt massif.

Quentin fut interrompu dans ses cogitations par un rappel à l'ordre.

— Mais ne t'inquiète pas et écoute-moi. Au moment opportun c'est moi-même qui interviens et réalise le bon mélange. Ta responsabilité ne sera jamais engagée à ce niveau-là, ne te bile donc pas.

Le nouvel apprenti serra les dents et se fendit d'un simulacre de sourire, se faisant une raison. Momentanément. Car il ne désarmait pas aussi facilement. Ce serait bien le diable, se rassura-t-il, si je n'arrive pas au cours de mon apprentissage à percer les secrets de toutes ces préparations !

De son côté, Amélie Fardon se taillait une place de plus en plus importante au sein de la boutique mais également dans la ville elle-même. Elle était aiguillonnée en ce sens par son ambition et par l'accueil qui, à sa grande stupéfaction, lui avait été réservé par les plus hautes dames de la capitale. Très rapidement, elle avait pris conscience de la différence existant entre le comportement des nobles de province, en l'occurrence de Montpellier, et celui des personnes fréquentant la Cour.

Si elle avait eu à souffrir de la morgue, de l'indifférence et parfois même de la cruauté des premiers, lorsqu'elle était simple apprentie vendeuse dans la capitale des États du Languedoc, les secondes ne lui parlaient qu'avec la plus grande courtoisie, la plus grande délicatesse, certains gentilshommes n'hésitant pas à lui décocher parfois des allusions licencieuses qui la plongeaient dans la plus extrême confusion. Du moins avait-ce été le cas dans les premiers temps.

Mais plus que tout, ce qui l'avait stupéfiée voire même atterrée, c'était la façon très libre dont toutes ses clientes parlaient de leurs pairs, quand ils ne clouaient pas au pilori Leurs Majestés elles-mêmes. Elle se souvenait encore avec la plus vive émotion d'une remarque faite abruptement par une des dames de compagnie de la reine.

— Que pensez-vous de la cécité qui semble affecter Sa Majesté ? Ne voit-elle pas que sa première dame d'atour se moque d'elle ?

La question, si elle l'avait plongée dans le plus grand embarras et la plus grande confusion, avait eu le don de réjouir les autres dames présentes qui, assises sur les fauteuils de brocart de son commerce, tenaient salon en pouffant derrière leurs éventails richement ornés avec lesquels elles s'éventaient avec grâce. Elles attendaient qui une poudre, qui un parfum, qui un galant chargé de leur offrir la toute dernière préparation à la mode du parfumeur attitré de la reine, et papotaient ce faisant sans discontinuer.

La femme du parfumeur s'était contentée de baisser la tête, se gardant bien de répondre.

Entre deux présentations de poudres, de pots de rouge, de parfums aux fragrances exquises qui faisaient se pâmer certaines coquettes, Amélie s'était finalement vite habituée à entendre, avec toujours le même effroi, les pires vilenies débitées par ses clientes. Nul n'échappait à leur vindicte, pas plus les hauts seigneurs, les prélats de la Cour que le roi ou la reine, les propos parfois outrageants tenus à leur endroit relevant à ses yeux du crime de lèse-majesté.

Son mari lui avait bien fait la leçon. De façon à ne pas se compromettre et à ne pas faire fuir la clientèle, il fallait tout entendre mais ne rien répéter, ne rien colporter. Au grand jamais. La réputation de tous les lieux d'embellissement de la capitale, qu'ils soient salons de parfumeurs, de modistes ou de coiffeurs, était telle que nul n'ignorait que les ambassadeurs des pays amis, voire ennemis, y dépêchaient leurs espions, certains d'obtenir en ces lieux où se colportaient des commérages de toutes natures de précieuses informations qu'ils seraient bien en peine d'obtenir ailleurs.

La fréquentation quotidienne des plus hautes dames du royaume, qui bavardaient et médisaient sans aucune gêne en sa présence, l'avait peu à peu désinhibée. Sans en être arrivée à se comparer à celles qui étaient parées des titres les plus prestigieux, sans se croire leur égale, elle avait vite réalisé qu'elle aussi pouvait jouer un rôle important, certes sur un autre plan, dans la vie du commerce de son époux.

Ainsi depuis quelque temps songeait-elle au parcours de Rose Bertin, d'humble extraction comme elle-même, dont la réputation était telle qu'elle était désormais nommée « ministre des modes ». Elle ne voyait plus aucune raison qui l'empêcherait de parvenir à se faire une place au sein de la Cour. « Ministre des parfums » était un titre dont elle ne refuserait pas d'être parée !

Amélie avait donc eu dans l'idée de se rapprocher de cette femme qui s'était attiré les faveurs de la reine

Marie-Antoinette. Elle avait tout de suite compris les avantages pouvant être retirés de la fréquentation de celle qui était en mesure de lui ouvrir toutes grandes les portes de l'aristocratie en vantant grâce à son entregent la qualité des préparations de son époux auprès des plus grands. Cependant, la tâche s'était avérée malaisée. Rose Bertin, très sollicitée, tenait ses distances et répugnait maintenant qu'elle côtoyait les plus importants personnages du royaume à se commettre avec de petites gens. Mais l'épouse du maître parfumeur n'avait pas abandonné tout espoir en ce sens, n'étant pas femme à baisser les bras à la première rebuffade.

Prudente, grâce et disgrâce pouvant se succéder rapidement selon le bon vouloir des souverains, elle avait poursuivi son objectif en allant en voisine rencontrer la dame Hamel, qualifiée de « marchande de mode », qui demeurait elle aussi rue du Roule. Et elle avait ainsi obtenu que la modiste, également au service de la souveraine, conseille à sa clientèle de parfumer parures et rubans qu'elle vendait à l'aide des préparations de Jean Fardon. Ne s'arrêtant pas en si bon chemin et plus que jamais désireuse d'apporter sa pierre à l'édifice, elle avait même poussé ses démarches jusqu'à se lier d'amitié avec dame Berthelot, qui tenait commerce rue de la Ferronnerie et fournissait à la Cour ainsi qu'à Sa Majesté des éventails et autres colifichets.

Et elle n'avait pas dit son dernier mot.

Tous ces déplacements, réalisés avec l'accord et l'admiration de son époux, étaient dangereux dans une capitale où régnait, il l'avait appris à ses dépens, une forte insécurité. Aussi, Jean Fardon imposait-il le plus souvent à sa femme de se faire accompagner par Quentin Trouvet.

Mais, entre dame Fardon et l'apprenti, les contacts étaient glacials. Les déplacements s'effectuaient dans une promiscuité difficilement supportable pour Amélie – ils étaient côte à côte dans un fiacre dont elle seule jusque-là avait joui du confort, comme une véritable bourgeoise. Immédiatement, Belange prit conscience de l'antipathie ressentie à son endroit par la femme de son patron. Elle ne lui adressait la parole que pour lui donner des ordres, sur le ton le plus sec possible. Quoiqu'il lui en coutât – il n'ignorait rien de son origine de simple ouvrière –, il mit un point d'honneur à feindre l'indifférence, de façon à ne pas envenimer leurs relations.

Comme beaucoup de gens de basse extraction, l'épouse du maître parfumeur estimait maintenant que son statut et son rang ne lui permettaient plus de frayer sans déchoir avec un simple apprenti, calquant en cela sans s'en rendre compte son attitude sur celle de la Bertin. D'autant plus que la coquette, qui attirait les regards intéressés de sa pratique masculine, ne souhaitait pas avoir à ses côtés un témoin gênant.

Aussi essaya-t-elle de se débarrasser de son encombrant garde du corps.

— Ne croyez-vous pas, mon ami, que votre Quentin serait plus à sa place à vos côtés, en sa nouvelle qualité d'apprenti ? lança-t-elle un jour à son époux.

Jean Fardon n'était sans avoir noté l'intérêt, parfois excessif, témoigné par la gent masculine à l'endroit de son épouse. Il fut quelque part rasséréné par l'antipathie manifestée par sa femme. Il n'ignorait rien des risques encourus par ceux qui, sans être affectés d'une disgrâce physique, ne pouvaient prétendre rivaliser avec Apollon. Certes, il était d'un commerce agréable, mais il avait bien conscience que sa fortune, même relative, avait été son principal atout dans la conquête de celle dont la beauté faisait tourner plus d'une tête.

— Vous savez que c'est grâce à la présence de mon Quentin, puisque vous le nommez ainsi, que vous avez la chance d'avoir encore un époux en vie ? Je ne voudrais pas, ma mie, qu'il vous arrivât la même mésaventure, conclut-il en lui baisant le bout des doigts.

Puis, il prit un ton plus ferme et, la regardant fixement, déclara :

— C'est donc décidé. Dans la mesure où vous prenez des risques pour participer à la réclame des productions de notre maison, vous serez accompagnée par Quentin. Je me dois d'assurer votre sécurité. Je me le reprocherais toute ma vie s'il vous arrivait malheur !

Le ton, inhabituellement autoritaire, dissuada Mme Fardon de plaider plus longuement sa cause.

Elle se contenta de tourner le dos en lâchant du bout des lèvres :

— Si tel est votre bon plaisir, mon ami…

Le temps s'écoulant, Quentin avait de plus en plus de mal à reléguer au plus profond de lui-même sa tendance à la séduction, et il finit par s'autoriser à répondre aux invites plus ou moins explicites des coquettes que son activité lui permettait de rencontrer. Même s'il se cantonna tout d'abord à quelques épisodes amoureux avec les vendeuses, commises, ou encore femmes de chambre des clientes de la boutique…

Amélie Fardon en fut fort contrariée, à plusieurs titres.

La compagnie persistante de ce témoin gênant lors de ses moindres déplacements, due à la confiance aveugle que lui témoignait son époux, limitait ses mouvements et il fallait bien le dire ses propres entreprises galantes qui, si elles n'étaient pas nombreuses, mettaient du piment dans sa vie. Qui plus est, elle se voyait petit à petit concurrencer par les œillades, parfois plus que friponnes, lancées sans vergogne aucune par certaines dames de la Cour à son propre serviteur. Un comble ! Passe encore lorsqu'il s'agissait de servantes ou autres membres du personnel de maison, mais se voir ainsi ravir la vedette la plongeait dans une grande fureur.

Quentin n'était pas dupe et avait pris rapidement

conscience de la raison exacte de la gêne occasionnée par sa présence. Certains regards ou soupirs enamourés l'avaient en effet renseigné sur la nature des relations particulières que sa patronne entretenait avec certains nobles. Fort du moyen de pression ainsi détenu, il savait tenir en main une carte maîtresse.

Toujours est-il que, alors que les semaines se succédaient et même si elle n'était pas toujours flanquée de l'apprenti de son époux, Amélie finit par s'apercevoir qu'elle ressentait de plus en plus une certaine attirance envers ce jeune homme qui ne manquait pas d'esprit, son mari n'en était pas dépourvu, mais également dont la beauté des traits qui, là, lui faisait totalement défaut, était indéniable.

Quentin réalisa rapidement le changement d'attitude d'Amélie, à de petits gestes ou détails qui ne trompaient pas. Lorsqu'il lui remettait flacons et poudres, gants ou éventails parfumés, il notait que la femme de son patron ne manquait pas de frôler avec une audace croissante sa main, puis ses avant-bras, et parfois même son visage. Lors des courses dans le fiacre, il lui arrivait de plus en plus souvent, les routes étant défoncées, de se retrouver projetée sur son garde du corps sans s'en montrer particulièrement affectée, comme c'était encore le cas quelque temps auparavant. Les rires de gorge qu'elle laissait éclater pour un oui ou pour un non étaient eux aussi révélateurs.

Flatté, il s'en inquiéta tout de même. S'il succombait aux avances, de moins en moins déguisées et de plus en plus pressantes de sa patronne, son employeur se débarrasserait de lui en un tournemain s'il en avait quelque lumière... Il hésita donc un temps. Très bref.

Les risques n'étaient pas pour lui déplaire. Et puis, les charmes de celle qui lui battait froid peu de temps auparavant étaient si grands... En dehors du simple plaisir des sens, il réalisa, se persuada même, qu'il y avait également un avantage à entretenir des liens très étroits avec Amélie. Elle pouvait connaître le secret de certaines fabrications du parfumeur et lui fournir des informations capitales sur le fonctionnement de la boutique Au messager de Montpellier.

Il serait donc en mission commandée, parvint-il aisément à se convaincre.

Le point de non-retour fut franchi un jour qu'ils se trouvaient seuls dans l'antichambre de la maîtresse d'un comte. Il faisait très chaud et ils patientaient depuis plus d'une heure lorsque Amélie fut prise d'un malaise, se pâmant soudain. Quentin dut la prendre dans ses bras pour lui éviter une mauvaise chute, avant d'aller la déposer sur un divan se trouvant à proximité. Son visage était alors très près du sien, et il hésita un instant, partagé entre l'envie de l'embrasser et le souci de ne rien faire qui soit de nature à lui porter préjudice. Et si jamais il s'était mépris sur les intentions de la belle ? Il fit un effort méritoire pour réfréner ses instincts. Mais, lorsqu'il voulut s'éloigner, Amélie l'en empêcha. De la main elle rapprocha sa tête de la sienne et s'empara de ses lèvres. Leurs souffles se mêlèrent, leurs corps se cherchèrent, puis ce ne furent que gestes saccadés et caresses empressées.

— Vite, prends-moi ! s'écria-t-elle.

Pouvait-il décemment contrarier les ordres de sa patronne ?

S'ensuivit une joute amoureuse passionnée.

Ils durent finalement se détacher l'un de l'autre et se rhabiller prestement, en entendant non loin les rires et les éclats de voix de la maîtresse des lieux.

Les déplacements d'Amélie, qui étaient bien souvent devenus également l'occasion de rencontres amoureuses avec Belange, se multipliaient, pour la plus grande satisfaction commerciale du maître parfumeur.

Son épouse obtenait un franc succès tant auprès des gens de cour que des notables. À telle enseigne que de nouvelles commandes affluaient sans cesse en direction de sa boutique. Ducs, marquis, comtes, ecclésiastiques même, se précipitaient pour que les plus subtiles fragrances montpelliéraines soient déposées sur les nœuds d'épées – gros rubans entourant le pommeau –, cols de cravates, cordons de montres, bourses à cheveux et à argent, ceintures de prêtres et de militaires, dragonnes de maréchaux… C'était une véritable folie !

Jean Fardon ne savait plus où donner de la tête. Il était aux anges. Tout allait pour le mieux grâce à l'entregent de celle qu'il se félicitait d'avoir épousée. L'échoppe ne désemplissait pas. Le laboratoire tournait à plein rendement, et il fallut rapidement faire appel à un nouvel apprenti tant l'absence, même ponctuelle, de Belange se faisait malgré tout cruellement sentir.

Quentin quant à lui n'oubliait pas son objectif premier et ne manquait pas de poursuivre avec le plus grand sérieux l'apprentissage d'un métier pour lequel, à sa grande surprise, il nourrissait de plus en plus d'intérêt.

Il questionna un jour le parfumeur :

— Et les plantes, les fleurs que vous utilisez ? Elles proviennent toutes de Montpellier ?

— En partie, oui, lui répondit Jean Fardon, mais en partie seulement, car hélas notre climat n'est pas propice au développement de toutes les plantes nécessaires. Aussi doit-on en acheter dans une ville au sud du royaume, à Grasse. En as-tu entendu parler ?

— Euh, non, bredouilla Quentin.

— Eh bien, tu vas en avoir l'occasion, je t'y emmène avec moi pour y conclure des accords et y faire des achats, car les matières premières commencent justement à cruellement manquer !

5

De nos jours

Perplexe, Kevin se demandait ce que faisait Dorian Aumaitre en ces lieux. Sa présence avait-elle un rapport avec l'enquête en cours ? Il en doutait. En termes de probabilités ils n'avaient aucune chance de se retrouver face à face. Lui-même ignorant encore quelques minutes auparavant l'endroit précis où il devrait se positionner pour remettre l'hostie. Le maître de conférences allait-il venir communier ? Apparemment pas, puisqu'il ne s'était pas levé, a contrario de ses voisins qui faisaient déjà la queue. De toute façon, ce n'était pas avec les quelques paroles prononcées – « Le corps du Christ... » – qu'il pourrait être reconnu de lui. Et puis, même si c'était le cas...

Cependant, il vivait toujours mal, avec une certaine gêne, le fait de voir sa vie privée se télescoper parfois avec son activité professionnelle. Mais il n'avait pas le choix. Peut-être ce dernier était-il une connaissance de Claude, et donc son invité, ou encore tout simplement un chrétien aspirant à participer à un événement regroupant d'autres croyants... ?

Dès la fin de la cérémonie, Dorian Aumaitre regagna son appartement situé à proximité de la faculté. Son ouïe étant -particulièrement développée, il lui avait suffi des quelques mots articulés par le policier pour l'identifier, d'autant que sa collègue enseignante présente à ses côtés lui avait annoncé, comme par un fait extraordinaire, l'arrivée du policier tout près d'eux. C'était d'ailleurs par elle, qui était surnommée par la communauté des universitaires la «grenouille de bénitier», qu'il avait su que l'officier de la PJ serait présent lors de cette célébration.

Il s'était en effet renseigné sur l'enquêteur à qui avaient été confiées les investigations sur le meurtre de Felipe. Était-il compétent ? Efficace ? Avait-il une chance d'élucider ce crime ? Il avait ainsi appris qu'il s'agissait d'un des meilleurs éléments de la PJ. Flic et diacre, avait-il en outre découvert à sa grande surprise. Il en avait longuement ri. Bénéficiait-il d'interventions divines lors de ses enquêtes ?

Il avait décidé de se rendre à cette cérémonie religieuse par curiosité. Il se demandait en effet comment l'on pouvait marier deux activités apparemment si dissemblables. Et puis, savait-on jamais, il pouvait être à son tour touché par la grâce, pourquoi pas ? Il en aurait bien eu besoin...

Le grave accident, qui à défaut de la vie lui avait

coûté la vue, avait eu d'importantes répercussions sur son existence et sa personnalité même. Cela ne l'avait certes pas rapproché du genre humain. Lui qui avait autrefois un caractère jovial et sociable s'était renfermé sur lui-même et était devenu acariâtre, implacable, sévère dans ses jugements… Et cela avait fini de l'éloigner du Créateur, si celui-ci existait, et d'une religion à laquelle il n'accordait de toutes les manières que peu de crédit en tant que scientifique. S'il était conscient des changements qui s'étaient opérés en lui, il estimait que ce qu'il avait dû subir constituait tant une explication qu'une justification. De toute façon, avec ce qui lui était arrivé, il se foutait de l'opinion des autres.

Moins d'un mois après sa sortie du coma, sa compagne l'avait quitté. Heureusement que ses confrères de l'université lui étaient restés fidèles. On l'avait en effet tout de suite assuré qu'un poste aménagé lui serait réservé au sein de son ancien service. Cependant cela ne l'avait pas empêché, devant les difficultés d'adaptation à sa nouvelle vie, de sombrer dans une profonde déprime et de tenter même de mettre fin à ses jours.

Que de problèmes rencontrés, d'obstacles à vaincre ! Grâce à l'aide d'une association et de rééducateurs, il avait appris à parcourir la ville avec sa canne blanche, à se déplacer sur des trajets connus, puis inconnus. Il avait dû faire sien tout un ensemble de nouvelles techniques pour affronter, seul, la vie quotidienne : faire le ménage, la cuisine, apprendre à maîtriser le braille, utiliser un ordinateur et un téléphone à synthèse vocale, etc.

Le plus difficile étant souvent de supporter les réflexions, les remarques ou comportements des autres. Rien ne l'horripilait autant que ces réactions absurdes lui donnant l'impression d'être un attardé. Rien ne le blessait autant que de réaliser qu'aux questions posées par lui-même les réponses étaient adressées à sa mère, comme si son handicap faisait de lui un demeuré. Plus d'une fois il avait rétorqué, hargneux, détenir deux doctorats en sciences et que, s'il avait perdu l'usage de ses yeux, il n'avait certes pas perdu celui de son cerveau ! Lorsqu'il se présentait, notamment dans les premiers temps, par volonté de provocation il se qualifiait lui-même d'aveugle. Le terme non-voyant lui paraissant trop politiquement correct, trop soft pour décrire la réalité de ce qu'il vivait. Personne ne pouvait imaginer ce que l'on ressentait à se retrouver ainsi plongé dans l'obscurité.

Petit à petit, la vie avait malgré tout repris son cours grâce, notamment, à l'appui et au soutien inconditionnel de celle qui l'avait mis au monde, et n'était plus là désormais... L'aide maternelle, ainsi que l'obligation de faire face à ses étudiants et surtout le projet qui le portait lui avaient permis de surmonter les problèmes. Il était non seulement enseignant mais également chercheur, et il entendait bien prouver à la face du monde ce dont il était capable, avec ou sans handicap.

Son grand œuvre était de reconstituer des parfums ou poudres qui puissent faire de lui, à l'instar de Jean Fardon, nommé quelques siècles auparavant parfumeur de Marie-Antoinette et fournisseur des Enfants de France, le nouveau parfumeur attitré de certains royaumes souverains qui, s'ils ne bénéficiaient pas de la même notoriété historique que celle qu'on voulait bien accorder aux rois de France, détenaient ce qui avait toujours été le nerf de la guerre : l'argent.

Dans son malheur, il avait eu la « chance » que la collision lui ayant coûté la vue ait mis en cause l'indigne rejeton d'un ce ces minuscules mais richissimes États des Émirats arabes unis. Ainsi, à la suite d'un arrangement, on lui avait versé, en plus de ce que l'assurance de la partie adverse avait payé, une somme fantastique à la seule condition de ne pas déposer de plainte.

En effet, lorsqu'il était sorti du coma, et avant même qu'il ne soit entendu par les policiers pour donner sa version des faits, il avait été contacté par un avocat. Il avait alors saisi qu'en acceptant comme on le lui demandait de mettre en cause le chauffeur de la personnalité et non le conducteur lui-même, fils d'un émir qui avait pris le volant sous l'empire d'un état alcoolique, il bénéficierait non seulement d'une rente mensuelle conséquente tant que durerait sa cécité, mais également d'un dédommagement considérable.

Dans un premier temps, il avait repoussé de toutes ses forces la transaction suggérée. Mais l'avocat lui avait expliqué que son client – qui d'ailleurs avait déjà franchi la frontière – possédait un passeport diplomatique le mettant à l'abri des poursuites et qu'il contesterait bien entendu les faits. Mieux, l'avait-il menacé, « même si vous obteniez d'un tribunal une condamnation, elle ne pourrait s'appliquer et aucune compensation financière ne sera versée, le véhicule étant assuré par une compagnie étrangère dont les capitaux appartiennent à la famille de mon client »... Des années et des années d'un coûteux et incertain procès en perspective, lui avait-il promis.

D'un esprit pragmatique, il avait compris immédiatement où se trouvait son intérêt. La cécité ne lui avait pas fait perdre la raison. La condamnation éventuelle du fautif ne lui permettrait pas de recouvrer la vue, mais risquait de le laisser démuni sur le plan pécuniaire. Incapable de s'engager dans un long combat à l'issue plus qu'incertaine, et se trouvant alors dans la déprime la plus profonde, il avait avalisé les déclarations mensongères... et ne le regrettait pas !

Il disposait désormais d'une importante somme d'argent, déposée à l'étranger, et d'une mensualité plus que confortable versée sur son compte en France. Au moins, le problème de la dépendance financière ne se posait pas. Par ailleurs, grâce à ses compétences et à son sens de... la diplomatie, il avait par la suite signé un fantastique contrat avec l'émirat de Dubai pour créer un parfum d'ambiance spécifique à la tour Burj Khalifa, dont les 828 mètres en faisaient la plus haute du monde.

Conscient de la fascination qu'inspirait la France en matière de culture et de luxe – l'achat pour 400 millions d'euros de l'appellation « musée du Louvre » par Abu Dhabi en donnait une idée – il avait proposé la création d'une fragrance, le *Parfum du Burj Khalifa*, qui, à l'instar du *Parfum du Trianon* créé par Jean Fardon pour Marie-Antoinette, jetterait un éclat sans pareil sur le monument tout en assurant pour les siècles à venir sa postérité.

C'était en lisant un article publié en anglais par des chercheurs de l'INRA de Versailles, « *Synthetic clonal reproduction through seeds* », dans une revue scientifique que l'idée lui était venue à l'esprit.

Il se rappelait encore la réflexion désabusée de son interlocuteur, soucieux d'obtenir une fragrance à nulle autre pareille, quel qu'en soit le coût.

— Où serait l'exploit ? Le procédé de chromatographie gazeuse ne permet-il pas d'identifier les molécules utilisées pour l'élaboration de n'importe quelle senteur ?

Il aurait pu lui rétorquer que, mettre en évidence les ingrédients nécessaires à la conception d'un parfum était une chose, savoir comment les marier en était une autre. Tout le monde pouvait connaître les recettes des grands chefs de cuisine, accessibles bien souvent sur internet, mais tout le monde n'était pas un grand chef pour autant ! Tour de main, savoir-faire, talent, virtuosité, là était la différence.

Mais il avait plus à proposer.

C'était son coup de génie.

— Je ne vous parle pas d'un parfum de synthèse, mais d'un parfum naturel. Un parfum composé à partir des mêmes plantes que celles utilisées par le parfumeur de la reine Marie-Antoinette.

S'il n'avait pu voir le scepticisme affiché sur le visage de son interlocuteur, il l'avait deviné à la longueur du silence qui s'était ensuivi.

— Les plantes cultivées au XVIIIe siècle n'existent plus de nos jours ! avait fini par lâcher l'émissaire.

— Je reconstituerai toutes les plantes à partir de l'ADN de celles utilisées jadis. Ce sera l'exploit scientifique du siècle. Je m'engage à vous prouver ce que j'avance.

Quelques jours plus tard, un contrat d'exclusivité était signé. On lui avait même fait miroiter, s'il menait à bien le premier, un second contrat pour la Kingdom Tower de 1 000 mètres de hauteur qui devait être érigée dans un autre État des Émirats arabes, en Arabie Saoudite. La transaction avait été négociée pour une somme qui dépassait ses espoirs les plus fous.

Mais tout dans ce projet ne dépassait-il pas l'entendement ?

Pendant la communion, Charlotte n'avait pas bougé et était restée assise, recroquevillée sur son siège, en priant le ciel – pour une fois – de ne pas être remarquée. Elle s'était même mise à genoux comme certains d'entre les fidèles à un moment, de façon à se fondre dans la masse et n'offrir que son dos à l'éventuel regard de Kevin. Elle tremblait d'émotion songeant que, si son ami remarquait sa présence, il risquait d'en prendre ombrage. Heureusement, elle était cachée à ses yeux par la file de ceux qui, debout, patientaient pour se voir remettre l'hostie. Ce fut avec soulagement qu'elle l'avait finalement vu faire demi-tour et regagner l'autel. Elle avait noté, avec presque une certaine jalousie, que son visage rayonnait d'une joie intérieure qu'elle ne lui connaissait pas.

Après avoir réintégré le domicile de Chloé, elle réfléchit intensément. Puisqu'elle était censée apporter son expérience aux stagiaires de l'ESJ et que ces derniers allaient sur le terrain pour effectuer des reportages, elle pensa joindre l'utile à l'agréable en proposant à la direction de l'école de suivre une enquête. Une mise en situation professionnelle, en quelque sorte. Quoi de plus exaltant et enrichissant pour de futurs journalistes ?! Cela ferait un parfait contrepoint à ses cours théoriques. Elle savait que les enquêtes réalisées dans le cadre de leurs études ne pouvaient être rendues publiques et devaient demeurer dans le cadre d'une exploitation pédagogique au sein de l'écolc. Donc, pas de risque de se faire coiffer au poteau par un étudiant qui aurait dans l'idée d'en vendre les résultats !

Ce nouveau projet lui procura une exaltation perdue depuis qu'elle était à Paris. Enfin, perdue n'était peut-être pas le mot exact, mais… différente en tout cas.

Celui avec qui elle prévoyait d'œuvrer n'y était vraisemblablement pas pour rien.

Elle résolut aussitôt de le contacter.

— Bonjour, c'est Charlotte. Je ne te dérange pas ?

— Non, pas du tout, répondit Kevin, j'arrive à l'instant devant chez mes parents, à Baillargues. Un problème ?

— Je voulais te donner un tuyau, ça t'intéresse ?

— Un tuyau… sur l'enquête en cours ? demanda-t-il, surpris.

La journaliste précisa sur un ton dégagé :

— Oui, tout à fait. J'ai obtenu une info. Tu savais qu'un brocanteur-antiquaire demeurant au Crès s'était fait dérober un objet ancien ayant appartenu à un parfumeur ? Et, d'après mon contact, les soupçons se porteraient sur un étudiant apparemment étranger, qui avait des connaissances importantes en parfumerie. Ça te dit quelque chose ?...

— Merci de l'info. Je fais une petite visite à mes parents, et de retour je passerai voir ce commerçant. Je te rappellerai pour te dire ce qu'il en est. Tu pars bientôt ?

La journaliste hésita. Devait-elle lui dire qu'elle espérait travailler avec lui sur l'affaire avec ses stagiaires ? Non, décida-t-elle. C'était prématuré.

— Dans quelques jours…, répondit-elle évasivement.

Après avoir raccroché, Kevin réfléchit un instant avant de sortir de sa voiture. Ce genre de problème de vol était normalement traité par les gendarmes, mais il se méfiait des intuitions de son amie. Plus d'une fois elle avait fait mouche et avait concouru grâce à son sixième sens à l'élucidation d'enquêtes particulièrement épineuses. Et puis, ce serait l'occasion de la revoir. Il préféra ne pas pousser plus loin cette réflexion. Dans quelle mesure ses sentiments influaient-ils sur son jugement d'enquêteur ?...

Lorsqu'il ouvrit la porte de la villa de ses parents, son frère Victor l'attendait avec impatience. Même s'il ne se déplaçait plus maintenant qu'avec une certaine difficulté, il s'élança vers lui et le serra dans ses bras en guise d'accueil. Son cadet avait une force terrifiante, et il eut du mal à desserrer son étreinte. Il s'ensuivait généralement une mini-lutte qu'affectionnait particulièrement Victor mais qu'il était dangereux de prolonger trop longtemps, à cause de l'excitation générée et de la difficulté à la maîtriser. Kevin passa un bras autour du cou de son frère et l'entraîna vers la cuisine, où il entendait sa mère préparer le repas. Il l'embrassa mais ne put discuter avec elle, Victor le tirant déjà par la main pour le conduire dans son antre. Kevin savait que son cadet adorait jouer avec lui dans sa chambre, dont il fermerait la porte avec fracas. Il réussit toutefois avant cela à saluer son père, qui occupait la pièce située en face celle de Victor. Il était en effet important que ce dernier puisse le voir en permanence, et vice versa, sa surveillance devant être constante et facilitée au maximum.

Kevin s'assit à même le sol de la chambre de son frère, la télécommande du vidéoprojecteur à la main. Son cadet se précipita vers lui, lui arracha l'objet et prit place à ses côtés, manquant de l'écraser de tout son poids tant sa hâte était grande. Il appuya de ses grosses mains sur une touche et le premier cliché photo apparut. Chaque photo ou ensemble de photos représentait les diverses étapes d'une chanson qu'ils entonnaient ensemble, affichant soit un paysage si la chanson en évoquait un, soit une maison, une rivière, etc. Il n'y avait que cinq mélodies différentes, mais c'était largement suffisant pour Victor qui n'aimait rien tant que répéter à l'infini les mêmes paroles sur les mêmes airs.

Le temps s'écoula rapidement et tout d'un coup Victor s'endormit dans les bras de son aîné, épuisé par son effort de concentration.

Kevin se retira en silence.

Il put discuter un petit moment avec ses parents.

— Tu restes manger avec nous ? demanda sa mère.

Kevin aurait accepté volontiers mais il se rappela qu'il devait passer voir l'antiquaire demeurant au Crès. Si jamais Charlotte l'interrogeait, elle prendrait mal qu'il n'ait pas daigné exploiter ses informations. Il déclina donc l'invitation, et quitta bientôt ses parents.

Le Crès était un petit village situé en périphérie de Montpellier. L'enquêteur trouva aisément l'antiquaire concerné, le seul au demeurant dans la localité, rue des Pointes. Le local, un grand hangar aménagé, se situait au fond d'une impasse. Il était rempli d'armoires anciennes, de commodes, de buffets et de tout ce qui constituait généralement le fonds de commerce d'une telle activité. Les meubles étaient beaux, patinés par le temps et l'usure, mais peu adaptés à son environnement personnel, pour lequel Kevin privilégiait les objets contemporains.

— Je peux vous aider ? l'interpella le propriétaire des lieux, de haute stature, le visage avenant encadré de cheveux blancs. Vous cherchez quelque chose en particulier ?

Le lieutenant présenta sa carte de police en le saluant, et la figure de son interlocuteur s'éclaira.

— Mon fils aussi est policier. En quoi puis-je vous être utile ?

— Vous avez été victime d'un vol récemment, non ?

Pierre Renaud manifesta un mouvement de surprise.

— En effet, mais comment êtes-vous au courant ? Je n'ai pas déposé plainte !

— Que vous a-t-on dérobé ? éluda Kevin, peu enclin à révéler ses sources.

— Il faut tout d'abord que je vous explique. Je suis allé, avec ma femme, quartier des Aubes, à Montpellier… Vous connaissez ?

L'officier acquiesça d'un hochement de tête.

— Les propriétaires d'une ancienne distillerie de parfum, abandonnée depuis au moins quarante ans, voulaient récupérer les locaux et m'avaient demandé de la vider de tout son contenu. Vous savez ce sont eux qui tenaient la parfumerie située à côté de la Comédie, rue de la Loge, face au McDo… ?

À la moue dubitative du policier, le commerçant conclut :

— Vous êtes trop jeune pour l'avoir connue. Bref, nous avons découvert au milieu d'un indescriptible capharnaüm de vieilles étagères, de placards et rangement divers des bonbonnes en verre, des flacons, des alambics, des passoires, des mortiers en marbre, des boîtes à poudre plus ou moins remplies de produit, d'énormes bidons en zinc pleins de parfum…

— Vous êtes sûr que c'était du parfum ?

— Oui, pour deux raisons : d'abord parce que sur les étiquettes se trouvaient inscrites les mentions « géranium », « rose », « thym », etc. ; et parce que, avant d'en vider certaines pour les transporter plus aisément, nous avons senti leurs contenus… N'est-ce pas Françoise ? lança-t-il à sa femme, qui s'était rapprochée.

Celle-ci hocha la tête en signe d'assentiment.

— Nous avons ramené le maximum d'objets ici, il y en avait plusieurs mètres cubes, enchaîna l'antiquaire, puis nous avons commencé le tri. Nous avons découvert également des cartons entiers de documents, quelques-uns portant sur la fabrication des parfums, certains relatifs à des pièces comptables, et d'autres enfin renfermant des lettres par dizaines évoquant des commandes effectuées à la fin du XIXe siècle. On a même trouvé un masque. Vous savez, un de ces masques avec un long nez !

— Comme ceux utilisés lors du carnaval de Venise ?

— Exactement, il était de couleur bleu nuit, ouvragé, et portait les initiales « F.D. ». Je m'en souviens car ce sont celles de ma femme, Françoise Daumas de son nom de jeune fille…

— Et… ? l'interrompit l'enquêteur, qui voulait le faire venir au but.

— Un homme d'environ votre âge est passé il y a quelque temps, ce devait être fin septembre environ, et…

— Vous pourriez être plus précis ?

— Je me rappelle avoir vendu une armoire ce jour-là. Ce doit être noté sur mon livre de police… Attendez une seconde.

L'antiquaire feuilleta son registre et annonça :

— C'était le 24 septembre.

Kevin mémorisa la date exacte et invita son interlocuteur à reprendre le fil de son propos.

— Le jeune homme s'est tout de suite déclaré passionné par nos dernières acquisitions. Il m'a demandé l'autorisation de farfouiller dans les courriers et les archives entassées, me précisant qu'il s'intéressait à l'histoire des parfums, étant lui-même étudiant en histoire de l'art. Il est bien resté…

Il se tourna vers sa femme.

— Une bonne heure au moins, dit-elle.

— Puis il est parti, sans rien acheter. Ce n'est qu'un quart d'heure après son départ que j'ai réalisé la disparition du masque en question.

— Vous êtes sûr qu'il provenait de l'ancienne distillerie ?

— Ah pour ça, je ne risque pas de me tromper. Lorsque j'ai voulu l'attraper, je suis passé au travers du plancher, car il était accroché à un mur du 2e étage. Bilan, une semaine à l'hôpital. Non, il n'y a pas d'erreur possible.

— Et il a pris d'autres choses, à votre avis ?

— Honnêtement, je suis incapable de vous le dire. Nous n'avions pas eu le temps de faire l'inventaire. Il a très bien pu dérober des documents, peut-être, mais pas d'objets volumineux en tout cas.

— Pensez-vous que ce masque avait de la valeur ?

— Que vous répondre ? Je ne crois pas, en dehors d'une valeur patrimoniale, peut-être, et encore, je ne peux pas vous le certifier. Quoique…

— Oui ?

— Pas plus tôt la nouvelle de notre passage à l'ancienne distillerie connue, nous avons été assaillis de coups de téléphone et de visites…

— Ah, vous aviez fait de la pub sur vos dernières acquisitions ?

— Pas du tout. Il faut que je vous explique… Nous avons fréquemment la visite de chineurs professionnels, voire d'antiquaires, du coup la rumeur de ce que nous avions en stock s'est propagée à la vitesse grand V. À telle enseigne que nous avons rapidement été submergés par de nombreux appels venant de toute la France…

— De toute la France ?

— Oui, nous avons reçu par la suite des représentants de l'Osmothèque de Versailles, du musée international de la Parfumerie de Grasse, des parfumeries Galimard, Fragonard, que sais-je encore, des gens d'Avignon également, je crois.

— Ils étaient intéressés par… ?

— Par les instruments, style alambics, bassines, etc., datant du XIXe siècle puisque la maison avait été fondée par les Villa en 1880, ainsi que par les jus et extraits de toutes sortes se trouvant parfois encore au fond de certains récipients. Nous avons récupéré des centaines et des centaines de flacons qui sont partis comme des petits pains. Regardez, il nous en reste encore quelques-uns à la vente. Admirez donc celui-ci. Il est d'inspiration Art déco.

Normand ne put qu'apprécier le magnifique petit coffret en carton, au charme légèrement suranné, en forme d'étui à violon. Il portait l'inscription : « poudre de riz *Supreciosa Violetta* chez Grant Paris ».

— Regardez celui-là ! continua, enthousiaste, l'antiquaire.

« Poudre *Doravita* adhérente et invisible » pouvait-on lire sur le magnifique emballage de forme ovale.

— Et regardez également celui-ci, là on est dans l'Art nouveau.

Le policier s'émerveilla une nouvelle fois de la beauté de l'emballage de forme rectangulaire, dont le couvercle portait la mention « parfum *Libéris* chez Grant Paris ».

Le commerçant manipula plusieurs autres étuis et flacons, avant d'en tendre un sur lequel était notée l'inscription « Houbigan Paris » vers le policier.

— C'est le nom d'un célèbre parfumeur de la reine Marie-Antoinette, s'extasia-t-il, heureux d'avoir entre les mains un tel objet.

— Il y a encore quelques gouttes de parfum dans le flacon, fit remarquer Normand.

— Oui, il en va de même pour les coffrets de poudre, il en reste souvent un peu.

Même si cette plongée dans l'histoire n'était pas pour déplaire à l'enquêteur, il devait en revenir à des considérations plus terre-à-terre.

— Vous comptez déposer plainte ?

Pierre Renaud regarda sa femme et haussa les épaules.

— Pour quoi faire ? Il n'y a pas eu d'effraction et je ne suis pas assuré contre ce genre de vol. Mais maintenant je serai plus prudent. D'autant que je dois retourner là-bas pour achever de vider l'entrepôt.

Quelque chose, son sixième sens peut-être ou tout

simplement le fait de prouver à Charlotte qu'il prenait ses indications au sérieux, invita l'enquêteur à ne pas négliger cette piste, même si à ce stade de l'enquête le lien avec le meurtre de Felipe Juarez était loin d'être évident.

— Puis-je vous accompagner ?

Après un moment d'hésitation, son interlocuteur acquiesça.

— Pas de problème, on peut y aller tout de suite si vous voulez, ma femme reste à la boutique. Vous n'avez qu'à me suivre en voiture.

Une fois sur place, l'antiquaire ouvrit le grand portail métallique rouillé, qui gémit sur ses gongs. Ils pénétrèrent sur un terrain qui n'était visiblement plus entretenu depuis des lustres. Les herbes folles le disputaient à de nombreux détritus et gravats qui jonchaient le sol. Ce qui avait été jadis un beau jardin ceinturant la bâtisse occupée par la distillerie de parfum n'était plus maintenant qu'un champ abandonné. Ils se dirigèrent vers l'unique entrée visible.

— Bon sang ! La porte a été fracturée.

Kevin se pencha sur le chambranle. Le bois avait éclaté sous la pression d'un pied-de-biche et des traces de pesées étaient apparentes.

— Vous êtes formel, il n'y avait pas de signe d'effraction lors de votre précédent passage ?

— Évidemment ! Regardez, je dispose d'un jeu de clefs et je suis obligé de passer par cette entrée-là. Je ne peux me tromper.

— Quand êtes-vous venu ici pour la dernière fois ? Par rapport à l'époque du vol du masque ?

— C'est bien simple, nous ne sommes pas repassés depuis notre première visite. J'ai déjà tellement de choses à classer, enregistrer, répertorier et stocker au Crès, que j'ai préféré en laisser certaines ici même.

Normand parcourut les lieux. Ils sentaient l'humidité, le renfermé et la poussière. Manifestement les locaux n'avaient pas été utilisés depuis de très nombreuses années. Les lustres, les affiches, les instruments présents, tout témoignait d'une époque -révolue depuis longtemps. C'était maintenant le royaume des toiles d'araignées.

— À votre avis, manque-t-il quelque chose ?

L'antiquaire émit un petit rire.

— Comment voulez-vous que je le sache ? Aucun inventaire n'a jamais été fait. Et puis, avec tout le bric-à-brac qui se trouve là... Oh, mais regardez ! On dirait qu'on a creusé le sol.

Le policier se rapprocha du commerçant. À travers une fenêtre qui donnait sur l'arrière de la distillerie, on pouvait apercevoir un petit monticule de terre entassé à côté d'un trou. Ils sortirent du bâtiment et en firent le tour pour gagner l'endroit en question.

— Il n'était pas là lors de votre dernière venue ?

— J'en suis sûr. Avec ma femme – elle pourra vous le confirmer –, on a commencé par explorer l'extérieur. On voulait s'assurer qu'il n'y avait aucun objet de valeur qu'il faille mettre à l'abri ou emporter immédiatement. D'ailleurs, regardez ! On voit bien que la terre a été remuée récemment. Au demeurant, c'est le seul endroit où l'herbe a été arrachée !

Normand ne put que se rendre à l'évidence. Il s'accroupit et, à proximité du trou de 1 mètre de large environ sur une profondeur de 50 centimètres, il remarqua la présence d'une sorte de collier d'une couleur rougeâtre, en cuir, semblait-il, et muni d'une clochette, lequel était recouvert en partie par de la terre. Il tendit la main pour s'en emparer, avant de se souvenir tout à coup des consignes de Claire : « Ne touchez jamais à rien. » Il suspendit alors son geste.

— Ça ressemble au type de collier que l'on met autour du cou des animaux de compagnie, avança l'antiquaire. Je pencherais même pour un chat ou alors un chien de petite taille, vu son format.

— Il est complètement pourri. Il ne doit pas dater d'hier !

Le chef de groupe de la Crim hésitait. Devait-il faire appel à l'identité judiciaire pour relever les traces de pesées sur la porte d'entrée, récupérer le collier et effectuer des prélèvements ? Personne ne pouvait dire ce qui avait été dérobé et personne ne déposerait plainte… Malgré tout, une petite voix l'incitait à le faire. Et il savait que dans ce cas il fallait lui obéir. Il n'avait jamais eu l'occasion de le regretter. Il décrocha son téléphone et appela sa collègue Claire Fonola.

Rapidement sur place, elle effectua plusieurs

prélèvements, sur la porte fracturée, dans le trou récemment creusé, puis mit le collier trouvé sous scellé judiciaire provisoire.

— À ton avis, pourquoi a-t-on exhumé le cadavre d'un animal ? demanda-t-il à sa collègue.

— D'un animal ? Et pourquoi pas d'un nouveau-né ? C'est toi l'enquêteur…

Un nouveau-né ! Il n'avait pas songé à cette hypothèse un seul instant. Peu crédible quand même dans la mesure où la tombe était très peu profonde, tenta-t-il de se rassurer.

— Tu ne fais aucune recherche dans la distillerie ?

— Si tu m'indiques un endroit particulier ou si tu exprimes un souhait précis, je suis à ta disposition, mais sinon effectuer des prélèvements sur tout et n'importe quoi dans une bâtisse de deux étages, soit plusieurs centaines de mètres carrés… Je vais y passer tous mes écouvillons, et pour quoi ? Je dois gérer mes stocks avec économie, mon vieux. Bon, je file !

Chloé Turaud se morfondait dans son tout nouveau bureau de conservatrice, poste gagné à la sueur de son front, du fait de son investissement dans son travail et de ses compétences. Inquiète, elle n'arrivait pas à se concentrer sur son travail et arpentait nerveusement la pièce. Qu'allait-on découvrir en explorant le passé du veilleur de nuit ? Si certains faits étaient révélés, ne risquait-elle pas d'en subir des conséquences désastreuses pour sa carrière ? Devait-elle s'en ouvrir à Charlotte ? Pouvait-elle lui faire confiance ? Elle avait bien deviné, et son amie ne s'en était pas cachée, les liens qui l'unissaient à l'enquêteur de la PJ... Mais cela entrerait-il en ligne de compte ?

Elle démarrait dans ses nouvelles fonctions de responsable de l'institut de botanique sous de bien sombres auspices. Un incendie ! Si le doyen de la faculté des sciences ne l'avait pas directement incriminée, elle avait lu le reproche dans ses yeux, comme s'il associait le sinistre à sa récente nomination à la tête de l'herbier. Elle savait d'ailleurs qu'elle n'avait pas eu ses faveurs lorsqu'il s'était agi de choisir un remplaçant à son prédécesseur, parti diriger le zoo de la ville.

Que faire ? Par un effort de volonté, elle parvint à chasser de son esprit toutes les pensées susceptibles de lui faire broyer du noir. Une seule chose s'imposait : s'attaquer à la remise en état de l'étage sinistré et essayer de récupérer ce que l'on pouvait parmi les débris, même si elle ne se faisait pas beaucoup d'illusions. Ce qui n'avait pas brûlé avait été noyé sous les lances des pompiers intervenus... Et comment identifier avec précision ce qui avait été perdu vu qu'aucune banque de données nette et précise n'avait jamais été établie ?!

Elle fit un nouvel effort de concentration, cherchant une solution... qui s'imposa à son esprit. Il fallait retrouver la trace des nombreux étudiants ou chercheurs de toutes nationalités qui étaient venus sur place examiner les plantes exposées à cet étage et leur demander les dossiers, photos ou vidéos réalisés. Un travail de fourmi et de longue haleine mais elle se persuada que, si elle arrivait à le mener à bien, elle démontrerait ainsi sa capacité à surmonter un désastre majeur. Elle reprit un peu d'espoir. Rien n'était perdu !

Elle devait faire preuve d'optimisme et d'imagination. Après tout, elle n'avait aucune, mais absolument aucune responsabilité dans ce qui venait de se passer ! Personne d'ailleurs ne pourrait affirmer le contraire, se rassura-t-elle. Il était primordial qu'elle s'en convainque elle-même si elle voulait faire partager cette opinion aux enquêteurs.

Elle fut dérangée dans ses réflexions par deux étudiants de la fac des sciences, amis du disparu Felipe Juarez.

— Bonjour, comment allez-vous ? lança Olga Petrov, en la dévisageant étrangement lui sembla-t-il.

Chloé s'en inquiéta immédiatement. Que savait-elle ?

— Salut, se contenta de lancer Ryan Tylor.

Les étudiants avaient l'habitude de venir visiter ou travailler à l'herbier. En effet, ils n'oubliaient pas que pendant de nombreux siècles les plantes avaient constitué l'élément de base en parfumerie, les parfums de synthèse n'existant pas alors.

Elle fit un effort sur elle-même pour calmer les battements de son cœur.

— Que puis-je pour vous ? parvint-elle à demander d'une voix naturelle.

Elle fixa Olga Petrov, se faisant la réflexion que seule sa blondeur, rare chez les compatriotes de Felipe, avait dû attirer l'étudiant mexicain, qu'elle savait énamouré de la jeune femme. Car, franchement, elle ne lui trouvait pas le moindre charme. De petite taille, un visage quelconque d'une froideur de glace, une bouche légèrement en biais… D'ailleurs, ne louchait-elle pas un peu ? Elle la jugeait sans sévérité pensait-elle, estimant faire seulement preuve de réalisme…

Quant à elle, divorcée, elle savait ne pas laisser indifférents nombre de ses collègues. Après tout, même si elle était brune, elle avait les traits réguliers, un visage dont tous les hommes complimentaient l'ovale, une taille fine et les yeux d'un bleu à faire pâlir de jalousie toutes ses amies. Seul bémol – mais en était-ce vraiment un ? –, son petit nez retroussé dont elle ne savait pas s'il apportait un plus ou un moins à son charme…

— Je voudrais savoir si je pourrais récupérer les affaires de Felipe, ainsi que son ordinateur et surtout la clef USB que je lui avais prêtée. C'est celle de Ryan.

— Désolée. La police a tout emporté. Mais, n'hésitez pas à les réclamer.

La conservatrice remarqua immédiatement la soudaine pâleur des traits de Ryan. Il avait tourné son visage vers son amie en un signe muet d'inquiétude.

L'étudiante haussa les épaules.

— Bon, merci quand même. Au revoir, conclut Olga, les deux visiteurs quittant aussitôt le bureau de la conservatrice.

— Mais pourquoi lui as-tu donné ma clef USB ? J'avais saisi des informations privées dessus, s'énerva Ryan tandis qu'ils s'éloignaient.

— Écoute, n'en fais pas une maladie ! Je ne la lui avais pas donnée. Simplement il m'avait demandé de lui passer mes derniers cours et, comme j'avais perdu la mienne, je les avais enregistrés sur la tienne. Il devait me la rendre dès le lendemain. Au pire, je t'en achèterai une autre !

Devant le silence de son ami et réalisant son extrême pâleur, elle s'enquit :

— Pourquoi, tu as peur que la police…

— J'y ai sauvegardé tous les courriels que nous nous sommes adressés. Tu sais, ceux dans lesquels tu me faisais part de tes soupçons sur les moyens financiers dont disposait Felipe ! Ceux relatifs à nos rendez-vous ! Ceux dans lesquels je te suppliais de le quitter, persuadé qu'il ne t'apporterait que des problèmes…, finit-il en se raclant la gorge.

Olga s'arrêta brusquement et fixa son ami d'un air incrédule.

— Mais tu es fou ! Pourquoi avoir gardé tout ça ? s'écria-t-elle, affolée maintenant.

Ryan lui mit la main sur l'épaule, comme s'il attendait de ce geste compréhension et réconfort. En guise de réponse sa camarade se détacha sèchement de lui, sans un mot.

— Si les flics explorent la clef, on risque d'avoir des ennuis, tu ne crois pas ? dit-il en haussant la voix, paniqué.

— C'est ça, crie plus fort, que tout le monde t'entende !

L'étudiant, dont le rival qu'il avait plus que tout souhaité voir disparaître n'était plus de ce monde désormais, voulait à tout prix associer son destin à celui de celle qui lui revenait, estimait-il, de plein droit. Il était prêt à tout pour elle. Ne le lui avait-il pas d'ailleurs prouvé en lui fournissant un alibi auprès des flics ? Elle ne devait tout de même pas l'oublier !

Il s'approcha de nouveau tout près d'elle, et lui parla à l'oreille.

— Il y a le courriel dans lequel tu me parlais du…, et de la main il mima l'objet en question.

Olga porta les deux mains à son visage, serrant les dents, et ferma un instant les yeux avant de les rouvrir. Non, elle ne rêvait pas. Ryan venait bien de lui avouer qu'il avait gardé le courriel dans lequel elle avait évoqué le vol du masque par Felipe, alors qu'il s'agissait d'une confidence qu'elle lui avait faite, à tort, elle le comprenait maintenant. Comment allait-elle se tirer de ce mauvais pas si les flics l'interrogeaient là-dessus ?

Mais pourquoi diable s'était-elle rapprochée de cet imbécile ?! Parce qu'il était l'exact opposé de Felipe ? Avait-elle succombé à son physique de surfeur, à ses épaules de déménageur, à son perpétuel sourire ?... Non, simplement parce qu'elle était tout à fait consciente qu'il en pinçait pour elle et était prêt à tout faire pour elle, se résolut-elle à admettre. Ce qui était encore le cas, et elle saurait s'en servir.

Après avoir abandonné l'antiquaire sur place, non sans l'avoir remercié, le lieutenant Normand avait filé en direction de l'hôtel de police.

— Patricia, Bernard, venez dans mon bureau ! appela-t-il une fois dans son service.

Kevin fit alors part à ses collègues de ses dernières découvertes.

— Mais, comment avez-vous obtenu l'info ? questionna, stupéfaite, Patricia.

Cette dernière lui vouait une admiration sans bornes, admiration qui dépassait d'ailleurs le cadre strictement professionnel, et faisait en sorte de s'approprier ses méthodes d'investigation. Elle était même en train de bosser son concours d'officier pour pouvoir traiter avec lui d'égal à égal.

Le lieutenant se contenta de toucher son nez du bout de son index.

— Question de flair. Bon, faisons le bilan. Nous avons plusieurs dénominateurs communs à toutes ces affaires qui nous permettent de faire le lien entre elles. Premièrement, le masque volé renfermait, du moins à l'origine, du parfum. Ensuite, la fabrique visitée est une ancienne distillerie de parfum. Un pied-de-biche a été utilisé pour l'effraction de la porte de l'herbier et également pour celle de la distillerie. Même mode opératoire, donc, et bien qu'il ne soit pas très original, mon petit doigt me dit qu'il pourrait s'agir du même instrument. Attendons les conclusions de l'IJ. Et, enfin…

— Le fameux étudiant étranger pourrait être Felipe ! suggéra le brigadier Roset.

— Bien vu, Bernard. Prenez contact avec la préfecture ou l'université, et débrouillez-vous pour obtenir un cliché photo de Felipe Juarez. Il faudra le présenter à l'antiquaire le plus vite possible et...

— Chef, qui assistera à l'autopsie ? le coupa la brigadière-chef. Elle est prévue pour demain matin et il faut la présence d'un OPJ.

Un grand silence s'abattit sur la pièce. En règle générale, personne ne se battait pour aller à la morgue. Les deux enquêteurs savaient, ou du moins espéraient, que fidèle à sa réputation et à sa volonté de prouver qu'elle était l'égale des hommes, pour ne pas dire nettement supérieure à eux, leur collègue se porterait volontaire, comme cela avait été bien souvent le cas.

— OK, j'irai, déclara-t-elle effectivement. Il faut que ce soit une faible femme qui s'y colle... Vous êtes gonflés, les gars !

— Et en ce qui concerne les relevés téléphoniques et les géolocalisations ? Où en sommes-nous ? reprit l'officier, désireux de changer rapidement de sujet car, s'il avait l'habitude de côtoyer la mort, notamment lorsqu'il accompagnait des prêtres au chevet des mourants, ces corps suppliciés, même pour la bonne cause, le mettaient mal à l'aise.

— Je viens de recevoir les fadettes des deux numéros attribués à Felipe, annonça le brigadier en les tendant à son supérieur.

Les trois enquêteurs se regroupèrent, chacun prenant dans la main qui le listing des communications, qui celui de leur géolocalisation. Ils se mirent à les analyser en croisant les données.

Ce type de listings étaient de plus en plus considérés comme des éléments essentiels dans une enquête. S'ils n'étaient pas aussi riches d'enseignement que les écoutes téléphoniques, ils révélaient la liste des appels ou SMS émis et reçus, et mentionnaient les numéros, dates, heures et durées de chaque communication. Couplés à la géolocalisation des téléphones, opération consistant à déterminer avec le maximum de précision le lieu où se trouvait le portable émetteur ou récepteur, ils se révélaient de précieux auxiliaires pour les enquêteurs. Au même titre que l'ADN, mais dans un autre domaine.

— Je parie que leur localisation nous prouvera qu'il était au Crès le 24 septembre, pronostiqua, quelque peu inquiet tout de même, Kevin.

Bernard grogna.

— Rien pour son téléphone officiel…

— Banco pour celui acheté avec un nom bidon ! s'écria Patricia. On a eu du bol de le découvrir chez lui sinon on n'aurait eu des difficultés à lui en attribuer la propriété. Regardez, il a téléphoné à quelqu'un depuis le Crès. La conversation a duré trois minutes et vingt secondes. Je vais faire identifier le numéro appelé, il se termine en 99. On aura la réponse rapidement.

Une idée traversa l'esprit de l'officier.

— Voyons voir les communications émises ou reçues à partir de ses téléphones dans la nuit du 16 au 17 octobre…

— Rien sur son portable officiel, déplora une nouvelle fois le brigadier.

— Ah ! Un appel réceptionné sur l'autre…

— Le numéro qui apparaît est-il le même que celui contacté à partir du Crès ?

Fébrile, Patricia mit côte à côte les différents listings.

— Oui, chef, exulta-t-elle après un rapide examen. C'est bien celui qui se termine en 99. Super ! On tient une piste, une bonne. Qui avait intérêt à le contacter à 2 heures du matin si ce n'est le coupable ?

L'officier réfléchit un instant.

— Vérifions maintenant si le téléphone de Felipe a été géolocalisé à proximité du quartier des Aubes, à Montpellier…

— Toujours que dalle ! ronchonna le brigadier, désolé de n'annoncer que des réponses négatives.

— Rien non plus, déclara Patricia. En ce qui concerne les deux portables de Felipe, donc.

Normand cogitait. Si l'on pouvait associer le numéro en 99 à l'exhumation supposée du corps d'un animal – il n'osait imaginer qu'il puisse s'agir de celui d'un nouveau-né – on pourrait établir un lien avec le défunt et le vol du masque... Il ne resterait plus qu'à identifier la personne à laquelle il était associé.

— Patricia, dès que vous avez l'identification du

numéro en 99, demandez les fadettes le concernant et vérifiez si ce téléphone a été localisé quartier des Aubes. Vérifiez quel jour et à quelle heure. D'accord ?

La brigadière-chef acquiesça d'un simple mouvement de tête, toujours penchée sur le listing qu'elle avait sous les yeux. Elle se leva soudain d'un bond.

— Bon Dieu ! s'exclama-t-elle. Regardez qui a téléphoné à Felipe vers 1 h 45 quelques heures avant sa mort… Et là on n'a pas besoin d'attendre une identification, fit-elle en tendant la liste à son supérieur.

Bernard se leva et jeta également un œil par-dessus l'épaule du chef de groupe. Il s'empara à son tour du feuillet relatif à la géolocalisation du portable en question et lança :

— Bingo. Ça, c'est du béton.

Immédiatement, il fit sauter les clefs de la voiture de service dans sa main et lâcha un laconique :

— On y va ?

6

XVIIIe siècle

Jean Fardon ne s'était entouré que de son seul apprenti Quentin pour se rendre à Grasse. Il comptait bien évidemment en profiter pour faire une halte chez sa mère, à Montpellier. Sa femme Amélie était restée seule à Paris pour s'occuper de la parfumerie. Ce qui n'était au demeurant pas pour lui déplaire, cette dernière n'ayant que peu d'estime pour une belle-mère avec laquelle elle ne s'était jamais entendue.

L'accueil de Marie Fardon fut à la hauteur de l'événement. Cela faisait plusieurs années qu'elle se languissait de son fils.

— Tu es l'honneur de notre maison, mon enfant. Si ton père était encore là, il serait tellement fier de toi. Fournisseur des Enfants de France et parfumeur attitré de la reine ! Quel honneur ! Tu as dépassé la réputation de ton arrière-grand-père élevé au rang de parfumeur de la Grande Demoiselle. Au travers de la gloire qui est la tienne, c'est toute la corporation des parfumeurs de notre cité qui se voit honorée. La ville elle-même est maintenant connue même par-delà les frontières, et plus seulement pour l'excellence de ses médecins et apothicaires.

— Mère, je vous présente Quentin Trouvet, c'est grâce à lui, comme j'ai eu l'occasion de vous l'écrire, que je suis encore en vie.

— Soyez le bienvenu, jeune homme, que Dieu vous ait en sa sainte garde. Tu es bien heureux, mon fils, de pouvoir compter sur quelqu'un de si dévoué.

Ce dernier fit un effort pour rougir devant le compliment. Il n'eut pas le temps de répondre que déjà dame Fardon entraînait son héritier dans mille confidences.

Plusieurs jours passèrent en réceptions et entrevues diverses, auxquelles l'apprenti ne fut pas convié, avant que le maître parfumeur ne revienne vers lui.

— Vois-tu, Belange, c'est ici que tout a commencé pour notre famille, et que je continue de m'approvisionner en herbes odoriférantes. Nos campagnes et notre garrigue sont remplies de thym, de serpolet, de lavande, etc.

— Pourquoi dans ce cas-là aller à Grasse ? demanda Quentin, bien que connaissant la réponse.

— La richesse de notre terroir et l'excellence de son climat ne sont malgré tout pas telles, tu as pu t'en rendre compte, qu'elles puissent nous fournir l'éventail de tous les produits que j'utilise, ajouta une pointe de regret dans la voix le parfumeur. Ici, pas de sucre ou d'eau de roses de Damas et de Candie, d'essence de violette faite à partir des fleurs d'Espagne ou d'Orient. Non plus que de bois du Brésil, d'indigo de Bagdad, de safran d'Orient, sans oublier le henné, la jusquiame de Perse, les pavots et opiums de la Thébaïde…

— Et tout cela arrive de…

— De l'Inde, de l'Arabie, de Barbarie, de l'Espagne, de l'Italie…

— Mais pas de Grasse, donc ?

— Non, mais cette ville a su depuis longtemps se rendre incontournable en privilégiant ses relations commerciales avec le port de Marseille. Il serait vain de vouloir s'en affranchir. Ce serait une perte de temps inutile. De par l'importance du volume de ses commandes en lien avec la tannerie, Grasse a acquis une sorte de…

— De monopole ?

— Tout à fait. Et, tu as bien compris que l'importance de mon activité est telle que l'approvisionnement montpelliérain, qui ne suffit même pas à la boutique de ma mère, ne peut satisfaire à l'exigence de notre magasin rue du Roule. Je dois donc traiter avec des Grassois qui travaillent depuis longtemps avec tous ces pays. Sans compter que leur climat est encore plus propice que le nôtre aux plantes aromatiques. À Montpellier, les hivers sont bien trop rudes pour espérer acclimater les agrumes italiens, par exemple. Il faut pour cela un climat annuellement doux, des eaux abondantes... et des capitaux. Beaucoup de capitaux, lâcha-t-il dans un gros soupir. Seule la ville de Grasse, populeuse, industrieuse et prospère, répond à ces critères. J'en profiterai également pour négocier l'achat de peaux pour étoffer notre commerce de vente de gants, qui font fureur auprès de nos belles Parisiennes.

Au terme d'une semaine, Jean Fardon prit le chemin de Grasse en compagnie de son apprenti. Il était las malgré le plaisir qu'il avait eu à revoir sa mère et ses amis.

— Vous n'avez pas l'air très satisfait de votre visite ? releva Quentin alors qu'ils cheminaient dans la diligence les y menant.

— Si fait, Belange, si fait. Mais tu sais que j'ai pu rencontrer mes anciens compagnons, tous ceux qui comme moi portent haut les couleurs de notre profession, et...

Après avoir laissé un temps de silence s'installer, Quentin revint à la charge.

— Et?...

— Les années ont beau s'écouler, nous sommes toujours confrontés aux mêmes problèmes. Les liquoristes de Montpellier, et ils sont nombreux derrière leurs chefs de file comme les Lajeune et Trouchet, pas moins de trente en réalité à tenir magasin, s'arrogent le titre de parfumeurs sans être reçus maîtres ! Te rends-tu compte ? Ils vendent toutes sortes de gants de peau et fabriquent des parfums sans payer aucun intérêt ni aucune charge ou contribution envers le corps des maîtres gantiers !

Jean, après les faits graves qu'il venait d'énoncer, scruta son apprenti afin de vérifier si ce dernier avait bien pris conscience de leur portée.

Quentin se contenta d'opiner de la tête, bien que partageant pleinement l'indignation de son maître. S'il y avait une chose qui le touchait tout particulièrement, c'était que l'on puisse travailler sans aucune maîtrise quand lui-même, Jean Fardon le lui avait promis, mettait tout en œuvre pour l'obtenir. Et il était sur la bonne voie.

Le silence s'installa dans leur coche, dont les autres occupants s'étaient tus pour suivre la conversation.

Comme s'il émergeait tout d'un coup de préoccupations toutes personnelles, en baissant d'un ton, Jean Fardon confia :

— Si nous n'arrivons pas à nous constituer en corps jurés par statuts officiels et solides, comment nous prémunir à long terme contre une concurrence déloyale ? déclara le parfumeur, s'identifiant toujours sans s'en rendre compte à sa bonne ville de Montpellier. Comment arriver dans ce cas-là à négocier d'une seule voix des exemptions de charges ? Nous causons notre propre perte, mon ami. Sans solide armature juridique, notre activité est vouée à l'échec.

Et il replongea dans le plus grand mutisme.

Quentin pouvait voir aux nombreuses et soudaines rides qui animaient le visage de son maître qu'il avait l'esprit préoccupé. Mais lui aussi avait des inquiétudes. Certes, en six années, il avait bien changé. Il avait forci et s'était laissé pousser une légère barbe susceptible, espérait-il, de le rendre méconnaissable à ses fréquentations de jadis. Mais, principe de précaution obligeant, il avait décidé de se faire discret et d'éviter toute rencontre inutile. Sauf, évidemment, pour ce qui concernait son père, avec lequel il n'avait pu communiquer depuis son départ que par courrier.

Anselme Tombaret faisait partie des maîtres tanneurs grassois, même s'il ne tenait qu'une place relativement modeste au sein de leur corporation. Mais, justement parce que sa position était modeste et qu'il était dévoré d'ambition, il avait des idées. Et ces idées, il ambitionnait de les mettre en pratique. Plus que tout autre, il sentait le vent de l'histoire tourner. Plus que tout autre, il rêvait le matin en se rasant de dissocier l'activité de la tannerie, activité dans laquelle son rôle était insignifiant, de celle de la parfumerie, spécialité dans laquelle il voulait jouer un rôle prépondérant. Il avait même réussi à faire partager ses vues à certains gros négociants.

L'un d'entre eux justement, Louis-Dominique Luce, gagné à sa cause – *sa* cause en effet, car il l'estimait sienne puisque ayant été le premier à concevoir l'importance de la chose –, prenait la parole ce jour devant leur auguste assemblée :

lu-er, scanda-t-il en haussant le ton. Quitte à abandonner, en partie, en partie seulement, précisa-t-il en faisant un signe d'apaisement tant il savait que ses propos susciteraient l'ire de certains, notre activité traditionnelle fondée exclusivement sur la tannerie. Je ne dis pas qu'il faut s'en détourner totalement, bien évidemment, mais nous devons aller vers autre chose… Vers la parfumerie, comme je vous le suggérais tantôt. Oui, vers la par-fu-me-rie, martela-t-il. Vous n'avez pas oublié comment on surnommait la cour du défunt Louis XV ?... La cour parfumée. Oui, mes chers amis, la cour parfumée. Et qui a su prendre en compte l'importance de ce bouleversement ? Qui ?

Un grand silence s'ensuivit.

— La ville de Montpellier ! Une ville dont les maîtres gantiers-parfumeurs, quelle que soit la richesse de leur terroir en plantes aromatiques, viennent s'approvisionner ici même. Oui, ici même. Allons nous assister impuissants, sans réagir, à la disparition de nos commerces ? Notre terre, du fait de son emplacement privilégié, de l'excellence de son climat, permet d'offrir un réservoir d'espèces végétales sans pareil dans le royaume. Nous disposons également de liens importants avec les milieux commerçants de la capitale et nous fournissons les membres de la Cour jusqu'au plus haut niveau. Allons-nous nous laisser déposséder, faute de réaction, de notre réputation ?

Une nouvelle clameur s'éleva de la salle.

— Je vois ici les représentants des plus anciennes

familles de notre cité, les Chiris, les Roure, les Lautiers, les Fragonard, les Cresp, les Hugues, les Charabot, Mero, Boyveau, Galimard... Mes amis, allez-vous laisser fondre comme neige au soleil le patrimoine que vos aïeux vous ont transmis à la sueur de leur front ?

Tout l'auditoire était suspendu aux lèvres de celui qui était un des plus gros négociants de la place grassoise. Celui qui avait efficacement entamé une ouverture économique en s'associant avec leur confrère Ricord. Celui qui, en coopération avec son frère François, vendait déjà de l'huile en provenance de Valbonne, du bois de pin, du myrte, etc. Celui qui venait d'acheter des plantations d'oliviers ainsi que des biens au seigneur de Gourdon. Bref, celui qui, d'associations en alliances, avait fait preuve d'une grande habileté d'homme d'affaires et d'une clairvoyance qui faisait cruellement défaut à certains.

Louis-Dominique Luce s'était tu quelques minutes, le temps de laisser le charivari ambiant s'éteindre naturellement. Il reprit une dernière fois la parole.

— Pour ma part, j'ai décidé de m'associer avec notre ami Bounin, ici présent. Je prends également l'engagement, devant vous, de tout mettre en œuvre pour reconquérir la réputation qui a été la nôtre, qui est la nôtre, qui sera la nôtre demain, déclama-t-il avec emphase. Par tous les moyens.

Ce fut une explosion de vivats.

À l'unanimité Louis-Dominique Luce fut nommé à la tête de leur corporation.

Anselme Tombaret exultait. Il savait pour en avoir longuement discuté avec celui qui présidait maintenant aux destinées des négociants grassois qu'il trouverait une oreille plus qu'attentive à ses projets. Il ne doutait plus désormais de pouvoir ainsi marier l'intérêt de la communauté avec le sien propre, et tout cela grâce à des atouts et une influence d'une tout autre importance. Et si certains répugnaient à se salir les mains, ce ne serait pas son cas. La fin justifiait les moyens. S'il ne pouvait pas, à l'instar des familles aux noms prestigieux évoqués par son ami Luce, prétendre avoir de célèbres ancêtres, il serait, lui, le premier d'une grande lignée de parfumeurs. Ce serait lui, l'ancêtre de référence.

C'est en se félicitant de la tournure prise par les événements qu'il regagna sa demeure.

Une fois sur place, il posa son habit composé d'une veste et d'une culotte gros de Tours gorge-de-pigeon, enfilées pour faire honneur à une si auguste assemblée, et reprit ses vêtements de travail en toile de serge. Il était plus à l'aise.

Ce soir, à la nuit tombée, il recevrait son fils. Il n'avait communiqué avec lui que par missives au hasard des échanges commerciaux que les négociants grassois entretenaient avec la capitale, et avait hâte de le revoir. Avait-il réellement changé comme le laissait entendre le ton de ses dernières lettres ou était-ce encore de la poudre aux yeux, des promesses en l'air de godelureau ? Il se méfiait un peu, mais on ne la lui faisait pas, il verrait rapidement s'il s'intéressait vraiment au métier de parfumeur et était digne de prendre un jour sa succession.

— Bonsoir mon fils, lança Anselme en ouvrant la porte à la silhouette qu'il avait reconnue immédiatement.

Il marqua un temps d'arrêt après avoir invité Quentin à pénétrer dans la remise éclairée et l'admira. Tout de même, pensa-t-il, il a de l'allure ! La même que la mienne à son âge.

Belange de son côté était ému. Plus ému qu'il ne s'y attendait. Sans un mot il serra fortement son père entre ses bras, se recula un peu et avoua, presque admiratif :

— Vous ne vieillissez pas, mon père !

— Allons, ne sois pas flatteur, se récria son géniteur. J'ai pris quelques rides supplémentaires...

— Et quelques livres en plus, remarqua-t-il en lui flattant la bedaine.

— Ah ! Voilà qui est mieux. Je te reconnais là. Entre vite et parle-moi un peu de Fardon.

Autour d'un verre, Quentin évoqua avec un luxe de détails l'activité du maître parfumeur montpelliérain, s'attardant sur les principes de distillation, d'enfleurage, etc., faisant l'admiration de son père.

— Tu me vois rassuré. Quand je pense que tu n'as jamais manifesté le moindre intérêt pour mon travail lorsque tu étais à mes côtés ! Mais dis-moi, tu ne dois rien ignorer alors des recettes secrètes qui font le succès de Fardon auprès de la Cour ? Pourquoi ne pas me les avoir communiquées ? s'enquit-il d'un air suspicieux.

Quentin marqua un temps d'hésitation avant de répondre. La communication des secrets de fabrication du fournisseur des Enfants de France devait se faire dans un cadre très précis. Celui de sa désignation comme héritier.

Bon sang ne saurait mentir, réalisa Anselme qui croyait avoir deviné l'inquiétude de son fils.

— En ce qui concerne ton héritage, tu n'as pas à t'inquiéter. Ton demi-frère passe son temps dans les jupes de sa mère. Il souhaite devenir musicien. Musicien ! Tu te rends compte ? ricana-t-il.

Quentin, qui avait gardé quelques relations avec certains employés de la fabrique paternelle n'ignorait rien de l'état d'esprit du fils de Lucille. Il savait qu'il contrariait les espoirs de sa belle-mère, mais voulait en avoir confirmation.

Constatant que son fils conservait toujours le silence, Anselme s'avança vers lui et en chuchotant lui confia :

— J'ai ici même un document rédigé par mon notaire qui fait de toi mon unique héritier. Tiens, lis ! dit-il en le lui tendant.

Belange parcourut rapidement l'acte notarié.

— Mais, il n'est pas signé par vous… et il y est inscrit…

— Oui, que la décision deviendra définitive et exécutoire lorsque tu auras vraiment fait tes preuves et que tu m'auras remis dans le détail les secrets de Fardon.

Quentin se recula de quelques pas, l'air pensif.

— Ne me dis pas qu'en six ans tu n'as pas réussi à identifier les ingrédients exacts utilisés, le temps de chauffage, de distillation, que sais-je ? s'alarma Anselme.

— Le bougre est prudent, très prudent même…

— Mais, comment… ! Ce n'est pas possible !

— Écoutez-moi, père. Il fait acheter les plantes par des commis différents auprès de plusieurs fournisseurs. Aucune opération n'est jamais réalisée entièrement par le même apprenti. Il intervient en permanence personnellement sur de petits détails et, vous ne l'ignorez pas, ce sont ces petits détails qui ont fait de lui ce qu'il est devenu.

Anselme était atterré. Il attendait tellement de cette rencontre…

— Mais ne vous inquiétez pas, mon père. J'ai pu m'attirer ses bonnes grâces, et ce n'est qu'une question de temps.

— Je te félicite de la façon avec laquelle tu as su œuvrer en ce sens, mon fils. C'est pour cela que je te fais confiance, c'est pour cela…

— Ne vous mettez pas martel en tête, vous dis-je, maître Fardon va me conduire du stade d'apprenti à celui de maître, et il ne pourra me cacher indéfiniment ses secrets. Prenez patience.

— Mais, tu as pu consulter son livre de recettes, non ? revint à la charge, malgré tout incrédule, Anselme Tombaret.

— Si fait, mon père, si fait. Mais l'homme est malin, vous dis-je, son coffre-fort est inviolable, tout est dans sa tête, et lorsqu'il prend des notes écrites, elles sont codées.

— Codées ?

— Les noms des plantes achetées n'apparaissent pas sous leurs appellations véritables.

— Et son livre de comptes, il a bien un livre de comptes tout de même ?! insista Anselme, qui n'en démordait pas.

— Il pratique de la même façon. Cependant, il est vrai que sa femme ne peut ignorer certaines précisions… Et je vais m'en occuper, confia-t-il, peu désireux malgré tout de s'étendre sur le sujet.

Et ils partirent tous deux d'un grand éclat de rire.

Avant de quitter son père, Belange parcourut en sa compagnie les divers ateliers de la tannerie comme s'il prenait la mesure de l'importance de sa future propriété. Il se devait de manifester une attention particulière, de façon à prouver à son géniteur son intérêt.

Il se rappelait les opérations de trempage dans différents bains, entrecoupées d'interventions du tanneur puis du corroyeur. Près de deux années étaient parfois nécessaires pour le tannage des gros cuirs et seulement six mois pour ceux des vaches, des génisses et des veaux. Il se remémorait son dégoût lorsque pour la première fois son père lui avait demandé de nettoyer une peau à l'eau avant de la laisser reposer dans des bacs de chaux. Mais ce n'était rien à côté de ce qui l'avait attendu pour l'étape de l'ébourrage. Il avait été contraint, à l'aide d'un couteau à lame courbe, d'enlever les poils ou la laine sur le « côté fleur », ainsi que la chair qui était restée collée de l'autre côté de la peau. Il en avait vomi toutes ses tripes et avait dû terminer sa macabre besogne sous les calottes de son père et les lazzis des autres ouvriers.

— C'est le métier qui rentre ! avait ricané Anselme.

Toutes ces opérations lui soulevaient encore le cœur et il dut faire bonne figure pour éviter de manifester la moindre répulsion. Mais, plus que tout, c'était l'odeur nauséabonde permanente qui lui répugnait et le révulsait encore aujourd'hui. On était loin des fragrances dans lesquelles il baignait chez le parfumeur de Montpellier !

Il quitta sans regret ces lieux qui exhalaient une odeur maintenant insupportable à son odorat habitué à de tout autres parfums. Non, décidément, même s'il parvenait à obtenir ce qui lui revenait de droit, il préférerait s'occuper de parfumerie.

Lorsque son fils s'éloigna, silhouette anonyme dans la nuit, Anselme Tombaret était déçu, déçu mais rempli d'espoir. Son rejeton était digne de lui succéder. Il lui faisait confiance. Fort de ces confidences, il lui appartenait maintenant de jouer son rôle, dès le lendemain, lors de la rencontre prévue avec maître Fardon. Il œuvrerait. Il avait mis au point une stratégie avec Luce. Elle porterait ses fruits, il n'en doutait pas.

— Nous sommes hautement honorés d'accueillir le parfumeur de la reine, lança en effectuant une légère courbette Louis-Dominique Luce.

Jean Fardon en rosit de plaisir, se contentant en retour d'un simple hochement de tête avant de déclarer :

— Laissons là les flatteries. Entre nous, point de cérémonie, je vous prie. Votre corporation a elle-même depuis longtemps ses lettres de noblesse dans la peausserie...

Louis-Dominique Luce coula un rapide regard en direction d'Anselme Tombaret. Ainsi, réalisait-il, ce dernier avait raison. Tout dans les propos du Montpelliérain indiquait sa volonté de cantonner les négociants grassois dans leurs activités traditionnelles. Cela le confortait dans l'idée qu'il fallait justement en sortir et évoluer.

On se mit autour d'une table et des rafraîchissements furent servis.

Jean Fardon était intéressé par l'achat de jasmin greffé, que l'esprit inventif et tenace des Grassois avait permis de cultiver, ainsi que d'oranges bigarades, de roses centifolia, de tubéreuses et même de cassiers. Il passa également de nombreuses commandes de « peaux blanches », mouton, chèvre, agneau, ayant décidé d'accroître sa fabrication de gants parfumés.

Le maître parfumeur n'ignorait pas que la puissante communauté grassoise avait établi des liens très étroits, confinant souvent à l'exclusivité, avec les négociants de Marseille, et qu'ils gardaient jalousement entre leurs mains une partie importante du commerce des produits exotiques. Leur nombre et leur puissance financière leur permettaient, et à eux seuls, de faire face aux coûts de plus en plus prohibitifs des peaux achetées à l'étranger. Le Montpelliérain n'avait donc pas le choix. Grasse était un partenaire incontournable.

Les transactions s'avérèrent difficiles, le représentant de la corporation grassoise ne voulant pas brader des produits au demeurant payés au prix fort. Conscient du mécontentement de son interlocuteur, il crut bon d'argumenter.

— Toutes ces augmentations sont dues au quasi-monopole de la place de Marseille, où sept à huit négociants se sont emparés du commerce des cuirs et agissent souvent d'intelligence, à la concurrence des courtiers qui se font la guerre au détriment des acheteurs, et enfin, vous ne l'ignorez pas, du fait des diverses taxes.

Jean Fardon avait du mal à cacher sa colère. Le seul argument qu'il voulait bien prendre en compte était l'importante croissante des redevances royales. Il en savait quelque chose, lui aussi.

Il ne pouvait l'avouer au risque de déchoir cependant, si les ventes de ses parfums et poudres se portaient à merveille, les paiements laissaient à désirer. Mais comment obliger tel seigneur, comte, marquis ou duc à honorer ses factures ? Il devait chaque fois s'humilier et presque supplier pour obtenir le règlement de leurs mémoires et impayés.

Il se tortilla sur sa chaise, le visage cramoisi. De grosses gouttes de sueur tombaient sur son col de chemise. Allait-il oser ?

— Si nous pouvons faire quelque chose pour vous, maître Fardon, ce sera avec plaisir suggéra Anselme Tombaret qui avait jusque-là assisté à l'entretien sans piper mot.

Le fournisseur des Enfants de France lâcha finalement :

— J'ai quelques ennuis de trésorerie... Oh ! Certes passagers, mais...

— Nous connaissons aussi cela, le rassura Anselme Tombaret en levant les yeux au ciel. Les nobles et bourgeois honorent avec difficulté leurs créances...

Jean hésitait encore tant l'affaire était d'importance. Mais les relations entretenues par ses aïeux et lui-même avec la corporation des Grassois avaient toujours été empreintes de respect mutuel... Il s'essuya la face avec un grand mouchoir parfumé, retrouvant un peu de courage, et s'éclaircit la voix avant de demander :

— Pourriez-vous m'accorder un crédit ? Un paiement sur six mois, le temps de me faire payer mon dû...

Les deux compères demeurèrent stoïques. Il n'entrait pas dans les pratiques commerciales d'acheter à crédit. Seuls les pauvres se risquaient à ce genre de requête, et se voyaient d'ailleurs opposer systématiquement un refus. C'était un principe. Il permettait de limiter une rivalité déjà féroce.

Ainsi, s'avisa Louis-Dominique Luce, Anselme avait raison. Malgré l'excellence de sa réputation, l'importance de son négoce, Fardon avait des difficultés de trésorerie. Mais comment l'avait-il su ? Et comment cela n'avait-il pas transpiré et n'était pas arrivé à ses oreilles, lui, l'un des membres les plus importants de leur corporation, alors qu'ils entretenaient à grands frais des espions partout ? Enfin, se dit-il en se faisant une raison, l'essentiel était qu'ils aient connu l'existence de ce problème, pu anticiper la demande et décidé d'une stratégie.

— Compte tenu de l'excellence et de l'ancienneté de nos relations, nous pourrons effectivement faire droit à votre requête.

Jean Fardon se montra grandement soulagé.

Moins d'une heure plus tard, le contrat était signé. Les marchandises, peaux, fleurs et autres ingrédients, seraient transportées ultérieurement à Paris. Le montant de la transaction avait fait l'objet d'une créance à six mois à l'ordre d'Anselme Tombaret.

Une fois le Montpelliérain parti, les deux négociants grassois se congratulèrent.

— Je ne peux que vous féliciter, Anselme. Je ne

vous demanderai pas comment vous avez pu anticiper la demande ni connaître les difficultés de Fardon. La balle est maintenant dans votre camp.

Le père de Quentin était très satisfait. Il venait ainsi de faire ses preuves devant le représentant des plus éminentes entreprises de sa cité. Ce qui n'était pas peu de chose. Un pas de plus, pensa-t-il, vers une reconnaissance officielle de sa capacité à jouer un rôle important au plus haut niveau de la communauté des négociants de sa ville. Quant à lui dire que c'était grâce à son fils bien implanté dans la place qu'il avait eu vent des difficultés du Montpelliérain, il n'en était bien entendu pas question.

— Je vous remercie, Louis-Dominique. Maintenant, le plus difficile reste à faire.

Le responsable de la corporation opina de la tête. Il n'était pas mécontent que l'acte à venir, peu glorieux, destiné à faire disparaître un concurrent avisé ne lui incombe pas mais ait été pris à charge par Tombaret. Après tout, s'il voulait vraiment faire partie de la fine fleur de leur profession, il devait bien payer un peu de sa personne…

Le retour à Paris ne se fit pas sans quelques difficultés, tant les déplacements hors la capitale étaient longs et pouvaient s'avérer dangereux. Belange dut faire appel à deux reprises à sa canne. Non plus celle dont il avait usé tant d'années auparavant pour sauver fort opportunément son maître d'aujourd'hui, mais celle que ce dernier lui avait offerte : un magnifique, solide et ouvragé bâton, dont le pommeau évidé était utilisé comme une boîte à senteur, à l'instar de ceux dont faisaient usage les médecins hollandais lors de leurs visites aux malades ou les officiers de marine lorsqu'ils partaient en mer.

— Ma mie, bonne nouvelle, s'écria Jean Fardon en embrassant son épouse dès qu'ils se retrouvèrent. Tout va pour le mieux !

Amélie s'en trouvait rassurée. Elle s'était laissée aller à quelques confidences sur l'oreiller auprès de son amant, notamment sur la santé financière de la maison Fardon et, après coup, l'avait regretté. Ses alarmes étaient donc sans aucun fondement. Elle n'en avait pas vraiment douté d'ailleurs. Que pouvait faire un apprenti, fût-il promis à l'état de maître ?

Elle présenta le livre de comptes à son époux afin qu'il prenne connaissance des ventes réalisées en son absence.

— Parfait, ma mie, parfait. Le chiffre d'affaires ne cesse de croître, constata, radieux, le parfumeur, gardant pour lui que le nombre d'impayés avait également augmenté dans des proportions considérables.

Amélie Fardon en était satisfaite, elle aussi. Elle prenait modèle sur celle qu'elle admirait tous les jours un peu plus, Rose Bertin, celle dont le nom était dans la bouche de tous ceux qui comptaient dans la capitale, depuis Sa Majesté la reine jusqu'au plus simple bourgeois. À condition assurément qu'il ait la bourse convenablement garnie.

Elle enviait de plus en plus la faiseuse de mode qui, sans être mariée, état qui en scandalisait plus d'un, arrivait à tenir la dragée haute aux plus grands seigneurs du royaume. Elle la jalousait d'avoir su être admise dans l'intimité de Marie-Antoinette au point qu'elle gouvernait la mode par son entremise.

— J'ai enfin réussi à rencontrer Rose Bertin, au sein de son atelier *Le Grand Mogol*…

— Ne me faites pas tant languir…

— La modiste accepte de conseiller à sa pratique l'usage de plusieurs de vos parfums, minauda Amélie. Notamment en ce qui concerne sa toute dernière trouvaille : le pouf.

— Que ferais-je sans vous, que ferais-je sans vous ? déclara-t-il en lui baisant les mains, avant de s'enquérir : Le pouf ?...

Amélie sourit d'un air entendu puis expliqua :

— Le pouf est en passe de prendre la suite du *quès-a-co*[1], dont vous devez connaître l'histoire…

Jean se contenta d'un simple signe de la main. Il avait déjà bien évidemment eu l'occasion d'apprécier cet ornement de chevelure créé par Rose Bertin et composé de trois plumes que les élégantes portaient

1. En provençal, signifie : « qu'est-ce que cela ». Ce nom est tiré d'un pamphlet que Beaumarchais publia contre le sieur Marin – *Quès-a-co, Marin ?* –, ancien garagiste qui se piquait de journalisme. La formule avait rencontré un franc succès dans la capitale.

derrière la tête.

— Le pouf, reprit sa femme, est une espèce d'échafaudage planté au dos du chignon. Son « pouf aux sentiments » fait fureur. Sachez qu'on le nomme « pouf » à cause du nombre d'objets que cette composition peut contenir : fruits, fleurs, légumes, oiseaux…

Au fur et à mesure de cette énumération pour le moins surprenante, Jean Fardon ouvrait tout grands les yeux.

— Et pourquoi « aux sentiments » ? s'enhardit-il à demander.

— Parce que ces objets doivent rappeler ce qu'on aime le plus. Toutes les dames de la Cour en sont folles, dit-elle en tapant dans ses mains de contentement. Si toutes les coquettes utilisent vos poudres et parfums… elle laissa sa phrase en suspens pour donner le temps à son mari d'en apprécier la portée.

Le parfumeur était abasourdi. Il trouvait en son for intérieur, sans l'avouer à qui que ce soit, et surtout pas à son épouse, que les hautes coiffures des coquettes étaient d'un ridicule vertigineux. Les cheveux étaient coiffés de telle façon qu'ils se tenaient à la verticale comme une structure fixe, la coiffure étant surnommée « à la hérisson ». Et maintenant, on allait y fixer une deuxième construction… De la folie, se disait-il. Certaines compositions faisaient déjà trois pieds de haut. Indépendamment des faux cheveux nécessaires pour l'élaboration de ces édifices, il entrait dans leur confection un coussin d'imposante dimension, gonflé de crin, le tout noyé dans une forêt d'épingles. D'autres broches supportaient parfois des fleurs, des rubans, de fausses nattes… Il n'y avait plus de limites à l'imagination ! Seul avantage, mais de taille pour le parfumeur : il fallait une énorme quantité de poudre, de pommade et de fragrances diverses pour apprêter l'ensemble. C'était ce qui comptait le plus à ses yeux.

Il se rappelait avoir lu dans la *Correspondance littéraire* : « Toute cette ferraille ne va-t-elle pas, les jours d'orage, attirer la foudre ? » Cela le fit sourire.

— Vous riez ?

— Oui, je songeais que nos coquettes en sont réduites maintenant, lorsqu'elles veulent pénétrer dans leur carrosse, à le faire à genoux pour ne pas gâcher leur coiffure !

— Vous datez, mon ami. Il existe désormais certaines coiffures montées sur un ressort que l'on peut tout à loisir abaisser ou relever selon les circonstances.

Le parfumeur esquissa une mimique d'admiration.

— Et vous croyez que toutes les dames de la Cour…

— Nigaud que vous êtes. Mais oui, c'est le succès assuré ! Prenez par exemple le pouf confectionné pour la duchesse de Chartres. Il comprend, en miniature, son perroquet et son petit nègre préféré, encadrés par une représentation de son fils, le tout surmonté d'une touffe de cheveux du duc de Chartres, son mari, du duc de Penthiévre, son père, et du duc d'Orléans, son beau-père.

Le Montpelliérain en était tout ébahi.

— Et ce n'est rien à côté de celui de la duchesse de Lauzun…

Le parfumeur était tout ouïe.

— Elle est apparue avec un pouf qui offrait à l'admiration de tous un véritable paysage : une mer agitée avec des canards nageant sur ses bords, un chasseur à l'affût, au sommet de la coiffure un moulin dont la meunière se faisait courtiser par un abbé, et enfin, dans la partie la plus basse, on voyait le meunier, mari ignorant son infortune, qui tirait par le licol un âne rétif !

Jean Fardon partit d'un éclat de rire à ventre déboutonné, tant les déboires conjugaux des autres étaient toujours chose ô combien plaisante. Il fut rejoint dans son hilarité par sa femme, rassurée après avoir un instant été inquiétée en réalisant la teneur de ses propos.

Amélie avait un seul regret : les parures ou colifichets créés par la Bertin étaient faits pour durer, pour être vus longtemps, admirés partout, alors que les fragrances ou poudres de son mari avaient un caractère évanescent. Mais qu'y pouvait-elle ?

— Savez-vous ce que Rose m'a proposé ? poursuivit-elle, se gargarisant de pouvoir utiliser désormais son seul prénom. Elle vient de créer une communauté de « faiseuses de modes », dont le bureau est composé exclusivement de femmes. Elle en a pris la tête en devenant premier juré-syndic. Je serai membre de cette communauté en qualité de représentante des parfumeurs !

Jean Fardon en perdit instantanément le sourire. Qu'était-ce là que cette communauté de femmes ? Une nouvelle sorte de corporation ? Amélie vit immédiatement une ombre d'inquiétude parcourir le visage de son mari. Elle entreprit de le rassurer.

— Elle a l'accord de la reine.

Puis elle ajouta, sachant comment vaincre ses réticences :

— Vous rendez-vous compte que vous aurez ainsi en permanence un représentant de votre maison pour y vanter la qualité de vos productions auprès de tous, fleuristes, rubaniers, fourreurs, marchands de dentelle, de gaze… ? Savez-vous que Rose emploie à demeure une trentaine d'ouvrières et fait travailler régulièrement pas moins de cent vingt fournisseurs ?

Devant la joie de sa femme, qui en battait des mains d'excitation, le parfumeur montpelliérain en conclut que ses alarmes étaient vaines et qu'il n'aurait qu'à se féliciter de ce nouvel ordre des choses. Il baisa une nouvelle fois les mains de son aimée.

— Mais ce n'est pas tout, énonça cette dernière, le visage illuminé d'un sourire.

— Ne me dites pas que vous avez une autre bonne nouvelle de cette importance ?

Amélie Fardon prit la main de son mari et lui intima :

— Asseyez-vous et écoutez-moi.

Jean s'exécuta.

— Je me suis présentée également chez Léonard, le grand Léonard.

Elle ne jugea pas utile de lui rappeler qu'il était le plus grand coiffeur de son époque, n'hésitant pas à se déclarer lui-même, toute modestie mise de côté, « académicien de coiffures et de modes », et qu'il avait également ses entrées à Versailles et tout particulièrement auprès de la reine, dont il était le confident.

— Saviez-vous qu'il avait étudié l'art des poudres à Montpellier ?

Le maître parfumeur en écarquilla les yeux de surprise.

Peu désireuse d'entamer une controverse, elle lui assena la fantastique nouvelle :

— Lui aussi pose maintenant des poufs de gaze qu'il introduit dans les mèches de la chevelure. Il m'a confié être parvenu à en faire entrer pas moins de quatorze aunes dans la coiffure de Marie-Antoinette !

— Quelle incroyable extravagance ! ne put s'empêcher de laisser filer à voix basse Jean Fardon.

Puis, réalisant l'incongruité de ses propos, il invita son épouse à continuer.

— Eh bien, il accepte de parfumer certains poufs de son invention de vos créations et de le faire savoir !

Et, elle lui fit un semblant de révérence.

— Vous êtes incroyable, ma femme ! s'exclama-t-il en se levant, plus dithyrambique que jamais. Sans vous, notre boutique ne serait pas ce qu'elle est ! Sans vous, sans votre imagination, sans votre entregent, jamais mon nom, notre nom, se reprit-il aussitôt, ne serait aussi connu dans le monde du luxe. Heureusement que je vous ai, ma mie, lui réitéra-t-il en l'embrassant.

Amélie était dans tous ses états. Plus que les compliments, qu'assurément elle méritait, elle avait pleinement l'impression, la certitude même, de jouer un rôle majeur dans l'expansion du commerce de son époux.

De beaux jours en perspective pour mon négoce, songea le maître parfumeur en filant vers son laboratoire. J'en ai grand besoin ! Et il pensa aux remarques pressantes formulées par son commis aux écritures. Toujours préoccupé par son art, il ne s'intéressait pas assez à ses comptes et ce dernier le lui rappelait régulièrement, ces derniers temps avec plus d'acuité que jamais.

À son retour, Quentin s'étonna pour sa part de ne pas voir sa vendeuse préférée au magasin.

— Mais où se cache donc Isabeau ? s'enquit-il auprès de Guillemette, alors qu'il apportait à la boutique un lot de parfums.

Celle-ci lui tourna brusquement le dos et, tête basse, en reniflant, s'en fut prestement. Surpris, il la rattrapa dans la réserve, où elle faisait mine de ranger des poudres sur les étagères.

— Mais réponds donc ! revint-il à la charge.

— Madame l'a chassée.

— Chassée ! Mais pourquoi ? A-t-elle commis une

faute ? exigea-t-il de savoir en mettant une main sur l'épaule de celle qu'il savait être la confidente de son amie.

Guillemette ne pipa mot.

— Mais pourquoi, à la fin ?! cria-t-il en haussant le ton.

— Mais tais-toi donc, tu veux me faire renvoyer moi aussi ? Et puis ne reste pas à côté de moi dans la réserve. Si Madame nous voit ensemble…

Quentin était interloqué. Amélie avait profité de son absence pour se débarrasser d'Isabeau, en qui elle devinait une concurrente. Plus grave, et la repartie de Guillemette ne laissait pas de l'inquiéter, elle avait donc quelque lumière sur la véritable motivation de cette éviction. Et si une vendeuse savait quelque chose, toutes les autres en seraient informées, puis les apprentis, les commis, et bientôt toute la boutique.

Il fit un effort sur lui-même et lâcha d'un ton cinglant :

— Tâche de tenir ta langue si toi aussi tu ne veux pas te retrouver à la rue.

— Quentin ! Quentin ! appela maître Fardon. Ah ! Te voilà. Toujours à tourner autour des commises ! Bah ! C'est bien de ton âge. Suis-moi que je te livre encore quelques secrets de mon art, fit-il en se dirigeant vers le laboratoire.

Belange fit bonne mine à son maître, se retenant de lui rétorquer qu'il ne lui avait confié aucun véritable secret depuis ses six ans de présence.

— La fortune de notre négoce ne doit pas résider seulement en des confections spectaculaires portées par les plus hautes dames de la Cour, déclara le parfumeur, il faut savoir aussi multiplier nos ventes notamment en direction de gens plus humbles, plus simples.

Mais qui nous règlent rubis sur l'ongle, se garda-t-il bien de préciser.

Quentin était tout ouï.

— Je tiens sûrement ce souci de nos ancêtres apothicaires. Nous réalisons ainsi également des « cucuphes », ces petits bonnets médicamenteux qui selon les moyens de chacun sont garnis soit d'arômes, de gommes et de résines odoriférantes, soit de musc ou d'ambre...

— Produits que nous fournissons.

Jean Fardon regarda en souriant son apprenti et reprit :

— Qu'ils soient portés de jour ou de nuit, ils sont salutaires aux vieillards, sensibles au froid, sujets aux vertiges, aux pertes de mémoire...

— Un article miracle en somme, se hasarda, un brin goguenard, Belange.

Le maître parfumeur suspendit ses explications, fixa Quentin et éclata de rire avec lui.

— Nous confectionnons des mouchoirs de Vénus pour que nos belles puissent se laver le visage, des cornettes de nuit et des bandeaux pour effacer leurs rides...

— Toute la vertu des médicaments consiste dans

la communication d'un certain parfum, déclama Quentin, paraphrasant l'abbé Rousseau, un des plus célèbres médecins de Louis XIV qui n'hésitait pas à se gausser de ses propres préparations.

— Je vois que tu as des lettres, s'exclama Jean Fardon.

— J'ai suivi vos recommandations, maître. Le soir, je me plonge dans de savantes lectures, et j'ai notamment lu et relu le *Catalogue des marchandises rares, curieuses et particulières qui se font et débitent à Montpellier*[2], ô combien éminent opuscule de votre ancêtre Jean Fardon, maistre apothicaire et parfumeur de Son Altesse Royale la Grande Mademoiselle.

Le Montpelliérain hésita un instant, croyant deviner dans le regard de son vis-à-vis une pointe d'ironie. Mais non, il savait que ce dernier ne se permettrait pas de tourner en dérision ce qui était considéré comme la bible de la famille Fardon.

Quentin eut peur d'avoir exagéré, aussi s'empressa-t-il de rassurer son maître.

— Je m'instruis, souhaitant vous faire honneur lorsque je me présenterai à la maîtrise.

Il s'agissait d'une façon comme une autre de rappeler ses promesses à son employeur.

— Je sais que ce je te dois, Belange. Tu peux compter sur mon appui. Tu es presque un fils pour moi, celui que je n'ai pas eu, laissa-t-il tomber un soupçon

2. Ouvrage publié en 1668 et imprimé en Avignon.

de regret dans la voix. Mais, justement, parle-moi un peu des gants. Tu dois te préparer si tu veux être reçu avec succès à ton brevet de maîtrise.

Quentin s'éclaircit la voix, avant de déclamer :

— Le gant parfumé a été mis à la mode en France par Catherine de Médicis lorsqu'elle est venue épouser le futur Henri II.

Jean Fardon, les deux mains sur sa bedaine, acquiesça et, d'un simple mouvement de tête, indiqua à son apprenti de continuer.

— En 1664 les gantiers ont reçu du roi la permission de se nommer maistres gantiers-parfumeurs. C'est le tanneur Galimard qui le premier a eu l'idée de parfumer les gants pour masquer leur forte odeur…

— Parlons de technique maintenant, le coupa Jean. Comment opère-t-on ?

— On effectue tout d'abord ce que l'on appelle un « enfleurage à la main », c'est-à-dire que l'on rend les peaux d'une égale épaisseur.

L'apprenti jeta un regard en direction de son maître. Les deux mains toujours posées sur sa panse, qui prenait de l'ampleur en proportion de son succès, le parfumeur l'invita à poursuivre.

— Puis il convient de les « mettre en pompe », c'est-à-dire de les tenir dans l'eau jusqu'à ce qu'elles en aient assez bu. Ensuite, il faut les étendre. C'est cette opération qui permet de déterminer la grandeur du gant à venir.

— Parfait ! Maintenant, regarde-moi faire.

Quentin regarda donc son maître œuvrer, comme il l'avait déjà vu faire moult fois, mais avec toutefois juste ce qu'il fallait d'admiration dans le regard pour le satisfaire.

Jean Fardon poursuivit sa tâche en silence, tirant la langue de temps en temps tant la délicatesse avec laquelle le reste des opérations devait être conduit jouait un rôle fondamental dans la finesse du gant. Il détermina les fentes en fonction de la longueur des divers doigts, puis plaça de petits morceaux de peau carrés pour renforcer le cuir entre ces différentes parties articulées qui terminaient la main et permettaient à l'homme de jouir d'une dextérité à nulle autre pareille. Il s'ensuivit toute une partie technique, très intéressante mais qui n'était pas particulièrement du domaine d'un parfumeur. Enfin arriva le moment tant attendu. Quentin se déplaça tout autour de son maître dans le but d'obtenir la meilleure vision possible.

— Ah ! Je vois que cela t'intéresse, n'est-ce pas ?

L'apprenti se fendit en réponse d'un large sourire.

Le parfumeur montpelliérain prit du blanc d'Espagne, en frotta les gants et les brossa pour en ôter le superflu. Il plongea ensuite les peaux qui avaient déjà été cousues dans un bain de gomme. Puis il enleva les gants, les étendit sur un marbre et utilisa une éponge ferme.

Quentin, une nouvelle fois, en fut fort contrarié. Il se moque de moi, pensa-t-il. Le moindre apprenti sait comment confectionner une paire de gants. Ce qui est important c'est la composition exacte de la gomme et de tous les autres ingrédients qui vont servir à le parfumer. Il me le paiera ! En disant cela, il pensait à Amélie. Après tout, il avait bien tort d'éprouver quelque scrupule lorsqu'il était avec la femme de son maître. Mais il fut interrompu dans ses pensées.

— Et pour parfumer les gants, comment opère-t-on ? interrogea Jean Fardon.

Quentin ravala son mécontentement et faisant bon cœur contre mauvaise fortune expliqua :

— Les gants sont disposés dans des caisses entre des couches de fleurs qui sont renouvelées toutes les douze heures. Ce traitement s'appelle « la mise en fleurs » et dure au moins huit jours.

Le parfumeur toussota.

— Mais vous préférez, maître, avoir recours à la technique de l'enfleurage à froid, qui permet aux diverses fragrances utilisées de mieux imprégner la peau. On dispose donc pour ce faire des fleurs fraîches fragiles, comme le jasmin ou la tubéreuse, sur des châssis en céramique qui ont été enduits au préalable d'une couche de graisse. Les fleurs sont renouvelées tous les trois jours jusqu'à imprégnation totale de la graisse. La graisse saturée de parfum sera ensuite étalée sur les peaux servant à la confection des gants…

La question jaillit, sans le prendre pour autant au dépourvu :

— Et pourquoi utiliser ce principe-là plutôt que celui de l'enfleurage à chaud ?

— Le parfum du jasmin ou de la tubéreuse serait anéanti, maître, par un tel traitement.

Nouveau froncement approbateur des sourcils de l'examinateur.

— Avec quoi sont confectionnés les gants d'ambre de Venise ?

— À partir d'aloès, de bois de rose, de bois de santal, de benjoin, de cannelle, de girofle, de magalep, de citron, d'ambrette, de musc et de civette, lâcha rapidement l'apprenti.

Jean Fardon prit Belange par l'épaule et lui confia :

— Tu es presque prêt à être reçu parmi nous. N'oublie pas que, même si tu n'es pas originaire de Montpellier, tu porteras haut les couleurs de notre ville dans la mesure où c'est moi qui te présenterai à la maîtrise. Et tu connais la réputation qui s'attache à notre cité, pas vrai ?

Quentin opina du bonnet. Il n'ignorait rien des nombreux produits « à la mode de Montpellier » qui contribuaient à la notoriété de la capitale des États du Languedoc.

Le maître mit un terme à son cours, satisfait des progrès constants de son élève. Quant à lui, il préparait en secret une paire de gants qu'il livrerait en personne à la reine lors d'une rencontre que l'entregent de son épouse lui permettait d'espérer.

Quelques jours s'écoulèrent sans que Belange ait pu se trouver en tête à tête avec Amélie Fardon. Il prenait désormais toutes les précautions nécessaires, notamment depuis qu'il avait compris que les vendeuses subodoraient la nature de leurs relations. Il n'avait cependant pas jugé utile d'en informer la maîtresse des lieux, de peur qu'elle mette fin à leurs « entretiens particuliers », comme elle se plaisait à les appeler.

Alors qu'il œuvrait dans le laboratoire en compagnie des autres apprentis et du maître parfumeur, le commis aux écritures s'autorisa à passer le bout de son nez dans l'entrebâillement de la porte pour attirer l'attention de son patron.

— Maître…

Les apprentis suspendirent momentanément leur activité tant ils savaient tous que celui qui venait ainsi d'être interpellé détestait être dérangé lorsqu'il se trouvait en train de peaufiner une de ses secrètes préparations. L'affaire devait être d'importance pour que la fouine – c'était là le surnom du préposé – se permette une telle intrusion. À la surprise générale, il ne fut pas vertement rabroué. Le parfumeur montpelliérain essuya ses mains sur son tablier, réprima un soupir et suivit le solliciteur sans un mot.

Moins d'une heure s'était écoulée que, la mine sombre, sans regarder qui que ce soit, leur patron revenait terminer sa nouvelle composition dans le plus grand silence. Fait d'autant plus surprenant qu'il était d'habitude d'humeur joyeuse lorsqu'il mettait la dernière main à une fragrance qui ne pouvait qu'être audacieuse et promise au succès. Tous pressentaient un problème, sans pouvoir en deviner la nature. Quentin se promit d'en apprendre plus auprès d'Amélie.

Le reste de la semaine passa lentement, trop lentement au gré de l'ensemble de la maisonnée. Une chape de plomb semblait en effet s'être abattue sur *Au messager de Montpellier*. Les vendeuses elles-mêmes, à qui leur maîtresse enjoignait d'avoir toujours le sourire aux lèvres pour recevoir leur clientèle, paraissaient à l'instar de leur patronne plongées dans des affres d'inquiétude. Belange n'avait pu s'entretenir avec Amélie. Preuve de la gravité de la situation, elle n'avait pas mis les pieds en dehors de l'établissement.

Personne ne connaissait le motif de cette affliction, mais tous se calquaient sur l'attitude des maîtres. L'heure devait être grave.

Le vendredi fut jour de grand émoi.

Maître Fardon, qui s'était absenté un peu plus tôt pour rencontrer son banquier, fit irruption dans la boutique, déserte à cette heure tardive de l'après-midi, le visage blême et les traits décomposés.

— Je suis trahi ! lâcha-t-il en fonçant tout d'abord vers Amélie, puis vers Quentin, qui prêtait la main à une vendeuse pour disposer sur les plus hautes étagères de gros flacons.

Tous s'immobilisèrent.

Nul n'avait jamais vu le maître dans un tel état de bouleversement et de colère. Belange coula un rapide regard en direction d'Amélie, blême elle aussi. Se pouvait-il que son mari eût été informé de la nature de leurs relations ?

— Je suis trahi, je suis trahi ! répéta-t-il.

— Mais comment, par qui ? parvint à balbutier Quentin.

— Tombaret ! lui répondit le maître parfumeur en se dirigeant vers lui, l'œil en fureur.

Belange tituba, livide maintenant. Il aurait chu à terre s'il ne s'était trouvé adossé à une des armoires tapissant les murs. Ainsi, il était découvert ! C'en était fini de son apprentissage. Il ne pourrait conduire sa mission à son terme et serait déshérité. Sa vie était finie…

7

De nos jours

Les trois enquêteurs se présentèrent devant le bureau de Chloé Turaud. La conservatrice, prévenue de leur arrivée, les fit entrer.

Sa table de travail, couverte de parapheurs, de revues, de livres et de certaines plantes vraisemblablement en cours de classement, se perdait dans une pièce aux dimensions imposantes – la hauteur sous plafond, de près de 4 mètres, n'y était pas pour rien – mais peu fonctionnelle comme toutes les salles que l'on pouvait trouver dans cet immense et vétuste bâtiment d'un autre âge.

Charlotte n'y alla pas par quatre chemins, ayant en travers de la gorge la fausse déclaration fournie par la responsable de l'herbier, et attaqua bille en tête :

— Lors de votre audition, vous m'avez déclaré avoir passé la nuit précédant la découverte du corps de l'agent de sécurité chez vous. Le maintenez-vous ?

Chloé Turaud blêmit mais rétorqua, un soupçon

de défi dans la voix :

— Oui, bien sûr, pourquoi changerais-je de version ?

Il en fallait plus pour impressionner l'enquêtrice, surtout avec les billes dont elle disposait. Imperturbable, elle poursuivit :

— De même, vous avez affirmé ne pas connaître Felipe Juarez plus que cela…

— Oui, et alors ?

— Alors, vous allez devoir nous expliquer pourquoi vous avez jugé utile de téléphoner à quelqu'un que vous ne connaissez pas particulièrement en plein milieu de la nuit, à 1 h 45 précisément, soit peu de temps avant sa mort, et ce que vous faisiez à l'herbier à cette heure tardive. Des heures supplémentaires, peut-être ? suggéra Patricia, narquoise.

— Mais, comment… ?

— La bonne question, n'est pas comment nous le savons mais pourquoi avez-vous menti ? Ne perdez pas votre temps à essayer de nous raconter des histoires. Les preuves accumulées contre vous sont accablantes : l'identification de votre appel reçu sur son téléphone et la géolocalisation du vôtre à l'institut de botanique. Qu'avez-vous à dire ?

Pour toute réponse la conservatrice se mit à pleurer à chaudes larmes.

— Considérez que vous êtes en garde à vue à compter de maintenant, l'informa le lieutenant Normand.

Puis, il lui notifia ses droits. Celui de se faire assister par un avocat de son choix ou commis d'office, d'être examinée par un médecin, et de faire prévenir quelqu'un de sa famille.

— Nous allons immédiatement effectuer une perquisition de votre bureau, puis chez vous, précisa l'officier en se dirigeant aussitôt vers une armoire vitrée.

— Regardez, chef, ce que je viens de trouver ! s'exclama Bernard moins de cinq minutes après le début des opérations.

Juché sur un escabeau, il brandissait un masque de couleur bleu doté d'un long nez.

— Il était caché derrière une pile de documents, lança-t-il, tout heureux de sa prise.

— Fais voir ! lui intima sa coéquipière.

Après quoi elle porta le masque à hauteur de ses yeux et précisa :

— Il y a les initiales « F.D. » dessus, déclara-t-elle en le tendant à son supérieur.

— Il est à vous ? interrogea Kevin, le manipulant à son tour.

La conservatrice s'était arrêtée net de pleurer. Elle affirma tout à coup sur un ton catégorique :

— Non, je ne l'ai jamais vu !

— Pourtant, vous venez bien de voir que nous l'avons découvert dans votre bureau, sur une de vos étagères. Comment expliquez-vous alors la présence de cet objet volé ?

— Je ne me l'explique pas, je ne me l'explique

pas…, répéta-t-elle, ses sanglots ayant repris. Vous avez pu constater que ma porte n'est jamais fermée à clef, qu'il y a de nombreux va-et-vient dans le bâtiment, fréquenté par beaucoup d'étudiants…

La responsable du pôle scientifique s'arrêta net, comme si elle réalisait soudain quelque chose de primordial.

— À moins que…

— À moins que ? reprit l'officier.

— Je n'occupe ce bureau en qualité de responsable que depuis quelque temps. Auparavant ce n'était pas le mien. L'objet a peut-être été déposé là avant ma prise de fonction ?...

Les trois enquêteurs se regardèrent, perplexes. Se pouvait-il… Il n'y avait qu'une seule façon de le savoir, se dit le chef de groupe.

— Depuis quand, précisément, êtes-vous la directrice du pôle patrimoine scientifique ?

— Trois mois, à peu près.

Les policiers ne le formalisèrent pas mais tous parurent soulagés. Vu la date du vol, il ne pouvait avoir été caché là du temps de son prédécesseur. En ce qui concernait ses dénégations, ce n'était pas la première fois qu'un coupable pris la main dans le sac ne comprenait pas ce que faisait le produit d'un vol entre ses mains ! Du classique, en fait. Encore heureux qu'elle ne les accuse pas d'avoir déposé eux-mêmes l'objet en question.

La fouille du bureau terminée, l'officier marqua un

temps d'arrêt. Il fallait maintenant faire une perquisition à son domicile. Domicile dans lequel Charlotte était hébergée… Bon Dieu, une fois de plus sa vie privée se télescopait avec son activité professionnelle. Devait-il lui passer un coup de fil ? Il consulta sa montre. Avec un peu de chance, espéra-t-il, elle devait déjà être à pied d'œuvre à l'école de journalisme.

Patricia était surprise de voir son supérieur tergiverser.

— On va taper la perquise chez elle, lieutenant ?

Après mûre réflexion, Kevin jugea préférable de ne rien faire. Il n'y avait aucune raison que son amie soit mise en cause dans cette affaire ou que les investigations permettent de découvrir dans ses affaires personnelles quoi que ce soit.

— Allez-y sans moi, finit-il cependant par ré pondre. Je retourne au service.

La conservatrice, divorcée, demeurait dans un appartement situé au centre-ville. Les deux enquêteurs s'y rendirent dans la foulée, mais prévinrent rapidement l'officier qu'aucun autre objet suspect ou intéressant pour l'enquête en cours n'y avait été découvert, avant de rejoindre le siège du SRPJ.

Ayant refusé la présence d'un avocat, l'enregistrement audiovisuel de son audition enclenché, l'interrogatoire de la conservatrice put commencer.

Ce fut Patricia qui s'y colla.

— Je préfère vous dire la vérité, annonça Chloé Turaud qui, devant les preuves portées à sa connaissance, venait de changer son fusil d'épaule. Oui, c'est vrai, j'ai téléphoné à Felipe car je lui avais donné rendez-vous. Je suis célibataire, et je reconnais que de temps à autre je revenais à l'herbier pour le rencontrer la nuit.

— C'était votre amant ?

— Oui, mais je n'étais pas la seule.

Patricia hocha la tête. Elle le savait.

— Et alors ? Ce soir-là ?

La responsable du patrimoine scientifique laissa une nouvelle fois libre cours à ses pleurs. La brigadière-chef se leva alors, abandonnant pour quelques instants ses collègues, silencieux. Lorsqu'un enquêteur interrogeait un témoin, surtout s'il obtenait des aveux, la règle était, pour les assistants, de se taire. Elle revint un verre d'eau à la main et le lui tendit. Après avoir bu plusieurs gorgées, la conservatrice, entre deux hoquets, expliqua :

— Quand je suis arrivée, il était... il était... étendu par terre. J'ai crié, je l'ai appelé, mais il n'a pu me répondre... Je me suis alors rendu compte qu'il était mort. Affolée, j'ai pris la fuite.

— Mais vous n'avez pas songé à prévenir quelqu'un, à demander de l'aide ?

— Je... je l'ai retourné et j'ai vu le sang couler de sa poitrine. J'ai compris qu'il n'y avait plus rien à faire.

— En clair, vous ne l'avez pas tué ?

— Mais non, jamais de la vie ! hurla Chloé Turaud, qui semblait friser maintenant la crise de nerfs. Comment faut-il vous le dire ?

Patricia jeta un regard rapide vers ses collègues. Bernard dessina sans le formuler à haute voix le mot « incendie » sur ses lèvres.

— Et l'incendie ? Vous n'avez pas pensé à appeler les pompiers ?

— Il n'y avait pas d'incendie à ce moment-là. Du moins, je n'ai pas vu de flammes. Je suis partie à toute vitesse, vous pouvez le comprendre, non ?

Kevin écrivit rapidement le mot « masque » sur un quart de feuille et le fit passer à sa coéquipière.

— Et en ce qui concerne le masque ?

La conservatrice haussa les épaules et secoua la tête dans un geste de dénégation.

— Vous savez, au point où j'en suis, si j'avais volé ce masque je vous le dirais.

Bernard fit un geste explicite en direction de sa collègue.

— Et le pied-de-biche ?

— Le pied-de-biche… ?

Patricia soupira, excédée.

— Celui que vous avez utilisé pour faire croire à l'effraction d'une personne ne disposant pas du code d'accès.

— On nage en pleine science-fiction, là…, trouva le courage de lancer la conservatrice entre deux sanglots.

Kevin fit signe à ses deux collègues de poursuivre sans lui.

Il fonça chez le directeur du SRPJ pour lui annoncer les récentes avancées de l'enquête. Avec un peu de chance, Chloé Turaud reconnaîtrait les faits qui lui étaient reprochés. Un meurtre sur fond de dépit amoureux, vraisemblablement, suivi d'un incendie volontaire pour essayer de masquer son forfait en vol crapuleux. En ce qui concernait le vol du masque, l'explication la plus simple était que Felipe, après l'avoir dérobé, le lui avait remis.

— Bravo, lui lança le chef du SRPJ. Je n'en attendais pas moins d'un de mes meilleurs enquêteurs. Félicitations.

Et le directeur mit la main sur le combiné téléphonique qui trônait sur un coin de son bureau, indiquant par là que l'entretien était terminé.

L'officier était persuadé que son supérieur s'apprêtait à téléphoner au directeur général de la police, ancien préfet de l'Hérault. Après tout, lui aussi était à la recherche de félicitations et de promotion.

Il retourna quant à lui à son bureau, et appela Charlotte.

— On peut se voir ce soir ? demanda-t-il, préférant lui expliquer de vive voix l'interpellation et la perquisition effectuée chez Chloé.

— Désolée, mais j'ai un repas avec mes anciens amis du journal.

Et, devinant une certaine gêne dans le silence de son ami, elle ajouta d'une voix enjouée :

— Mais, demain soir sans problème.

Kevin lui fit alors part des derniers rebondissements.

Charlotte, suffoquée, en perdit la parole quelques instants. Elle savait que quoi qu'elle dise, notamment pour prendre la défense de son amie, incapable de tuer quelqu'un, elle en était certaine, cela ne changerait en rien la décision des enquêteurs, motivée, elle n'en doutait pas par de solides preuves. Mais elle restait persuadée d'une chose : ils ne pouvaient que se tromper sur leur interprétation.

La voix nouée par l'émotion, elle déclara :

— On se voit demain pour en parler ?

En fin de soirée, après avoir pris un rapide repas au self-service de l'hôtel de police, les trois enquêteurs se retrouvèrent dans le bureau de leur chef de groupe.

La conservatrice s'entêtait à nier avec véhémence le meurtre ainsi que l'incendie. Elle contestait même le vol du masque. Il faudrait donc continuer à bétonner le dossier et accumuler d'autres preuves, voire explorer de nouvelles pistes.

Avant de faire un nouveau briefing, ils devaient rencontrer Claire. La responsable de l'identité judiciaire leur avait demandé de passer la voir dans son service, à l'étage supérieur. Elle était encore à pied d'œuvre.

— Déjà des résultats ? lança en arrivant Kevin, sur un ton qui se voulait admiratif.

— Et des bons, je suis sûr, renchérit Bernard, qui

mima des applaudissements silencieux.

— C'est à vous de me le dire, rétorqua la lieutenante. Premièrement, le pied-de-biche qui a servi à fracturer la porte de l'herbier est le même que celui utilisé pour forcer la porte de la distillerie. Regardez les clichés photo, ils parlent d'eux-mêmes !

Les trois enquêteurs se penchèrent sur les documents présentés par la spécialiste.

— Ouais, reconnut Patricia. On dirait bien qu'il y a similitude, mais…

— Ce n'est pas, « on dirait », la coupa la responsable de la police scientifique. Examinez bien la crosse, c'est-à-dire la partie recourbée qui sert de point d'appui. Elle a laissé les mêmes irrégularités sur les deux chambranles. Là, et là, précisa-t-elle en mettant le doigt sur les particularités présentes sur les deux clichés.

Kevin ne souhaitait pas polémiquer inutilement. Claire avait raison côté technique. Mais ce qu'elle ne savait pas, ou ne voulait pas prendre en compte, plus exactement, cela ne faisant certes pas partie de ses préoccupations, c'était que jamais un magistrat n'admettrait cela comme une preuve suffisante pour la condamnation de qui que ce soit.

Mais par contre, se rassura-t-il immédiatement, cela l'autorisait, lui, à établir un lien entre les deux méfaits. Il s'en contenterait donc, sachant que cela permettrait la transmission au procureur de la plainte contre X qu'il avait invité l'antiquaire à déposer, lequel saisirait à son tour le juge Charabot par le biais d'un réquisitoire supplétif. Plainte qui par voie de conséquence atterrirait sur son bureau. Le processus était un peu complexe mais prévu ainsi par le code de procédure pénale.

— Du bon boulot, Claire, c'est super. Et, tu as autre chose pour nous ?

La lieutenante se déplaça, récupéra une chemise cartonnée, et annonça simplement :

— Oui.

Le brigadier Roset coula un rapide regard vers son supérieur, en se raclant la gorge. Il reprochait régulièrement à ses collègues de l'IJ de jouer les cabotins en faisant durer le plaisir pour valoriser ainsi leur travail.

— Et ? s'enquit-il prudemment, connaissant le caractère soupe au lait de la lieutenante, susceptible de prendre la mouche facilement.

— Mes gars ont également relevé pas mal de traces biologiques dans l'appartement de Felipe, en dehors des siennes, bien évidemment. Il recevait beaucoup d'amis ou de relations chez lui, sûrement... ?

— Il faudra procéder à des comparaisons avec les prélèvements opérés sur tous les étudiants, nota Kevin. Ils ont bien été réalisés ?

Claire se contenta de hausser les épaules.

— Pour notre part, nous les avons effectués sur tous ceux que Patricia et Bernard ont conduits à notre service.

— Ils y sont tous passés, chef, le rassura la brigadière-chef. Mais, en ce qui concerne leur prof… ?

— Cela a été fait également.

Non sans mal, pensa le directeur d'enquête en se remémorant le mécontentement du chercheur. Il avait fallu qu'il dissipe ses craintes. Son ADN ainsi que celui de tous les autres témoins seraient effacés du fichier national automatisé des empreintes génétiques, le FNAEG, dès qu'ils seraient mis hors de cause. Et, devant le silence du maître de conférences, dont le visage s'était fermé, il avait même dû lui lire l'article 706-54 du code de procédure pénale. En général, il se contentait de le citer, invitant ceux qui doutaient de la légalité d'un tel prélèvement à en effectuer eux-mêmes la lecture, mais là, il n'avait pas osé étant donné la cécité de Dorian Aumaitre.

— Et les traces papillaires ?

— Tu sais, Kevin, nous en avons mis en évidence beaucoup, mais pas d'exploitables.

— Ah ! D'accord.

L'officier le garda pour lui, mais il restait sur sa faim. Avec l'avènement de l'ADN et son exploitation de plus en plus efficace, les spécialistes de la police scientifiques ne faisaient parfois plus l'effort nécessaire pour relever les empreintes digitales. Or, il n'oubliait pas que lors de l'affaire du meurtre perpétré au sein de l'abbaye de Gellone, à Saint-Guilhem-le-Désert, la découverte du coupable n'avait pu être réalisée que par le relevé d'empreintes, relevé qui avait été négligé…

Comme si elle avait lu dans ses pensées, Claire trouva judicieux de préciser :

— Je sais ce que tu es en train de cogiter. Mais aucune trace n'était réellement exploitable, aucune. Ne te fais donc pas de films !

— Je te fais confiance. Et c'est tout ? demanda-t-il, légèrement déçu.

— Eh oui, que veux-tu de plus ? Les miracles, ce n'est pas de mon domaine, si tu vois ce que je veux dire…

Kevin ne releva pas.

— L'examen du cadavre à la morgue n'a pas apporté grand-chose. Mais peut-être que l'autopsie en dira plus.

Le chef de groupe remercia sa collègue, et il était sur le point de se retirer, avec ses troupes, quand elle s'exclama :

— Ah, si ! Autre chose, mais de peu d'importance. On a mis en évidence, lors des prélèvements effectués au domicile de Felipe Juarez, des poils d'animaux. À votre connaissance, avait-il un chat ou un chien ?

— Non, avança Kevin. Si tel avait été le cas, je suis persuadé que son amie, Olga, serait venue le récupérer ou nous en aurait parlé. Mais on va vérifier ça tout de suite. Patiente un instant, dit-il en faisant un signe de tête en direction de Patricia.

Cette dernière n'avait pas attendu la demande de son supérieur. Elle était en train de pianoter sur les touches de son portable. La réponse fusa quelques secondes à peine après la question.

— Négatif. Ni chien ni chat, annonça la brigadière-chef. Ce qui pour un étudiant, étranger de surcroît, n'a rien d'étonnant.

Les enquêteurs se regardèrent en silence.

— Vous pensez à...

L'officier se fendit d'une réponse des plus laconiques.

— Oui.

Constatant que les enquêteurs de la Crim ne semblaient pas décidés à la mettre dans la confidence, Claire Fonola toussota.

— C'est bien de communiquer par la pensée, mais comme je ne lis pas dans le marc de café...

— As-tu analysé les prélèvements de la terre récupérée au fond du trou creusé dans le jardin de la distillerie ?

— Oui, Kevin. Plus exactement, j'ai adressé le tout au labo d'Écully. Pourquoi ? Ah, j'y suis ! Tu penses que les poils mis en évidence pourraient être ceux de l'animal déterré ?

Kevin réfléchit un instant.

— Oui, pourquoi pas... Mais ce seront les analyses qui confirmeront ou infirmeront cette hypothèse. Au fait, et le collier ?

— Même destination. Envoyé au labo. La seule chose que je peux vous dire c'est qu'il était de couleur rouge, et que sur la clochette figure la lettre « D ». Bien, c'est pas tout ça, mais j'ai du boulot, les gars !

Les trois enquêteurs regagnèrent le bureau de leur chef de groupe.

— Sait-on si Felipe avait un véhicule ? demanda l'officier alors que Bernard préparait trois cafés.

Patricia secoua la tête.

— Non, quand j'ai interrogé sa copine, je lui avais posé la question pour savoir si on devait y taper une perquise. Par contre, elle m'a avoué qu'il n'hésitait pas à en louer un lorsqu'il en avait envie. Avec une particularité, il choisissait toujours des Renault.

— C'est un début d'info. Il y a peu de chance qu'il soit allé, si c'est le cas, déterrer un animal et prendre éventuellement d'autres objets à pied. Épluchez la liste des loueurs de voitures de la région et voyez si dans le créneau qui nous intéresse il en a loué un. Lorsque j'ai demandé à l'antiquaire du Crès si son voleur était venu à bord d'un véhicule, il n'a pas pu me répondre. Mais le tram arrivant non loin de sa boutique, je n'ai pas été surpris outre mesure. D'autres résultats ?

— J'ai ceux de l'OIPC.

— Et alors, que dit Interpol ?

— La réponse de notre bureau central national est négative pour tous les mousquetaires. Y compris pour Felipe. Donc la piste d'un super trafiquant, insista-t-elle en fixant d'un air moqueur Bernard, tombe à l'eau. Au fait, on aura les résultats de son autopsie dans quelques jours, puis le corps sera rapatrié au Mexique à la demande de sa famille, sauf si on demande au juge de différer le transfert.

Le chef de groupe n'en voyait pas l'utilité. Il se tourna vers le brigadier Roset.

— Et, du côté de l'accident du maître de conférences… ?

Bernard prit le temps de tendre les tasses de café à ses collègues avant de répondre.

— J'ai eu du bol. J'ai pu parler avec le gradé qui a supervisé l'enquête. Il y a eu une collision frontale dans laquelle Dorian Aumaitre n'avait aucune responsabilité. Il a bien été conduit par le SAMU à l'hôpital Lapeyronie, et il est resté dans le coma une semaine. Lorsqu'il a été interrogé, il a confirmé les -déclarations du chauffeur du véhicule impliqué, qui a pris tous les torts à sa charge. Seul fait étrange, il n'a pas déposé plainte contre lui.

— Répète un peu ! s'exclama Patricia, abasourdie.

Elle savait pertinemment que, dans une affaire de ce genre, les assurances n'intervenaient jamais sans une plainte au préalable.

Bernard leva les deux mains en l'air dans un geste d'impuissance tout en haussant les épaules.

— Je te dis simplement ce qui est indiqué dans la procédure accident. Pas de dépôt de plainte. Nada. Il faut que je vous précise que le chauffeur mis en cause conduisait un véhicule portant des plaques diplomatiques. Le collègue m'a confié avoir cru comprendre, sans en avoir aucune certitude, qu'une importante transaction financière expliquait l'absence de plainte. La voiture était occupée par un diplomate, fils d'un richissime émir des Émirats arabes unis, si vous voyez ce que je veux dire…

— Après tout, il n'y a aucune obligation de déposer plainte, releva l'officier, pragmatique. Bien. Ce sera tout pour ce soir. Avec un peu de chance, on aura les réponses à nos autres requêtes demain.

— Espérons qu'une nuit en cellule portera conseil à la conservatrice, soupira Patricia, lassée de ses perpétuelles dénégations.

Kevin regagna son appartement après être passé à la médiathèque Émile-Zola, distante de quelques centaines de mètres de l'hôtel de police, pour y récupérer quelques ouvrages traitant de la parfumerie, décidé à mieux connaître le domaine.

Devant la porte de son appartement, le chat siamois des voisins, Lucifer, ainsi nommé à cause de sa tête noire, miaulait à fendre l'âme, comme s'il avait été abandonné. Un grand comédien, celui-là, se faisait régulièrement la réflexion le policier. Il se baissa pour le caresser, mais le félin évita adroitement sa main tout en se frottant contre son pantalon. D'accord pour un peu de tendresse, mais pas trop de familiarité, semblait-il dire.

— Tu veux rentrer ?

Le matou ne se le fit pas répéter deux fois et fonça directement vers le coin-cuisine. Kevin remplit un bol de croquettes et abandonna l'ingrat à son festin. Il prit une douche, enfila un survêtement et s'installa confortablement dans son fauteuil Stressless, un paquet de Petit Lu à portée de la main. Il s'empara de l'ouvrage d'Élisabeth de Feydeau consacré au parfumeur de Marie-Antoinette. Le même ouvrage que celui découvert au cours de la perquisition chez Felipe Juarez. Il le parcourut en diagonale, mais avec grand intérêt. À sa surprise, il réalisa que la ville de Montpellier avait été représentée à la cour de la reine de France par un parfumeur de talent. Il n'en avait jamais entendu parler mais il fallait avouer que, si l'on s'accordait à lui reconnaître un certain flair, il était peu en rapport avec celui nécessaire pour différencier les arômes !

Il apprit ainsi qu'un parfum se décrivait par des notes olfactives se déclinant en trois grandes catégories : en notes de tête, ou notes de base, regroupant les fragrances très volatiles perçues tout de suite, comme le citron ; en notes de cœur, moins intenses que les premières, mais plus tenaces et qui constituaient le véritable cœur du parfum, sa signature olfactive ; et en notes de fond, peu intenses, qui apparaissaient cinq heures environ après la vaporisation du parfum et pouvaient persister de nombreuses heures. De la lecture d'un autre des ouvrages empruntés, il retint l'existence d'une note dite métallique, correspondant à un composant de synthèse très présent dans le célèbre *N° 5* de Chanel. Voilà au moins un parfum dont je connais le nom, se rassura-t-il.

Il découvrit par la même occasion le rôle joué par

certains masques à long bec de canard, dont il avait déjà aperçu à la télé certains magnifiques exemplaires lors des émissions traitant du carnaval de Venise. À cette époque on prêtait à certaines plantes aromatiques, comme la girofle et le romarin, des propriétés désinfectantes, et les médecins les exploitaient en les enserrant dans le long nez du masque porté notamment en guise de protection contre les miasmes répandus par leur patientèle. Comme lors des cas de peste. Certains médicastres recommandaient même à leurs patients de porter devant la bouche – dans le but de se préserver de la contagion – une éponge imbibée du « vinaigre des quatre voleurs », composé à base de vinaigre blanc ainsi que d'absinthe, de genièvre, de marjolaine et de camphre.

Si les voleurs servaient à protéger… ! grimaça l'enquêteur.

Il consulta sa montre : 2 heures du matin. Épuisé, il jugea en avoir assez appris pour l'instant et alla se coucher, non sans avoir mis dehors le matou des voisins.

Il mettrait à profit la courte nuit qui s'annonçait pour mettre un peu d'ordre dans ses idées. Il avait en effet constaté que c'était bien souvent au cours de cette période nocturne que son esprit fébrile classait, analysait et effectuait des rapprochements parfois surprenants. Il se promit en outre de faire étalage de son nouveau savoir auprès de Charlotte. Il envisageait ainsi de lui demander ce qu'elle pensait des notes de cœur du parfum qu'il venait de lui offrir…

Au vu des tout derniers événements, Charlotte avait décidé que la meilleure manière d'aider son amie était de s'investir plus que jamais dans des investigations devant l'innocenter, elle en était sûre. Elle venait de gagner à sa cause Éric, le directeur adjoint de l'école, et n'avait pas eu à faire de la retape pour obtenir l'accord enthousiaste de deux stagiaires. Bien au contraire, elle avait même pu opérer un tri sélectif parmi les prétendants. Ils la suivraient jusqu'au bout du monde et étaient impatients de la voir à l'œuvre et de faire leur preuve à leur tour.

Cette histoire de vol subi par l'antiquaire du Crès lui paraissait prometteuse. Son sixième sens le lui susurrait. Certes, elle savait que son ami s'y intéresserait mais, se disait-elle à la lumière de son expérience, peut-être pas autant qu'il le fallait. Aussi décida-t-elle d'aller rendre une petite visite au commerçant. Ce serait bien le diable s'il n'était pas attiré par la publicité qu'il pourrait retirer d'une collaboration avec des journalistes, dont l'un, Michel, déjà embauché par *Le Midi libre*, son ancien quotidien, était en stage de reconversion. Ce n'était pas pour rien qu'elle avait jeté son dévolu sur lui. Quant à l'autre stagiaire, Magali, également en reconversion, elle travaillait, excusez du peu, pour *Le Monde*.

Aussi, dès la première heure, filèrent-ils ensemble au Crès.

Ils furent chaleureusement accueillis par Françoise, l'épouse de l'antiquaire, actuellement en déplacement. De petite taille, mince, le regard pétillant de malice, le courant passa immédiatement entre elle et les journalistes. Elle leur conta par le menu la visite du policier et les découvertes réalisées à la distillerie en présence de son mari.

Charlotte lança un coup d'œil discret à ses deux assistants. Elle maîtrisa une réaction de contentement en pensant à sa future rencontre avec Kevin. Elle pourrait ainsi vérifier s'il lui disait tout ce qu'il avait appris. Malgré leur excellente relation, elle déplorait qu'il soit toujours sur le registre du donnant, donnant dès qu'elle abordait les sujets relatifs à ses enquêtes. En réalité, elle en admettait le principe mais veillait scrupuleusement à être quant à elle sur le registre du gagnant, gagnant ! Il était en effet hors de question qu'elle ne retire aucun bénéfice propre de ses investigations.

— Voulez-vous voir la photo du masque qui nous a été dérobé ? Mon mari a oublié de la présenter au policier.

— Bien sûr, s'empressa de répondre Charlotte, enchantée à l'idée de détenir un élément crucial dont elle pourrait négocier la remise à qui de droit.

Et elle saisit son téléphone portable pour en effectuer un cliché.

Les trois journalistes purent admirer à loisir le masque vénitien au long nez.

— Je ne vois pas bien les initiales, dit Michel. Elles ne sont pas très visibles sur la photo…

— Ce sont les miennes, répondit la commerçante.

— Les vôtres ?! s'étonnèrent de concert Charlotte, Michel et Magali.

L'antiquaire émit un petit rire cristallin.

— Je plaisantais. Je veux dire par là que ce sont les mêmes que les miennes, soit F., pour Françoise, et D., pour Daumas. « F.D. ». Ça, mon mari l'a indiqué au policier de la PJ. Mais il n'y a aucun rapport avec moi, nous l'avons bien découvert dans un carton poussiéreux et humide oublié au fin fond de la distillerie.

— Il avait de la valeur, pour avoir été dérobé… ? interrogea Magali.

— Nous n'avons pas eu le temps de l'examiner avec attention mais, non, je ne le pense pas. Tout au plus une valeur patrimoniale, répliqua l'antiquaire. Il était couvert de poussière et tout au fond du nez il y avait encore un petit sachet de plantes qui ne dégageait plus, vous vous en doutez, la moindre fragrance. Mais nous ne l'avions pas ôté pour sauvegarder son caractère d'authenticité.

— Déplorez-vous souvent ce type de vols ? s'enquit Magali tout en prenant des notes.

— Nous faisons de notre mieux pour les éviter, mais cela arrive, oui. Notamment pour les objets de petite taille, comme les couverts en argent ou en vermeil, par exemple. Il y a tellement de gens qui viennent chiner que nous ne pouvons surveiller tout le monde. Mais d'ailleurs, nous ne sommes pas les seuls, vous savez ! Tenez, un de nos visiteurs intéressés par les pots conservés dans la distillerie m'a confié avoir subi également un vol. Il travaille pour la pharmacie de la Miséricorde, gérée par la ville de Montpellier. Eh bien, eux aussi, alors que le site n'est pas particulièrement fréquenté et que leur public est sélectionné, déploraient la disparition d'un magnifique vase du XVIIIe. Vous vous rendez compte ?

— Un vase qui servait à quoi ?

— À la confection de produits pharmaceutiques de l'époque, de parfums aussi, je crois.

Charlotte marqua le coup. Elle jubilait, pressentant un nouvel élément d'importance. Bonne question à mettre au crédit de sa stagiaire. Mais allait-elle en relever l'intérêt ? Apparemment pas, déplora-t-elle, diagnostiquant un manque de suite dans les idées. Elle intervint :

— Le vol a-t-il eu lieu à la même période que le vôtre ?

— Non, c'est beaucoup plus récent, c'était hier ou avant-hier, je crois.

— Et qu'en a pensé le policier qui est venu ?

— Alors là, vous m'en demandez trop. Maintenant que j'y pense, je ne suis même pas sûre d'en avoir parlé à mon mari. Mais la police doit être au courant. La pharmacie de la Miséricorde est située à Montpellier et une plainte a dû être déposée au commissariat, je suppose. Enfin, moi, ce que je vous en dis…

Charlotte, ancienne étudiante en histoire de l'art, était également intéressée par les nombreux cartons renfermant divers documents.

— Peut-on consulter les archives découvertes ?

— Bien sûr. D'ailleurs, j'ai commencé à les trier. Suivez-moi. J'ai fait trois lots différents. Le premier relatif aux pièces comptables, le deuxième consacré aux achats par correspondance et le troisième regroupant des écrits difficiles à classer, courriers personnels, relations entre les membres de la famille Villa, titres de propriété, etc.

Les trois reporters regardèrent la dizaine de caisses entreposées devant eux, indécis. Ils devaient faire un choix.

— Nous allons examiner les documents personnels de la famille Villa, si vous le permettez, suggéra Charlotte. Pour notre reportage cela nous aidera à faire revivre le passé. Cela peut intéresser nos lecteurs, mentit la journaliste, consciente que jamais l'article ne serait divulgué au public, du moins celui réalisé par ses deux aides, pour le sien il en irait tout autrement si elle en voyait l'utilité.

Accroupis à même le sol, ils trièrent, classèrent et engrangèrent nombre d'informations. Françoise pour sa part les avait abandonnés, se devant à sa clientèle. Charlotte effectua discrètement plusieurs photos de certaines pièces au moyen de son téléphone portable. Elle fut vite imitée en cela par ses deux compères, qui jugèrent la méthode plus rapide que celle consistant à prendre des notes, vu les conditions.

Plus d'une heure s'écoula avant qu'ils n'estiment

en avoir suffisamment appris pour le moment. Ils remercièrent chaudement la commerçante, puis la quittèrent pour se rendre à la fac des sciences de Montpellier, en vue d'interviewer le maître de conférences responsable de l'enseignement dispensé à Felipe Juarez.

— On débutera par l'aspect création de parfums plutôt que par le côté meurtre de son ancien étudiant ! Vous vous rendrez vite compte que les gens répugnent bien souvent à se remémorer des souvenirs désagréables mais qu'en biaisant on arrive à nos fins, dit-elle dans un sourire.

Charlotte les informa de la cécité dont était atteint le spécialiste. Il convenait de ne pas marquer une surprise qui risquait d'indisposer leur hôte. Aussi, c'est avec cette recommandation en tête qu'ils se présentèrent devant Dorian Aumaitre.

La journaliste choisit de laisser la parole à ses accompagnateurs. Elle interviendrait plus tard, consciente que l'universitaire se tenait sur ses gardes, gardes qu'elle comptait bien voir tomber au fur et à mesure de l'interview.

Magali, le carnet à la main, très intéressée par la parfumerie, attaqua directement :

— Comment s'élaborent les parfums ?

Dorian Aumaitre se carra dans son fauteuil, prit une large inspiration et rétorqua :

— Vaste programme ! Mais, dans les grandes lignes, sachez qu'il convient de suivre un certain nombre d'étapes. Qu'il s'agisse d'une création, ou d'une commande, il faut définir une ambiance en lien avec ce que vous voulez créer. Souhaitez-vous évoquer un coucher de soleil ? Une scène d'amour ? Le nez intériorise alors cette ambiance selon son code de représentation personnel, puis il traduit ses impressions soit en référence à des essences naturelles, comme le jasmin, soit par des odeurs plus complexes. À partir des essences naturelles, le nez compose des harmonies entre plusieurs notes. Puis, il structure son projet, entre notes de têtes, notes de cœur et notes de fond. Lorsque le parfumeur estime avoir approché au plus près le but qu'il s'était fixé, il relève la formule mesurée en grammes et en garde jalousement le secret.

Michel fut le premier à terminer sa prise de notes. Il demanda à son tour :

— Vous parlez de nez, qu'est-ce exactement et comment devient-on un nez ?

L'enseignant-chercheur tourna le visage vers son nouvel interlocuteur. Au départ un peu inquiet et réservé dans ses propos, l'enseignant-chercheur se laissait finalement emporter sous le feu de questions en lien direct avec son domaine de prédilection, comme l'avait espéré Charlotte.

— Le nez est un créateur de parfums, c'est un parfumeur spécialiste des odeurs, expliqua-t-il. Il connaît des milliers de senteurs mais, surtout, notez-le, il doit être capable de les mémoriser. Un bon nez peut en retenir cinq mille, vous m'entendez cinq mille ! Et il est capable d'analyser une fragrance. Je dis souvent à mes étudiants qu'un nez est comme un peintre qui construit sa toile au fur et à mesure à l'aide de touches colorées. Le nez, lui, ajoute les senteurs une à une, combine les essences, en définit les dominantes, et peu à peu arrive au parfum désiré. Un nez enrichit son répertoire olfactif tout au long de sa carrière. Sachez qu'une vie n'y suffit pas !

Charlotte, qui était restée jusque-là en retrait, intervint :

— Comment se passe le processus permettant au nez d'enregistrer les odeurs, de les différencier, de les classer ?

— Au cours de leur première année, j'explique à mes étudiants que l'odeur naît de la rencontre entre les substances odorantes présentes dans l'air et les récepteurs de nos muqueuses nasales. En effet, à l'intérieur de la cavité nasale se trouve notre bulbe olfactif, dont les cils piègent les molécules et transmettent l'information aux neurones. C'est une sorte de détecteur d'odeurs, une sorte de logiciel, oui, qui emprisonne, contrôle, stocke et condense l'information avant de l'envoyer au cerveau. Désir, aversion, douleur, signe de maladie ou pollution, notre nez est la sentinelle qui nous alerte. Notez, et ne l'oubliez pas, chaque neurone reconnaît spécifiquement une ou plusieurs molécules odorantes, martela Dorian Aumaitre en pointant sur ses interlocuteurs un index menaçant, comme s'il s'adressait à ses étudiants.

Les trois journalistes réprimèrent un sourire. Sans se concerter, ils eurent tous le même sentiment. S'il continuait ainsi, -l'universitaire était capable de leur poser une interrogation écrite, et de distribuer bonnes et mauvaises notes !

— Il faut savoir qu'une exposition prolongée à une même odeur ou à une concentration trop importante de celle-ci entraîne une saturation des récepteurs olfactifs et la disparition de l'information.

— Estimez-vous être un nez, monsieur Aumaitre ? questionna Charlotte.

Le chercheur se racla la gorge, croisa les mains et répondit :

— Cela fait une dizaine d'années que j'étudie et enseigne au département de chimie. Mais je me garderais bien de prétendre à cette qualité. Encore que, se rengorgea l'universitaire, je crée moi aussi des parfums.

La journaliste jugea qu'il était l'heure de poser les bonnes questions.

— Et votre étudiant, Felipe Juarez, était-il un élément prometteur ?

Charlotte put voir le visage de celui qui lui faisait face se figer instantanément. L'enseignant-chercheur changea légèrement de position, comme pour se donner le temps de la réflexion avant de répondre, manifestant ainsi de manière criante une gêne certaine.

— C'était un étudiant brillant, effectivement. Je fondais de grands espoirs dans sa réussite. Comme pour tous les autres, d'ailleurs. Sachez que la sélection que nous opérons est très sévère. Seuls les meilleurs et les plus motivés sont retenus.

Elle revint à la charge :

— Comment expliquez-vous le drame qui s'est passé ?

Nouveau froncement des sourcils de l'enseignant que le haut de ses lunettes fumées ne parvint pas à cacher.

— Je n'ai pas d'explication. Puisque vous êtes journalistes, adressez-vous aux services de police !

— Mais vos étudiants, ses amis, ceux qui le connaissaient bien, qu'en disent-ils ? Ils doivent avoir une opinion tout de même, insista-t-elle, désireuse de le pousser dans ses derniers retranchements.

— S'ils en ont une, ils ne me l'ont pas fait savoir, lâcha d'une voix manifestement excédée Dorian Aumaitre.

Puis il se leva, et informa ses visiteurs qu'il avait un rendez-vous ne pouvant être différé. L'entretien était clos.

Les journalistes le remercièrent et se retirèrent.

Au siège du SRPJ, le chef de groupe avait réuni ses troupes.

— Bon, alors, du nouveau ? La conservatrice… ?

La brigadière-chef fit un signe négatif de la tête.

— Elle est têtue comme une mule. Rien à en tirer. Elle maintient sa première déclaration. Oui, elle connaissait Felipe, très bien même ; oui, elle l'avait appelé pour le rencontrer ; oui, elle est allée sur place ; non, elle ne l'a pas tué, il était déjà mort ; non, elle n'a pas mis le feu à l'herbier ; non, elle n'a pas simulé une effraction au moyen d'un pied-de-biche, mot qu'elle ne connaissait pas, à ses dires ; et, non, elle n'a pas volé un masque sans intérêt.

— Laissons-lui encore le temps de la réflexion et je l'interrogerai à mon tour, suggéra Bernard, redoutant une sèche repartie de sa coéquipière.

Il y avait encore beaucoup de zones d'ombre dans cette affaire et Kevin ne pouvait se focaliser sur une seule piste, aussi prometteuse soit-elle.

— On a reçu les réponses à nos autres réquisitions? demanda-t-il.

D'un bond Patricia se leva à demi de son siège, se pencha par-dessus l'espace la séparant de son collègue – leurs bureaux étaient positionnés face à face – et lui arracha littéralement des mains la liasse de feuillets qu'il était en train de consulter.

— Holà, tu exagères ! rouspéta celui-ci.

Kevin tira vers lui une chaise et s'y assit.

— J'écoute.

— Premièrement, très tôt ce matin, je suis allée au Crès… et comme Bernard toussotait, elle rectifia : Nous sommes allés au Crès. L'antiquaire a formellement reconnu en Felipe l'étudiant venu le voir. Celui qu'il soupçonne d'avoir piqué le masque…

— Bien, on a au moins élucidé le vol. Évidemment, pour un groupe criminel de la PJ, il y a mieux… Continuez.

— En ce qui concerne le téléphone du Mexicain, je parle de celui acheté sous son nom, nous avons une liste importante de contacts. En dehors de ses collègues étudiants, il y a de nombreux autres numéros dont j'ai demandé l'identification. J'en attends certains d'un moment à l'autre. Deux secondes, je vérifie mes courriels.

En quelques clics le brigadier accéda à sa boîte mail, puis poussa un cri.

— Chef, super, j'ai l'identification du numéro en 99 ! lança-t-il tout en cliquant sur l'icône « imprimer » et en s'emparant avec rapidité de la feuille qui sortait, de façon à ce que sa coéquipière ne le court-circuite pas. Le numéro est attribué à un certain Antoine Rivarol… et il demeure à Montpellier… au quartier des Beaux-Arts.

— On fonce, répondit Kevin en regagnant son bureau au pas de course pour s'équiper.

Une fois sur place, les trois enquêteurs abandonnèrent leur véhicule et s'approchèrent du domicile de leur client. Une foule importante était massée à proximité et les gêna dans leur progression.

— Mais qu'est-ce qui se passe ? s'inquiéta Patricia.

Avisant un couple qui attendait, elle demanda :

— Antoine Rivarol… ?

— Oui, répondit la femme en faisant un geste de la main. Il arrive.

Les trois policiers s'immobilisèrent, éberlués. Bernard fut le premier à rompre le silence et à manifester son incompréhension.

— Mais, qu'est-ce que c'est que tout ce raffut ? lança-t-il.

8

XVIIIe siècle

Tétanisé, Quentin attendait maintenant la révélation de sa duplicité face à tout le personnel de la boutique. Il n'avait pas peur pour son intégrité physique, le Montpelliérain ne faisait pas le poids, mais voir sa fourberie dévoilée devant ses compagnons de travail, avec lesquels il avait noué tout au long de ces années de bonnes et parfois même de très bonnes relations, le plongeait dans la plus grande confusion.

— Tombaret, Tombaret… psalmodiait toujours Jean Fardon tout en se maintenant face à lui dans le silence de cathédrale qui s'était fait dans la boutique.

Par précaution, Belange avait mis ses mains sur les épaules de son maître, prêt à le repousser ou à l'envoyer d'une bourrade choir à terre. Il n'ignorait pas que sous le coup d'une violente colère les plus faibles pouvaient se voir investis d'une force terrifiante. Et si jamais le parfumeur sortait un couteau ?

— Il m'a trompé, il m'a trompé ! Ce Tombaret m'a menti !

Et voyant son apprenti froncer les sourcils, il ajouta, plein de colère :

— Ne comprends-tu donc pas ? Ce négociant, ami de Luce, le responsable de la corporation des Grassois, il m'a trahi. Il a accepté une créance payable à six mois, ce qui m'a autorisé des achats conséquents, et vient de la vendre à une tierce personne qui m'en réclame immédiatement le paiement. Le paiement !

Puis, il se tourna vers tous les employés qui s'étaient rassemblés autour de sa femme.

— C'est la faillite, la faillite ! La honte pour ma famille !

Jean Fardon s'effondra sur lui-même. Quentin, qui le tenait toujours par les épaules, l'empêcha de chuter durement à terre. Il allongea au sol le maître parfumeur, qui râlait maintenant, éprouvant visiblement des difficultés à respirer.

— Vite, que l'on aille quérir un médecin, ordonna Amélie Fardon, penchée sur son époux.

Quentin était soulagé. En fait, à demi soulagé. Il réfléchissait à toute vitesse. Sa traîtrise n'était pas dévoilée mais les conséquences à venir n'étaient en rien réjouissantes. Il n'avait toujours pas pu s'approprier les secrets de son maître, il n'avait pas encore obtenu sa maîtrise et il n'y avait donc aucune raison que son père tienne ses engagements. Ce père qui, s'il lui avait fait part, sans entrer dans les détails, d'une stratégie destinée à faire perdre au Montpelliérain sa réputation, ne lui avait jamais dit qu'elle entraînerait sa ruine.

Poussant plus loin le raisonnement, il songea que son géniteur, ayant pris la mesure de son échec, avait sans doute décidé en portant le coup de grâce d'en finir une bonne fois pour toutes avec son employeur. Et peu lui importait visiblement que son propre fils en subisse les conséquences. La colère lui monta au visage, qui s'empourpra sous l'effet d'une si violente émotion. Si son père s'était tenu là, devant lui, il n'était pas certain qu'il aurait pu maîtriser son courroux.

Jean Fardon reprenait des forces et des couleurs sous les exhortations de son épouse.

— Allons, mon ami, rien n'est peut-être perdu. Votre nom est unanimement apprécié, vos compétences font de vous un des familiers de la Cour…

Le maître parfumeur se releva enfin, avec l'aide de son apprenti.

— Merci, merci, lui dit-il. Je vois que tu partages toi aussi mon affliction, lâcha-t-il d'une voix empreinte de désarroi, se méprenant sur le trouble qui se peignait toujours sur le visage de Belange.

Puis, il regarda sa femme et ses employés. Tous lui prodiguèrent alors des mots d'encouragement.

— Merci, mes amis, si vous saviez comme il est bon d'être entouré de personnes comme vous, confia-t-il en tenant maintenant les deux mains de son épouse dans les siennes.

Il fallait à présent faire face à la réalité. La situation particulièrement difficile était non seulement liée à la nécessité de devoir régler immédiatement la créance, paiement que les établissements Fardon ne pouvaient honorer, mais également au fait que le parfumeur était confronté à un nombre d'impayés de plus en plus important. Si tous les nobles et gens de bien continuaient de venir en nombre acquérir les précieux parfums ou les fameuses poudres vendus *Au messager de Montpellier*, la plupart d'entre eux omettaient de payer leurs factures. Et c'était là un état de fait sur lequel il pouvait agir...

Dès le lendemain, le maître parfumeur prit son bâton de pèlerin pour aller faire le tour de ceux qui, par étourderie, négligence ou impécuniosité, n'avaient pas acquitté leur dû. Il était primordial pour lui de régler au moins le salaire de tous ses employés ainsi que les sommes dues à certains fournisseurs. Peu lui importait que les négociants grassois comme Tombarelli et Escoffier ne soient pas réglés. Ils n'auraient qu'à s'en prendre à leur ami Tombaret.

Il porta tout d'abord ses efforts en direction des comtes d'Artois et de Provence, et s'enhardit même à solliciter le service de la reine. Fort heureusement, toute cette clientèle répondit favorablement à ses attentes.

Le règlement des premiers mémoires eut une conséquence salutaire. Les autres débiteurs réalisèrent rapidement qu'ils ne pouvaient différer le paiement de leurs factures quand Sa Majesté honorait les siennes. Il y eut un effet boule de neige qui permit à tout le moins de parer au plus pressé, c'est-à-dire pourvoir aux gages des salariés.

Mais quelle que soit la bonne volonté des courtisans soucieux d'imiter en tout Son Altesse Marie-Antoinette, la rentrée de diverses recettes ne suffit pas à sauver le parfumeur de la déconfiture.

Et c'est la honte au cœur, après en avoir informé sa mère qui lui avait envoyé tous les subsides possibles, que Jean Fardon dut déposer son bilan au cloître Saint-Médric de la juridiction consulaire.

Ce fut l'hallali.

La Cour comptait plusieurs centaines de fournisseurs en tous genres, et la concurrence était vive. La disparition de celui qui tenait malgré tout le haut du pavé en matière de parfums, de celui qui avait l'oreille de Sa Majesté, aiguisa bien des convoitises. Les Houbigan, Michel Adam, Charlin Hadancourt, Jean-Baptiste Dulac et autres négociants, bien implantés dans la capitale, rivalisèrent d'imagination à qui mieux mieux et firent tout ce qu'ils purent pour récupérer la part des commandes dévolues jusque-là au malheureux Fardon. Galimard en profita pour s'illustrer avec des compositions audacieuses comme *Fougère royale* et *Quelques fleurs*.

Mais c'était aller un peu vite en besogne.

La réaction immédiate du parfumeur montpelliérain, dont la réputation demeurait excellente, lui permit non seulement dans un premier temps de rester présent sur le marché du luxe, et même de rebondir.

Amélie n'était pas prête, mais alors pas du tout, à passer du statut de bourgeoise à celui de paria. Aussi intervint-elle auprès de son époux de plusieurs manières. Même s'il n'entrait pas dans ses compétences de donner des instructions aux commis aux écritures, elle avait entrepris de tenir une liste des clients en fonction de leur propension à honorer leurs mémoires. C'est ainsi qu'elle les classa en trois grandes catégories : les «bons débiteurs», par exemple, la reine, messieurs les frères du roi ; les «débiteurs douteux», envers lesquels il faudrait être particulièrement attentif en ce qui concernait leur capacité à honorer les commandes, sans pour autant que l'on puisse refuser de les servir tant leur haut lignage rendait périlleux l'exercice ; et enfin les «mauvais débiteurs», ceux qui n'avaient pas les moyens de leurs prétentions.

En sus du classement opéré, elle suggéra à son mari :

— Vous devez, mon ami, varier à l'infini les offres de notre maison : il faut multiplier les articles de toilette et de coquetterie, pommades au citron, à la fleur d'orange double, aux concombres, eaux spiritueuses, pâtes royales, gratte-langues pour la bonne haleine, poudres à l'œillet, peignes, démêloirs et éponges, sachets brodés et parfumés, rubans à peignoir, houppes de cygnes, assortiment de mouches, gants parfumés, pots de rouge…

Devant l'avalanche des propositions, Jean leva la main pour interrompre son épouse. Il s'approcha d'elle, lui baisa tendrement le front et déclara :

— Vous avez encore une fois raison, ma mie. Pour manifester notre reconnaissance à Sa Majesté, je vais lui offrir une paire de gants.

Amélie fit la moue.

— Une simple paire de gants ?

— Non pas. Faites-moi confiance. Il faut que j'imprime à nouveau mon nom sur un produit qui fera fureur, s'il a l'heur de lui plaire.

Et il s'en fut précipitamment dans son laboratoire.

Il avait gardé à ses côtés le tout dernier apprenti embauché, manifestement dans le seul but de lui servir de commis, au grand désespoir de Belange.

Comme tout homme, le maître parfumeur connaissait les diverses significations du gant : objet que l'on feint d'oublier lorsqu'on veut permettre à quelqu'un d'avoir le plaisir de vous le rapporter, objet étroitement associé à l'empreinte de celui qui le portait, etc. Il fallait donc que l'on puisse identifier ces nouveaux gants non seulement à sa légitime propriétaire, mais également, et surtout cette fois-ci, à son créateur. Du moins à celui qui en avait eu l'idée le premier car, il ne se faisait aucune illusion, en cas de succès, il serait copié immédiatement.

De tout temps les gants parfumés avaient été une spécialité de sa bonne ville de Montpellier. En digne successeur de ses ancêtres, il avait donc décidé de créer des « gants à la reine » – tant il savait que, en matière de mode, tout devait être « à la reine » de façon à être repris immédiatement par toutes les coquettes du royaume.

— Passez-moi une peau de chevrotin, demanda Jean Fardon.

L'apprenti s'exécuta.

— Non, pas une peau blanche, voyons ! s'énerva-t-il.

Son commis était habitué à la confection des gants blancs, seule couleur tolérée par les personnes de qualité, et n'avait pas prêté une réelle attention à la demande particulière de son patron. Jean était bien conscient qu'il s'agissait là d'une entreprise -hasardeuse mais savait également que c'était la reine qui créait la mode et la modifiait.

— Passez-moi des fleurs simples… oui, des violettes, des jacinthes.

Il réfléchit un instant, puis exigea également des œillets rouges et des jonquilles.

Avec l'aide de son apprenti, les gants confectionnés seraient ensuite mis « en fleurs » pour une durée de huit jours. Il réfléchissait en silence, imaginant ce qu'il ferait par la suite. Il enduirait les gants d'un mélange de cire vierge blanche, d'huile d'amande douce et d'eau de rose. Oui, se dit-il, satisfait de lui-même, voilà comment je vais opérer. Il était sûr de lui. Sa seule inquiétude : Marie-Antoinette apprécierait-elle cette nouveauté ?

Quinze jours s'écoulèrent avant que Jean Fardon se présente, accompagné de son apprenti et garde du corps, Quentin, au palais de Versailles. Grâce à son épouse, laquelle avait sollicité Rose Bertin, il allait être reçu par Sa Majesté la reine.

Au messager de Montpellier toute la maisonnée était en effervescence depuis plusieurs jours. On ne parlait plus que de cette fabuleuse rencontre dont le résultat devait permettre au négoce de sortir de l'ornière dans laquelle la faillite l'avait plongé. Tout le personnel était conscient qu'il en allait de la survie de leur patron, de la fabrique, et par voie de conséquence de la leur. Un succès, et le parfumeur retrouverait le lustre qui avait été le sien, un échec et ils se verraient tous jeter à la rue.

Le déplacement jusqu'à Versailles se fit sans grande difficulté. Ce n'était d'ailleurs pas la première fois que Jean Fardon s'y rendait, sans être reçu pour autant dans le saint des saints. Seul avantage à se promener dans la campagne environnant la capitale, l'air y était à peu près respirable. Fini, pour un temps du moins, la puanteur de la ville, des places et même des églises.

Le maître parfumeur abandonna son apprenti aux portes du palais. Il s'annonça et fut invité à se diriger vers l'entrée des appartements. Lorsqu'il se présenta devant un premier valet, ce dernier le regarda de haut, détaillant avec mépris sa vêture. Le maître parfumeur en fut troublé. Il avait pourtant revêtu ses plus beaux atours. N'était-ce pas assez ?

— Épée ! laissa tomber le laquais laconiquement, avant de tourner les talons.

Le Montpelliérain en resta interloqué quelques secondes. Il ne comprenait pas. Puis, il s'avisa que tous les gens qui allaient dans la direction dont l'accès venait, de façon si péremptoire, de lui être refusé, portaient… une épée. Il se rappela alors avoir vu, peu avant l'entrée des appartements, une boutique dans laquelle se trouvaient de nombreuses lames ouvragées.

Il fit demi-tour. Il n'eut pas besoin de se lancer dans de grandes explications. Le commis vendeur qui le reçut lui présenta, sans attendre la moindre demande de sa part, une épée en lui indiquant son prix de location. Il s'en acquitta. Apparemment, se dit-il, et cela le rasséréna quelque peu, je ne suis pas le seul à m'être trouvé confronté à ce problème. Cela lui rappela que son épouse avait évoqué devant lui la possibilité d'acheter un titre nobiliaire. S'il avait répondu à son désir, il aurait évité ce genre de déconvenue, mais il avait trop entendu les nobles, les vrais, dauber sur ce qu'ils appelaient une « savonnette à vilain » – parce qu'elle était censée laver la roture des vilains – pour y souscrire.

En soupirant, il se dirigea cette fois vers le même laquais qui, sans un mot, lui fit signe de le suivre. Il lui emboîta le pas à travers une longue succession de couloirs empuantis par une odeur de lieux d'aisances. Il réalisa pleinement le pourquoi du succès des fragrances que lui-même et ses pairs proposaient aux grands du royaume. Mais il n'aurait jamais imaginé que, si près des appartements privés de Sa Majesté, l'air soit aussi empesté par les mauvaises odeurs. Enfin, il toucha au but après avoir été pris en charge par plusieurs serviteurs successifs. Il pouvait juger de leur importance à l'aune de leurs vêtements de plus en plus luxueux et chamarrés.

— Attendez un instant, lui lança celui qui s'était présenté, non sans morgue, mais c'était là une attitude communément partagée par tous ceux qui servaient les grands du royaume, comme étant le valet de pied de la reine.

Il n'ignorait pas qu'il lui faudrait attendre un certain temps, conscient que les hautes personnalités du royaume se faisaient un devoir de faire lanterner les petites gens ou bourgeois, dont ils jalousaient parfois, pour ne pas dire souvent, l'aisance financière. Il chercha un siège pour s'asseoir. Il n'y en avait pas.

— Sa Majesté est « à la toilette », revint l'informer le valet.

Condescendant à faire fi de l'importance de ses fonctions en réalisant que le visiteur était, tout comme lui, originaire de la capitale des États du Languedoc, ce dernier daigna faire l'effort de lui parler.

Cela fut très instructif pour le parfumeur.

— La reine possède un grand appartement et des cabinets de repos... L'appartement ne comprend pas moins de cinq pièces dans lesquelles je peux accéder, se targua l'important personnage. Les cabinets quant à eux sont des pièces de plus petite dimension décorées avec un goût exquis. Seuls les privilégiés, dont vous allez être, y sont admis. Non loin du lit de la reine se trouve un boudoir de forme octogonale, c'est la méridienne, chuchota Sébastien, tel était son prénom, en veine de confidences…

Jean Fardon faisait antichambre depuis bientôt une heure déjà, mais il ne voulait pas montrer signe de la moindre impatience. Les propos du domestique, fort heureusement, venaient le distraire de ses préoccupations et inquiétudes quant à l'entrevue tant attendue. Celui-ci consentit même à lui expliquer dans le détail le cérémonial du lever de Sa Majesté, réglé selon une étiquette implacable.

— La dame d'honneur, la dame d'atour, la première dame et deux dames ordinaires se présentent. C'est la dame d'honneur qui verse l'eau de la toilette et passe la chemise…

Le maître parfumeur prêta une oreille plus qu'attentive à ces confidences, buvant les paroles de son interlocuteur.

Décidément désireux de faire partager ses connaissances à son « pays », Sébastien entreprit de lui narrer un épisode des plus comiques.

— Il est arrivé une fois, en plein hiver, alors que la reine grelottait, les bras croisés sur sa poitrine…

Jean était tout ouïe, conscient de l'importance de l'indiscrétion à venir.

— …et qu'elle était sur le point de recevoir sa

chemise des mains de la première dame, que la dame d'honneur fit son entrée avec quelque retard. On lui remit alors la chemise qu'il lui appartenait de tendre à Sa Majesté, ce qu'elle s'apprêtait à faire, lorsque Mme la duchesse d'Orléans se présenta. De par son rang, cette dernière avait le privilège d'aider la reine à enfiler le vêtement, ce qu'elle se préparait à son tour à faire lorsque Mme la comtesse de Provence fit son apparition. Ce fut à elle qu'échut l'insigne honneur de vêtir Sa Majesté qui, gelée des pieds à la tête, attendait toujours !

Jean ne retint qu'une chose de cette admirable comédie : si Marie-Antoinette elle-même en était réduite à se plier à l'étiquette, bravant le froid, il pouvait bien lui aussi prendre son mal en patience !

Enfin, il fut présenté à la reine. Il en était tout tremblant d'émotion. Son cœur battait la chamade. Pourvu que je ne commette pas d'impair, s'inquiéta-t-il, conscient que son avenir se jouait en cet instant.

Il s'inclina bien bas devant Sa Majesté, et perçut immédiatement les effluves d'un parfum d'iris de sa composition. Cela le rassura. Ses préparations n'avaient donc pas été bannies. Tous les espoirs lui étaient encore permis.

— Je suis enchantée de vous voir, monsieur Fardon, déclara la reine.

Après quoi Sa Majesté scruta les gants présentés, les soupesa, les agita langoureusement devant son auguste nez pour en libérer les plus subtiles fragrances, fermant les yeux comme pour mieux les apprécier. Puis elle les enfila, lentement.

Nul ne bougeait. Pas plus le maître parfumeur que les dames d'atour qui faisaient cercle autour de la reine. Jean dut faire un effort pour ne pas s'évanouir, redoutant de voir tomber comme un couperet la royale décision à laquelle son avenir était suspendu.

— Ils sont fort beaux et leur couleur comme leur parfum me ravissent. C'est une excellente idée que vous avez eue là, mon ami. Mais, j'espère davantage de vous, monsieur le fournisseur des Enfants de France, lui annonça-t-elle en souriant.

Le Montpelliérain qui s'était autorisé un sourire de soulagement s'inquiéta tout de suite. Un reproche à venir... ?

— J'attends de vous que vous me mettiez le Trianon, mon Trianon, dans un flacon. J'aime tant ce lieu que je souhaite l'avoir partout avec moi.

Rasséréné, Jean Fardon salua bien bas la souveraine, la remercia de toutes ses bontés et prit congé, le cœur léger.

L'entretien fit le tour du palais. Son retour en grâce, malgré sa récente faillite, se trouva confirmé. Dès le lendemain, les commandes de « gants à la reine » plurent rue du Roule.

Le parfumeur avait fait part à son épouse, soulagée et enchantée, des résultats de son entrevue. Une fois encore, elle vit là l'importance de son propre rôle et conseilla à son mari de se mettre, sans plus tarder, car il fallait au plus vite profiter de la faveur royale, à la confection du *Parfum du Trianon*.

Seul dans son laboratoire, après de multiples et fébriles essais, le Montpelliérain décida que la note principale du futur chef-d'œuvre serait la rose, séductrice et protectrice à la fois. Il y associerait des pétales de fleur d'oranger, riches en arôme et en fraîcheur, il ajouterait dans sa préparation un peu d'esprit de fleurs d'orange, accompagnerait le tout d'esprit de lavande, auquel il adjoindrait enfin de l'huile essentielle de cédrat et de bergamote. Voilà pour les ingrédients prédominants qu'il peaufinerait de façon à obtenir une fragrance parfaite digne d'une grande reine. Il imaginait déjà, sentait même en réalité, la future fragrance.

La sérénité étant revenue *Au messager de Montpellier*, dont l'avenir était à cette heure assuré, Amélie et Quentin purent reprendre leurs joutes amoureuses.

Si dans un premier temps ils avaient appréhendé les longues et fastidieuses attentes dans les boudoirs des gens de qualité à qui ils allaient présenter les nouveautés de la maison Fardon, ils savaient maintenant mettre à profit ces instants de solitude.

Leurs étreintes passionnées se succédaient et Belange, à son tour, se voyait étrangement captivé par sa patronne et maîtresse, qui multipliait les touchantes attentions à son endroit. Cette dernière regardait son amant d'un œil nouveau notamment depuis qu'il avait revêtu l'habit bourgeois. Elle se projetait même dans l'avenir, n'hésitant pas à échafauder, dans le plus grand secret, de nombreux projets si d'aventure il réussissait à décrocher son admission dans la corporation des parfumeurs. Elle souhaitait avoir un enfant et manifestement son mari ne pouvait pas lui donner cette satisfaction, tout en le lui reprochant, lorsqu'il daignait la rejoindre dans sa couche.

Quentin avait en effet maintenant une tout autre allure. Fort de son rôle d'apprenti, et du fait qu'il devait faire bonne figure pour accompagner dame Fardon chez les plus hauts personnages de la Cour, il avait obtenu le droit de porter perruque comme tout bon bourgeois, qu'il n'était pas encore, mais dont il ambitionnait la qualité dès qu'il aurait lui aussi acquis la maîtrise.

Si sa perruque légère imitait à s'y méprendre la couleur de ses propres cheveux, ces derniers avaient subi toutefois, de la part d'un perruquier-coiffeur de ses relations, un « accommodage » ou poudrage au moyen de l'aspersion d'un épais nuage d'amidon projeté sur sa tête, lui-même se trouvant protégé puisqu'on lui avait fourré le visage dans un cornet de carton pour qu'il n'en ressorte point aveuglé. Un procédé qui cependant enfarinait souvent les coiffeurs eux-mêmes, à tel point qu'on leur donnait le nom de merlans, tant ils ressemblaient dès lors, en effet, à ce poisson ainsi préparé pour être passé à la poêle.

Lorsqu'elle l'avait vu ainsi paré, Amélie Fardon s'en

était sentie tout impressionnée tant sa tournure et sa vêture lui conféraient bonne apparence. Il n'en avait pas été de même pour ses anciens compagnons, commis ou ouvriers. Il avait dû faire front à un véritable raz de marée de rires et de moqueries, teinté de jalousie rentrée. Réaction qu'il avait prestement endiguée au moyen de son bâton.

Tous ces changements conduisirent Quentin à se projeter de plus en plus souvent lui aussi dans l'avenir, songeant également à l'héritage paternel.

Un soir, alors qu'il sortait d'*Au messager de Montpellier* il fut abordé par un saute-ruisseau qui lui donna rendez-vous, de la part de son père, dans une auberge située dans les faubourgs de la capitale.

Le début de leur entretien fut houleux. Quentin dut faire un effort méritoire pour ne pas sauter à la gorge de l'auteur de ses jours.

— Vous rendez-vous compte que si Fardon avait été véritablement ruiné, je n'aurais pu mener à bien mon projet d'obtenir, sous sa tutelle, ma maîtrise ?

Et, comme il savait que l'obtention de son diplôme n'entrait pas dans les préoccupations majeures de son père, il ajouta :

— Et je n'aurais jamais pu apprendre le secret des plus importantes de ses préparations.

Anselme Tombaret laissa son fils déverser sa bile avant de contre-attaquer.

— Nigaud, ta qualité de fils d'un maître tanneur te permet de t'affranchir de ces formalités et…

Quentin éclata de rire.

— Maître tanneur, maître tanneur ! Mais je ne veux pas être maître tanneur et passer ma vie dans la puanteur des peaux comme vous le faites si bien, se moqua-t-il, ayant du mal à endiguer un rire inextinguible.

Anselme dut faire un violent effort sur lui-même pour ne pas corriger son rejeton. Son manque de respect le mortifiait au plus haut point, tout en le rassérénant. Il était au moins la preuve que celui-ci prêtait maintenant tout l'intérêt nécessaire à sa nouvelle activité professionnelle. Son fils serait un véritable parfumeur. Son but était atteint. En partie seulement. En effet, il ne s'estimait pas encore suffisamment vieux pour lui confier les rênes de son entreprise. Il devait lui aussi conduire son négoce vers les sommets de la parfumerie. Du moins à Grasse. Quentin lui en serait forcément reconnaissant, plus tard, lorsqu'il lui succéderait.

— Il faut réduire à néant la réputation de Fardon, je m'y suis engagé. Il y va de mon honneur maintenant.

Et comme son fils ne répliquait pas, il poursuivit, titillant son orgueil, qu'il savait grand :

— Tu dois en connaître suffisamment pour prendre sa place désormais, non ?

Belange réfléchit. Il se voyait bien dans la peau d'un maître parfumeur, dans la boutique d'un maître parfumeur, avec, pourquoi pas, la femme d'un maître parfumeur dont l'entregent, l'audace et le sens des affaires seraient une aide fort appréciable.

— Et que faire pour cela ? s'enquit-il, dévoré de curiosité, choisissant de ne pas répondre à la deuxième question.

Anselme Tombaret avait déjà préparé un autre plan de bataille. Il tremblait malgré tout, espérant un dénouement plus favorable à ses intrigues. Alors qu'il avait promis à Louis-Dominique Luce la fin prochaine du Montpelliérain, non seulement il n'avait pu aboutir, mais la réputation de ce dernier venait d'être confortée par la création de gants de couleur parfumés dont la reine ne tarissait plus d'éloges. Heureusement que la faillite avait été prononcée, donnant ainsi quelque crédit à son stratagème. Il avait failli perdre la face.

Il s'entretint longuement avec son fils, avant de finalement le laisser aller, content d'avoir réussi à lui faire comprendre qu'il devrait à l'avenir payer davantage de sa personne. Anselme était toujours bien décidé à abattre, tôt ou tard mais le plus vite serait le mieux, ce concurrent qui décidément le ridiculisait.

Peu de temps après, le grand Léonard s'annonça *Au messager de Montpellier*. Il fut reçu avec tous les honneurs dus à son rang par Amélie Fardon, laquelle le présenta immédiatement à son époux.

— Je prends la liberté de venir vous consulter, car je sais votre talent et l'amitié que vous porte Sa Majesté.

Jean en rosit d'émotion et se fendit au prononcé

du nom de la souveraine d'une courbette appuyée.

— L'imagination qui est la vôtre, votre courage et votre génie m'ont conduit à penser que vous pourriez m'aider par la création d'une poudre, dont seul vous auriez le secret, destinée à fortifier les cheveux de la reine. Une poudre, bien évidemment, réservée à son usage exclusif.

Le parfumeur savait que les diverses vertigineuses architectures imaginées par tous les coiffeurs en vogue à la Cour mettaient les chevelures des coquettes à rude épreuve. Il n'était donc pas particulièrement surpris qu'en réaction les cheveux ainsi meurtris manifestent à leur façon un certain mécontentement et en dépérissent.

Mais il ne souhaitait pas s'engager à la légère, toutefois conscient de l'intérêt à faire en sorte que le merlan, bouffi d'orgueil, soit son obligé. Ce dernier avait ses entrées auprès des plus hautes dames de la Cour, et le parfumeur était bien placé pour savoir qu'en cas de difficultés il était important d'être soutenu. Après mûre réflexion, il se décida enfin.

— Je suis votre serviteur. Mon épouse m'a tenu informé de l'appui que vous avez bien voulu apporter à mon négoce et vous n'aurez pas affaire à un ingrat. Vous pouvez compter sur moi. Mon art tout entier est à votre disposition. Je vais créer pour Sa Majesté une poudre dont on chantera longtemps les louanges en l'associant également à celui qui est « l'académicien des coiffeurs ».

Le grand Léonard, flatté et rasséréné, quitta *Au messager de Montpellier* avec force courbettes. Lui aussi, quelle que soit sa réputation, était confronté à d'incessants problèmes. Il était inquiet, ayant entendu dire que Sa Majesté avait jeté son dévolu sur un tout nouveau coiffeur qui venait d'arriver d'Italie. Il avait donc décidé de frapper un grand coup.

La poudre fut promptement mise au point par Jean Fardon, qui confectionna une préparation parfumée à l'iris ainsi qu'une pommade aux huiles essentielles de jasmin, de tubéreuse, de cédrat et de jonquille. Il en était résulté un parfum admirable qui ne pouvait que donner de la vigueur à la royale coiffure. Une fragrance chère, car la jonquille était une fleur très difficile à travailler, mais après tout Sa Majesté n'avait jamais regardé à la dépense.

Quelques jours passèrent. Il avait été décidé qu'Amélie accompagnée de Quentin se chargerait d'apporter la miraculeuse préparation. C'est donc en calèche que les deux bourgeois, celle qui pouvait effectivement se parer de cette qualité et celui qui en briguait le titre, se rendirent à Versailles. Tout le long du trajet, protégés dans leur fiacre des regards des passants et du cocher, ils se livrèrent comme à l'accoutumée à quelques agaceries qui en disaient long sur l'envie qui les taraudait.

— Croyez-vous, Amélie, que nous pourrons… ?

— Je n'en suis pas sûre, lui lança-t-elle avec une mimique contredisant ses propos. Mais nous allons être abandonnés à nous-mêmes pendant une heure pour le moins, calcula-t-elle, la mine rieuse. Pensez-vous, mon Belange…

Quentin ne lui laissa pas terminer sa phrase, sa bouche chercha la sienne alors que ses mains se promenaient sur son corsage.

L'attente fut aussi longue qu'ils le redoutaient tout en l'espérant. Elle permit également à Quentin, profitant de l'absence d'Amélie qui s'était éloignée pour se repoudrer après leurs ébats, d'ouvrir le magnifique flacon renfermant la poudre destinée à redonner de la vigueur à la royale chevelure et d'y ajouter quelques pincées d'un produit de son invention. Il reboucha l'étui prestement, le disposa dans son écrin et attendit sa maîtresse.

— Alors ? s'enquit Jean Fardon, quelque angoisse dans la voix, à leur retour.

— Mon ami, tout le monde n'a pas comme vous la chance d'approcher Sa Majesté dans son intimité, réagit avec une humeur feinte Amélie, qui s'était fait une joie à l'idée de rencontrer la reine de France. Je me suis contentée de remettre vos préparations à sa dame d'atour.

Désappointé, le maître parfumeur se fit une raison. Celui qui s'occupait quotidiennement de la chevelure de Marie-Antoinette ne manquerait pas de lui en rapporter les effets miraculeux.

Quinze jours passèrent avant que Léonard ne refît

son apparition *Au messager de Montpellier*. Il demanda, exigea serait un terme plus exact, de rencontrer Jean Fardon immédiatement. Le Montpelliérain comprit tout de suite que l'heure était grave. Le coiffeur était blême, les yeux lui sortaient des orbites et un tremblement agitait sa lèvre supérieure. Dès qu'il aperçut le maître parfumeur, le coiffeur se précipita sur lui et l'empoigna au revers de sa chemise, le secouant.

— Mais qu'avez-vous donc mis dans votre maudite poudre, qu'avez-vous donc mis, malheureux ?! La reine perd tous ses cheveux. C'est votre faute, votre faute ! hurla avec d'autant plus de conviction le merlan qu'il avait largement laissé sous-entendre être à l'origine du choix de certains ingrédients dont la présence devait donner un coup de fouet à la royale chevelure.

Il souhaitait en effet que Sa Majesté n'oublie pas l'importance de sa contribution. Et maintenant, en guise de lauriers, il craignait de connaître les sombres et humides cachots de la Bastille et d'y croupir jusqu'à ce que mort s'ensuive sur une paille crottée et nauséabonde.

Jean Fardon était statufié. Il ne comprenait pas. Il parvint toutefois à se défaire non sans mal des mains du coiffeur qui l'empoignait toujours, le secouant comme un prunier.

— Je ne saisis pas… je ne saisis pas pourquoi, balbutia-t-il en cherchant désespérément quels ingrédients ou quelle malheureuse combinaison avaient pu produire de tels néfastes effets.

— La Bastille, c'est la Bastille qui nous attend ! Ne croyez pas que j'irai tout seul… !

Amélie, alertée par les cris qu'elle entendait en provenance du bureau de son époux s'y précipita, alarmée.

— Mais que se passe-t-il ? s'enquit-elle immédiatement, consciente de la gravité de la situation.

Le grand Léonard se tourna vers la nouvelle arrivée et, le visage défiguré par la haine et la peur, cria :

— Il se passe que la reine a été empoisonnée, il se passe que votre… mixture lui fait perdre tous ses cheveux, il se passe, poursuivit-il, rouge d'émotion et frisant l'apoplexie, que nous dormirons tous à la Bastille dès ce soir !

Épuisé, il se laissa tomber sur une chaise alors qu'un silence de plomb envahissait la pièce.

— Empoisonnée ? Mais comment cela se peut-il ?! questionna Amélie, elle aussi terrifiée, en fixant son époux.

Jean Fardon s'était assis à son tour. Il tremblait de tous ses membres. Après la faillite, voilà maintenant qu'il allait être accusé d'un crime de lèse-majesté dont la sanction ne saurait être que… la peine capitale. Il tenta de se défendre.

— Je vous assure je n'ai employé que des produits sans aucun danger utilisés régulièrement dans le cadre d'autres préparations. Mais vous, ma mie, avez-vous perdu de vue ne serait-ce qu'un instant les flacons offerts à Sa Majesté ?

Amélie Fardon répliqua avec la plus vive des véhémences :

— Jamais mon ami, jamais. Vous pouvez d'ailleurs demander ce qu'il en est à votre protégé. Les flacons n'ont pas quitté mes mains une seconde.

Elle réalisa alors qu'elle les avait laissés sous la garde de son amant quelques minutes, mais pouvait difficilement en avouer les raisons à son époux.

— Et l'entourage de la reine ? interrogea, en désespoir de cause, le maître parfumeur en direction du grand Léonard, qui se faisait maintenant tout petit sur sa chaise, ne pouvant endiguer de longs sanglots.

D'un bond, ce dernier se leva.

— Mais vous êtes devenu fou ? Suspecter les dames de compagnie ? Vous n'y pensez pas ? D'ailleurs, et il fit mine d'y réfléchir tout en essuyant les larmes qui continuaient à ravager son visage, la dame d'atour a bien dit devant moi qu'elle avait présenté immédiatement après l'avoir reçue la poudre et l'avait utilisée dans l'instant. Mettriez-vous sa parole en doute ?

Une heure se passa en jérémiades et vaines tentatives d'explication. Léonard quitta *Au messager de Montpellier* toujours aussi inquiet sur son avenir.

Restés seuls, Amélie et Jean se consultèrent.

Amélie tremblait à l'idée de perdre tout ce qu'elle avait si chèrement acquis. Cette seule pensée la remplissait de terreur.

— Fuyons, mon ami, pendant qu'il est encore temps ! suggéra-t-elle, paniquée.

Le parfumeur, qui ne voyait pas ce qu'on pouvait lui reprocher, n'était pas prêt à abandonner son négoce. Et pour aller où d'ailleurs ? Les archers du roi auraient tôt fait de leur mettre la main dessus. Et comment son départ serait-il compris ? La réponse était simple : comme un aveu de culpabilité.

— Mais vous ne risquez rien, ma mie, je suis le seul concepteur et…

— Mais je suis votre femme, et c'est moi qui ai porté le produit à Sa Majesté, lui rétorqua-t-elle, de plus en plus affolée. Fuyons, regagnons Montpellier, et nous expliquerons notre départ par le besoin de nous fournir en plantes aromatiques, souffla-t-elle.

La panique étant une denrée se transmettant avec la plus grande célérité, Jean était à son tour frappé de terreur. Nul doute que le couperet royal tomberait sur leurs têtes. Il se décida enfin.

— Préparez quelques affaires, nous partons

Juste avant de sortir la calèche qu'il avait prévu de conduire lui-même pour plus de discrétion, Jean Fardon entrouvrit la porte de sa demeure et poussa un cri. Sa femme le rejoignit en courant.

— Regardez ! C'st trop tard, murmura-t-il, atterré, un sanglot dans la voix. Une compagnie d'archers stationne à proximité de notre négoce.

9

De nos jours

Dorian Aumaitre se trouvait dans son appartement et faisait le point. Il prit une profonde respiration, se grisant des fragrances qui flottaient dans l'air ambiant. Il avait recréé tout autour de lui une ambiance légèrement enivrante : la note fleurie de l'atmosphère dans laquelle il évoluait était donnée par des essences de rose, de narcisse ou de fleur d'oranger.

Grâce à l'argent obtenu suite à son accident, il avait pu acheter un magnifique T7 de plus de 140 mètres carrés. Sa première dépense avait été de l'équiper d'un laboratoire, copie conforme de celui dans lequel ses étudiants travaillaient. C'était sa mère qui le lui avait suggéré. Elle le savait affolé à l'idée de se ridiculiser dans un environnement impossible à évaluer du regard. Il avait ainsi pu s'entraîner avec elle, encore et encore, lui tenant la main, de façon à se déplacer sans se heurter aux meubles, aux chaises, à acquérir de l'assurance et à mémoriser la place de tel ou tel objet, etc.

C'était encore elle qui, jour après jour, l'avait aidé à remonter la pente. Consciente du fait qu'il traversait épisodiquement d'importantes périodes d'abattement au cours desquelles il ne voulait plus mettre le nez dehors, elle lui avait également soufflé l'idée d'instaurer un dispositif lui permettant d'assurer certains cours en visioconférence depuis chez lui. Le doyen de la fac n'y avait vu aucun inconvénient dans la mesure où il avait pris à sa charge la totalité des frais d'installation de l'équipement.

Il étouffa un sanglot en pensant à sa mère, dont le souvenir ne le quittait jamais. Il se dirigea vers la cuisine et se servit un grand verre d'eau, puis entreprit de faire le bilan de l'avancée de ses travaux.

Il disposait enfin d'une certaine plante, se trouvant à l'origine classée dans l'herbier de l'institut de botanique.

L'aide, à l'origine sans aucune arrière-pensée, apportée à son étudiant dans sa quête d'un emploi, avait été récompensée. Lui n'aurait jamais pu, nuit après nuit, explorer les dizaines de milliers de planches de l'herbier jusqu'à trouver, desséchées mais en bon état de conservation, plusieurs des plantes essentielles à la composition du parfum envisagé. Mais il avait pu demander à Felipe de les subtiliser discrètement, conservant précieusement les étiquettes couvertes de mentions manuscrites prouvant qu'il s'agissait des plantes utilisées par le maître parfumeur du XVIIIe siècle Jean Fardon.

Il soupira. La quête de son étudiant avait pris beaucoup de temps mais avait porté ses fruits. Encore que, il fallait rendre à César ce qui appartenait à César… L'étudiant mexicain n'avait joué qu'un rôle secondaire, celui dévolu aux petites mains. C'était lui-même qui avait compris que la plupart des végétaux étaient à l'époque enregistrés sous leurs noms vernaculaires, c'est-à-dire vulgaires, et qu'il était vain de les chercher sous leur appellation latine, dénomination communément utilisée de nos jours par les botanistes du monde entier. Oui, cela avait été un coup de génie et, à partir de ce moment-là, la recherche avait été facilitée et surtout avait pu être menée à bien.

Il ne pouvait que déplorer l'absence de Felipe, qui ne serait plus là pour témoigner de la réalité de sa découverte, mais fort heureusement il avait effectué de nombreux clichés attestant, si besoin était, de l'existence des végétaux.

Il se rappelait des discussions animées entretenues avec son étudiant préféré. Il avait dû, pas à pas, lui expliquer toute la partie en lien avec la biologie moléculaire.

— Une plante possède trois types d'ADN, tu es bien d'accord, Felipe ? L'ADN du noyau, celui du chloroplaste et celui de la mitochondrie organite…

— Celle qui lui permet de respirer ?

— Exactement. Idéalement, il faudrait pouvoir extraire ces trois sortes d'ADN, mais je me heurte à un problème… Tu devines lequel ?

Après quelques instants de profonde réflexion, l'étudiant mexicain avait proposé :

— S'agissant d'une plante séchée, l'ADN de son noyau est trop dégradé et donc inexploitable… ?

— Très bien, très bien. Poursuis ton raisonnement.

— En ce qui concerne l'extraction des deux autres organites, l'information contenue dans leur ADN risque de ne pas être suffisante pour refaire une plante, n'est-ce pas ?

— Excellente déduction. Quelle solution proposes-tu alors?

— …

— N'as-tu pas entendu parler des toutes nouvelles technologies ? Notamment celle du *deep sequencing*, qui permet de séquencer des génomes rapidement même s'ils sont très dégradés ?

À voir les rides qui étaient apparues sur le front de son étudiant, l'universitaire avait compris que ce dernier avait atteint les limites de sa compétence.

— J'ai pu réaliser une extraction totale des nucléotides. Il m'a fallu pas moins de quinze jours d'analyse et de reconstitution de séquences mais je suis arrivé à reconstituer le tout, je dis bien tout le génome de la plante *in silico*.

Felipe avait ouvert tout grands les yeux, et suggéré :

— Vous devriez publier vos travaux pour alimenter les bases de données sur les génomes.

Devant tant d'ingénuité Dorian n'avait pu que sourire, se gardant d'avouer à son étudiant qu'il comptait réserver à son usage exclusif les procédés utilisés et non les divulguer au monde entier. Dans leur domaine de prédilection, celui des parfums ou des cosmétiques, la concurrence était rude et il n'avait pas du tout l'intention d'offrir sur un plateau le fruit de ses recherches à qui que ce soit. Sans compter qu'il lui faudrait alors expliquer d'où venaient les plantes séchées.

Il s'était contenté de hausser les épaules, avant de reprendre ses explications.

— Grâce aux informations obtenues, j'ai pu faire réaliser, auprès de fournisseurs qui effectuent au quotidien ce type d'activité, une synthèse d'ADN artificiel. Tu comprends ? Cet ADN va correspondre exactement au génome de la plante que je vais pouvoir reproduire par clonage.

— Mais, cette partie de génie génétique, notamment de clonage, puis de production d'organismes vivants « pseudo-artificiels » n'est-elle pas interdite, ou tout du moins très encadrée par le Haut Conseil des biotechnologies ?

Dorian avait hésité à tout avouer à son élève, mourant d'envie de ne rien lui cacher de façon à ce qu'il prenne l'entière mesure non seulement du talent de son professeur, mais de ses capacités à se jouer des interdits. Et puis, il devait bien l'admettre, il n'aurait pas l'occasion de partager de pareils faits d'armes avec qui que ce soit, et l'idée de lire un brin d'admiration dans les yeux de son apprenant n'était pas pour lui déplaire. Péché d'orgueil ? Peut-être.

— J'ai ouvert, même si c'est de façon fictive, un laboratoire à Dubai. Tu sais comme moi que ces États sont des pays de non-droit qui s'affranchissent aisément des normes et lois internationales.

Felipe, ébloui, s'était contenté de hocher la tête avant de demander :

— Et en ce qui concerne la production de la plante clonée dans votre labo ?

— Un jeu d'enfant, en regard de ce que j'ai dû faire jusque-là. J'ai pratiqué la culture *in vitro* de méristèmes, qui sont des cellules indifférenciées en pleine croissance qui produisent des embryons puis des plantes complètes.

— Vous avez alors retiré leur ADN et injecté l'ADN de synthèse !

— Parfaite déduction. Je peux même décider d'optimiser par génie génétique un gène particulier pour élaborer un arôme ou un goût spécifique... et tu sais comment ?

L'étudiant avait levé les mains en l'air dans un geste d'ignorance.

— Dans ce cas-là, je ne clone pas la plante entièrc mais le ou les gènes qui m'intéressent.

— En fabriquant un OGM ?

— Exact.

— Interdit par la loi ?

Dorian sourit.

— Pas à Dubai.

— Mais, dans cette hypothèse, vous ne respectez pas votre cahier des charges, dans lequel vous vous êtes engagé à produire des plantes identiques à celles utilisées par le parfumeur de Marie-Antoinette, non ?

Devant l'avalanche des remarques, certes parfois pertinentes, mais dans lesquelles il devinait comme un reproche déguisé, Dorian avait senti la moutarde lui monter au nez. Il y avait des limites à ne pas dépasser. Celles distinguant celui qui sait de celui qui doit apprendre. Il s'apprêtait à fournir une énième réponse lorsqu'il avait réalisé que, tout à son désir de briller, il se livrait pieds et poings liés à son ami. Il s'était alors contenté, le sourire aux lèvres, de hausser les épaules en un geste d'indifférence.

Dorian s'étira et secoua la tête comme pour éloigner des pensées qui le chagrinaient. Le temps des amitiés était bien fini. Il était à nouveau seul, mais peut-être était-ce le sort réservé aux gens brillants.

Il récupéra un petit sachet, celui qui se trouvait enfoui à la pointe du masque vénitien fort opportunément découvert également par Felipe, qui décidément s'était révélé un auxiliaire précieux. Ce sachet renfermait des herbes odoriférantes utilisées par la famille Fardon. Il avait usé d'un procédé identique pour en extraire l'ADN d'un autre ingrédient indispensable.

Puis, il se déplaça de quelques mètres, ouvrit un placard et y plongea la main pour ramener à lui un magnifique pot orné d'une figure à tête d'ange. Il dévissa le bouchon et fit glisser lentement et délicatement dans sa paume les quelques particules de poudre contenues. Une nouvelle fois, il eut une pensée émue pour Felipe. Dès que ce dernier avait réalisé, au terme de sa lecture des archives récupérées par l'antiquaire du Crès, que le pot détenu par la pharmacie de la Miséricorde provenait en droite ligne de la maison Fardon, et renfermait un fond de poudre, il lui en avait fait part, songeant à raison que son enseignant désirerait entrer en sa possession. C'était chose faite.

Ryan, l'Australien, comme ses amis aimaient le surnommer, s'était dévoué. Dévoué n'était pas le mot exact, car il avait dû lui faire entendre que ses notes ne le prédisposaient pas tout naturellement à réussir sa licence… Et pour une fois l'étudiant avait percuté rapidement. Meilleur en français qu'en chimie, avait-il doucement rigolé.

Dorian bénit le ciel, à défaut de se déplacer aisément, de pouvoir disposer d'un tel « concours » désintéressé. Enfin, façon de parler… Il avait su nouer des liens très étroits avec certains de ses étudiants. Les plus fragiles en réalité, mais non les moins méritants, devait-il reconnaître. Après tout, leur participation à son grand œuvre n'était qu'un juste retour des choses. Ne leur avaient-ils pas permis d'obtenir une aide financière substantielle de la part d'une grande entreprise américaine de cosmétiques ? C'était quand même suite à son intercession et ses recommandations qu'ils avaient été sélectionnés ! Il avait engagé sa réputation, conscient que la notoriété du maître était estimée à l'aune de la valeur de ses élèves.

Pour cela il avait eu la judicieuse idée de subordonner le versement des allocations à l'absence de tout redoublement et à l'absolue nécessité de l'obtention de la licence. Et pour motiver un peu plus ses étudiants, il avait même fait en sorte qu'une clause du contrat sanctionne tout redoublement ou échec au diplôme final par la restitution des sommes versées.

Il en jubilait encore. Un coup de maître qui les tenait à sa merci. Ils avaient signé un contrat dont il était la pierre angulaire. En effet, c'était lui qui pouvait décider du redoublement ainsi que de l'octroi du fameux sésame sanctionnant leurs trois années d'études. En d'autres termes, il était tout-puissant et pouvait leur demander beaucoup.

Il se frotta les mains.

Il devait maintenant se consacrer à une opération qu'il ne pouvait déléguer. Effectuer une autopsie. Certes, cela ne faisait pas réellement partie de ses compétences, mais disséquer un pauvre chat embaumé ne devait pas représenter une tâche particulièrement ardue.

Il sortit le corps de son frigo.

Il avait eu l'idée de vérifier si dans l'estomac de l'animal domestique de l'épouse du parfumeur Fardon – nommée Doucette d'après les archives parcourues par Felipe –, animal confiné dans les ateliers de parfumerie de sa maîtresse, ne se trouveraient pas quelques graines goulûment avalées. Drôle d'idée ? Certes pas.

Cette hypothèse lui était venue parce qu'il avait participé, à dire vrai modestement, au sein du droguier de la fac de pharma à une opération de ce genre.

De renommée nationale, et aux dires de certains mondiale, les pharmaciens y exerçant possédaient une compétence exclusive et reconnue par leurs pairs, celle d'examiner, d'identifier et de classer des plantes rares. Quelques années auparavant, on avait présenté au professeur dirigeant le service un chat découvert dans une tombe égyptienne. Sa mission ? Déterminer grâce à quels végétaux l'animal avait été embaumé. Les plantes, utilisées alors dans le cadre du procédé de l'embaumement, permettaient d'éviter la putréfaction et avaient des propriétés anti-bactéricides. Il avait assisté à l'autopsie et réalisé, c'était peu de temps avant son accident, que l'estomac de la bête conservait la présence de nombreuses graines. D'où l'idée de procéder de la même façon avec ladite Doucette.

Bien, au travail ! se dit-il en retroussant les manches.

Le lieutenant Normand fut le premier, en habitué à ce type de cérémonie et également parce qu'il vit sortir de l'immeuble un prêtre de sa connaissance, à comprendre les raisons d'un tel rassemblement. Il n'eut pas besoin de se répandre en explications. Un cercueil venait d'apparaître, porté par quatre personnes.

— C'est son enterrement, lâcha-t-il, en faisant de façon ostensible le signe de croix.

— Merde, laissa tomber à voix basse en guise d'oraison funèbre son collègue.

Une chose interpellait toutefois l'officier. Il fendit la foule et s'approcha du prêtre, qui le reconnut, et après l'avoir salué, lui demanda :

— Antoine Rivarol était malade ?

— Eh oui. Cela faisait plusieurs mois qu'il ne quittait plus sa chambre, et puis, à son âge…

— Son âge ?

— Presque centenaire, il fait partie de mes paroissiens les plus anciens. Au fait, tu le connaissais ?

Le diacre balbutia une vague réponse, remercia et retourna informer ses collègues.

— Il ne nous reste plus qu'à remonter sur le document d'identité remis à l'opérateur en échange du numéro, annonça, pragmatique, le brigadier. Je m'en occupe dès notre retour. Peut-être est-ce son fils ou un ami, suggéra-t-il, sans grande conviction toutefois.

Si le père était centenaire, le fils devrait avoir dans les soixante-dix ans pour le moins et n'être plus en âge de faire des incursions par effraction dans une distillerie. Quant à ses liens avec des étudiants étrangers…

Alors qu'il se redirigeait en compagnie de ses deux coéquipiers vers leur véhicule de service, un appel retentit sur le téléphone du chef de groupe. Il décrocha et, lisant le nom inscrit sur le cadran, ralentit l'allure.

— Oui, dit-il, se gardant bien de prononcer le prénom de Charlotte.

— J'ai des nouvelles intéressantes. Tu savais qu'un

flacon de parfum du XVIIIe venait d'être dérobé au détriment de la pharmacie de la Miséricorde ? Elle se situe…

— Je sais où elle se trouve.

— Je m'y rends immédiatement.

Kevin percuta rapidement. Un meurtre au sein d'un herbier renfermant des plantes dont certaines étaient utilisées en aromathérapie, le vol d'un masque ayant pu contenir des végétaux aromatiques, un vol dans une distillerie de parfum et maintenant le vol d'un flacon, tout ça dans la même ville… Cela faisait beaucoup trop de coïncidences pour être le fait du hasard. Il avait l'intention de ne pas se laisser couper l'herbe sous le pied par Charlotte, quels que soient ses sentiments à son égard. Par chance, il ne se trouvait pas très loin de la rue de la Monnaie, qu'il pouvait rejoindre à pied. Il hésita toutefois.

— Je suis à proximité… Tu y vas avec tes stagiaires ?…

La journaliste comprit que son ami serait bien venu la rejoindre mais qu'il tergiversait, ne souhaitant pas afficher une collaboration un rien embarrassante. Elle se décida rapidement.

— Non, j'y vais toute seule. Je t'attends ?

— OK, j'arrive.

— Vous ne venez pas avec nous, lieutenant ? s'enquit, d'un ton soupçonneux, la brigadière-chef quand l'officier eut raccroché.

— Non, je dois rencontrer quelqu'un. Un tuyau

pour notre enquête. Je vous rejoindrai plus tard. Récupérez le dossier concernant la délivrance du numéro en 99.

Perplexe, et un rien furieuse, Patricia regarda son chef de groupe s'éloigner à grands pas. Fine mouche elle suspectait que le subit rendez-vous de son supérieur n'était pas sans rapport avec la journaliste. Celle-là, se dit-elle, si je peux la coincer un jour !

Charlotte et Kevin arrivèrent pratiquement en même temps rue de la Monnaie, au cœur de l'Écusson.

Pour une fois le policier pouvait se targuer d'en savoir autant, peut-être même plus, sur une partie au moins de l'ensemble historique de la Miséricorde, constitué de l'ancienne pharmacie et d'une chapelle. En effet, il avait eu l'occasion, à deux reprises pour être très précis, d'aller concélébrer une messe au sein de la petite église de l'Œuvre de la Miséricorde aménagée dans les ateliers de la Monnaie au début du XIXe siècle. Un seul accès, par un porche, desservait les deux bâtiments.

Il sentit son cœur battre la chamade, comme au temps où ils se côtoyaient régulièrement, en voyant venir vers lui son amie. Toujours aussi rayonnante, se dit-il, éprouvant un pincement au cœur. Mais il plaça volontairement leur rencontre sous l'angle professionnel.

— Alors, cette info ?

Même si elle fut un peu déçue de son entrée en

matière, elle était persuadée qu'il s'agissait d'une façade. Elle le connaissait bien et savait que, par pudeur ou retenue, il ne souhaitait pas laisser transparaître une certaine satisfaction toute privée à se retrouver. Pas plus qu'elle, au demeurant.

Elle hésita un instant. Devait-elle lui mettre le marché en main ? Il lui communiquait avec précision les charges relevées contre son amie et en échange… Non, ce n'était pas la bonne stratégie, se dit-elle. Têtu comme il pouvait l'être, à moins que depuis leur séparation il se soit bonifié, un peu comme le bon vin en prenant de l'âge, il risquait de se bloquer. Il valait mieux donner d'abord et exiger, si besoin, ensuite. Elle répondit sur le même registre et expliqua sa récente découverte. Devant la surprise de son ami, elle écarquilla les yeux d'étonnement.

— Mais, personne n'a déposé plainte au commissariat ? ne put-elle s'empêcher de demander, perfide.

Kevin marqua un temps d'arrêt. Ce type de plainte n'arrivait que très très rarement à la PJ. Il se reprocha malgré tout immédiatement de ne pas avoir sensibilisé ses collègues de la sûreté départementale. Faute à rectifier très rapidement, se promit-il, conscient du sous-entendu peu agréable de son amie, prompte à appuyer là où cela faisait mal. Il se contenta de hausser les épaules en un geste d'ignorance.

— Viens, on rentre, proposa-t-il.

Ils s'engagèrent sous un porche et, plusieurs personnes commençant une visite sous la férule d'un bénévole, ils se greffèrent au groupe.

Ils apprirent ainsi qu'ils avaient la chance de visiter la dernière apothicairerie montpelliéraine, ouverte dès le début du XVIIIe siècle pour accueillir des indigents durant l'épidémie de peste en provenance de Marseille.

— De Marseille, il ne faut s'attendre à rien de bon, souffla sur un ton badin Kevin à l'oreille de son amie.

Elle se contenta de sourire en levant les yeux au ciel, n'ignorant rien des a priori des policiers montpelliérains pour tout ce qui concernait la cité phocéenne. D'ailleurs, réalisa-t-elle, ils n'étaient pas les seuls puisque ses propres frères en poste à Paris partageaient semblait-il le même préjugé.

— La pharmacie à proprement parler, expliquait le conférencier, se composait de deux salles, dont l'officine ouverte en 1720, et une salle aménagée plus tard, en 1834.

— Les pièces sont magnifiques, murmura Charlotte à son ami en indiquant l'ameublement d'origine composé d'étagères à arcatures, de plateaux de marbre et de placards aux portes arrondies.

— Admirez, lança leur guide, le mobilier en plaquage de noyer du XIXe, composé de vitrines, de rangées de tiroirs aux cartels de plantes médicinales et d'un comptoir.

Le plus spectaculaire, pour Kevin, était l'extraordinaire collection de pots à pharmacie. Leur nombre si important expliquait que la disparition d'un seul d'entre eux, il demanderait des précisions à leur cicérone dès la fin de la visite, soit peut-être passée inaperçue un certain temps.

— Cruches au bleu de manganèse décorées de motifs représentant des anges, pots de monstre au polychrome de Montpellier, pots canon, piluliers, flacons à pharmacie en verre soufflé, pots de Montpellier ornés du sceau des Guilhem, mortiers blancs avec pilon, alambics en cuivre… poursuivait leur guide, dont l'énumération n'en finissait pas.

Il était vrai que l'ensemble avait de quoi laisser pantois le plus difficile ou indifférent des visiteurs. Les deux pièces constituaient une sorte de fenêtre sur l'histoire de la pharmacie.

Une fois la visite terminée et alors qu'ils se trouvaient seuls avec le bénévole, Kevin se présenta. Il omit volontairement d'indiquer la qualité de journaliste de Charlotte. Ce n'était d'ailleurs pas la première fois qu'ils agissaient de la sorte. Charlotte lorsque cela était nécessaire passait également sous silence la fonction de son ami.

Leur guide s'insurgea à l'idée émise par le policier que l'absence d'un pot de la collection ait pu échapper à sa vigilance peut-être pendant un certain temps avant le constat de son vol.

— Je vous assure que j'ai immédiatement réalisé la disparition d'un des cinquante-deux pots canon du XVIIIe. D'autant que celui-là avait une valeur historique plus forte dans la mesure où, prévu à l'origine pour renfermer des poudres à parfum, il en restait encore quelques traces religieusement conservées en son sein. À bien y réfléchir, son motif ornemental, une tête d'ange, en faisait une cible de choix. Le jour même, je suis allé déposer plainte au commissariat. Une perte irremplaçable, déplora, la voix nouée par l'émotion, leur guide, M. Dessailly.

Charlotte s'étonna de la relative facilité avec laquelle le pot avait été dérobé, sans aucune trace d'effraction apparente.

— Les visiteurs peuvent circuler librement dans la pharmacie ? demanda-t-elle.

Le conférencier leva les deux bras en signe d'impuissance.

— Normalement les visites se font en présence constante d'un bénévole, mais il peut arriver que l'on m'appelle au téléphone, vous savez, celui de l'accueil situé juste après le porche, ou alors sur mon propre portable, et dans ce cas-là je m'éloigne. En règle générale nous n'avons jamais à déplorer le vol de quoi que ce soit.

— Mais, ce jour-là, vous aviez eu de nombreux visiteurs ?

M. Dessailly hésita un instant.

— Vos collègues me l'ont déjà demandé. Effectivement ce jour-là, le 17 octobre, nous avons eu, j'ai pu vérifier en regardant la recette du jour, pas moins de vingt-huit entrées payantes. Un record pour ainsi dire.

— Et des soupçons… ?

— Que vous dire… Non, je vous mentirais si je vous faisais part de soupçons contre qui que ce soit. Lors de la fermeture, à 17 heures, j'ai constaté l'absence du pot. C'est tout.

L'officier de police remercia le conférencier et ils se retirèrent.

— Tu ne fais pas appel à la police scientifique ? lui demanda Charlotte.

— Dans quel but ? Le voleur a piqué un seul pot placé sur une étagère, l'a planqué sous son vêtement et est parti. Tu peux être sûre qu'il n'a pas eu besoin de tripoter les autres objets de la collection. Viens, je vais te faire visiter la chapelle, rapidement, rassure-toi. Il m'est arrivé d'y célébrer la messe…

L'entrée de la petite église se situait à quelques mètres de la pharmacie. Elle avait été bâtie au XIXe siècle et n'était plus utilisée qu'une ou deux fois par an. Ils y pénétrèrent. Le mobilier était simple et, aux murs, pendaient plusieurs toiles. Connaissant le peu d'intérêt manifesté par son amie pour les choses en lien avec la religion, il s'apprêtait à mettre un terme à leur visite lorsqu'on le héla.

— Kevin ?

Il se retourna et vit arriver vers lui son ami Michel, diacre comme lui qui gérait par ailleurs une entreprise en électricité. Il présenta Charlotte et expliqua la raison de sa présence.

Michel marqua un temps d'arrêt.

— Quel jour, le vol ?

— Le 17. Pourquoi ?

— J'étais là… Maintenant que tu m'en parles, je me rappelle que, alors que je me trouvais sur mon échelle en train de réparer l'installation électrique, j'ai aperçu un gars qui glissait quelque chose dans son sac à dos. Remarque, je n'ai pas bien vu ce dont il s'agissait… en tout cas c'était de couleur bleu.

Kevin coula un regard en direction de son amie.

— Et… ce qui m'a mis la puce à l'oreille, c'est sa réaction lorsque je l'ai interpellé. Il a blêmi, a balbutié une explication à laquelle je n'ai rien compris, a refermé la fermeture Éclair de son sac et a filé comme s'il avait aperçu le diable en personne. C'est ce qui m'a intrigué. Il n'avait pas du tout l'intention de visiter apparemment.

— C'était quelle heure ?

— Vers 15 heures.

— Tu pourrais le décrire ?

Michel poussa un long sifflement.

— Alors là, tu m'en demandes beaucoup. Je me trouvais tout en haut de mon échelle, à côté de l'autel, la chapelle n'était pas éclairée et le jeune était là-bas, tout près de la porte d'entrée. Voyons, il était costaud me semble-t-il, pas très grand, avec des cheveux bruns, je crois.

— Race blanche ?

— Oui.

— Et si je te présentais plusieurs personnes, tu pourrais identifier le gars ?

Michel se gratta la tête en signe de perplexité et avoua, tout penaud :

— Honnêtement je l'ai vu de très haut, donc surtout son apparence générale, pas son visage.

— Mais tu as dit un jeune, non ?

— Ah, ça, oui ! Entre vingt et trente ans maximum.

Kevin remercia son ami, l'informant qu'il le contacterait pour le convoquer très prochainement comme témoin.

— Je fonce au service pour déclencher une enquête de voisinage. La piste est toute chaude, c'est une chance à ne pas louper. Je réclamerai des renforts au directeur. On se voit ce soir ?

La journaliste n'avait pas du tout l'intention de le laisser s'en tirer ainsi.

— Dis-moi, tu as une photo du masque volé ?

Et, connaissant la réponse, elle récupéra son téléphone et en quelques clics fit apparaître le cliché.

L'enquêteur se mordit la lèvre, non pas tant pour éviter de lui demander comment elle l'avait obtenue, mais surtout car il se reprochait de ne pas avoir eu la présence d'esprit de poser lui-même cette question aux antiquaires. Décidément, peut-être était-ce dû à la présence de Charlotte, qui le troublait, mais il multipliait les erreurs.

— Non, mais elle me serait utile…

— Écoute, le coupa-t-elle, je peux venir avec toi à ton service, tu l'enregistreras. Par la même occasion, je souhaiterais pouvoir parler à Chloé. Tu me dois bien ça, non ?

Tout en cheminant côte à côte, l'officier de police réfléchissait à toute vitesse. Il n'était pas dans les usages de permettre à un gardé à vue de discuter avec qui que ce soit, hormis dans le cadre d'une confrontation. Comment justifier, notamment vis-à-vis de ses troupes, une telle entorse au règlement ?

La journaliste, connaissant son ami, devinait qu'il ne lui opposerait pas un refus mais comprenait bien son embarras. Il devait pouvoir en justifier l'intérêt pour son enquête. Elle proposa :

— Tu pourras toujours expliquer que je vais essayer de la convaincre de dire la vérité.

Elle se garda bien de parler d'aveux, ne croyant pas une seconde que Chloé ait pu tuer qui que ce soit, et cela, quelles que soient les charges retenues contre elle.

Kevin se racla la gorge.

— Bon, d'accord, mais rapidement alors !

Charlotte hocha la tête.

Une fois dans les locaux du SRPJ, l'officier de police ordonna que l'on aille chercher la conservatrice détenue dans les cellules situées au deuxième sous-sol de l'hôtel de police. Il demanda au policier qui l'amena devant lui d'attendre devant la porte de son bureau et laissa Charlotte seule avec son amie.

— Je t'accorde quinze minutes avec elle. Je suis à côté, je prends ton téléphone pour télécharger la photo.

Charlotte le remercia.

Après avoir rejoint ses deux coéquipiers, Kevin leur fit part des tout nouveaux rebondissements. Patricia en fut estomaquée. Où allait-il pêcher ses infos ? Mais elle n'osa le questionner, la pratique professionnelle voulant que chacun protège ses indics.

— Première boulette, on n'a pas songé, moi le premier, à demander s'il existait un cliché photo du masque. Deuxième erreur, on n'a même pas été fichus de penser à s'assurer auprès de nos collègues de l'existence d'autres vols de ce type, herbes, plantes, parfums, poudres, etc. On a été mauvais, les gars, sur ce coup, reprocha l'officier. Il va falloir se rattraper. Patricia, foncez au service des plaintes et récupérez toutes celles en lien avec nos affaires. Prenez-les toutes, on triera ensemble. Bernard, interrogez-le STIC et le JUDEX, vérifiez si des faits similaires ont été commis, et…

— Chef, je vous signale que les fichiers police et gendarmerie viennent de fusionner dans une nouvelle base de données, le TAJ, ou traitement des antécédents judiciaires.

Le lieutenant marqua un temps d'arrêt.

— Ah oui, c'est vrai, c'est tout récent, je me rappelle avoir signé la note de service. Mais… n'était-il pas indiqué également que l'on pouvait créer maintenant une alerte pour être informé de la commission d'un vol portant sur tel ou tel type d'objets, avec tel ou tel mode opératoire, etc. ?

— Vous avez bien lu.

— Super, on va pouvoir vérifier l'efficacité de cette possibilité. Faites le nécessaire, Bernard. Exigez d'être avisé de tout vol en lien avec le parfum, les poudres, les plantes, etc., d'accord ?

— Je limite la demande à la zone de compétence de notre SRPJ ?

Le chef de groupe réfléchit un instant. Il avait déjà commis pas mal d'erreurs, d'oublis, autant balayer large.

— Non, étendez la requête au plan national. On triera ensuite.

— OK, je m'en occupe tout de suite.

— Autre chose. Priorité numéro un : on retourne à la pharmacie de la Miséricorde pour une enquête de voisinage. Départ dans la demi-heure. Je vais demander des renforts au directeur. Il faut mettre le paquet maintenant. Puis, on fera un tapissage avec… devinez qui ?

— Nos étudiants ? interrogea Patricia.

— Bien vu. Convoquez-les immédiatement. Qu'ils rappliquent tous, sinon foncez les chercher. Je file chez le patron et je vous rejoins.

Après avoir obtenu le concours d'une dizaine d'autres enquêteurs mobilisés sur l'ordre du divisionnaire, Kevin regagna son bureau.

Charlotte discutait avec Chloé, en pleurs.

— Désolé, dit-il, mais vous devez retourner en garde à vue.

Et avant que la conservatrice ne puisse répondre quoi que ce soit, laissant toutefois les deux amies se serrer dans les bras en guise d'au revoir, il la confia au gardien de la paix de faction.

— Alors ? Elle t'a avoué un fait nouveau ? demanda-t-il par acquit de conscience.

Charlotte haussa les épaules en un geste d'impuissance.

— Non, elle reconnaît avoir eu une liaison avec Felipe, mais sans jamais le moindre nuage, n'ignorant pas que leur relation ne durerait qu'un temps. Elle reconnaît s'être rendue plusieurs fois la nuit à l'herbier car elle avait rendez-vous avec lui, et reconnaît également avoir vu le corps puis avoir paniqué. Entre nous, je ne comprends pas pourquoi elle aurait mis le feu à ce qui constitue son outil de travail.

— Tu la crois sincère ?

— Oui. Sa seule erreur a été de ne pas avoir appelé les secours lorsqu'elle a constaté que Felipe était mort. Que va-t-il lui arriver maintenant ?

Kevin hésita un instant avant de répondre.

— Le juge d'instruction nous a accordé une prolongation de gardc à vuc. Puis on lui présentera Chloé Turaud, et je crois qu'au terme d'un débat contradictoire il demandera au juge des libertés et de la détention son placement sous mandat de dépôt. Je ne veux pas anticiper mais j'ai bien peur qu'il ne l'obtienne.

— Et toi, personnellement, qu'en penses-tu ?

— Je me base sur les faits, Charlotte. Rien que les

faits, et ils sont contre elle.

— Mais, réfléchis ! Quelles raisons avait-elle de l'assassiner ? Aucunes. On n'a pas trouvé à son domicile ou dans son bureau l'arme ayant servi à tuer Felipe, elle était libre car divorcée depuis plusieurs années, n'avait jamais été en conflit avec lui, savait pertinemment que son séjour en France était limité dans le temps. Quel est son mobile ? insista-t-elle, une fois de plus.

Kevin se contenta de lever les deux mains en l'air.

— On cherche toujours, on explore toutes les pistes. Désolé, mais je ne peux rien faire de plus. On se voit ce soir ?

Et sur la réponse affirmative de son amie, toujours contrariée cependant, ils se séparèrent.

Ryan, Olga, William et Santiago se trouvaient à la cafétéria de la fac des sciences. Ils s'étaient isolés pour pouvoir discuter tranquillement. Ils faisaient bande à part, et constituaient une petite équipe.

Ils s'étaient regroupés comme le faisaient d'ailleurs tous les étudiants étrangers dans tous les pays du monde. Rien de bien original à cela. Ils partageaient les mêmes difficultés, celles liées à l'adaptation pendant de longues années aux us et coutumes d'un pays différent du leur, et ils ressentaient la même nostalgie de leur pays d'origine.

Mais depuis plusieurs mois un lien bien plus fort les unissait. La pression qu'exerçait sur eux leur maître de conférences les avait soudés plus rapidement qu'un ordre donné par le plus intransigeant des militaires.

Santiago Gomez prit le premier la parole en s'adressant à Olga.

— Tu y crois vraiment, toi, à la culpabilité de la conservatrice ? D'après les rumeurs, il semblerait qu'ils s'envoyaient en l'air. Tu le savais ?

Olga Petrov se raidit légèrement. Même si elle n'avait pas toujours fait preuve d'une grande fidélité envers Felipe, le fait que son infortune, dont elle ignorait tout, du moins vis-à-vis de la responsable de l'herbier, soit portée sur la place publique, assénait un coup sévère à son orgueil. Elle prit sur elle de répondre avec une certaine légèreté.

— Oh ! Tu sais, il n'y avait rien de vraiment sérieux entre nous.

— Mais vous n'aviez pas envisagé de faire votre vie ensemble au Mexique ? revint à la charge l'Argentin, qui n'avait pas vu blêmir son ami Ryan.

— Un simple projet, sans plus, trancha-t-elle, décidément agacée que l'on mette ainsi sa vie privée sur le tapis.

— Donc, aucune raison de le tuer par jalousie ? demanda William Fortier d'un air moqueur, avec son petit accent chantant de Québécois.

— Non, mais tu es fou ! Qu'est-ce qui t'arrive, intervint violemment Ryan, prenant immédiatement fait et cause pour celle dont il estimait être maintenant le chevalier servant.

— Calme-toi, je plaisantais !

— Ouais, eh bien ne plaisante pas avec ce genre de choses, car si ça venait aux oreilles des flics, Olga…

— Je suis assez grande pour me défendre, s'interposa-t-elle. D'ailleurs, ce soir- là, j'ai dormi dans ta chambre, n'est-ce pas ?

— Bien sûr, répondit Ryan, c'est ce que j'ai déclaré aux policiers lorsqu'ils m'ont interrogé.

Il ne le dit pas, mais était fier de la stratégie proposée à ses amis. Faire en sorte de se fournir mutuellement, en cas de besoin, un alibi. Cela lui permettrait à lui aussi d'en avoir un tout prêt si d'aventure il était accusé du vol d'un flacon à la pharmacie de la Miséricorde, par exemple.

Santiago semblait vouloir une réponse à tout prix à sa question, peu soucieux d'augmenter le malaise général.

— Mais alors, qui a pu tuer Felipe ?

L'étudiant australien, lui, n'avait qu'une idée en tête. Exonérer son amie de tout soupçon. Le reste lui importait peu. Notamment la culpabilité éventuelle de la conservatrice. Il devinait que les flics français partageaient les mêmes réflexes que ceux de son pays : une fois obtenu un os à ronger, en l'occurrence un coupable, ils n'iraient pas chercher plus loin. Cela l'arrangeait. Cela les arrangeait tous, en fait. Il haussa les épaules avant de répondre :

— Écoute, Santiago, si les flics l'ont coffrée, c'est qu'ils avaient des billes. Un mobile que nous ignorons, des preuves, des témoignages, je ne sais pas moi ! Il ne faut pas oublier que Felipe ne nous disait pas tout. Il était très secret avec nous, non ? Il nous prenait de haut bien souvent, rappelez-vous ? Vous vous en souvenez, n'est-ce pas ? Il n'était pas toujours très agréable et, parce qu'il avait de très bonnes notes et copinait avec le prof, nous nous méfions de lui. N'ai-je pas raison ?

Seul le silence répondit à la violente diatribe de Ryan. Même si personne n'ignorait qu'il jalousait Felipe, ses propos étaient frappés de bon sens.

Leur ami s'enhardit et revint à la charge.

— Il disposait de revenus dépassant largement les nôtres alors que, d'après ce que j'en sais, ses parents n'étaient pas bien riches. D'ici qu'on prouve sa participation à un trafic…

Un autre long silence lourd de sous-entendus suivit le nouvel assaut de Ryan.

Olga résuma la pensée de tous en lançant :

— Vivement que nous passions notre examen final et que nous puissions nous casser d'ici. Je commence à en avoir soupé de Dorian.

— Il faut nous serrer les coudes, reprit Ryan. Comme nous l'avons fait jusqu'à présent. Un pour tous…

— Et tous pour un, termina Santiago en tendant sa main par-dessus la table basse autour de laquelle ils se trouvaient, vite rejointe par celles des autres.

Il convenait de faire en sorte que leur serment, celui prêté aux trois mousquetaires, soit respecté. Leur salut en dépendait. Felipe, qui faisait bande à part, en avait été exclu.

— J'ai décidé d'effectuer un tapissage, lança Kevin à ses deux coéquipiers revenant, le moral dans les chaussettes, de la rue de la Monnaie.

Très ancienne, au charme médiéval certain, la petite artère peu propice à la circulation automobile, située à proximité de l'esplanade en plein cœur de l'Écusson, voyait passer beaucoup de monde. Trop de monde en l'occurrence. C'était une rue très passagère mais peu engageante pour des locataires. Son étroitesse ne permettait pas aux rayons du soleil d'inonder de leurs bienfaits des appartements obscurs, et, en plus, elle n'autorisait aucune possibilité de stationnement.

— Souhaitons qu'il y ait une bonne nouvelle à la clef, se prit à espérer Patricia, qui se massait les mollets. Vous avez bien fait de rester ici, chef.

Elle venait, avec Bernard, de passer deux heures à arpenter le bitume, faisant du porte-à-porte et interrogeant les passants. En vain. Les dix enquêteurs dépêchés en renfort par le directeur avaient fait chou blanc également.

— Les étudiants étrangers sont là, reprit le lieutenant. On en profitera pour leur tirer le portrait. Tout est prêt ?

Les témoins, qui ne se bousculaient pas en règle générale pour apporter leur concours dans les affaires criminelles – on les comprenait aisément – répugnaient à être mis en présence des suspects. Aussi la présentation à Michel de plusieurs personnes, l'officier avait décidé de mêler aux suspects plusieurs collègues du service, s'effectuerait par l'entremise d'une glace sans tain. L'électricien pourrait ainsi examiner tout à loisir ceux qui seraient en face de lui sans que ces derniers ne puissent le voir ou le reconnaître.

Pour être validée par la justice, l'opération, appelée officiellement « parade d'identification », devait respecter certains critères. Les étudiants auraient le loisir de choisir le numéro qu'ils présenteraient devant leur poitrine. Les plastrons, en l'occurrence trois policiers, se partageraient les autres. Ils seraient donc au nombre de six. Olga Petrov ayant été évidemment dispensée d'y participer.

Des clichés photo seraient effectués pour prouver aux magistrats et avocats le réalisme et le sérieux dans la conduite du processus.

Le moment tant attendu arriva. Kevin alla à la rencontre de son ami et le rassura.

— Réfléchis bien avant de te décider en choisissant un numéro. Prends ton temps, tout le temps nécessaire. Ils ne peuvent pas t'apercevoir. Si tu veux, on peut les faire bouger ou parler, te tourner le dos même.

Rien n'était plus terrible pour les enquêteurs qu'un témoin se précipitant pour annoncer un numéro, puis quelques instants plus tard en sélectionner un autre, pour revenir ensuite à son premier choix. Tout ce qu'il avait dit devait être soigneusement retranscrit et les avocats des mis en cause en faisaient alors leurs choux gras, insistant sur les volte-face et, partant, le peu de valeur à accorder à l'identification.

Les policiers de la brigade criminelle retenaient leur souffle.

Le temps s'écoulait. Patricia lança un regard en direction de son coéquipier. Elle ne prononça pas un mot mais savait qu'il partageait son inquiétude. Si une trop grande rapidité pouvait nuire à la force probante d'un témoignage, a contrario, trop d'hésitation indiquait que l'on s'acheminait vers un sérieux doute quant à la capacité du témoin de reconnaître qui que ce soit. Impossibilité de sa part ? Peur de se lancer dans une affaire judiciaire dont il appréhendait mal le contour et redoutait l'issue ?

Or, le doute profitant au mis en cause…

Enfin, Michel se pencha vers Kevin et lui annonça :

— Il ressemblait au numéro 5.

Les policiers de la brigade criminelle se consultèrent du regard. Le témoin venait de reconnaître Santiago Gomez. Son signalement correspondait à peu près à celui donné par le témoin. Il n'était pas très grand et portait des cheveux bruns. Encore que ce signalement était bateau et pouvait correspondre à beaucoup de gens.

L'officier de police fit éloigner son ami, demanda

aux personnes constituant la parade d'identification de prendre, à leur convenance, de nouveaux cartons portant une numérotation différente de la précédente et mit en place un second, et obligatoire, retapissage.

— Numéro 2, lança avec beaucoup plus de conviction et de rapidité le diacre.

Les enquêteurs étaient soulagés. Il avait identifié encore une fois Santiago.

Kevin, toutefois, pouvait déjà entendre les remarques du juge ainsi que les objections du futur avocat de l'Australien. « Comment un témoin peut-il reconnaître mon client alors qu'il a déclaré ne pas avoir vu son visage, mais simplement une silhouette, la couleur de ses cheveux et sa carrure ?! »

Enfin, à défaut d'une certitude, le chef de groupe n'en avait pas, il aurait au moins la possibilité de cuisiner le suspect lors de la garde à vue. Mais il ne se faisait pas d'illusions. S'il n'avouait pas, le juge d'instruction n'envisagerait pas de présentation devant lui.

Pendant que Patricia se chargeait, assistée de Bernard, d'interroger l'Argentin, Kevin organisa l'audition des autres étudiants avec l'aide de plusieurs enquêteurs appelés en renfort. Puis il retourna épauler la brigadière-chef.

En le voyant, elle lui adressa une moue révélatrice. Il chiquait.

— Alors, monsieur Gomez, qu'avez-vous à dire ?

— Je n'ai rien à me reprocher, je n'ai rien volé. Aux jour et heure du vol, j'étais avec mes collègues.

Interrogez-les ! Ils vous le confirmeront.

L'officier se rendit successivement auprès des trois autres étudiants, et obtint le même son de cloche. Santiago n'avait rien à se reprocher. Ils étaient bien ensemble ce jour-là, et plus précisément cet après-midi-là.

À l'issue de la perquisition, négative, effectuée au domicile de Gomez, il fut toutefois placé en garde à vue sur ordre du juge Charabot pendant que ses amis laissés libres étaient priés de se tenir à la disposition de la justice et de la police.

— Alors, qu'en pensez-vous ?

Kevin avait réuni ses deux coéquipiers et faisait le bilan.

Patricia s'exprima la première, tout en caressant de la main ses cheveux coupés court, roux depuis une semaine.

— Compte tenu de la difficulté avec laquelle le témoin l'a reconnu ou soi-disant reconnu, je ne suis pas étonnée qu'il chique. Je ne suis même pas sûre qu'il soit coupable.

— Et puis avec les témoignages en sa faveur de ses copains, il a bétonné sa déclaration, ajouta le brigadier.

Le lieutenant laissa passer un instant avant de suggérer :

— Et s'ils lui avaient fourni un alibi de complaisance ?

La brigadière-chef secoua la tête.

— Hum ! Pourquoi pas. Mais ils se connaissent

depuis moins de trois ans, et dans quelques mois ils rejoindront tous leurs pays respectifs. À moins qu'ils ne soient unis comme les doigts de la main, je ne vois pas leur intérêt à fournir un faux témoignage dans une affaire criminelle de cette importance.

— Sans compter que Felipe était un des leurs, tout de même, renchérit Bernard.

Beaucoup de vols dans cette affaire, toujours les mêmes suspects potentiels qui se fournissaient mutuellement un alibi, cela commençait à inquiéter Kevin.

— Bon, on verra bien ce qu'en pense le juge. Au fait, Patricia, on a reçu le rapport d'autopsie ?

— Tenez, chef, le voilà.

Le lieutenant Normand feuilleta l'épais dossier puis le reposa.

— Faites-nous un résumé.

— Le légiste a diagnostiqué deux blessures pénétrantes occasionnées par deux balles de 22 Long Rifle tirées à bout portant. Il les a récupérées toutes les deux, elles sont déjà parties au labo. D'après lui, la première a été tirée dans la poitrine et la seconde dans la tête. En ce qui concerne les analyses toxicologiques, il faudra attendre les résultats. Le décès est survenu entre minuit et 5 heures du matin. Ah ! Autre chose. Le toubib a relevé également un enfoncement de la boîte crânienne avec un objet contondant.

— Il a dû y avoir une bagarre au cours de laquelle il a pris tout d'abord un coup sur la tête, puis son agresseur réalisant qu'il n'aurait pas le dessus lui a, à bout portant, tiré dans la poitrine, déclara le brigadier. Cela signifie qu'il a laissé approcher celui qui l'a exécuté, donc…

— Donc, il le connaissait.

— C'est mon avis, lieutenant. Et le meurtrier a eu peur qu'une seule balle de 22LR ne soit pas suffisante et…

— Il a terminé son boulot en lui en logeant une seconde dans la tête. Presque un comportement de tueur professionnel, suggéra Patricia, relativisant ses propos dans la foulée. À moins qu'il ne regarde trop souvent les séries télé.

— Bon, nous savons au moins maintenant qu'il faut chercher ce type d'arme. On tape une nouvelle perquise chez la conservatrice ? Qu'en pensez-vous ?

Bernard et Patricia se regardèrent. Ils hésitèrent. Puis Patricia prit la parole.

— Honnêtement, je n'en vois pas l'utilité, chef. On a vraiment fouillé partout. Elle l'a peut-être balancé ?

— OK, je vous fais confiance. Et, en ce qui concerne le contrat établi pour la délivrance du numéro qui se termine en 99 ?

Le brigadier tenait entre les mains une chemise cartonnée, qu'il tapota.

— Tout est là.

Le chef de groupe étala le dossier sur son bureau et feuilleta les documents. Le seul élément qui intéressait les enquêteurs était la pièce d'identité produite. Il extirpa une photocopie d'un permis de conduire. Il eut beau scruter longuement la photo correspondant au titulaire, porteur d'une légère barbe, il ne parvint pas à identifier qui que ce soit. Cela arrivait parfois lorsque le cliché représentait une personne très jeune, ce qui était le cas, ou qui avait changé d'apparence, port ou absence de moustache, de barbe, etc.

Il se tourna alors vers ses deux collègues pour quêter leurs avis.

— J'ai déjà regardé le dossier, dit Bernard avec un reniflement. Le permis est un faux. Il y a bien le nom d'Antoine Rivarol, mais d'après la date de naissance le gars aurait trente-trois ans et non la centaine. Il n'y a que les nom, prénom et l'adresse de valables.

— Ainsi que le permis, tout de même, ajouta sa collègue.

— Ouais. J'ai vérifié. Il avait été dérobé à Rivarol, il y a deux ans, mais il n'avait pas fait de nouvelle demande. Compte tenu de son âge, on peut le comprendre.

— Quelqu'un a contacté le commercial qui a vendu le numéro ? interrogea l'officier.

— C'est le B.A.BA, chef, répondit Bernard. J'ai personnellement parlé avec la vendeuse d'une boutique située dans la zone commerciale de Ville Active à Nîmes, pour savoir si elle pourrait reconnaître son client. Elle m'a ri au nez. La transaction qui porte sur une carte prépayée, réglée en espèces, s'est faite il y a plus d'un an et, comme elle voit passer des dizaines de gens par semaine… Pas plus de chance de remonter plus loin que d'obtenir des infos précises sur la personne qui a acheté l'autre téléphone utilisé par Felipe.

Kevin était en train de consulter le listing des numéros de portables ayant actionné la borne de France Télécom desservant les abonnés du quartier des Aubes, proche de la distillerie.

— Bon, dit-il. Récapitulons. Le propriétaire de ce numéro a été contacté par Felipe lorsqu'il est allé au Crès, piquer le masque à l'antiquaire…

— Le porteur du même téléphone se trouvait près de la distillerie dans le créneau supposé de l'exhumation d'un animal, enchaîna Patricia.

— Et c'est toujours ce gars, ou du moins son téléphone, jugea, prudent, l'officier, qui a pris contact avec Felipe quelque temps avant sa mort.

Un grand silence suivit ces constatations. Chacun cogitait.

— Se pourrait-il que, après Chloé Turaud, notre agent de sécurité ait reçu la visite du propriétaire de ce numéro ? demanda Kevin.

Patricia leva la main pour formuler une objection.

— Dans ce cas-là pourquoi ce numéro n'apparaît-il pas sur la borne de France Télécom, alors que celui de la conservatrice a été relevé ?

Poser la question revenait également à donner la réponse. Kevin l'exprima à haute voix.

— Parce que le téléphone était éteint.

Pour une fois le brigadier semblait partager l'avis

de sa coéquipière.

— Pourquoi l'aurait-il allumé alors qu'il se rendait en pleine nuit à l'herbier ? Mais il fallait tout de même qu'il appelle le vigile pour lui ouvrir la porte. Felipe aurait pu se trouver dans les étages ?

— S'il a agi de la sorte, alors qu'il n'avait pas pris ce type de précaution auparavant, c'est qu'il avait décidé de le tuer, assena Kevin. Il n'y a pas d'autre explication.

— Alors, la conservatrice n'y serait pour rien ? releva, un soupçon d'inquiétude dans la voix, Patricia.

Le lieutenant se perdait en conjectures. Son credo était simple : les faits, encore les faits, toujours les faits. Toutefois, son expérience professionnelle lui avait permis de réaliser qu'il fallait parfois s'en évader. C'était d'ailleurs ce qui caractérisait un bon enquêteur. Sa capacité à prendre de la hauteur, à imaginer des solutions peu conventionnelles. Il préféra hausser les épaules en un signe d'impuissance, puis consulta sa montre. Déjà plus de 20 heures.

— On verra ça demain. Bernard, vous bossez toujours sur les ordinateurs de Felipe ?

— Quand vous m'en laissez le temps, chef, déplora ce dernier. Je vais faire des heures supplémentaires ce soir, je m'y remets tout de suite. Au moins, je serai tranquille, lança-t-il en fixant sa collègue qui, peu convaincue, se contenta de secouer la tête en levant les yeux au ciel.

Charlotte rejoignit Kevin à son appartement. Ils avaient décidé de passer la soirée ensemble. La conversation roula sur leurs activités respectives, les hauts et les bas, chacun s'ingéniant à faire entendre à l'autre qu'il menait une vie certes épanouie, notamment sur le plan professionnel, mais avec un zeste de vide sur un plan plus privé. Kevin ne pouvait pas, pas plus aujourd'hui qu'hier, promettre à son amie de s'engager à ses côtés. Sa qualité de diacre le lui interdisait. Quant à Charlotte, elle n'était pas prête à se contenter de miettes d'une vie en pointillés avec des rencontres laissées au bon vouloir de Kevin.

Un seul espoir.

— J'ai pu lire que le pape François avait déclaré que le mariage des prêtres n'était pas un tabou et qu'on pouvait en discuter. C'est d'actualité ou simplement un effet d'annonce ? lui -demanda-t-elle alors qu'elle se trouvait lovée dans ses bras, assise les jambes repliées sur le canapé.

Kevin connaissait la déclaration du pontife, qui n'était pas passée inaperçue. Elle avait suscité nombre d'interrogations au sein même de l'évêché ainsi que parmi la communauté des chrétiens. Mais il en avait été déduit que le fait de pouvoir évoquer ce problème ne signifiait en aucune façon que l'Église était susceptible de modifier ce dogme. Il en fit part à son amie. À sa grande surprise, elle lui rétorqua :

— Le célibat des prêtres n'était pas, à l'origine du moins, un dogme mais une règle de discipline établie au XIIe siècle. Le mobile en était simple : faire en sorte que les ecclésiastiques n'aient pas d'héritiers, et préserver ainsi le patrimoine de l'Église. N'est-ce pas ?

Kevin en resta pantois. Manifestement, ce subit intérêt pour la chose ecclésiastique avait un lien évident avec l'envie qui était la sienne de vivre avec lui. Envie qu'il partageait également.

— Tu as raison. Le pape ne peut s'empêcher de comparer la situation des Églises orthodoxes au sein desquelles les ministres du culte sont mariés. Seuls les membres du haut clergé n'y sont pas autorisés. Je pense que s'il se décidait cela susciterait une augmentation bien venue des vocations.

Il arrêta net ses propos, feignit la plus grande concentration et lança :

— Par contre, il a précisé qu'il n'était pas question d'avoir des femmes prêtres, tu n'as aucune chance, déplora-t-il avec tout le sérieux requis, avant d'exploser de rire, rejoignant Charlotte dans son hilarité.

Le lendemain matin ils se séparèrent. Avant même de regagner son bureau, Kevin devait rejoindre le domicile de ses parents. Il avait été décidé que son frère Victor intégrerait l'ESAT, établissement et service d'aide par le travail, situé à Villeneuve-les-Maguelone, et qu'en l'absence de son père il accompagnerait sa mère.

Victor à qui on avait bien expliqué la chose depuis plusieurs jours était dans tous ses états et ne lâchait pas la main maternelle. Heureusement, Kevin avait parmi les éducateurs un ami d'enfance, originaire comme lui de Baillargues, René, et ce dernier avait promis d'accorder une attention toute particulière à son nouveau pensionnaire.

Dès l'arrivée au centre, Victor reconnut René et, au grand soulagement de tous, se précipita vers lui. Claire et Kevin se regardèrent, apaisés. La séparation, limitée à la journée, Victor regagnant le domicile familial tous les soirs, en serait d'autant moins difficile.

Son frère cadet avait même donné la main à René, et ils visitèrent ensemble les divers ateliers. Celui de la viticulture, celui de la conchyliculture, celui du travail à façon réservé aux usagers les plus habiles c'est-à-dire les moins affectés par leur handicap, et enfin celui de la prestation de services, où Victor serait employé.

— Il fera quel type d'activité ? demanda Kevin.

— Pour l'instant, il travaillera au routage. Regarde. Il devra plier des prospectus et en fonction de leur couleur les insérer dans des enveloppes de même couleur.

— Ce n'est pas trop difficile pour la première journée ? s'inquiéta Claire Normand.

Grand sourire de René.

— Non, ne vous tracassez pas. C'est l'activité la plus facile du centre. C'est exactement ce qui lui convient. Un travail répétitif, simple et valorisant car il va le réussir. Une fois qu'il se sentira en sécurité, il se régalera. Vous serez surpris, mit-il un point d'honneur à affirmer. Par la suite, s'il s'en acquitte facilement on lui confiera des tâches légèrement plus complexes, mais il faudra qu'on discute avec lui, et vous également, de son projet professionnel.

Kevin et sa mère avaient du mal à s'éloigner, craignant que Victor ne pousse des hurlements en les voyant l'abandonner. Aussi furent-ils surpris lorsque Victor se dirigea de son propre chef, leur tournant le dos, vers d'autres handicapés.

— Bon, c'est le moment, trancha René en consultant sa montre. 8 heures, c'est l'heure de l'embauche. Partez tranquilles. De toute façon, au moindre problème, je vous contacte.

Le cœur gros tous deux, Kevin raccompagna sa mère à Baillargues, après quoi il fonça vers l'hôtel de police.

Il y était attendu de pied ferme par ses deux coéquipiers.

— Chef, j'ai passé la nuit à étudier l'ordinateur de Felipe, notamment sa clef USB…

Et, comme sa collègue semblait s'étouffer, il rectifia :

— Enfin… une petite partie de la nuit… Et devinez sur quoi je suis tombé ?

— J'ai oublié ma boule de cristal.

Bernard s'approcha de son supérieur et lui mit sous le nez une feuille sur laquelle se trouvaient imprimées plusieurs lignes.

Il fit sauter les clefs du véhicule dans la paume de sa main et demanda :

— On y va ?

10

XVIIIe siècle

Plusieurs jours s'écoulèrent. Les époux Fardon n'osaient plus sortir de chez eux, s'attendant à chaque instant à ce qu'on se saisisse de leurs personnes. Le temps semblait s'être arrêté.

Une conséquence surprenante, toutefois. La présence permanente, non loin de leur pas-de-porte, des archers avait accrédité l'idée que de très hauts seigneurs étaient sur le point, ou en train, de leur rendre visite. Il s'était ensuivi une augmentation très sensible des chalands.

— Jean ! Conduisez-moi vers Jean Fardon ! s'écria un beau matin Léonard, en pénétrant en coup de vent *Au messager de Montpellier*, le visage éclairé par un étrange sourire.

Il fut mis immédiatement en présence du maître parfumeur, qui se terrait au fin fond de son laboratoire.

— Nous sommes sauvés, mon ami, nous sommes sauvés ! s'écria-t-il en serrant dans ses bras son vis-à-vis.

— Comment, sauvés ? questionna l'intéressé, qui n'en menait pas large.

Léonard s'éclaircit la voix et bomba le torse.

— Je n'en pouvais plus de me morfondre dans mon salon à attendre la venue des argousins, aussi j'ai pris mon courage à deux mains et je m'en suis allé rendre visite à la reine. J'ai expliqué à Sa Majesté que la perte de ses cheveux était due essentiellement à sa toute récente maternité et non à autre chose. En effet, et le merlan s'interrompit désireux de faire apprécier à leur juste valeur son audace et son imagination, j'avais sollicité l'avis d'un médecin de mes amis, lequel m'avait affirmé qu'il s'agissait là d'une conséquence courante chez les femmes venant d'accoucher et que, après une messe de relevailles, il n'y paraîtrait plus.

Jean Fardon, son épouse venant de le rejoindre, écoutait bouche bée l'académicien de la coiffure.

— C'est là que mon génie, et Léonard bomba une nouvelle fois le torse, est entré en action. J'en ai profité pour convaincre Sa Majesté qu'il lui fallait dans le but de les fortifier couper ses cheveux pour rendre à leurs racines la vigueur perdue…

— Mon Dieu !... s'exclama Amélie, une main devant la bouche.

— Ne vous inquiétez pas, ne vous inquiétez pas ! Certes, Marie-Antoinette, et il se rengorgea en prononçant le royal prénom, a tout d'abord poussé un grand cri elle aussi à l'idée de perdre la coiffure fruit de l'imagination de votre serviteur, et il esquissa un semblant de courbette, qui faisait l'admiration et la jalousie de toutes les dames de la Cour. Mais j'ai su adroitement lui démontrer tous les avantages d'une chevelure coupée court. Je l'ai nommée « la coiffure à l'enfant », en l'honneur du dauphin.

— Et la Cour…, s'inquiéta Jean Fardon.

— J'en arrive. Pour rien au monde je n'aurais voulu être absent lors de la première sortie de la reine.

Et, une nouvelle fois, il interrompit son propos, conscient de tenir en haleine son auditoire.

— Ce fut un succès, un véritable triomphe, vous dis-je ! répéta-t-il tout en esquissant un simulacre de pas de danse. Je suis sauvé, sauvé… trouva-t-il utile de répéter tant son soulagement et sa joie étaient immense. Mon cabinet ne désemplit pas et les convocations de toutes les dames de la Cour pleuvent sur ma modeste personne. Je suis épuisé.

Et sans attendre qu'on l'y invite, il se laissa choir dans un fauteuil capitonné.

— Et nous… ? s'enquit timidement Jean Fardon.

D'un simple geste de la main, comme s'il chassait une mouche importune, le grand Léonard, qui avait recouvré toute sa superbe, poursuivit comme pour lui-même :

— Je suis à l'origine d'une nouvelle mode. Mon nom passera à la postérité, s'enorgueillit-il.

Alors qu'il s'en allait, le digne merlan se retourna brusquement.

— Ah oui, j'oubliais. En ce qui concerne votre responsabilité, j'ai tout arrangé naturellement. Ne vous inquiétez donc plus.

La naissance du dauphin donna un nouvel élan à la mode. Parfumeurs, modistes, coiffeurs, tous ceux qui comptaient dans l'art des embellissements si recherché par les coquettes rivalisèrent d'imagination. On nommait les couleurs des noms les plus cocasses et les plus bizarres, *caca de dauphin*, pour les verts jaunâtres, *boue de Paris* ou *merde d'oie* pour le brun irisé, *feu d'Opéra* pour un rouge rappelant l'incendie de la salle de l'Opéra, *entrailles de petit maître*, *prunes de Monsieur*... Les fantasmes ne connaissaient plus de limites.

Léonard, académicien de la coiffure, et Rose Bertin, la ministre des modes, étaient en train de laisser chacun à leur façon une empreinte dans l'histoire. On consommait jusqu'à l'épuisement. La dictature de la mode était telle qu'on vit le comte d'Aranda, ambassadeur d'Espagne, à peine arrivé à Paris, interdire formellement à sa jeune épouse une visite au *Grand Mogol* ainsi qu'*Au messager de Montpellier*. Il n'est jusqu'au maréchal de Broglie qui défende dans son camp aux femmes de ses subordonnés des modes jugées par trop affriolantes et susceptibles de ruiner le plus fortuné de ses officiers.

Le luxe avait pris des formes si horriblement coûteuses qu'il venait à bout de toutes les fortunes. L'Europe tout entière bruissait des nouvelles modes qui faisaient fureur à Paris.

Si Jean Fardon ne pouvait prétendre à une réputation qui soit de nature à égaler ou à faire de l'ombre à celle de la faiseuse de modes ou de l'empereur des merlans, comme se gaussaient certains, il n'en restait pas moins très apprécié de la Cour et de Sa Majesté. Et il y trouvait son compte. En effet, toute création se devait d'être suivie d'une nouvelle fragrance, d'une nouvelle senteur, d'une nouvelle poudre, et il savait au mieux accompagner, parfois précéder, l'imagination sans borne des faiseurs de mode.

Le parfumeur montpelliérain travaillait toujours d'arrache-pied dans son laboratoire. Les commandes pleuvaient. Plus que jamais des effluves puissants, musqués, capiteux régnaient au sein l'échoppe du parfumeur. De façon à ce consacrer exclusivement à son art, sans tomber toutefois dans les errements du passé, il avait laissé à Amélie le soin de gérer les livraisons et de s'assurer, dans la mesure du possible, que les factures étaient bien honorées avec régularité, se réservant la possibilité d'aller lui-même rappeler à leur devoir les clients récalcitrants. Il ne pouvait décemment pas déléguer cette pratique à son épouse.

— Mon ami, il faudrait vous diversifier davantage, lui suggéra un beau matin Amélie.

— Encore ! Et comment voyez-vous cela ? rétorqua vivement Jean alors qu'il était en train de veiller à la distillation d'une plante dont il souhaitait taire le nom.

— Vous n'ignorez rien des bruits qui courent sur… Mme Déficit.

Jean fit un bond, comme si une mouche l'avait piqué, inquiet à l'idée que d'autres que lui eussent pu entendre le qualificatif injurieux utilisé par certains des ennemis de la reine. Il savait qu'un vent de fronde, comme il en existait de temps à autre, s'élevait contre ses dépenses inconsidérées. Il avait eu écho des sommes fabuleuses englouties par Marie-Antoinette en matière d'achat de toilettes. Tout le royaume bruissait du fait que le roi avait dû singulièrement augmenter, pour ne pas dire doubler, le montant de la « chatouille », surnom donné à la cassette particulière de la reine.

— Ma mie, qu'avez-vous en tête ?

— Ce que nous faisons n'est pas suffisant. Il faut diversifier encore et encore, insista-t-elle, anticipant les réticences de son époux. Notre clientèle, par exemple. L'étranger…

Jean Fardon sursauta.

— Mais, n'est-ce pas ce que nous faisons déjà ? Nombre d'ambassadeurs…

— Je vous le concède, l'interrompit-elle, mais ne conviendrait-il pas de conquérir certains marchés européens, en envoyant des commis sur place pour obtenir de nouveaux débouchés, à l'image de ce que fait Rose Bertin ?

Le maître parfumeur fixa longuement son épouse. Son admiration, elle confinait souvent à l'adulation, envers la modiste de la reine l'agaçait parfois, même s'il devait bien reconnaître qu'elle n'avait pas toujours tort de vouloir copier les méthodes de réclame de celle qui régnait maintenant en maîtresse incontestée sur la mode de toutes les Cours d'Europe.

— Vous avez raison, comme d'habitude, mais il nous faudrait disposer de capitaux bien plus importants et…

Amélie sourit tout en se rapprochant de lui. Elle avait longuement mûri un projet avant d'oser l'évoquer avec son époux.

— J'ai une idée. Savez-vous combien de pots de rouge, dont vous êtes le spécialiste reconnu auprès de la noblesse, se vendent chaque année ?

Le Montpelliérain ouvrit tout grands ses yeux devant l'étrangeté de la question.

— Comment voulez-vous que…

— Deux millions ! Deux millions de pots se négocient chaque année dans le royaume.

Jean Fardon était perplexe.

— Mais, comment pouvez-vous connaître ce chiffre ? lança-t-il, stupéfait.

Amélie prit un air mystérieux, puis lâcha, tout sourire :

— C'est l'appréciation du chevalier d'Elbée.

— Le ministre des Finances de Sa Majesté ? s'émerveilla le Montpelliérain, plus que surpris d'entendre le nom de l'auguste personnage dans la bouche de sa femme. Il n'eut pas besoin de poser d'autres questions, Amélie répondit à son interrogation muette :

— Rose Bertin, alors qu'elle était en train de présenter une nouvelle toilette à la reine, a assisté à un entretien avec le chevalier.

Jean était tout ouïe. Pour l'avoir vérifié lui-même, les grands du royaume, surtout leurs épouses, car il avait bien souvent affaire à ces dernières, n'hésitaient pas à parler en sa présence. Il avait d'ailleurs eu parfois l'impression désagréable, mais n'était-ce vraiment qu'une impression, d'être invisible tant des conversations, maintes fois intimes, se poursuivaient comme s'il n'était pas là. Cette étrange sensation, de se voir considérer comme une quantité négligeable, le chagrinait, car elle en disait long sur l'importance qu'on lui accordait.

— Le chevalier, chargé de renflouer les caisses vides du royaume, se déclarait éberlué des sommes englouties par les dames de la Cour en achats de tout ce qui pouvait contribuer à leur embellissement, parfum, poudres, etc. Vous vous doutez bien qu'il s'agissait là d'un reproche à peine voilé fait à Sa Majesté, et il a poursuivi son propos, précisant qu'il envisageait de soumettre au roi de frapper le négoce des pots de rouge d'une taxe de 25 sols et que la cagnotte ainsi obtenue pourrait constituer une pension pour les veuves pauvres d'officiers…

Jean leva un regard inquiet vers son épouse, alarmé immédiatement par une mesure susceptible de diminuer le nombre de ses ventes.

— Et qu'a dit la reine ?

— Que voulez-vous qu'elle dise devant tant d'insolence ? Elle a répondu : « Frappez monsieur, frappez. » Mais c'est la réflexion de Rose qui m'a interpellée. Lors qu'elle m'a relaté les faits, elle m'a fixée longuement et m'a déclaré que, si elle avait la capacité d'élaborer des parfums, elle proposerait au chevalier d'acheter en toute exclusivité le droit de fabriquer et donc de vendre ces fameux pots de rouge.

Jean Fardon ne voyait toujours pas où voulait en venir exactement son épouse.

— Et… ? questionna-t-il.

Amélie pinça les lèvres devant une telle absence d'imagination, et réprima son agacement.

— Imaginez quels seraient vos bénéfices, monsieur le fournisseur des Enfants de France, si vous étiez assuré d'écouler, au bas mot, près de deux millions de pots de rouge chaque année ?

Le Montpelliérain fronça les sourcils, laissant à sa femme le soin de préciser sa pensée.

— Concevez-vous quel serait votre manque à gagner si, tout au rebours, quelqu'un exploitait cette idée avant vous ?

Et d'un geste brusque, elle lui tourna le dos, fort marrie de sa cruelle absence de lucidité et d'anticipation dans les affaires de commerce. Décidément, c'est un fabricant, un simple fabricant, un petit boutiquier tout au plus, se lamenta-t-elle en silence. Un homme avec plus d'envergure lui siérait mieux. Et elle se surprit à rêver à Quentin. Lui, elle commençait à bien le connaître, il lui avait fait part de ses projets lorsqu'il aurait enfin obtenu son brevet de maîtrise et pourrait être reçu au sein de la corporation de son mari, lui saurait prendre la balle au bond pour donner une tout autre dimension à leur entreprise. Il avait l'esprit aventureux et le dynamisme de la jeunesse. Comme le sien, puisqu'ils avaient le même âge.

Le maître parfumeur comprit que son peu d'enthousiasme fâchait son épouse. Il rejoignit sa moitié et se permit de demander :

— Et à votre avis, quelle serait la somme qu'exigerait le chevalier pour…

Amélie en avait déjà parlé avec Rose Bertin, aussi, d'un air dégagé, elle se retourna pour lui faire face et lâcha négligemment :

— Un million de livres, pour le moins.

— Combien ! s'écria-t-il, terrifié à la seule évocation d'un pareil chiffre.

Amélie se doutait bien de la réaction de son époux.

— Allons, asseyez-vous, mon ami, rien n'est fait. C'est une somme que vous ne seriez pas obligé de régler en une seule, fois, vous pourriez emprunter…

— Emprunter ! s'exclama le parfumeur, proche maintenant du coup de sang.

Amélie Fardon comprit qu'elle ne devait plus insister. Elle quitta les lieux fâchée. Elle ne se tenait pas battue pour autant et se promit de revenir à la charge plus tard.

Une nouvelle fois, elle se mit à regretter un époux vieillissant, il avait pris des rides, perdu des cheveux et singulièrement arrondi son tour de taille, qui ne voyait pas plus loin que le bout de ses alambics, qui ne savait parler que d'enfleurage, de distillation, etc.

Quelques jours plus tard, la femme du parfumeur se rendit à la Cour, où elle devait livrer à la dame d'atour de Sa Majesté plusieurs parfums.

— On ne passe pas, leur affirma d'un air d'autorité un des nombreux valets de pied de la reine.

Suffoquée par tant d'impertinences, Amélie consulta du regard Belange, comme pour le prendre à témoin. Une telle interdiction ne pouvait manifestement s'adresser à sa personne. Elle se haussa du col et demanda :

— Savez-vous qui je suis ? J'ai pour habitude d'être reçue par Sa Majesté, mentit-elle avec aplomb, laquelle attend avec impatience ses commandes.

Et d'un geste de la main elle indiqua les deux corbeilles que peinait à porter Quentin.

— Ce sont les ordres de la nouvelle dame d'atour…

— La nouvelle dame d'atour ? s'affola Amélie, inquiète que la nouvelle ne lui ait pas été communiquée.

— Oui, laissa tomber d'un ton condescendant le valet. Mme la comtesse d'Ossun a décidé que désormais tous les fournisseurs, et il lâcha le mot du bout des lèvres avec un mépris non dissimulé, devraient au préalable soumettre un état précis des embellissements présentés à Sa Majesté au secrétaire de la garde-robe.

Puis, le laquais leur tourna le dos et s'en fut.

Amélie Fardon se rendit immédiatement chez celle qu'elle pensait être son amie. Rose Bertin, intime de la reine, ne put que lui confirmer la nouvelle.

D'un air pincé, elle laissa tomber :

— Vous n'ignorez pas le surnom que l'on me prête… Je serais le « mauvais génie » de Sa Majesté, certains me traitent de « voleuse », me reprochant de vouloir faire ma « pelote sur le dos de Marie-Antoinette », lâcha-t-elle en haussant les épaules. Toujours est-il que le roi, et elle baissa le ton, s'est alarmé des dettes de la reine et a exigé d'elle qu'elle réduise de façon significative ses dépenses. Il a même refusé de régler mes dernières factures, le croirez-vous ! s'indigna-t-elle.

Amélie Fardon en resta muette de saisissement. Que l'on ose s'opposer au règlement des fournitures de la modiste préférée de Marie-Antoinette l'épouvanta au plus haut point. Qu'en irait-il alors des autres fournisseurs de la Cour ? Auraient-ils toujours accès à Versailles ? Et s'ils y avaient accès, leurs mémoires seraient-ils honorés ?

— Heureusement, soupira la Rose, Sa Majesté m'a dit qu'elle appellerait à l'aide son ami, le contrôleur général des finances du royaume, M. Calonne. J'ai toute confiance en lui car son épouse est de ma clientèle. Mais, de vous à moi, je ne sais pas ce qu'il en ira des autres fournisseurs. Enfin, c'est la vie !

Et la ministre des modes tourna le dos à la femme du maître parfumeur afin de lui signifier son congé.

Jean Fardon écoutait les propos alarmistes d'Amélie. Il songea immédiatement aux conséquences. Si la reine décidait de s'acheter une conduite plus vertueuse en diminuant de façon drastique ses commandes, toutes les dames de la Cour suivraient, imitées en cela par celles de tout le royaume, puis par les coquettes des Cours étrangères. Autant de fanfreluches qui n'auraient plus besoin d'être parfumées ou poudrées. Il essuya au moyen d'un mouchoir de batiste quelques gouttes de sueur qui perlaient sur son front. Cela lui fit également penser qu'il devait lui aussi s'acheter une conduite et essayer de perdre quelque poids.

Que faire ? Il ne savait pas. Il regrettait parfois de ne pouvoir se consacrer exclusivement à la découverte de nouvelles fragrances et de nouvelles poudres. À la pratique de son art en réalité. Il déplorait devoir quitter son antre dans lequel il respirait à loisir les plus subtiles fragrances pour s'exposer aux miasmes nauséabonds de la ville. Il soupira.

— Avez-vous pensé à ce que je vous ai dit ?

Sèchement interpellé, le Montpelliérain revint sur terre, manifestant son incompréhension d'un haussement de sourcils.

— Au sujet des pots de rouge.

Jean réprima un soupir, réfrénant son exaspération.

— Et vous croyez, ma mie, qu'il est judicieux de songer à emprunter..., commença-t-il, n'osant pas prononcer le montant de la somme tant il dépassait l'imagination, ... alors même que le roi resserre les cordons de sa bourse ?

Amélie Fardon en trépigna de mécontentement. Il ne comprend rien, il ne comprend rien ! se dit-elle, excédée par le peu d'entendement de son mari.

— Ce que je crois, c'est que la signature d'un contrat avec le ministre des Finances serait de nature à nous garantir, justement, des rentrées régulières bien au-delà du seul cercle de la reine. Vous auriez une exclusivité, saisissez-vous ce que cela signifie : l'ex-clu-si-vi-té ? martela-t-elle. Certes, il faudrait avancer l'argent, mais en contrepartie *Au messager de Montpellier* verrait ses recettes, ses énormes recettes, scanda-t-elle, assurées pour des années et des années. Y avez-vous sérieusement réfléchi ?

Le maître parfumeur ne savait plus que penser. Sa femme avait toujours été de bons conseils, mais rien qu'à l'idée d'emprunter une somme pareille, il en frémissait d'horreur. Et d'ailleurs son banquier le suivrait-il ? Rien n'était moins sûr. Il pourrait néanmoins lui en parler et, devant son probable refus, il expliquerait à Amélie ne pouvoir donner une suite favorable à son audacieux projet. Oui, après tout, pourquoi pas ?

— Je vais y songer très sérieusement, ma mie, concéda-t-il, heureux de trouver une porte de sortie.

Quentin pour sa part s'exerçait. L'heure de se présenter à la maîtrise approchait et il avait décidé de solliciter le brevet de maître gantier-parfumeur. Cette spécialité répondait à plusieurs de ses préoccupations. Faire plaisir à son maître – en reprenant un art porté au pinacle par sa ville natale –, savoir utiliser les peaux en provenance des tanneries de son père – la matière première était indispensable et il ne pouvait se mettre à dos les négociants de Grasse –, et enfin, fort des lettres patentes de 1614, avoir la possibilité d'ouvrir un magasin à son nom.

Il avait bien réfléchi à son avenir. Hors de question pour lui, une fois son accession à la prestigieuse corporation, de retourner au fin fond du royaume dans l'odeur empuantie des tanneries paternelles. Non, il voyait, à l'instar de la stratégie développée par le Montpelliérain, son destin ancré à Paris. La capitale présenterait les fleurs de son activité, dont les racines resteraient en province. Il allait de soi qu'il obtiendrait par voie de succession la propriété du négoce paternel.

Depuis le temps qu'il séjournait à Paris et côtoyait les gens de la Cour, il avait bien compris qu'il n'y avait point de salut pour celui qui voulait briller, qu'il soit maître-gantier, parfumeur ou coiffeur, hors de la capitale. Et puis, il avait pris goût à cette vie faite de plaisirs et de liberté. Quant aux secrets de Jean Fardon, à défaut de les avoir percés, il avait été à bonne école et savait le reconnaître. Il connaissait son tour de main, sa marque de fabrique et se faisait fort, grâce à son imagination, son travail et son entregent, de se faire lui aussi un nom.

Il fut interrompu dans ses rêveries par le maître parfumeur. Il tenait entre ses bras Doucette, qui ronronnait de bonheur. Elle faisait teinter la clochette rouge, sur laquelle était gravée la lettre D, suspendue au collier qu'elle portait fièrement.

— Allons, mon ami, et il lui tapa familièrement sur l'épaule, l'heure est proche. Je vais jouer le rôle d'un des quatre jurés chargés de vous évaluer. Montrez-moi ce que vous savez faire.

Quentin entreprit d'expliquer, à haute voix, comme il le ferait dans quelque temps, en quoi consisterait la réalisation de son « chef-d'œuvre » :

— Je vous présenterai plusieurs pièces. La première sera une paire de mitaines à cinq doigts de peau de loutre à poil. Le dedans de la main sera constitué d'une pièce de maroquin et doublé d'une bonne fourrure.

Et il s'exécuta, sous l'œil attentif de son patron qui prêta la plus grande attention à la couture de l'ensemble.

— La deuxième pièce, fit-il, s'arrêtant un instant pour s'éponger le front, sera la confection d'un gant de fauconnier, d'une seule pièce, sans aucun défaut, coutellures ou effondrures, le tout en peau de chien. La troisième pièce sera une paire de gants échancrée, doublée tout le corps du gant d'une pièce en chevreau pour nos coquettes.

Il coula un regard rapide à maître Fardon, qui virevoltait tout autour de lui alors qu'il détaillait comment il opérait.

— Ensuite, la quatrième paire sera une paire de gants de mouton échancrée, pour hommes, sans coins à l'échancrure. Et enfin, opération la plus importante, il savait faire plaisir en cela à son mentor, comment parfumer le tout, en utilisant une peau préalablement traitée... Je me garderai bien, tint-il à préciser, de les disposer dans des caisses entre des couches de fleurs renouvelées toutes les douze heures. Ce traitement appelé « mise en fleurs » ne pouvant donner d'aussi bons et durables résultats que celui mis au point par vos aïeux et amélioré par vous, se hâta-t-il d'ajouter avec un rien de flagornerie.

Belange préféra taire qu'une des raisons l'ayant conduit à se spécialiser dans la confection de ces pièces d'habillement pour mains était en lien avec ce qu'il avait retenu des nombreuses leçons de son père.

En effet, ce dernier avait été fortement impressionné en ses jeunes années d'apprendre que, depuis l'époque du bon roi Henri IV, il était de pratique commune d'en offrir en guise de cadeau et qu'une dame de la noblesse d'alors en avait une paire enrichie de diamants. Que leur prix pouvait atteindre de tels sommets que six paires de gants avaient représenté l'unique présent remis à Henriette de France lorsqu'elle épousa Charles Ier d'Angleterre, un siècle auparavant ! Les abus avaient d'ailleurs été si nombreux que des édits lancés par Richelieu défendaient des découpures et des broderies d'or et d'argent !

Il s'était donc mis dans la tête que leur confection et leur vente constituaient une valeur sûre pour les années, pour ne pas dire les siècles, à venir.

Certes, certaines rumeurs d'empoisonnement avaient jeté un certain discrédit sur les gants mais sans être jamais parvenu à en supprimer l'usage.

À la fin de la journée, Jean Fardon était satisfait. La chose était d'importance tant un maître était bien souvent jugé à l'aune de la maîtrise de ses apprentis. Leur maladresse ou leur habileté rejaillissait sur le responsable de leur apprentissage. Quentin saurait lui faire honneur et il ne doutait pas, s'il perdait dans l'affaire un apprenti de qualité, de voir leur honorable corporation gagner un compagnon et lui, pourquoi pas, à terme, un associé.

La fin de la journée arrivée, Quentin quitta promptement *Au messager de Montpellier*.

Il avait rendez-vous avec son père chez le fils d'un riche négociant de Grasse résidant à Paris. L'appartement reflétait l'aisance de son propriétaire. La pièce principale, qu'éclairaient quatre fenêtres, était immense. Il s'y trouvait six fauteuils à la reine tendus de damas cramoisi, une ottomane, deux fauteuils en cabriolet, une bergère garnie de carreaux verts, deux secrétaires dont un à cylindre, une table à livres en acajou et une petite armoire plaquée. Une belle pendule de Masson marquait les heures.

S'il était habitué à évoluer dans le luxe des salons de Versailles ou dans ceux des dames de la noblesse, il se dit, pour la première fois, que ce confort, une fois fortune faite, lui serait accessible.

— Bonjour, mon fils ! et Anselme Tombaret le serra dans ses bras.

Belange trouvait maintenant que son père sentait fort sa province. Ses vêtements, ceux d'un bourgeois, n'étaient pas du tout au goût du jour de la capitale. Mais il évita des commentaires par trop désagréables. Il n'avait pas encore obtenu la succession convoitée, et n'avait pas non plus l'intention de faire part de ses projets à son géniteur. Une chose était sûre. Il devait conquérir son appui, appui qu'il imaginait bien se traduire en espèces sonnantes et trébuchantes, lui permettant d'ouvrir une boutique. Aussi, preuve de sa soumission aux désirs paternels, mit-il un point d'honneur à lui conter par le détail la situation du maître parfumeur. Lorsqu'il évoqua le projet d'achat d'un droit d'exclusivité, dont Amélie, curieuse de voir sa réaction, lui avait longuement parlé, l'œil de son père se fit plus vif.

— Peux-tu m'en dire plus ? Quel est le banquier de Fardon ? Crois-tu qu'il fera sienne l'idée de son épouse ? Son négoce connaît-il une baisse d'activité ?...

En regardant son fils s'en aller, le négociant grassois se félicitait des informations engrangées.

Jusqu'à présent, toutes les tentatives perpétrées dans le but de nuire au fournisseur des Enfants de France s'étaient révélées comme autant de coups d'épée dans l'eau. Oui, des coups d'épée dans l'eau, devait-il malheureusement reconnaître. Tous ses stratagèmes avaient fait long feu. Fardon n'était pas ruiné et faisait donc toujours de l'ombre au corps des entrepreneurs grassois, et son imbécile de fils n'avait même pas réussi à s'approprier le secret de ses préparations. Plus grave, sa réputation auprès de ses pairs prenait l'eau. Il devait cette fois-ci jeter toutes ses forces dans la bataille et pour cela il ne devait faire confiance qu'à lui-même. Le produit que son rejeton avait mélangé, mais l'avait-il vraiment fait, à la poudre devant être offerte à la reine pour fortifier ses cheveux n'avait pas produit l'effet escompté. Au final cela n'avait eu aucune réelle conséquence sur la notoriété du Montpelliérain.

Il décida donc, une nouvelle fois, d'agir seul, sans en parler à qui que ce soit. Après tout, lorsqu'il avait réussi à mettre en faillite Fardon, et il était parvenu à ses fins, il n'avait eu besoin de l'aide de personne !

Il se dirigea donc vers l'établissement bancaire du maître parfumeur. Cet établissement était également celui de nombre de négociants grassois et il savait que, fort d'une recommandation de Louis-Dominique Luce, il serait accueilli avec les honneurs dus à sa position.

— Entrez, entrez ! Monsieur le fournisseur des Enfants de France ! lui lança les bras grands ouverts, la face rubiconde et l'œil chafouin, le directeur.

Au fil des jours Jean Fardon en était venu à envisager d'un tout autre regard la proposition de sa femme. Mais il n'avait pas sollicité un entretien avec son banquier sans longuement tergiverser au préalable. Il ressentait une grande inquiétude l'envahir. Comment serait examinée sa requête ? La demande d'un prêt aussi conséquent serait-elle jugée à l'aune de sa précédente faillite ? Allait-il être chassé comme un malpropre ? Il ne pouvait le croire, le monde des affaires étant informé de la confiance affirmée de Sa Majesté. Et puis, n'avait-il pas encore ses comptes dans cet établissement ? Aucune raison donc de s'alarmer, tenta-t-il de se persuader. Mais il se rappela tout soudain, non sans une grande émotion, que le même banquier à qui il confiait pourtant tous ses avoirs depuis son installation dans la capitale lui avait, toujours avec le même sourire, refusé le crédit ayant pu le mettre à l'abri de la faillite, lui conseillant même fortement de déposer le bilan avant de risquer une banqueroute.

Mais les affaires étaient les affaires, se convainquit-il. Lui-même ne servait-il pas nombre de clients qui ne le payaient que fort mal et après moult rappels ? Ne leur faisait-il pas bonne figure à défaut d'autre chose ?

Il fit un effort sur lui-même, essayant de faire preuve d'une confiance et d'une assurance qu'il était loin de ressentir.

— La teneur de mes propos est confidentielle et…

Le banquier blêmit.

— Avez-vous une fois, une seule fois, eu à vous plaindre de ce qui fait le sérieux de notre établissement ? le coupa-t-il, fort marri.

— Non pas, non pas, mais l'affaire est d'importance. Voilà…

Alors que Jean Fardon quittait la banque, le gros directeur regarda son client s'en aller. C'était bien la première fois qu'il voyait cela : un maître tanneur qui intervenait pour faciliter un prêt… à la concurrence. S'il ne comprenait pas exactement le jeu des négociants grassois, il n'avait pu faire autrement que de céder à leurs pressions. Leur clientèle représentait la moitié des transactions et par là des bénéfices de son établissement. Il était donc hors de question de s'opposer à leurs desiderata. Il se doutait bien qu'il y avait anguille sous roche, mais après tout, ce n'était pas son problème.

Il relut le contrat signé par le fournisseur des Enfants de France. La banque débloquerait, dans un premier temps, une petite partie de la somme demandée, soit environ 100 000 livres, à la simple réception d'unc demande délivrée par le contrôleur des Finances. De façon à assurer ses arrières, une hypothèque serait prise sur la boutique *Au messager de Montpellier*. Puis, le reste du montant emprunté serait versé lors de la signature définitive de l'acte authentique par lequel le même ministère concéderait à Jean Fardon le droit exclusif de fabriquer et de commercialiser les fameux « pots de rouge ». Un contrat audacieux, songea le banquier. Mais, dans le commerce, seuls ceux qui prenaient des risques atteignaient les sommets.

Content de sa prestation, tout en ne pouvant s'empêcher de ressentir comme une pointe d'inquiétude au plus profond de sa poitrine, tant l'affaire était délicate et engageait durablement son activité et, par-delà, sa réputation, Jean Fardon se rendit sans désemparer à l'hôtel particulier de Charles Alexandre Calonne. Il avait été surpris d'être reçu au domicile du haut personnage, mais le coursier porteur de la convocation orale lui avait fait valoir que de tels rendez-vous étaient fréquents lorsqu'ils devaient s'entourer de la plus grande discrétion. Il avait manifesté malgré tout sa surprise à son épouse.

— Qu'en pensez-vous, ma mie ? Pourquoi ne pas me recevoir au ministère des Finances ? Croyez-vous que la faillite qui a frappé notre maison m'ait enveloppé d'une aura d'infamie à telle enseigne qu'il serait de mauvais ton de se montrer en ma compagnie ?

— Qu'allez-vous chercher là ?! s'était récriée Amélie. La reine, n'a-t-elle pas été la première à vous renouveler sa confiance ? Bien au rebours de votre inquiétude, je n'y vois qu'une conséquence de l'intervention bienveillante de Rose Bertin…

— Comment cela ! s'exclama-t-il, la bouche grande ouverte.

— Eh bien oui. Dites-vous bien que votre proposition commerciale n'est peut-être pas la seule et qu'en agissant de la sorte on vous assure une sorte de primeur. Auriez-vous préféré en être réduit à faire antichambre, devant tout le monde, comme n'importe lequel des solliciteurs qui hantent les couloirs des -ministères ? La rumeur de votre entrevue aurait fait le tour de la capitale en un instant et le secret de votre requête n'aurait pas fait long feu, mon ami. Certains, plus fortunés que vous, ou bien en Cour, auraient pu renchérir et présenter une offre plus alléchante à M. de Calonne.

Jean Fardon n'avait rien pu reprocher à la remarque de sa femme, dont la pertinence le rendit béat d'admiration.

Le maître parfumeur n'ignorait pas que le grand argentier, familier de la Cour, fraîchement nommé à ces hautes fonctions, s'était distingué aux yeux de tous les entrepreneurs du royaume en étant hostile aux idées de son prédécesseur, Necker, sur la nécessaire compression des dépenses, prônant, lui, tout au rebours, une relance de l'économie en incitant les financiers à investir et à soutenir les initiatives individuelles. Éternel problème qu'en sa qualité de commerçant il connaissait : fallait-il, en période de crise, réduire de façon drastique les dépenses ou tout au contraire relancer l'économie par une politique audacieuse ? Lors des multiples réunions au sein de la corporation dont il était un membre éminent, à défaut d'en être un membre très actif, ils avaient tous longuement discuté sur les indispensables dispositions à prendre pour éviter le naufrage financier du régime par une politique d'argent facile.

Son action, à lui, modeste Montpelliérain, car il se plaisait toujours à se présenter ainsi, ayant par une sorte de coquetterie gardé une pointe de son accent chantant qu'il s'était efforcé lors de son arrivée de chasser, tant il lui avait occasionné de nombreuses moqueries, son action à lui s'inscrivait donc dans cette optique.

Quelque part, sa modestie dût-elle en souffrir, cela prouvait le fait qu'il apportait sa pierre à l'édifice du rétablissement de l'économie du royaume, et il n'en était pas peu fier. Il ne doutait pas que la bonne volonté, la relative facilité même avec laquelle sa banque avait répondu favorablement à sa requête, faisait suite à la politique volontariste du contrôleur général des Finances.

L'hôtel dans lequel il fut reçu était magnifique. Tout Paris savait que le financier avait fait appel pour embellir sa demeure à Louis Boullée, membre de l'Académie d'architecture.

Accueilli par un laquais perruqué, il fut conduit au travers une succession de couloirs et de plusieurs petits cabinets plus luxueux les uns que les autres jusqu'à une antichambre. Il resta à patienter quelques instants, avant d'être introduit dans le bureau particulier du grand homme.

Celui qui avait été avocat puis procureur, avant de présider aux deniers du royaume, était un homme charmant, de haute taille, bien de sa personne. Il respirait la confiance que l'on doit trouver chez ceux à qui l'on a confié de telles fonctions. Il se leva et vint serrer la main de son visiteur.

— Que puis-je faire pour servir celui sur qui ma femme ne cesse de se répandre en louanges, monsieur le fournisseur des Enfants de France ?

Jean Fardon était enchanté de la simplicité et de la cordialité de l'accueil reçu. Ainsi que de la reconnaissance de sa qualité. Il s'expliqua longuement.

Le contrôleur général, qui avait regagné son bureau, réfléchit quelques instants avant de se décider.

— Votre projet entre tout à fait dans mes desseins, qui sont de relancer l'activité économique. Je ne puis qu'y être favorable. Sans compter, et il fixa son interlocuteur, que cela fera rentrer dans les caisses du royaume 1 million de livres.

À l'énoncé du chiffre, avec lequel il avait pourtant eu le temps de se familiariser, le parfumeur réprima difficilement un hoquet de terreur. Devait-il continuer, n'était-il pas encore l'heure de renoncer ? Mais qu'en penserait Amélie, s'il se déjugeait au dernier moment ?

Il n'eut pas l'occasion de faire marche arrière que, se levant à nouveau pour le féliciter de sa clairvoyance et de son dynamisme, Charles-Alexandre de Calonne lui tendit une nouvelle fois la main, lui signifiant par la même occasion la fin de leur entretien.

Le parfumeur en resta interloqué puis réalisa. Comment avait-il pu imaginer sérieusement que son hôte allait s'abaisser à rédiger un contrat devant lui ? Sa réaction, déception à peine déguisée, fit sourire son interlocuteur, qui précisa, comme s'il avait mis au jour ses pensées les plus secrètes :

— Je donne toutes instructions pour que les formalités soient faites dans les plus brefs délais par mes services.

— Je vous félicite, mon ami ! le congratula sa femme en l'accueillant.

Elle déposa à terre Doucette, laquelle manifesta son mécontentement par un miaulement rauque, puis s'approcha de son époux pour l'embrasser tendrement. Elle savait qu'il avait dû faire un important effort sur lui-même pour se lancer dans une opération d'une envergure qui dépassait, et de loin, ses capacités habituelles.

— Vous venez d'assurer un débouché de plus de dix ans à votre activité. Je suis sûre que vous allez faire des envieux.

Jean Fardon était rassuré de la sérénité affichée par Amélie. Il essuya sur son front les grosses gouttes de sueur que l'angoisse y avait fait perler. Il dut convenir que, s'il excellait dans l'art de préparer les embellissements de ces dames ou de ces messieurs, il avait toujours fait preuve de pusillanimité dans le domaine du commerce à proprement parler.

Il réprima un long soupir et décida de profiter pleinement des compliments et de ne pas bouder son plaisir.

Enfin, le jour tant attendu par Quentin arriva. Il quitta *Au messager de Montpellier* avec toutes les recommandations -nécessaires et la bénédiction de son maître, de sa femme, des vendeuses, en fait de tout le personnel attaché au négoce du Montpelliérain, tant il cristallisait aux yeux de certains d'entre eux la réussite qu'ils ambitionnaient tous au fin fond de leur cœur. Avec pour certains toutefois une pointe de jalousie.

Jean Fardon faisait les cent pas dans sa boutique. Il lui était interdit d'assister à la prestation de Belange, pas plus qu'il ne saurait être un des quatre maîtres et gardes jurés chargés d'évaluer ses connaissances. Il ne pouvait en effet être à la fois juge et partie.

À la fin de la journée, ce fut un Quentin rayonnant et triomphant qui revint en courant annoncer sa victoire. Il fut porté en triomphe par les apprentis et chaudement félicité par Jean Fardon, qui lui donna pour la première fois du «mon cher confrère», avant de préciser :

— Il ne vous reste plus qu'à faire enregistrer votre réception et prêter serment chez le procureur du roi, dans quelques semaines. Puis, j'organiserai en votre honneur une de ces réceptions dont notre confrérie a le secret.

Quentin n'était pas décidé à attendre aussi longtemps pour fêter avec ses amis sa réussite et il le dit haut et clair :

— Je cours célébrer mon succès à la guinguette du cabaretier Ramponeau, lança-t-il avant de faire un profond salut à ceux qui l'entouraient.

— Profitez-en bien, mon ami ! N'est-ce pas, Amélie ?

À la moue réprobatrice affichée par son épouse, Jean Fardon s'étonna.

— Amélie, il faut bien que jeunesse se fasse, tout de même !

— Faire ripaille au Gros Caillou, il y a mieux pour un futur maître gantier-parfumeur, qui porte la réputation de votre établissement, je vous le rappelle, laissa-t-elle tomber les lèvres pincées.

Le Montpelliérain fut surpris de la sécheresse de la repartie.

— Allons, allons, ne soyez pas si sévère ou je finirais par vous croire jalouse.

Amélie Fardon blêmit et dans un geste nerveux de son éventail rétorqua :

— Vos propos sont insultants, mon ami.

— Mais je plaisantais, je plaisantais voyons, ne le prenez pas ainsi. Mais qu'avez-vous donc contre ce pauvre Belange !

Et il baisa les mains de sa femme, ne sachant plus comment se faire pardonner sa goujaterie.

Quentin, en train de se changer, avait entendu

l'échange de ses patrons. Il trouvait la sollicitude d'Amélie, qui aurait bien aimé jouir de ses faveurs en toute exclusivité, de plus en plus gênante et, surtout, contraire à ses intérêts.

Il était vrai qu'il était admis dans la haute société que, si les maris prenaient des maîtresses, au vu et au su de tout le monde, ils se montraient tolérants envers leurs femmes quand elles avaient des amants. De la décence dans la conduite, de la discrétion, et, bien entendu, de la présence d'esprit, voilà tout ce qu'ils exigeaient d'elles. Il se rappelait avoir lu sous la plume d'un certain Gabriel Sénac de Meilhan, écrivain de son état, le bon mot d'un comte disant à son épouse : « Je vous permets tout, hors les princes et les laquais », expliquant que les deux extrêmes pouvaient déshonorer par le scandale.

Son problème était qu'il n'était pas, lui, membre de la noblesse, pas plus que de la haute bourgeoisie… et surtout que Jean Fardon n'avait pas de maîtresse lui-même, et devait donc être peu enclin à faire sienne cette largeur de vue.

Il en riait encore en grimpant, poudré et fardé, revêtu de ses plus beaux atours, dans un fiacre conduit par un cocher dont il avait loué les services pour 30 sols par heure. Il pourrait bientôt mener grand bruit et boire ferme au sein de la plus réputée des courtilles. Il y avait ses habitudes et savait pouvoir passer un moment agréable dans ses cabinets de verdure où un large espace réservé entre les tables de bois grossièrement équarri permettait de danser au son d'un crincrin ou d'une flûte. Et pourquoi pas espérer y rencontrer, ce ne serait pas la première fois, une grande dame qui ne craignait pas de s'encanailler en coudoyant le petit peuple sous les treilles.

Moins d'un mois s'était écoulé et Quentin revenait le visage épanoui du Châtelet. Le procureur avait reçu sa prestation de serment. Il était maintenant officiellement l'égal du maître gantier-parfumeur Jean Fardon. C'est donc avec un brin de suffisance qu'il se présenta *Au messager de Montpellier*.

Afin de manifester avec éclat son nouvel état, il y pénétra non plus par la cour réservée à la domesticité, aux apprentis, aux commis, et aux vendeurs et vendeuses, mais par l'entrée principale de la boutique utilisée par les clients, et où trônait Amélie Fardon.

À nouveaux titres, nouveaux avantages, avait-il décidé.

Immédiatement, il sentit au silence qui y régnait, en lieu et place des habituels conversations ou babillements, que l'heure n'était pas à la fête. Se pouvait-il qu'on lui fasse grief d'user de l'accès réservé aux clients ? Il n'allait pas, comme il l'aurait fait la veille encore, s'enquérir auprès d'une simple vendeuse du motif d'une telle contrariété, alors il se dirigea, en bombant quelque peu le torse, vers la maîtresse des lieux.

— Mais que se passe-t-il donc ?

C'était la première fois qu'Amélie se voyait interpellée ainsi devant l'ensemble de sa pratique. Elle baissa la tête et répondit :

— Suivez-moi, monsieur le maître gantier-parfumeur, tout en se déplaçant vers le bureau de son époux.

Une fois seuls, elle referma soigneusement la porte et tomba dans les bras de son amant.

— Je crois que nous sommes perdus…

— Perdus, mais pourquoi ? s'énerva Belange en se dégageant et prenant un peu de recul, inquiet à l'idée que l'on puisse les surprendre dans une telle posture.

La porte d'entrée s'ouvrit alors avec fracas. Jean Fardon, le visage congestionné, la bave aux lèvres, fit son apparition en titubant dans son bureau.

11

De nos jours

— Ils se foutent de nous. Je pense qu'on ne leur a pas assez mis la pression, grommela Bernard tout en conduisant en direction du domicile d'Olga Petrov. Même chose pour son copain l'Argentin. Il avait été reconnu par l'électricien. On aurait dû le travailler au corps et insister auprès du juge pour qu'il le fasse incarcérer.

Patricia Bonnaud, dans un mouvement d'humeur, haussa les épaules.

— Si tu avais examiné plus tôt la clef USB on aurait découvert plus rapidement qu'Olga avait adressé un courriel à Ryan dans lequel elle lui faisait part du vol du masque commis par son copain Felipe.

— Tu es gonflée ! Je ne suis pas seul à bosser dans le groupe, non ? La clef n'était pas codée, tu sais quand même l'ouvrir, et lire, toi aussi ?

Plus que cette découverte, relative à une éventuelle complicité, qui ne faisait que confirmer que

Felipe était bien le visiteur et voleur du masque, ce qui intriguait leur officier était la présence de l'objet dans le bureau de la conservatrice. Il s'en ouvrit à ses collègues.

— Pour moi le problème est simple, affirma le brigadier Roset. La conservatrice a demandé à son amant de le piquer. Lorsqu'il le lui a remis, elle l'a planqué dans son bureau et par la suite, pour une raison encore indéterminée, elle l'a flingué. Au fait, il va falloir la présenter au juge, non ?

— Oui, répondit Kevin. Charabot veut la voir dans son bureau en fin de journée.

La brigadière-chef releva que son supérieur ne s'était pas exprimé sur la théorie de leur collègue.

— Et de la brillante déduction de Bernard, qu'en pensez-vous ?

Le lieutenant hésita.

— Tuer quelqu'un pour un masque, et cela quelle que soit sa valeur patrimoniale, me laisse dubitatif, avoua-t-il. En ce qui concerne le crime passionnel, elle est célibataire, ne le rencontrait que de temps en temps, et savait pertinemment qu'il regagnerait son pays un jour ou l'autre. On n'a aucune preuve pour étayer le crime passionnel. En fait, les seuls éléments à charge contre elle sont ceux qu'elle a bien voulu nous fournir. « Oui, je suis allée sur place, oui j'ai vu le corps », etc. Sinon, pour l'accrocher…

— On avait quand même géolocalisé son téléphone à proximité de l'herbier, la nuit en question, et trouvé trace de son appel passé à la victime. D'après l'autopsie, il est mort entre minuit et 5 heures du mat. Et elle l'a contacté vers 1 heure. On l'aurait ramassée tout de même, non ? tenta de justifier Patricia.

Kevin dodelina la tête, dans un mouvement de doute, puis le silence se fit dans la voiture.

L'étudiante ne manifesta pas une surprise particulière en leur ouvrant la porte. Les attendait-elle ?

Le studio qu'elle occupait ne ressemblait en rien au magnifique appartement de son ex-petit ami décédé. Les enquêteurs en firent rapidement le tour et l'inventaire. Un lit une place, une table supportant un ordinateur portable, immédiatement saisi par Bernard, un ensemble d'étagères couvertes de livres et de polycopiés de cours, un coin kitchenette et une salle de bains.

— Vous ne nous aviez pas dit avoir été informée du vol d'un masque ancien chez un antiquaire par votre ami Felipe, attaqua directement l'officier.

Olga Petrov devait s'attendre à la question également, qui ne la troubla pas le moins du monde. Elle rétorqua du tac au tac :

— Vous ne me l'avez pas demandé. Jamais.

Le chef de groupe ne se démonta pas pour autant. Il décida de jouer le tout pour le tout et de se fendre d'un petit mensonge.

— Avez-vous entendu parler du délit de non-dénonciation de malfaiteur ?

À l'énoncé de l'incrimination, qui en réalité n'existait que pour les crimes, l'étudiante ne répondit tout d'abord pas, se contentant de hausser les épaules. Puis elle se défendit d'un simple :

— Je suis étrangère, et je ne connais pas bien la loi française.

— Pourquoi avoir jugé utile d'en informer Ryan Taylor ?

— Parce que je trouvais le procédé un peu… comment dites-vous en français ? Un peu cavalier, et que je voulais avoir son avis.

Le policier était pris d'un doute.

— Qui a déposé le masque dans le bureau de la conservatrice ?

En posant la question, il ne put s'empêcher de penser à Charlotte. Si d'aventure la réponse confirmait son hypothèse…

— Je n'en sais rien.

— Pourquoi ce vol ? poursuivit-il sèchement.

— Aucune idée. Interrogez Felipe, il vous le dira peut-être, railla l'étudiante. Après tout, il a peut-être voulu faire un cadeau à sa maîtresse ?

Kevin regarda brièvement ses deux coéquipiers. Compte tenu du tour que prenait la discussion, il valait mieux la terminer dans les locaux de la PJ.

Une fois au service, et alors que Patricia s'apprêtait à procéder à un nouvel interrogatoire d'Olga, le lieutenant Normand demanda au brigadier Roset de foncer avec deux autres collègues interpeller Ryan Taylor. Bientôt, se dit-il, le SRPJ deviendrait une annexe de la fac des sciences.

De retour dans son bureau il trouva un mot sur son sous-main. Un officier de la sûreté départementale l'informait de la plainte déposée le matin à la première heure par un représentant du droguier de la faculté de pharmacie. Le préjudice était… le vol d'un pot renfermant un échantillonnage de plantes. La disparition avait été découverte le matin même par un assistant.

Il fallait battre le fer pendant qu'il était chaud. Kevin se leva, et se rassit tout aussi vite. Zut, Patricia était occupée à interroger Olga, Bernard était parti interpeller Ryan… Il hésita un bref instant et réalisa que c'était peut-être l'occasion de renvoyer l'ascenseur à Charlotte. Il composa son numéro.

Ils se retrouvèrent devant l'entrée principale de la faculté de pharmacie.

— C'est sympa d'avoir pensé à moi, le remercia la journaliste.

Je pense à toi tout le temps, se retint-il de lui avouer.

— Un échange de bons procédés, préféra-t-il lui déclarer en se cantonnant volontairement au strict domaine professionnel.

Le lieutenant exhiba sa carte professionnelle à l'adjoint technique de laboratoire qui les reçut.

— Ah ! Vous venez pour le vol que j'ai signalé ce matin ?

Et sur la réponse affirmative du policier, il enchaîna :

— Suivez-moi, je vais vous présenter la responsable du droguier.

De petite taille, l'air sévère d'une institutrice en retraite qui ne s'en laissait pas conter, la responsable, docteur en pharmacie, reçut fraîchement les deux enquêteurs, semblant leur reprocher d'entrée de jeu le vol perpétré au sein de ce qu'elle considérait comme sa propriété personnelle, et sa raison de vivre.

Le droguier était constitué d'une très grande pièce tout en longueur qui débordait d'objets de toute nature conservés dans d'immenses vitrines tapissant les murs.

— Une nouvelle plongée dans l'histoire de la pharmacie, glissa Charlotte à l'oreille de son ami.

— C'est un musée ? se hasarda le policier, qui fut vertement rappelé à l'ordre.

— Pas du tout. C'est un lieu d'enseignement, de recherche et de découverte culturelle, un lieu où se trouve conservée une exceptionnelle collection de drogues végétales et animales, préconisées à des fins thérapeutiques médicinales. Il permet à nos étudiants, mais pas simplement à ceux de notre faculté, d'approcher des milliers de plantes médicinales et aromatiques et d'en connaître les vertus. Nous avons également un herbier et…

— Un herbier ? s'inquiéta l'enquêteur. Comme celui de la faculté des sciences ?

— Oui, mais bien plus petit et…

— Il est surveillé en permanence ? voulut s'assurer Kevin.

— Pas toujours, mais depuis ce qui est arrivé à celui de l'institut de botanique, nous redoublons de vigilance.

L'officier de police se promit de faire en sorte que son directeur se rapproche de son homonyme de la Direction de la sécurité publique pour multiplier, pendant un temps du moins, les patrouilles à proximité de la fac de pharma.

— Il a une valeur patrimoniale forte ? s'enquit Charlotte.

— C'est le moins qu'on puisse dire, lui répondit, le ton légèrement radouci, la responsable. Le droguier a vu le jour dès la fin du XVIe siècle rue de l'Aiguillerie à l'initiative d'un apothicaire montpelliérain désireux de regrouper les différentes drogues…

— Des drogues ? la coupa le chef de groupe de la criminelle.

Un mince sourire se dessina sur les lèvres de son interlocutrice.

— Pas au sens où vous l'entendez. Pour les pharmaciens, la drogue est la partie active d'une substance animale ou d'une plante. Le tilleul, par exemple, est une drogue.

Kevin en fut rassuré. Peu de chance que le tilleul intéresse les narcotrafiquants ! Il retint un sourire, se promettant toutefois de dire à ses parents qu'ils se droguaient donc régulièrement et risquaient d'encourir les foudres de la justice. Mme Dubosc poursuivit la présentation de son royaume.

— Notre droguier, fort de près de quinze mille échantillons, est classé Monument historique depuis 2009 et est considéré comme le deuxième de France après celui de Paris. Son contenu est en passe d'être accessible à tous par le biais d'une banque de données en cours de réalisation et…

L'enquêteur de la Crim prit le risque de l'interrompre :

— Et donc, il vous a été dérobé… ?

— Un pot en verre, transparent comme ceux-là, indiqua la responsable en lui en désignant plusieurs autres de la main.

— Et il contenait… ?

— Des plantes aromatiques de notre région, des échantillons du XVIIIe siècle en fait.

— Vous en êtes sûre ?

Après un temps de silence, comme pour mieux faire apprécier au policier l'incongruité de sa demande, Mme Dubosc condescendit à expliquer aux béotiens devant elle :

— Chaque échantillon renfermé dans un bocal ou flacon dispose d'une fiche descriptive indiquant : son nom vulgaire, celui en latin, la famille…

— Les mêmes informations que celles présentes sur les étiquettes de l'herbier de…, ne put s'empêcher de faire remarquer la journaliste, ne pouvant aller au bout de sa phrase.

— Bien évidemment, puisque c'est aussi un herbier, la coupa sèchement la maîtresse des lieux.

— Et ces plantes aromatiques provenaient d'où ? demanda avec un large sourire Charlotte, désireuse de faire retomber la tension.

— De Saint-Guilhem-le-Désert. Le pot renfermait de la sauge, de la menthe aquatique récoltée dans le Verdus, vous savez c'est…

— Le ruisseau qui traverse le village, répondit Kevin, à la surprise de son interlocutrice.

Ce n'était pas le moment de parler de l'enquête diligentée suite au meurtre perpétré au sein de l'abbaye de Gellone lui ayant permis de se familiariser avec les lieux.

… de la sarriette, du lichen et de la mousse sèche, et du thym, termina-t-elle.

— Les sortes de petits grains présents dans certains pots… ? s'enquit Charlotte.

— Du mercure. Les plantes étaient à l'époque conservées dans du mercure, dont le rôle était de tuer les germes, bactéries ou insectes, inhérents aux plantes. De nos jours son utilisation est interdite.

Après cette présentation historique, le chef de groupe de la brigade criminelle souhaitait entrer dans le vif du sujet.

— Avez-vous pu délimiter précisément le créneau horaire au cours duquel le vol a pu être perpétré ?

La pharmacienne ne tergiversa pas longtemps.

Elle avait dû réfléchir longuement à la question avant même d'aller déposer plainte.

— Hier après-midi, entre 13 heures et 19 heures, heure de fermeture du droguier.

— Vous avez eu de nombreux visiteurs pendant ce créneau horaire ?

— J'ai reçu mes étudiants ainsi que d'autres, répondit en lieu et place de la responsable un individu vêtu d'une blouse blanche qui venait de faire son apparition.

— Je vous présente Yves Pouzin, professeur de pharmacognosie. En sa compagnie nous nous évertuons depuis des années à protéger et sauvegarder ce patrimoine unique.

Grand, svelte, le visage avenant, le nouveau venu continua ses explications.

— Chaque année le droguier est visité par tous nos étudiants. Je n'ai pas dérogé à la règle et, hier, par groupe de quinze, ceux de première année ont été sensibilisés par mes soins et ceux de ma collègue à son intérêt pédagogique et scientifique. Ils peuvent ainsi se familiariser avec des drogues, travailler plus tard sur la détermination de leurs caractères macroscopiques, microscopiques et chimiques, effectuer des travaux pratiques intégrés lors de leur troisième année et…

La journaliste, qui détestait faire tapisserie, s'enhardit en interrompant le professeur :

— Seuls les étudiants de la fac de pharmacie étaient présents hier ?

Le professeur se tourna vers Mme Dubosc.

— Non, répondit cette dernière. Nous avions également des étudiants du département des parfums de la fac des sciences.

Kevin lança un rapide coup d'œil à son amie et demanda des précisions.

— Ils étaient nombreux ?

La responsable hésita un instant avant de lâcher :

— Quatre ou cinq, je crois. Il y avait une étudiante parmi eux.

— Vous nourrissez des soupçons particuliers contre eux ? interrogea l'officier.

— Pas du tout, rétorqua, presque offusquée, la pharmacienne. Pas plus contre eux que contre les autres. Je ne vois pas pourquoi ils seraient accusés de…

— Avez-vous déjà eu à déplorer un vol de cette nature?

Le lieutenant connaissait déjà la réponse, figurant dans le procès-verbal de plainte, mais il devait en avoir confirmation.

— Non, répondit-elle sèchement.

Kevin fronça les sourcils et leva les deux mains en l'air comme s'il était désolé de ce qui allait suivre.

— Dans ce cas-là, cela ne peut être que le fait d'étudiants. Vous ne croyez pas ?

La responsable se tint coite et, prise en défaut, pinça les lèvres.

— A moins…, se hasarda le policier.

— A moins… ? reprit, une lueur de soulagement dans le regard, Mme Dubosc.

Le lieutenant lui assena le coup de grâce.

— À moins que vous ne soupçonniez quelqu'un travaillant avec vous. Un employé du droguier, peut-être ?

La pharmacienne ouvrit la bouche toute grande et devint rouge d'indignation, ne parvenant plus à s'exprimer.

— J'exclus totalement cette possibilité, trancha le professeur, venant à la rescousse de sa collègue. Votre déduction était exacte. Cela ne peut être le fait que d'un ou de plusieurs étudiants. Peut-être une blague de potaches ?

Le lieutenant Normand se fendit d'une grimace, histoire de mettre en évidence le manque de consistance de l'hypothèse avancée. Il ne pouvait lui en dire plus, notamment sur les rapprochements effectués avec d'autres délits de même nature. Ses pensées se portèrent immédiatement vers les trois mousquetaires. Décidément, il allait falloir les cueillir tous pour les ramener à la PJ, et sans attendre, décida-t-il. L'étau se resserrait. Il ne doutait plus que l'un d'entre eux, au moins, aurait quelque chose de très intéressant à avouer et qu'à partir de là il pourrait tirer le fil de l'écheveau le conduisant… au coupable d'un crime.

Charlotte, profitant du fait que les deux pharmaciens conversaient entre eux, se pencha vers son ami et lui souffla :

— Chloé n'y est pour rien.

Kevin se garda bien de répondre, surpris du raccourci de son amie, qui semblait totalement exclure l'hypothèse une éventuelle complicité entre plusieurs coauteurs. Sans compter qu'entre un vol, raison de leur présence en ces lieux, et un crime… il y avait un fossé que beaucoup de délinquants de franchissaient jamais. Et heureusement.

Au moment de quitter le droguier, l'officier remarqua plusieurs planches représentant des plantes encore une fois prélevées à Saint-Guilhem-le-Désert. Il ne put s'empêcher de poser une question :

— La région constituait-elle une zone recherchée en matière de végétaux ?

— Bien sûr ! répondit Mme Dubosc. Regardez. On trouvait à l'époque de la sauge, de la menthe aquatique dans le Verdus, que vous semblez bien connaître, de la sarriette, du lichen et même de la mousse de chêne, qui est un fixateur au même titre que le musc de chat, précisa-t-elle.

Kevin en savait assez, et il remercia la responsable avant de prendre congé, avec Charlotte. Il décida de retourner rapidement à l'hôtel de police et d'organiser immédiatement une nouvelle rafle des étudiants.

— On se voit ce soir ? demanda-t-il à la journaliste.

Celle-ci émit un petit claquement de langue, avant d'indiquer, comme à regret :

— Impossible. Je dois rentrer à Paris.

Et, remarquant la déception de son ami, elle le rassura :

— Mais je reviens dans quelques jours à l'école. Je te rappellerai.

Et elle l'embrassa. Elle avait dû faire un effort pour le quitter d'une façon aussi sèche, mais elle n'avait pas oublié qu'il était à l'origine de leur séparation. Elle ne pouvait tout de même pas lui laisser croire que sa présence lui était indispensable ! Et cela d'autant plus que c'était le cas…, soupira-t-elle.

En arrivant dans les locaux de l'ESJ, Charlotte fut immédiatement assaillie de questions par ses deux stagiaires. Elle leur expliqua les derniers rebondissements, passant adroitement sous silence le rôle de son ami.

— Magali et Michel, filez au *Midi libre* et recherchez dans sa banque de données tous les articles qui traitent du droguier de la fac de pharma, et faites-m'en une synthèse, ordonna-t-elle d'une façon théâtrale.

Pour sa part, elle s'assit devant son ordinateur et lança une recherche sur Google. Lors de chaque reportage, notamment ceux effectués avec Kevin, elle avait apporté sa pierre à l'édifice en lui fournissant des infos qu'il n'avait pas eu le temps, et surtout l'idée, se rengorgea-t-elle, de chercher. Elle avait donc l'intime conviction, doublée de ce qui devenait au fil des années une sorte de pratique professionnelle, de devoir explorer et tenter de maîtriser un minimum l'environnement au sens large du terme du sujet traité. En l'occurrence le parfum.

Elle domina sa surprise en réalisant que 3 640 000 articles y étaient consacrés... C'était dire si la matière était courue. Elle passa les heures qui suivirent à se familiariser avec tout ce qui touchait à ce que le *Larousse* définissait comme : « une odeur agréable dégagée par quelque chose ».

La définition était lapidaire, peu précise, mais justifiait l'abondance des commentaires. Elle apprit ainsi en les -parcourant que le langage employé pour la description des odeurs utilisait des mots empruntés aux autres sens, notamment à celui du langage musical. La collection de flacons remplis de matières premières était un « orgue à parfum », les matières premières étaient souvent appelées « notes olfactives », un schéma connu nommé « accord », une odeur était qualifiée d'« aiguë, grave, harmonieuse, discordante, sourde ». D'autres termes venaient de l'alimentation : parfum sucré, amer, aux fruits, aux légumes... Les parfumeurs utilisaient également un langage d'impressions esthétiques comme : beau, raffiné, grossier, vulgaire, sophistiqué...

Elle nota soigneusement ces termes, consciente de leur utilité, aussi bien pour le reportage de ses stagiaires que pour le sien. En professionnelle avertie, elle avait décidé de le reprendre à son nom tout en le densifiant.

Elle en était là de ses cogitations lorsqu'elle fut interrompue par un coup de fil. Elle décrocha.

— Charlotte ! C'est Magali, nous avons découvert

pas mal d'articles consacrés au droguier. Il y en a un qui évoque les travaux de chercheurs du musée d'Orsay venus à Montpellier pour analyser certaines plantes utilisées pour les peintures de divers tableaux. D'autres, tiens-toi bien, relatant les travaux d'égyptologues étudiant des graines et des végétaux exploités pour la momification et encore présents dans les entrailles des momies.

Si la journaliste comprenait le contentement de sa stagiaire, dont les recherches avaient abouti, celles-ci ne justifiaient pas l'excitation qu'elle sentait poindre à l'autre bout du fil. Bonne fille, elle la félicita toutefois.

— Non, mais tu ne saisis pas ! Devine qui l'on voit sur le cliché photo illustrant l'article ?

Les quatre étudiants étrangers se trouvaient maintenant dans les locaux de la PJ. Les perquisitions effectuées à leurs domiciles n'avaient pas permis de mettre la main sur le pot dérobé au droguier de la fac de pharma. Quatre gardes à vue avaient été notifiées et quatre avocats commis d'office les assistaient.

Le chef de groupe passait d'un bureau à l'autre. Il comparait ainsi leurs déclarations respectives et posait, par le biais de notes écrites remises discrètement à ses différents collègues qui procédaient aux interrogatoires, des questions précises dont les réponses devaient permettre de confirmer ou d'infirmer telles ou telles allégations.

Kevin avait une inquiétude, dont il s'était ouvert

au juge Charabot.

Si les suspects étaient interrogés dans le cadre de sa commission rogatoire, chaque heure passée s'imputait sur le délai de vingt-quatre ou quarante-huit heures de garde à vue. Il avait donc demandé aux OPJ de n'entendre, officiellement, leurs témoins que sur le dernier vol commis, délit qui ferait l'objet d'une procédure distincte transmise au procureur de la République, sans pour autant négliger de faire le lien avec les autres affaires, dont ils ne devaient pas faire état par écrit.

La démarche était particulièrement difficile et risquée, dans la mesure où elle devait s'effectuer en présence de leurs conseils, susceptibles de s'émouvoir en constatant que les policiers n'actaient pas les réponses de leurs clients.

Même s'il s'agissait là de faits relevant de ce que les enquêteurs appelaient la « cuisine procédurale », elle jouait un rôle essentiel, les procès-verbaux pouvant être frappés de nullité et, partant, invalider la totalité de l'enquête.

En sa qualité de responsable des investigations, il lui appartenait donc de veiller au grain. Jusqu'où pouvait-il aller ? Il savait marcher sur la corde raide et effectuer une manœuvre d'équilibriste. Le tout était de ne pas tomber.

La forme primait maintenant sur le fond, regrettaient bien souvent les policiers.

Quant à la décision du juge, bien que conscient des

enjeux, elle tenait en quelques mots : respect du code de procédure pénale.

Dans le train qui la ramenait à Paris, Charlotte examinait l'article d'une de ses anciennes consœurs. Il portait l'intitulé : « Le droguier de la faculté de pharmacie », et l'on pouvait voir sur le cliché photo qui l'illustrait plusieurs personnes en blouse blanche, autour du corps d'un animal qui venait d'être disséqué et dont les spécialistes analysaient qui le contenu de l'estomac, qui les produits à base de plante ayant permis le procédé de momification.

Dorian Aumaitre figurait en bonne place. L'article datait de quatre ans, avant donc que l'enseignant-chercheur ne soit frappé de cécité…

Elle laissa libre cours à son inspiration. Ce qui faisait sa force était justement que son imagination débordante n'était pas « fonctionnarisée » comme celle de son ami, ou celle de ses deux frères, et n'était pas non plus bornée par de sombres considérations en lien avec le respect de la loi. Elle prit son téléphone, effectua une recherche sur internet, par chance non interrompue, et obtint le numéro de l'Osmothèque, à Versailles. Elle avait bien réfléchi à la question. Même si elle avait pu négocier, lors de la signature de son contrat avec son quotidien parisien, un espace de liberté lui permettant de travailler en *free lance*, il était plus simple pour elle de proposer le reportage à son journal.

Mais pourquoi son rédac chef serait-il intéressé

par ce qui survenait au fin fond de la province ? Elle avait la réponse, ou du moins un embryon de réponse. Il fallait qu'elle lie le fait divers qui se passait à Montpellier avec un événement se déroulant dans la région parisienne.

— L'Osmothèque, je vous écoute ! lança une voix féminine dans l'écouteur.

— Pouvez-vous me dire à quelle heure ferme votre établissement ?

— Vous avez de la chance, nous faisons nocturne ce soir, jusqu'à 22 heures.

Charlotte fit défiler le maximum de pages en lien avec ce qui était une maison des parfums. Elle détestait se rendre sur un lieu de reportage et ne pas être capable de comprendre ce qu'elle allait voir, ce qui serait porté à sa connaissance. C'était d'ailleurs la seule façon de pouvoir poser les bonnes questions. Elle apprit ainsi que plusieurs parfumeurs s'étaient regroupés dans le but de retrouver ou refaire les parfums disparus de façon à créer une mémoire vivante et constituer un patrimoine olfactif utile aux étudiants et aux professionnels.

Elle abandonna un temps la lecture de l'écran de son portable et ferma les yeux. Entre les balancements du TGV, et la petite taille de la police de caractères des contenus qui s'offraient à son regard, elle commençait à avoir mal à la tête.

Une nouvelle fois, elle laissa son esprit vagabonder et faire des corrélations entre tous les éléments du puzzle s'assemblant dans son cerveau, aussi vite d'ailleurs qu'ils se disloquaient. Faute de pouvoir positionner tous les paramètres en parfaite et harmonieuse adéquation, elle était certaine de ne pouvoir aboutir.

Son expérience professionnelle lui avait appris l'absolue nécessité de persévérer.

Elle sauta du taxi hélé gare de Lyon et l'abandonna rue du Parc-de-Clagny, à Versailles. Elle avait décidé de se présenter en qualité de journaliste et fut accueillie par une chargée de communication qui lui fit les honneurs du conservatoire international des parfums, présenté immédiatement comme un conservatoire vivant.

À l'intérieur du bâtiment tout n'était que luxe et bon goût. Il ne pouvait en aller autrement pour servir d'écrin à des parfums et des fragrances qui depuis des siècles habillaient les coquettes et faisaient de la France un guide en la matière. Elle prêta une oreille attentive au discours de la communicante.

— Lors de sa création, notre association disposait de quatre cents formules, alors que de nos jours nous avons la chance de pouvoir en présenter près de trois mille, dont de nombreux chefs-d'œuvre du passé. Savez-vous que notre fragrance la plus ancienne date du Ier siècle de notre ère ?

Si Charlotte s'intéressait effectivement à un patrimoine tombé dans l'oubli, l'objet de sa visite ne la conduisait pas à explorer un passé aussi lointain.

— Ah, non ! Mais détenez-vous des parfums du XVIIIe ?

— Bien sûr. Nous possédons certaines fragrances, dont une du célèbre Houbigan, parfumeur de Marie-Antoinette… et dans notre coffre se trouvent pas moins de cent soixante-dix formules que nous avons en quelque sorte ressuscitées.

La journaliste ne savait plus où donner de la tête tant son regard était attiré par la multitude de flacons aux formes différentes. Un kaléidoscope de couleurs, pensa-t-elle. Et que dire des effluves envoûtants qui l'enveloppaient ? Comme si elle avait pu lire dans ses pensées, la chargée de communication l'interrompit dans sa rêverie.

— Ce qui est le plus important, bien évidemment, ce ne sont pas les flacons en eux-mêmes, mais leurs contenus, l'ensemble des matières premières retrouvées et reconstituées qui font de ce lieu un conservatoire d'émotion. Songez que chaque fragrance représente un personnage, une époque, c'est ce qui est magique, ne trouvez-vous pas ?

En sa qualité d'ancienne étudiante en histoire de l'art, Charlotte partageait tout à fait ce sentiment. Avoir la chance de sentir, de respirer, les mêmes effluves que certaines personnalités, acteur ou actrice de l'histoire de notre pays, comme la reine Marie-Antoinette par exemple, la plongeait dans un état proche de l'extase. Mais elle ne devait pas oublier l'objet bien précis de sa visite.

— Vous parliez du parfumeur Houbigan, mais avez-vous gardé des formules du Montpelliérain Fardon, parfumeur préféré de la reine et nommé fournisseur des Enfants de France ?

— Oui, nous avons un flacon contenant un extrait de *L'Eau d'ange à la Fardon*, suivez-moi je vais vous le présenter. Vous êtes intéressée par ce parfumeur-là ?

— J'ai travaillé pendant plusieurs années pour un quotidien du Languedoc, et ce nom ne m'est pas inconnu, répondit-elle tout en cheminant aux côtés de Morgane, comme l'indiquait le badge épinglé à sa poitrine.

Arrivée devant une vitrine, non fermée à clef, la chargée de communication manifesta sa surprise.

— Ah ! Il n'est pas là. Il doit se trouver dans notre laboratoire, dit-elle.

— Vous allez le refaire pour le vendre ?

Morgane s'offusqua.

— Non, pas du tout. Notre action n'est absolument pas commerciale.

— Mais pourrait-on le reconstituer ?

— Oui, pourquoi pas. De nos jours les analyses de nos scientifiques permettent de mettre en évidences les diverses molécules utilisées. Mais il s'agirait alors d'un parfum de synthèse, bien évidemment. Quel en serait l'intérêt ? Un instant, je vais téléphoner au laboratoire.

Charlotte profita de l'absence momentanée de sa guide pour déambuler seule dans les lieux. Lorsque son accompagnatrice revint vers elle, une ride d'expression, en l'occurrence d'inquiétude, ourlait son front.

— Un problème ?

— Non, pas du tout.

Morgane essayait de faire bonne figure, mais ses traits démontraient sa contrariété. Elle avait le visage blême. Deux personnes les rejoignirent. La directrice et son adjoint, réalisa la journaliste en lisant les badges accrochés à leurs vêtements. Tout en feignant d'être captivée par sa visite, elle ne perdait pas une miette de leur conversation, tenue à voix basse.

— Il n'y a pas trente-six solutions, déclarait à voix basse la responsable de l'Osmothèque, il a été dérobé.

— Quand, pour la dernière fois, l'avez-vous aperçu ? demanda l'adjoint.

— Je ne peux vous répondre. Je ne fais visiter le conservatoire qu'aux journalistes et autres personnalités. Le reste du temps, ce sont les assistantes qui œuvrent.

Charlotte en savait assez. Elle remercia ses interlocuteurs et s'en fut. Dès qu'elle fut devant l'établissement elle prit son téléphone et, fébrile, appuya sur le chiffre dédié au numéro préenregistré de son ami.

— Kevin ? C'est moi. Je me trouve à Versailles, à l'Osmothèque. Ils viennent de réaliser qu'on leur a volé un parfum du XVIIIe. Devine de quel créateur il était ?... Du Montpelliérain Fardon ! lança-t-elle, presque joyeuse de la mésaventure qui plongeait dans la plus grande panique la direction du conservatoire.

Perplexe, Kevin raccrocha. Une plainte serait sûrement déposée et il en saurait alors davantage sur les circonstances exactes de cette disparition. Il fila dans le bureau du directeur en vue de rendre compte des derniers événements. Celui-ci, débordé, lui laissa la bride sur le cou pour informer les magistrats.

Il composa le numéro de téléphone du juge Charabot. Malgré l'heure tardive, il était 21 heures, ce dernier avait demandé à être tenu informé des résultats de l'audition de ladite Olga, à qui on reprochait d'avoir été informée du vol du masque et de n'avoir rien dit. La décision du magistrat ne surprit pas l'officier.

— Remettez-la en liberté ! Je la convoquerai ultérieurement. Par ailleurs, présentez-moi demain matin Chloé Turaud, ordonna-t-il.

Le chef de groupe lui rendit compte également des résultats de l'audition des quatre étudiants dans le cadre du vol commis au droguier. Ils discutèrent longuement sur les éléments de preuve permettant de joindre le dossier à l'information en cours et décidèrent de s'en remettre au jugement du parquet.

Normand appela immédiatement le vice-procureur de permanence, et lui relata la teneur de sa conversation avec le juge. Là aussi, la décision ne se fit pas attendre.

— Mettez fin à la garde à vue des étudiants, laissez-les libres, et adressez-moi les procédures. Je statuerai à tête reposée de ce qu'il conviendra de faire et s'il est judicieux de joindre les divers dossiers et d'ouvrir une information confiée au juge Charabot.

Avant de regagner son domicile, Kevin passa un coup de fil au commissariat de police de Versailles. Il obtint un officier de permanence au sein de la sûreté départementale et apprit ainsi que des collègues avaient été dépêchés à l'Osmothèque. Il se confia sur l'enquête en cours de son côté et lui suggéra d'effectuer certaines vérifications, tout en l'assurant qu'il ne marcherait pas sur ses plates-bandes.

Enfin, après avoir regagné son appartement, il joignit son père pour savoir comment Victor avait apprécié sa première journée de travail.

— Il était satisfait, très satisfait même, puisqu'il ne voulait pas rentrer. Mais, maintenant, lorsqu'on lui propose d'y retourner, il est très réticent.

— De toute façon, il ne doit y aller que deux ou trois fois par semaine, non ?

— Oui, c'est exact. Mais tu connais ton frère, il faut lui annoncer les choses longtemps à l'avance de façon à ce qu'il s'y familiarise…

Le lendemain matin c'était le branle-bas de combat au service.

Il fallait conduire la conservatrice au palais de justice et présenter un dossier complet et sans faute procédurale si l'on ne voulait pas encourir les foudres du magistrat instructeur. Or, les enquêteurs réalisaient toujours au dernier moment l'absence, ici d'une signature, là d'une réquisition dûment signée, et plus loin de tel ou tel autre P-V dit « chemin de fer », c'est-à-dire liant les actes entre eux…

Kevin ne doutait pas que Charabot demande et obtienne du juge des libertés et de la détention, en conformité avec les réquisitions du parquet, son placement sous mandat de dépôt. Il ne voyait pas d'ailleurs comment elle pourrait y échapper. Il soupira à l'idée d'en informer Charlotte.

Il décida de laisser Patricia conduire les opérations, et probablement passer ainsi une bonne partie de la matinée à faire antichambre au palais de justice avant de transférer Chloé Turaud à la maison d'arrêt. Bernard, lui, continuerait à explorer les ordinateurs. Pour avoir perdu trop de temps à le faire, ils étaient passés à côté de précieuses informations et il ne voulait pas que cela se reproduise.

Une fois la brigadière-chef partie avec son escorte, le lieutenant prit sa voiture et fila en direction de l'évêché. Une réunion s'y tenait et en sa qualité de diacre il se devait d'y être présent. On allait débriefer sur la cérémonie d'ordination. Bien que fébrile à l'idée du travail qui lui restait à abattre pour élucider l'enquête sur laquelle il travaillait, il mit un point d'honneur à participer pleinement aux débats menés par monseigneur Roncevot et apporter ainsi sa pierre à l'édifice.

Alors qu'il venait de franchir les portes de la villa Maguelone, siège de l'évêché, pour regagner son véhicule, il fut hélé par l'abbé Turgot.

— Tiens, tu tombes bien, ne pars pas si vite. J'hésitais à te téléphoner pour te demander conseil mais, puisque tu es là…

Kevin s'entendait parfaitement avec l'archiviste diocésain et n'oubliait que ce dernier, véritable mémoire du diocèse, était une précieuse source d'information. Il participait régulièrement à ses côtés à un travail de bénédictin consistant à numériser toutes les archives, dont la confidentialité, sans parler du coût, interdisait d'en confier la réalisation à un profane.

— Vas-y, Ludovic, si je peux t'aider !

— Un de mes amis, nous étions ensemble au grand séminaire, vient de me demander si suite à un vol il fallait obligatoirement déposer une plainte. Qu'en penses-tu ?

— Ce n'est pas obligatoire, mais parfois utile, même si les gens le font souvent pour des questions d'assurance.

— Oh, alors, ce n'est pas la peine sa cure n'est pas assurée. Je te remercie.

— Le préjudice est-il important ?

— Non, je ne crois pas, ne t'inquiète pas.

Et le père Turgot tourna le dos à Kevin pour regagner son antre.

Alors qu'il s'apprêtait à monter dans sa voiture, le lieutenant interpella une dernière fois par acquit de conscience son ami.

— Le vol porte sur quoi ?

— Oh ! Rien de très important. C'est en rapport avec un herbier réalisé au XIXe siècle…

D'émotion l'enquêteur se cogna la tête au montant de la portière de son véhicule. Il fit volte-face et, grimaçant sous la douleur qui lui vrillait le crâne, s'approcha du père Turgot.

— Peux-tu m'en dire plus ?

— Écoute, le prêtre en charge de la paroisse de Rodez a constaté la disparition de plusieurs liasses de son herbier, réalisé par le père Coste. C'était un spécialiste en botanique reconnu par ses pairs, né dans les années 1860 et mort en 1924, si mes souvenirs sont exacts.

L'enquêteur de la PJ se creusait les méninges. Si sa mémoire ne le trahissait pas, il lui semblait que Chloé Turaud avait évoqué ce nom, en indiquant que certaines de ses compositions avaient brûlé.

— Certaines des planches confectionnées par ce prêtre n'étaient-elles pas conservées à l'institut de botanique de Montpellier ?

Le bibliothécaire ouvrit de grands yeux.

— Si, c'est effectivement ce que m'a déclaré mon ami. Mais comment le sais-tu ?

Kevin éluda la question, remercia et regagna son bureau. Une fois de plus, son activité diaconale l'aidait dans des investigations… moins pastorales.

Sur place, il composa le numéro de l'évêché de Rodez et obtint directement le condisciple du père Turgot. Il apprit ainsi que le vol, sans effraction aucune, avait eu lieu vraisemblablement le 18 octobre dans l'après-midi, et qu'une plainte allait être déposée auprès du commissariat.

— Ces plantes avaient-elles une valeur particulière ?

— Pas plus ni moins que les autres. Mais elles ont une valeur patrimoniale forte. Je me rappelle des mentions portées sur leurs fiches de présentation. Elles indiquaient qu'elles avaient été récoltées par un de mes lointains prédécesseurs, un prêtre nommé Nicolas Beaujon. Il avait échappé de justesse à la guillotine, c'est pour cela que je m'en souviens. Mais je ne peux vous en dire plus, je ne suis pas véritablement versé dans la botanique, même si j'ai en charge la gestion de son herbier.

Kevin raccrocha et appela tout de suite un officier de permanence au sein de la sûreté départementale de Rodez. Il lui expliqua l'objet de sa démarche et lui demanda d'effectuer un certain nombre de vérifications.

— Vérifie dans les restaurants, hôtels, etc., si des gens demeurant dans l'Hérault, et tout particulièrement à Montpellier, ont laissé des traces de leur présence, par le biais de paiements par cartes bancaires, chèques ou autres… Enfin, tu connais la musique.

Il s'apprêtait à raccrocher lorsqu'il ajouta :

— Contrôle également si des véhicules immatriculés en 34 n'ont pas été verbalisés à proximité de l'évêché ou dans la ville, sait-on jamais !

Dorian Aumaitre se trouvait à son domicile.

Satisfait, il réalisait que l'étape la plus importante

de son projet, l'extraction de l'ADN des nombreux végétaux découverts dans les différents pots, flacons, herbiers ou autres objets dérobés à sa demande par ses petites mains et par celles de l'infortuné Felipe à l'institut de botanique, était derrière lui.

Il contemplait maintenant les semis placés sous serre selon le principe de la culture hydroponique. Cette technique consistait à cultiver des plantes en milieu artificiel en leur apportant la juste dose des éléments nutritionnels qu'elles trouvaient dans leur milieu naturel, le tout combiné à une judicieuse utilisation de lampes fluorescentes.

Il n'avait pu se résoudre à exposer le fruit d'un tel labeur, de son expertise, à un gel inopportun, une sécheresse catastrophique ou à la gloutonnerie d'un insecte quelconque prédateur naturel de chacune des espèces en voie de reconstitution. Il était pris par le temps.

Perfectionniste, il était malgré tout rongé par l'inquiétude. Homme d'action, il détestait être à la merci de qui que ce soit, et mère nature, quand bien même elle serait aidée dans sa tâche, ne faisait pas exception à la règle. Se voir cantonné à l'attente le plongeait dans les affres du doute.

S'il avait à l'origine couché par écrit le fruit de ses recherches, il en avait abandonné le principe. Trop dangereux. Cela avait failli lui couter cher et l'avait conduit à de coupables extrémités. Il avait commis une erreur mais ne la réitérerait pas en perpétrant cette fois-ci une faute.

Toutes les informations nécessaires à l'aboutissement de son projet étaient maintenant enfermées dans son coffre-fort personnel, là, au plus profond de son crâne.

Un autre sujet de préoccupation le taraudait toutefois, et celui-ci était bien loin de ses activités de chercheur.

Ses étudiants étaient arrêtés les uns après les autres, et cela l'inquiétait. Certes, aucune preuve n'avait été mise en évidence contre eux, ils avaient d'ailleurs été relâchés, et il savait pouvoir compter sur leur mutisme. Mais jusqu'à quand ? Il avait la désagréable impression que l'étau de la justice se resserrait lentement mais inexorablement autour de son cou.

Il craignait maintenant que son projet, le projet d'une vie, longuement mûri, construit pas à pas au prix des plus grands sacrifices, prenne l'eau. Et s'il ne pouvait être mené à son terme ? Pourrait-il le reconduire avec l'aide de la prochaine promotion d'étudiants ? Il en doutait.

À deux reprises il venait de faire d'horribles cauchemars comme ceux qui hantaient ses nuits aux premiers temps de sa cécité, lorsqu'il hurlait, certain de se trouver enterré vivant dans un cercueil tout noir. Sa mère se précipitait alors à son chevet pour le rassurer.

Le simple fait d'évoquer cette période le fit trembler d'émotion. Il en avait des frissons. Il dut avaler un verre d'eau fraîche, respirer longuement pour calmer les battements erratiques de son cœur.

Il devait aboutir à tout prix, aucun recul ni tergiversation n'était permis. Rien ni personne ne pouvait impunément se mettre en travers de ses projets. À quelques encablures du but, il triompherait de tous les obstacles. Quelles que soient leurs natures.

Kevin venait de ranger son arme de service dans le tiroir de son bureau, en totale infraction avec les règles de sécurité, lorsque la sonnerie du téléphone retentit.

— Oui.

— Lieutenant ! C'est la permanence. On vient d'être informés d'un vol commis à Grasse.

— A Grasse, dans les Alpes-Maritimes ?

— Exact.

— Des parfums ont été dérobés ?

— Non, pas exactement, mais ce sont les collègues de la PJ qui ont été saisis d'une plainte déposée par le MIP.

— Le MIP ?

Kevin fronça les sourcils. Il avait mal dormi, ressassant sans cesse les nombreuses pièces du puzzle auquel il était confronté.

— Oui, le musée international de la Parfumerie. On leur a fauché un nécessaire de voyage datant de la fin du XVIIIe qui a appartenu, si je me réfère au télégramme que j'ai sous les yeux, à la reine Marie-Antoinette et…

— J'arrive.

Il fonça retrouver le permanencier, dont le bureau était situé non loin de celui du directeur.

Après avoir récupéré le message, il s'isola et se concentra sur son contenu. Il était certain de ne pas se tromper. Dans un ouvrage consacré au Montpelliérain, parfumeur des Enfants de France, le coffret de la reine était évoqué. Il avait là son lien. Il réfléchit longuement. Grasse, Grasse, ce nom lui disait quelque chose. Il se leva et répéta à plusieurs reprises le nom de la ville.

Ouais ! Eurêka, se dit-il. Il ouvrit la porte de son armoire, farfouilla dans les divers scellés constitués au cours de l'enquête et trouva enfin ce qu'il cherchait. Une petite clef, découverte dans la poche d'une veste de Felipe lors de la perquisition effectuée à son domicile et qui portait sur une étiquette en plastique de couleur noire l'inscription PLMG-06-63. Ils avaient tous réalisé qu'elle permettait d'ouvrir un coffre, de peu de valeur ne s'agissant pas d'une clef très sophistiquée, mais de là à faire le lien avec le coffre de consigne d'une gare, il y avait un monde. Mais maintenant il en allait autrement.

Il consulta un moteur de recherche et tapa « gare SNCF de Grasse ». Il parcourut quelques pages et trouva ce qu'il voulait. La gare était la station terminale de la ligne Paris-Lyon-Marseille, soit PLM. Avec un peu d'imagination le G correspondait à la ville de Grasse, le 06 était le code du département et le numéro 63 celui de la consigne.

Qu'allait-il y découvrir ? Si la clef était encore en possession de Felipe on pouvait valablement espérer que ce qu'il y avait entreposé devait y être également. Il profiterait de sa visite au musée, car il avait décidé de s'y rendre, pour en vérifier le contenu.

Il réfléchit un instant. Il pouvait demander à Patricia ou à Bernard de le suivre, mais ils étaient déjà occupés. Tant pis, se dit-il. J'y vais tout seul et en cas de besoin je solliciterai les collègues de Cannes et… La sonnerie de son portable l'interrompit dans ses réflexions. Il prit la communication.

— C'est Charlotte. Je ne te dérange pas ? Je t'appelle pour avoir des nouvelles de Chloé.

L'officier esquissa un semblant de grimace.

— Elle a été écrouée à Villeneuve-lès-Maguelone, je ne t'avais laissé que peu de chance.

— …

— Allô, tu es là ? reprit-il.

— Oui, oui. Mais je suis sûre qu'elle ne peut avoir commis ce dont elle est accusée.

Son ami préféra ne pas en rajouter en lui citant le nombre de fois où des voisins, des amis, des parents avaient été surpris, pour ne pas dire plus, du comportement coupable de quelqu'un de proche dont ils auraient juré la main sur le cœur l'innocence. Il changea de sujet.

— Tu as repris ta vie parisienne ?

— Pas tout à fait. Je suis à Nice, où je devais évaluer une stagiaire de l'ESJ, et…

— À Nice ? En ce qui me concerne, je file à Grasse, tu veux…

— Pour ton enquête ?

Kevin sentit la voix de son amie reprendre de l'assurance et du mordant.

— Oui, écoute ça…

Et il lui expliqua les derniers rebondissements.

— Tu m'y rejoins ?

— Décidément, les grands esprits se rencontrent, murmura Charlotte en retrouvant puis embrassant son ami.

Elle en profita pour tirer sur le bout de sa cravate, un brin trop courte à son goût, en un geste jadis familier.

— Tu es là depuis longtemps ? J'ai fait le plus vite possible. Deux heures quinze par l'autoroute, j'ai dû déclencher quelques radars. Mon directeur me passera une soufflante mais il se débrouillera avec le centre de Rennes. Tu es ravissante en tailleur d'été, s'exclama-t-il.

— C'est ce que j'ai cru comprendre au nombre d'invitations de mes collègues. Invitations que j'ai déclinées lorsque tu m'as fait part de ta venue, trouva-t-elle judicieux de glisser. Alors, raconte-moi… ?

Il s'exécuta pendant qu'elle lui prenait le bras, l'entraînant vers le musée international de la Parfumerie.

Devant l'entrée du bâtiment, ils furent subjugués

par une magnifique statue, représentant, si l'on se basait sur la plaque fixée sur le socle, un habit de parfumeur.

— J'ai appris que la toile originale, censée incarner un gantier-parfumeur du XVIIe siècle, se trouve exposée à Paris, au musée Carnavalet. Si tu veux, lorsque tu viendras me voir, si l'envie t'en prend bien évidemment, nous irons, suggéra Charlotte, déçue que son ami ne relève pas immédiatement la proposition.

Kevin se dirigea vers l'accueil et, avisant un employé, lui présenta sa carte de réquisition en demandant à s'entretenir avec la responsable.

— Elle est en réunion, profitez-en pour visiter et je vous appelle dès qu'elle est disponible.

— Tu connais le musée ? s'enquit Charlotte.

— Je n'ai malheureusement pas eu le temps d'approfondir le sujet.

— Moi si. J'ai pu consulter plusieurs sites grâce à ma tablette. Je vais te servir de guide. Cet établissement a été créé en 1989 et retrace à travers des collections exceptionnelles l'histoire du parfum ainsi que son évolution depuis quatre mille ans. Il aborde l'histoire sous tous ses aspects, aussi bien les matières premières, quc l'industrie, le design, etc., cela sur plusieurs niveaux et 3 500 mètres carrés. Il s'est fixé trois objectifs : communiquer, par exemple de nos jours on utilise la fonction communicante du parfum pour des applications comme celle du marketing olfactif. Tu saisis ?

Les yeux de Kevin se plissèrent en même temps

que son front.

— D'accord. Je t'explique. Actuellement de grandes entreprises renforcent l'image de leur enseigne par la diffusion d'une odeur en relation avec son univers ou au bénéfice d'un produit particulier. Tu me suis ?

— Un peu comme certains slogans publicitaires ou jingles qu'il suffit d'entendre pour y associer immédiatement telle ou telle marque.

— Élève Normand, vous avez 20 sur 20, pontifia Charlotte. Mais en plus de la fonction communicante, le parfum avait un intérêt en lien avec les soins. Au Moyen Âge les plantes aromatiques avaient des vertus thérapeutiques et…

— Pas qu'au Moyen Âge…

— Oui, je sais, le coupa la journaliste, qui reprit ses explications. Et enfin le parfum possède une fonction de séduction qui…

— Un peu comme celui que je t'ai offert ?

— Bien, je vois que tu as compris et qu'il ne sert à rien d'aller plus loin.

Les deux amis déambulèrent pendant presque une heure en utilisant les nombreuses animations olfactives proposées au public.

— Toutes les informations et supports sont doublés en braille.

— Ce n'est pas une nouveauté, c'est même une obligation et…

La journaliste interrompit net sa repartie. Elle fit

quelques pas, avant de questionner Kevin :

— Tu fais une relation avec Dorian Aumaitre ?

— Non, pas véritablement, mais j'y pensais tout simplement.

Enfin, le téléphone de Kevin sonna. L'employé de l'accueil l'invitait à se présenter devant lui.

La directrice était une femme entre deux âges, les traits altiers, légèrement maquillée, qui se déplaçait dans un halo, Charlotte le lui dirait par la suite, de *N° 5* de Chanel.

— Vous l'avez retrouvé ? s'exclama-t-elle, la main sur le cœur, apprenant que les policiers venaient de Montpellier.

— Non, pas encore, répondit le lieutenant, désolé de réduire à néant ses espérances. Vous pouvez nous montrer le lieu du vol.

— Suivez-moi.

Une nouvelle fois ils passèrent devant un très instructif panneau détaillant les principaux procédés d'extraction des parfums, en l'occurrence les principes de la distillation, de l'extraction par solvants et de l'enfleurage, continuèrent leur cheminement en admirant un magnifique orgue à parfums, et s'arrêtèrent face à un ensemble de splendides pots, flacons et même encensoirs.

— Voilà. Le nécessaire de voyage de Marie-Antoinette se trouvait là, indiqua de la main la responsable du musée.

— Il n'y a pas eu d'effraction, je crois ?

— Non, lieutenant, pas du tout. Nous étions en train de nettoyer les supports et l'employé ne s'est absenté que quelques minutes. Je ne comprends pas car il y avait du monde dans la salle.

— Pouvez-vous me rappeler la date du vol ?

— Je ne risque pas de l'oublier. C'était le 10 octobre en fin d'après-midi.

— Y avait-il eu ce jour-là un type de visiteurs particuliers ? Je veux dire des personnes du troisième âge ou des étudiants, par exemple.

— Tous les jours, madame, nous avons un très large panel de visiteurs. Des écoliers, des collégiens, des lycéens, des étudiants, etc., et également beaucoup de touristes étrangers. Vos collègues nous ont déjà posé la question et ont même vérifié les chèques ou cartes bancaires émis en guise de paiement. Sans résultats.

— Le coffret est d'importante dimension ?

— Non, monsieur, il fait environ 56 centimètres de longueur sur 45 de profondeur et 21 centimètres de hauteur. Il est en acajou, est muni de deux poignées latérales et de garnitures en cuivre doré. À l'intérieur, poursuivit la directrice, la voix nouée par l'émotion, il y avait des cases, des alvéoles, des plateaux sur deux niveaux, des petits tiroirs secrets et tout un ensemble d'instruments nécessaires à la toilette de Sa Majesté.

— Je suppose qu'il a une valeur…

— Inestimable. D'autant plus inestimable qu'il fait partie de l'histoire de France dans la mesure où, lors de son arrestation à Varennes, la reine l'avait avec elle.

L'officier de police avait besoin d'une information plus précise.

— Ne contenait-il pas des parfums ?

— Bien sûr. Il renfermait des pots à pommade en porcelaine, des flacons à médicaments et plusieurs petits flacons avec bouchons en cristal à l'intérieur desquels se trouvaient encore des plantes séchées.

— Vous ne les aviez pas ôtées ?

— Pensez-vous ! s'indigna leur guide. Tout est resté dans son jus. C'est ce qui en fait la valeur.

Kevin remercia son hôte et l'assura que tout était mis en œuvre non seulement à Grasse, mais également sur tout le territoire, pour retrouver l'objet dérobé.

Ils allèrent déjeuner rapidement non loin de la gare.

— Je dois faire un tour au service des consignes. Tu viens avec moi ou tu préfères…

Charlotte sourit.

— Tu ne crois tout de même pas arriver à te débarrasser de moi aussi vite ?

Ils pénétrèrent dans l'enceinte de la gare SNCF et suivirent les flèches désignant les consignes. Elles étaient peu nombreuses. Une centaine au maximum, nota le policier. Il chercha le numéro 63.

— Là, lui indiqua de la main la journaliste.

Kevin hésita.

— Écarte-toi, si jamais la porte est piégée on va se retrouver *ad patres* rapidement.

— Au moins, on sera ensemble pour l'éternité.

L'enquêteur parvint sans aucun problème à insérer la clef dans la fente prévue à cet effet et déverrouilla le coffre. Un sac de sport bleu à bandes blanches s'y trouvait. Il le récupéra et le posa à ses pieds.

— Je l'ouvre ?

Charlotte piaffait d'impatience. Elle lui aurait bien pris des mains le sac et l'aurait déjà fouillé depuis longtemps. Elle respira lentement et réussit à dire calmement :

— Tu veux que je le fasse ?

Le lieutenant Normand fit glisser la fermeture Éclair. Un magnifique nécessaire de voyage apparut à leurs yeux ébahis. Copie conforme de celui figurant sur le télégramme de vol, et enregistré – il avait pu le vérifier avant de quitter le SRPJ – sur le fichier TREIMA de l'office central de lutte contre le trafic des biens culturels.

Charlotte ne put réprimer un cri de stupeur et d'admiration.

— Waouh….

Elle tendit la main vers l'objet mais fut vertement rappelée à l'ordre.

— Non. Ne touche à rien.

Passé le premier moment de stupéfaction, Kevin se saisit de son téléphone et appela un de ses collègues de la PJ de Nice. Il sollicita son concours ainsi que celui du service de l'identité judiciaire.

Rapidement sur place, les spécialistes de la police

technique et scientifique effectuèrent toutes les recherches intéressantes à l'intérieur du coffre.

— On amène le sac à la PJ. Le relevé des traces papillaires et la recherche d'ADN seront plus faciles qu'ici.

De la tête, il désigna un important groupe de badauds s'agglutinant autour d'eux.

Kevin acquiesça et demanda à être tenu informé le plus rapidement possible. Puis, il rejoignit Charlotte qui l'attendait à proximité. L'heure des adieux avait sonné.

— Je dois regagner mon service. On a du pain sur la planche et mon directeur m'a ordonné de revenir immédiatement, déplora-t-il, mécontent de ne pouvoir passer la nuit sur place.

Charlotte déglutit, fit bonne figure et embrassa son ami. Elle profiterait de la soirée pour peaufiner son reportage…

— Dommage. Enfin, moi aussi je dois retourner à Nice. On se rappellera. Et n'oublie pas, au risque de me répéter : je suis certaine de l'innocence de Chloé. Je compte sur toi pour le prouver !

De retour à son service, après avoir briefé ses collègues sur ses dernières découvertes, l'officier entreprit de classer et de relire tous les procès-verbaux constituant la procédure réalisée depuis la découverte du cadavre de Felipe Juarez. Il était plongé dans leur lecture lorsque le « bib » caractéristique de l'arrivée d'un courriel le fit sursauter. Il cliqua sur l'icône de sa boîte mail et ne put s'empêcher de jurer à haute voix.

— Bon Dieu ! Un autre vol de plantes, signalé celui-là par la brigade de gendarmerie de Saint-Martin-de-Londres.

Le système d'alerte du tout nouveau fichier fonctionnait donc correctement. Il parcourut le contenu du message. Le vol avait été découvert la veille sans que le plaignant ait pu déterminer avec précision le créneau au cours duquel plusieurs sacs de thym avaient disparu. Des sacs de thym ?! se dit-il. Est-ce vraiment en rapport avec notre affaire ? Le préjudice ne devait cette fois-là pas dépasser quelques centaines d'euros et il n'y avait aucun lien avec les siècles passés d'après ce qu'il pouvait lire. Il hésita et décida de faire confiance à son intuition. De toute façon, il n'y avait qu'une seule chose dont il était sûr. C'est que la solution à son enquête ne viendrait pas toute seule. Il valait toujours mieux enquêter tous azimuts plutôt que de n'avoir aucune piste à explorer.

Il fila voir son directeur pour l'informer, en lui expliquant brièvement pourquoi il se transportait avec ses deux collègues dans le village situé à une trentaine de kilomètres de Montpellier.

Le commissaire Rességuier était au téléphone. Il couvrit le combiné de sa main.

— Je compte sur vous. Il serait temps que vous obteniez enfin un résultat concret. Vous voyez ce que je veux dire ? Pendant ce temps je m'évertue à expliquer à toutes les autorités – je suis en ligne avec le doyen de la fac qui s'inquiète de notre absence de résultat, souffla-t-il – que nous faisons le maximum !

La société Thym Sauvage occupait des locaux, en réalité un simple hangar aménagé, situés à l'extérieur du village, dans une zone artisanale.

— On a beau dire, mais voilà un des avantages de la campagne, s'exclama Bernard en trouvant immédiatement un emplacement pour se garer. Et en plus, c'est au rez-de-chaussée, lâcha-t-il, tout sourire. Il ne détestait rien autant que d'avoir à grimper des étages.

Les trois policiers se présentèrent. Le représentant légal de la société, ingénieur en écologie et gestion de la biodiversité, manifesta d'emblée sa surprise.

— Je ne savais pas que la PJ s'intéressait aux vols de récolte… ?

Le ton, légèrement narquois, incita le lieutenant à entrer directement dans le vif du sujet.

— Vous subissez souvent ce type de désagrément ?

Tom se tourna vers un de ses collèges, comme pour solliciter son avis et, haussant les épaules, déclara :

— Non, nous sommes assez isolés et nous avons la chance de ne jamais avoir déploré ce genre de problème. D'autre part, la nature même de notre activité…

Patricia avait déjà son carnet à la main. Elle coupa le responsable.

— Vous pouvez nous en dire plus ?

— Notre société n'existe que depuis quelques années et nous procédons à la cueillette de plantes comme le thym, le romarin, la lavande, la sarriette, etc.

— Comme cela se fait dans la Drôme ? demanda Bernard, précisant qu'un de ses parents y cultivait justement la lavande.

— Non, pas du tout. Toutes nos cueillettes, réalisées sur quelque 160 hectares de parcelles certifiées bio, concernent des populations de plantes qui n'ont pas été semées par la main de l'homme mais se trouvent *in situ* depuis toujours.

— Depuis toujours, vous voulez dire depuis le XVIIIe siècle, par exemple ?

L'ingénieur marqua un mouvement de surprise.

— Oui. Pourquoi pas ! Mais ces plantes sont présentes dans nos territoires depuis bien plus longtemps. Parfois même depuis des millénaires. De tout temps notre garrigue a intéressé certaines catégories de professionnels, notamment les parfumeurs, les liquoristes, etc.

Une question traversa l'esprit du chef de groupe.

— Peut-on dire que ces végétaux sont identiques à ceux des siècles précédents ?

— Oui, car il faut des centaines d'années à la nature pour créer une plante. Mais si le milieu dans lequel elles poussent se modifie, si le climat évolue, par exemple, alors les individus vont subir également des altérations.

— Et actuellement… ?

— Et actuellement, à cause de tous les changements que l'homme apporte à son environnement, tout est altéré beaucoup plus rapidement qu'au cours des siècles précédents, soupira l'ingénieur.

Le brigadier Roset qui apparemment faisait grand cas de son parent revint à la charge :

— D'après mon cousin, il y a un nouvel engouement pour les soins par les plantes, est-ce vrai ?

— Tout à fait. D'ailleurs, en 1963, la faculté de pharmacie de Montpellier s'est intéressée aux plants de thym que l'on croit tous semblables alors qu'ils ont des chimies très différentes. Cette université fut la première à identifier leur chémotype.

— Leur chémotype ? s'enquit la brigadière-chef, qui se demandait s'il était utile de noter l'information.

— Sans vouloir entrer dans le détail, je dirai qu'un individu de thym contient plusieurs composés chimiques, comme constituant majoritaire de l'huile essentielle. Le composé majoritaire permet de différencier les différents types chimiques, appelés chémotypes.

Patricia avait cessé de prendre des notes, consciente que les précisions étaient sans rapport avec le motif de leur présence. Mais, hiérarchie oblige, elle laissa son supérieur conduire les débats, n'ignorant pas qu'il était toujours préférable de mettre les gens en confiance en leur demandant par exemple d'expliquer en quoi consistait leur activité, ce qu'ils faisaient généralement volontiers, que de les presser immédiatement de questions auxquelles ils répondaient avec beaucoup plus de réticence.

Fort des explications fournies, Kevin était démangé par l'envie de poser une question dont il redoutait la réponse.

— Vous travaillez avec les universités de Montpellier ?

— De Montpellier et d'ailleurs. Mais vous avez raison, surtout avec la fac des sciences de l'UM2.

Les trois policiers se concertèrent rapidement du regard avant que le chef de groupe ne prenne la parole :

— Avec la fac de chimie ?

— Oui, tout à fait. Ils viennent herboriser ici même, à la recherche de plantes aromatiques, depuis deux ans. D'ailleurs, toute la semaine nous avions des étudiants en licence pro qui se destinent à la carrière de parfumeur.

— Avec leur maître de conférences, je veux dire : Dorian Aumaitre ?

— Non, lui n'était pas présent. Sa cécité ne lui facilite pas le déplacement dans la garrigue. Mais je le connais et c'est sur sa demande que nous avons établi un protocole liant l'université et notre société.

La brigadière-chef reprit la main.

— Le jour du vol, ils étaient là ?

— Oui. Cela fait une semaine qu'à tour de rôle, par groupe de quatre ou cinq, ils viennent ici.

Un silence pesant s'installa. Il fit réagir le chef d'entreprise.

— Vous vous intéressez à eux ?

Le lieutenant ignora la question.

— Comment se passe votre récolte ?

— Avec mes collègues, et parfois d'autres amis, nous parcourons la garrigue et, au moyen d'une faucille dotée de dents, nous récoltons le thym ou le romarin. Puis nous entreposons le tout dans des bourras…

Toujours le stylo à la main, Patricia leva la tête.

— Des bourras ?

— Oui, des draps de toile ancienne et épaisse sur lesquels les herbes sont étalées pour être aérées. C'est pour éviter le phénomène d'oxydation. Par la suite, les plantes séchées sont déposées dans un système de séchage, moderne lui, appelé caisson de -dessiccation, le produit fini est battu et, enfin, ce qui en résulte sera passé à la tamiseuse pour affinage.

— Et ce qui a été dérobé ? demanda le lieutenant.

— C'était le produit fini, sans aucune impureté. C'était l'équivalent de plusieurs journées de travail, même s'il n'y avait qu'une dizaine de kilos de fleurs prêtes à la mise en conditionnement.

— À quel endroit a eu lieu le vol ?

— Vous pouvez y aller vous-même, lieutenant. C'est à 500 mètres d'ici, un local non fermé à clef dans lequel on procède à la mise en sachet. Il vous suffit de suivre le chemin que je vous indiquerai. Je ne peux vous accompagner, j'ai une commande à honorer en urgence.

Kevin, Patricia et Bernard empruntèrent le sentier qui serpentait à travers la garrigue. Même s'ils se trouvaient en plaine, ils durent franchir une petite colline couverte de chênes verts et de pins d'Alep. La terre était rocailleuse et Patricia râla.

— Si j'avais su, j'aurais mis d'autres chaussures.

— Au lieu de te plaindre, respire le bon air, lui assena son coéquipier.

Alors qu'ils n'étaient qu'à 100 mètres de l'entreprise Thym Sauvage, ils avaient déjà l'impression d'être perdus en pleine nature. Les quelques plants de thym et de romarin disséminés au milieu de la garrigue leur donnèrent une idée de la difficulté qu'il y avait à récolter plusieurs centaines de kilos d'herbes odoriférantes.

— Ah ! Là, voilà, indiqua du doigt la brigadière-chef. Ce n'est pas trop tôt.

Ils se trouvaient tous les trois dans un espace dégagé de toute végétation.

Un coup de feu retentit et, immédiatement, Kevin porta les mains à sa tête en hurlant. Il chuta lourdement sur le chemin empierré.

12

XVIIIe siècle

Jean Fardon manifesta sa surprise de trouver dans son antre, côte à côte, sa femme et Quentin qui heureusement venait de mettre quelque distance d'avec Amélie.

— Que faites-vous ?

Amélie avait le sens de la repartie.

— Je faisais part à maître Trouvet de la mauvaise nouvelle qui nous frappe, mais ne me faites pas tant languir, qu'en est-il exactement ?

Le Montpelliérain s'assit lourdement sur la chaise de son bureau, se prenant la tête entre les mains.

— Je suis perdu, perdu, déclara-t-il, et il se mit à pleurer.

— Mais expliquez-vous, mon ami, expliquez-vous donc ! exigea, d'une voix frisant l'hystérie, son épouse.

— Calonne a pris la fuite avec mes 100 000 livres, tout en laissant un énorme trou dans les deniers de la comptabilité du royaume et…

— Mais… ? Le contrat qui vous liait était avec le ministère des Finances, dont il n'était que le porte-parole.

Entre deux sanglots le parfumeur montpelliérain répondit :

— Hélas, lorsque j'ai signé, il venait d'être remercié par Sa Majesté, démis de ses fonctions et avait rendu sa charge de grand trésorier commandeur des ordres du roi. C'est pour cela qu'il m'a reçu en son hôtel particulier. Sa disgrâce avait été tenue secrète…

— Et le contrat, alors ? le coupa Amélie, terrifiée à son tour à l'idée d'une nouvelle faillite.

— Il n'y a pas de contrat, ou tout au moins le document que j'ai paraphé n'engage pas le royaume mais seulement ce maudit Calonne. Je me suis rendu au ministère des Finances où on m'a ri au nez.

— Mais… ! voulut intervenir Amélie.

Jean fusilla du regard sa femme, la coupa et poursuivit :

— J'ai même dû filer rapidement. « Vous étiez son complice et vous savez où il a trouvé refuge, peut-être », a insinué mon interlocuteur devant mon insistance, me menaçant d'aller tâter des cachots de la Bastille compte tenu de mes supposées étroites relations avec le fuyard. Vous vous rendez compte ?!

Jean Fardon ouvrit une ou deux fois la bouche toute grande, comme si l'oxygène lui faisait soudainement défaut. Il avait maintenant de la peine à parler et dut faire un effort méritoire pour continuer, en hoquetant, à s'expliquer.

— Le document reçu par mon banquier et au vu duquel il a remis l'argent n'a aucune valeur. Au mieux, m'a-t-on rétorqué, il constitue la preuve de ma collusion avec le fugitif à qui je suis soupçonné d'avoir fourni des subsides pour favoriser sa disparition…

Et, le Montpelliérain s'affaissa un peu plus sur lui-même, puis glissa de sa chaise sur le sol où il chut lourdement, inanimé.

Quentin aida Amélie à relever le maître parfumeur et à l'installer sur un fauteuil à larges bras. Ayant du mal à reprendre ses esprits, un garçon de boutique fut chargé d'aller quérir un médecin.

Les jours suivants, sur les objurgations de sa femme, épouvantée à l'idée de perdre son statut, Jean Fardon qui avait recouvré un semblant d'allant, largement initié par le comportement de son épouse, se consacra à l'élaboration de nouvelles fragrances en espérant qu'il parviendrait, tout comme il avait su faire face à sa faillite, à redresser son commerce. Il s'enferma dans son laboratoire qu'il ne quitta plus du soir au matin. Quentin le força à accepter sa présence. Il y voyait un intérêt tout personnel, alors que le maître parfumeur se méprenait sur l'empressement qui était le sien.

— Je te sais gré de vouloir, malgré ma déconfiture et l'opprobre qui rejaillit sur mon nom, travailler à mes côtés. C'est là que l'on voit les vrais amis. Maintenant je peux te qualifier de ce nom. Tu es mon égal en maîtrise, même s'il te reste beaucoup à apprendre, car une vie ne suffit pas à tout savoir !

Belange était d'accord sur ce point-là. Il avait effectivement beaucoup de choses à apprendre. Il n'oubliait pas que son père ne le coucherait sur son testament que s'il parvenait à percer les secrets de fabrication de certaines des préparations du maître. C'était également son intérêt personnel, car il envisageait maintenant, avec l'appui paternel, d'ouvrir une boutique nommée *Au messager de Grasse*. Après tout, pourquoi pas ? Ce dernier ne pourrait qu'être satisfait, voire flatté, de voir ainsi reconnu, peu ou prou, le lien avec la maison mère.

— Je n'oublierai jamais ce que vous avez fait pour moi tout au long de ces années, Jean, répondit-il.

Jean Fardon se lança à corps perdu dans une recherche et une fabrication effrénée de nouveautés en tout genre. Il expliquait à Belange le moindre de ses gestes. Cela n'allait pas sans agacer, parfois prodigieusement, celui qui n'était plus un apprenti. Mais le tout nouveau maître se taisait, espérant au détour d'une -conversation, d'une explication, une confidence lui révélant quelque secret profondément enfoui dans le cerveau de celui qui restait malgré tout, et contre toute logique, fournisseur des Enfants de France.

— Tu vois cet alambic ?

Et Jean Fardon continua ses commentaires comme s'il se parlait à lui-même :

— C'est le seul instrument nécessaire à la distillation. Il se compose de trois parties : d'une chaudière, c'est une sorte de chaudron en forme de cône renversé dont le diamètre est égal à la profondeur, d'un chapiteau ou couvercle avec un gros tuyau appelé bec du chapiteau, et d'un condenseur ou réfrigérant. Les herbes à distiller sont placées dans la chaudière, on y pose le couvercle et grâce à l'action du feu, et donc de la chaleur, les substances se transforment en vapeur et sortent par l'extrémité du bec pour arriver dans le réfrigérant où elles se condensent.

Quentin, éberlué, contemplait son maître avec inquiétude. Il perd la tête, sans aucun doute, il perd la tête, se dit-il. Il est en train de m'enseigner ce que j'ai appris dès ma première année d'apprentissage.

— N'oublie jamais, si tu veux obtenir des parfums très purs et très suaves, que tu dois avoir recours au procédé de rectification…

Quentin rongeait son frein mais fit bonne figure en anticipant la suite de l'explication :

— C'est-à-dire que je dois procéder à une nouvelle distillation de liquides déjà distillés en me servant de la technique du bain-marie ?

Jean Fardon, comme s'il n'avait pas entendu les propos de son ancien apprenti, continuait ses soliloques.

— Tu peux utiliser également un filtre dans le but de purifier encore et encore les liquides obtenus…

Belange, et cela même si le Montpelliérain se tournait régulièrement vers lui comme pour attendre ses observations, ne dit mot. Il s'était bien rendu compte que le mari de sa maîtresse évoluait dans un autre monde et il l'aurait volontiers abandonné à ses souvenirs, mais quelque chose lui disait toujours qu'il avait tout intérêt à écouter. Au bout d'une demi-heure, n'y tenant plus, il se lança :

— Sur votre livre de comptes, j'ai noté que le nom des herbes que vous achetez ne correspond pas à la réalité. Pourquoi ? Êtes-vous sûr de ne pas oublier au fil du temps les ingrédients exacts utilisés, leurs poids, le temps de distillation, se risqua-t-il, espérant que le maître parfumeur ne lui demanderait pas comment et pourquoi il avait eu accès à ce registre.

Jean Fardon partit d'un fou rire inextinguible.

— Si j'agis de la sorte, c'est pour qu'on ne me vole pas le secret de mes recettes, pardi ! Si tel n'était pas le cas, il y a longtemps que tu m'aurais quitté, n'est-ce pas ?

Quentin resta pantois devant tant de soudaine lucidité. Ainsi, il ne perdait pas tout à fait la tête. Du moins, pas suffisamment pour lui confier ses recettes, alors qu'il travaillait ensemble depuis presque dix ans maintenant. C'était à désespérer.

Les mois passèrent. Jean Fardon s'était remis courageusement à la tâche, aiguillonné en cela par son insatiable épouse, qui tremblait toujours à l'idée de déchoir. Elle avait su lui redonner un nouvel élan.

— Mon ami, votre réputation est intacte. On ne vous a pas retiré votre titre de fournisseur des Enfants de France, c'est dire tout le crédit qui est le vôtre à la Cour. Considérez cette épreuve comme un simple obstacle dont vous sortirez, avec mon aide et celle de votre ami Quentin, grandi.

Amélie, à la surprise de son mari, avait suggéré à ce dernier de s'attacher les services du nouveau maître, lui faisant comprendre qu'il valait mieux l'avoir comme compagnon que comme concurrent. Sur un plan beaucoup plus personnel, elle ne trouvait que des satisfactions aux rencontres amoureuses avec celui à qui elle réservait désormais toutes ses faveurs.

Jean Fardon, inventait parfum sur parfum et sa notoriété était toujours aussi grande. La reine venait de lui commander une eau parfumée incluant de la violette. Le Montpelliérain excellait également dans la réalisation d'un vinaigre aromatique adouci par une huile essentielle qui faisait fureur. Transporté dans une petite boîte nommée « Vinaigrette », aux caractères écrits en lettres d'or pour les plus fortunés, ou en argent pour les autres, le miraculeux mélange connaissait un prodigieux succès. Pourquoi ? Il jouait le rôle jusqu'alors dévolu aux sels, permettant de lutter contre les vapeurs des coquettes. Conséquence de l'ennui, d'une mauvaise hygiène de vie ou de corsets trop serrés, véritable phénomène de mode, la « Vinaigrette » bienfaisante était devenue un accessoire aussi indispensable que raffiné.

Belange qui, sans être l'associé officiel de Jean Fardon, avait acquis un statut quasi similaire, trouvait dans ses fabuleuses préparations, fruit de son génie, une justification à sa présence aux côtés de son ancien maître. Il lui arrivait même de douter de son propre talent. Disposerait-il vraiment, un jour, de cette virtuosité ?

Il n'était jusqu'au *Mercure de France* qui avait relaté dans ses colonnes tout l'art du parfumeur, lequel poussait ses recherches dans le domaine de la distillation.

Lorsqu'il avait rencontré secrètement son père, vieillissant cette fois, Quentin s'était alarmé. S'il n'avait plus le même mordant que jadis, le vieil homme lui avait fait clairement comprendre que, faute pour lui d'honorer sa part du contrat, il ne le désignerait pas comme son légataire universel. Quant à lui prêter de l'argent pour lui permettre de s'installer à son compte, il en avait rejeté la possibilité aux calendes grecques, lui expliquant d'un ton sentencieux :

— L'heure n'est pas aux investissements dispendieux, mon fils. Ne vois-tu pas ce qui se passe ? Ne m'as-tu pas confié qu'*Au messager de Montpellier* on avait de plus en plus de mal à obtenir le règlement des factures ? N'entends-tu pas le vent de fronde qui gronde ? Certains nobles, et pas des moindres, commencent déjà à quitter le royaume pour se réfugier en Angleterre. C'est un grand miracle que ton Fardon ne pâtisse pas plus des affres du temps…

En cette année 1788, le *Journal politique* se faisait effectivement l'écho de la grogne des marchands de Paris qui se plaignaient de ne plus trouver de crédit auprès des banques et des employés qui étaient remerciés par leurs maîtres. On citait ainsi nombre de seigneurs qui congédiaient leurs serviteurs. L'un d'entre eux s'était même débarrassé d'un seul coup de quarante d'entre eux. Il n'était jusqu'à la reine qui donnait l'exemple de l'économie. Un édit avait porté suppression de charges dans sa maison pour plus de 1 million de livres.

Néanmoins, et malgré toutes ces raisons de s'alarmer, les pamphlets en tous genres vilipendant le roi, mais surtout Marie-Antoinette, on continuait à rire, à jouir et à profiter de l'existence comme si de rien n'était, pour le plus grand bonheur de Jean Fardon qui était l'un des rares sur la place à tirer encore son épingle du jeu.

1789, et particulièrement la prise de la Bastille, allait changer la donne. Tous les magasins de la capitale, notamment ceux du monde du luxe et des embellissements, et celui du Montpelliérain ne fut pas épargné, virent la liste des impayés s'allonger pour cause d'émigration massive.

Terminés les poufs extravagants « à la reine », on exhibait maintenant des « bonnets à la Bastille », ou « à la citoyenne », et eux n'avaient pas besoin d'être parfumés avec les douces fragrances de la maison Fardon. Ils l'étaient avec le sang de tous ceux qui périssaient sur l'échafaud. Les dames patriotes portaient des boucles d'oreilles et des bagues où un fragment de pierre de la Bastille était enchâssé, c'était des « bijoux à la Constitution ». *Le Parfum du Trianon* était remplacé par les *Pommade de la Liberté*, *Eau de senteur du sans-culotte*, et autres *Élixirs de guillotine*.

Courageusement, Jean Fardon refusa de suivre cette voie et de tourner le dos à sa pratique, celle qui l'avait si bien nourri jusque-là. Il continua à servir la Cour, et cela même si certaines idées des révolutionnaires n'allaient pas à l'encontre de ses convictions personnelles. Mais il tenait à les dissocier de son activité professionnelle.

Ce n'était pas le cas de tous ses pairs ou de tous ceux qui courtisaient alors la noblesse. Rose Bertin n'avait pas de ces pudeurs et n'hésitait pas à réaliser des cocardes nationales, vendues toutefois un prix exorbitant.

— Vous devriez, mon ami, suivre son exemple, lui avait susurré, mais en vain, son épouse.

C'est ainsi que, *Au messager de Montpellier*, on continua de fournir la maison de la reine en douzaine de paires de gants, en bouteilles de lavande, en litres d'esprit de vin, en pots de pommade et pots de rouge, dont il ne fallait plus évoquer le nom qu'avec précaution devant le fournisseur des Enfants de France, en fleur d'orange, en pâte d'amandes, en poudre de violette et au cypre, et en éventails parfumés, dont Marie-Antoinette se servait, aux dires de Rose Bertin, pour cacher ses larmes.

En mars 1791, un véritable coup de tonnerre mit en émoi Quentin. Une nouvelle loi, la loi Le Chapelier, venait d'abolir les corporations. De fait, l'intérêt de son long apprentissage dont l'objectif principal était certes l'obtention de sa maîtrise, mais également son admission au sein de l'honorable association des gantiers-parfumeurs, titulaire du monopole de la fabrication des gants, tombait à l'eau. Fort des multiples contacts qu'il avait su entretenir, il s'était déjà imaginé membre de la puissante corporation parisienne, dont il ambitionnait même de prendre, un jour, la tête.

Il devait toutefois reconnaître que la notoriété du maître chez qui il avait travaillé était telle, auprès de toutes les Cours d'Europe, qu'à elle seule elle légitimait cet apprentissage. N'étant pas homme à ressasser indéfiniment les occasions perdues, il se fit rapidement une raison, entrevoyant immédiatement les opportunités que cette nouvelle liberté d'entreprendre engendrait. Il avait eu longuement le temps de réfléchir et de s'adapter à la Révolution. Il décida donc de faire sienne la maxime des révolutionnaires : libération des talents, ouverture des fortunes, la sienne bien évidemment et liberté, totale liberté, pour y parvenir.

En juin 1791, Jean Fardon œuvrait comme à l'accoutumée dans son laboratoire lorsque sa femme essoufflée d'avoir si vite couru vint le quérir.

— Venez vite, mon ami, un messager de la reine se présente.

Jean se rendit dans la boutique en compagnie d'Amélie.

— De la part de Sa Majesté, lui annonça tout en lui remettant un billet cacheté un majordome qu'il avait déjà aperçu lors de ses déplacements à Versailles.

Le parfumeur remercia le serviteur, qui s'en retourna immédiatement. Une fois dans son bureau, sa femme à ses côtés, Jean lut la missive : « Monsieur Fardon voudra bien se rendre à la nuit tombée aux Tuileries où il sera reçu par le Suisse Parent qui l'introduira au pavillon de Flore où il sera pris en charge par un valet de pied. »

— Est-il bien prudent de vous rendre en ces temps de crise à cette invitation, mon ami ? s'inquiéta Amélie.

— Comment faire autrement, ma mie ? Avez-vous oublié que nous vivons grâce aux commandes de Sa Majesté ? Mais surtout, n'en parlez à personne. Je vous en conjure.

Amélie Fardon acquiesça d'un simple mouvement de tête.

Une fois en présence de Marie-Antoinette, qui n'était plus que l'ombre d'elle-même, Jean Fardon remercia une nouvelle fois la reine de la confiance qu'elle lui témoignait. L'entretien fut bref. Sa Majesté lui fit une commande et lui remit une très longue liste de parfums, de poudres et de fards de sa composition, lui demandant même quelques graines de certaines des plantes utilisées dans leur fabrication, désireuse, consentit-elle à lui avouer, d'essayer à les planter dans le jardin des Tuileries.

Le soir même, à la nuit tombée, toujours dans la plus grande discrétion, la commande était honorée, non sans mal, tant elle était importante…

***

— Voilà… dit Jean d'une voix fatiguée en s'adressant pour la énième fois au prêtre réfractaire Nicolas Beaujon qui croupissait avec lui dans le cachot. Je vous laisse juge. En quoi, mon père, puis-je être tenu pour responsable ou complice de la fuite de Leurs Majestés ? En quoi ?

L'ecclésiastique n'eut pas le temps de lui répondre qu'une voix de stentor retentit dans la salle.

— Le parfumeur des Capet ? Où est-il ?

Et, apercevant Jean Fardon qui s'extrayait péniblement de la paille humide sur laquelle il était assis, il ajouta péremptoire :

— Dépêche-toi, citoyen, le tribunal n'attend pas !

Jean, les jambes flageolantes, suivit son geôlier, non sans avoir jeté un ultime regard en direction de tous ceux qui, comme lui, étaient à la merci du bon vouloir des révolutionnaires.

Une nouvelle fois, il fut aveuglé par une explosion de lumière. Seule consolation, les miasmes des sous-sols du palais des Tuileries étaient chassés ici par le grand air qu'il n'avait pas eu l'occasion de respirer depuis maintenant plusieurs mois, il ne savait plus combien.

— Alors, citoyen ! As-tu eu le temps de réfléchir ? tonna le président. Reconnais-tu avoir été le complice des Capet ? Admets-tu avoir été informé de leur fuite et avoir volontairement tu l'information au Comité de salut public ?

Des cris et des vociférations de toutes natures s'élevèrent de la salle. Jean fit un effort sur lui-même et ne se retourna pas comme il en avait eu l'intention, curieux de voir à quoi ressemblaient ces gens à qui il n'avait jamais fait le moindre mal.

— Mais, je n'ai…, balbutia-t-il.

— Voilà la preuve ! s'exclama le président en se levant de sa chaise et en brandissant une sorte de lettre. Qu'on la montre au ci-devant, ordonna-t-il.

Éberlué, le Montpelliérain reconnut la missive l'invitant à se présenter devant le Suisse Parent. Il avait pourtant bien demandé à sa femme de la détruire, ainsi qu'il avait fait avec nombre d'autres lettres et commandes qui, en ces temps troublés, témoignant de ses relations commerciales importantes avec la noblesse, étaient de nature à précipiter le plus honnête homme dans les bras de la guillotine.

— Tu restes sans voix devant la preuve de ta complicité, n'est-ce pas ? Mais tu n'abuseras pas le Comité.

Et comme l'accusé ne comprenait vraisemblablement pas, ou faisait semblant de ne pas comprendre, ce qui lui était reproché, le président prit la salle à témoin, expliquant d'une voix grandiloquente :

— La veille même de la fuite des Capet, le ci-devant Jean Fardon a remis à la demande expresse de l'Autrichienne un ensemble particulièrement impressionnant d'articles de sa fabrication... Je cite : parfums, poudres, fards, pots de rouge, et j'en passe, pour un montant de...

Et le magistrat s'interrompit, comme pour donner plus de poids à ses propos à venir :

— Plusieurs dizaines de milliers de livres !

Une vague d'indignation, que le juge eut toutes les peines du monde à endiguer, explosa dans la salle d'audience. Le silence enfin obtenu, à grand renfort de rappels au règlement, il put reprendre la parole.

— Heureusement, poursuivit le président du tribunal, qu'une femme de la garde-robe connaissant la fâcheuse accoutumance de sa maîtresse pour les parfums, et il lâcha le mot avec tout le mépris dont il était capable, du ci-devant, comprit que si le meuble, le nécessaire de voyage, susceptible de les contenir devait être expédié pour être soi-disant offert à une dame d'atour, sa maîtresse était sur le point, elle aussi, de les suivre et donc de s'enfuir. C'est grâce à la clairvoyance de cette femme et à la vigilance du Comité de salut public que les Capet ont pu être arrêtés à Varennes.

Une nouvelle explosion de cris ponctua la péroraison du magistrat.

— À mort, à mort !

Jean Fardon était maintenant terrorisé. Une sueur froide coulait le long de son dos, il eut du mal à se maintenir droit devant celui qu'il pressentait déjà être son bourreau malgré un simulacre de procès.

— Qu'as-tu à dire, citoyen, pour ta défense ?

Le Montpelliérain ne savait plus quoi répondre qui ne serait pas exploité contre lui. Il était bien persuadé que le courrier de la reine n'existait plus.

Conscient de son avantage, le juge reprit de plus belle.

— Avais-tu l'habitude de livrer d'aussi grandes quantités de produits à une heure si tardive et en passant par une porte dérobée ?

— Non, avoua-t-il à voix basse, ne voyant pas comment réfuter ce qui était incontestable.

— Ah ! Tu vois bien, citoyen, se rengorgea une fois de plus le président, fort content de sa démonstration. Tu ne peux prétendre qu'il s'agissait d'une livraison habituelle, donc elle était inhabituelle. Tout à fait inhabituelle, notamment compte tenu de son heure tardive. Tu ne pouvais que te douter de la fuite des Capet si tu n'en étais pas clairement informé. Et tu te crois habile en ne niant pas les faits. Faits que tu ne peux démentir d'ailleurs, puisque dans le carrosse de tes maîtres tous tes produits de luxe ont été découverts.

— Mais, je n'ai fait que mon métier, tenta-t-il d'argumenter. Vendre…

— Silence, le coupa le président du tribunal. Tu as

su tirer profit de la futilité et de la perversité des ci-devant aristocrates, concourant ainsi à ruiner la nation !

— Mais, je...

— Silence, te dis-je.

Jean Fardon, atterré, se tint coi. Que pouvait-il répondre, au demeurant ? Mais comment pouvait-on imaginer que la reine ait pu lui faire de pareilles confidences ! À un simple parfumeur !

— Citoyen, as-tu d'autres choses à te reprocher ?

Et comme l'accusé ne réagissait pas, le magistrat reprit :

— La fouille méthodique de ton hôtel et de tes papiers personnels a permis de découvrir de l'or et d'autres documents, qu'as-tu à dire au tribunal ?

Jean avait du mal à réfléchir dans le brouhaha ambiant et les cris de colère qui ponctuaient les questions du juge. Certes, il avait caché un peu d'or dans divers tiroirs secrets de plusieurs meubles, mais pouvait-on le lui reprocher ? Il avait pris la précaution de brûler toute une partie des correspondances entretenues avec des commerçants demeurant à l'étranger ainsi qu'avec des nobles qui avaient émigré, mais avait-il bien tout fait disparaître ? Il n'en était plus sûr du tout.

— Ton silence t'accuse, citoyen. Tu refuses de répondre ?

Puis, s'adressant par-dessus sa tête à la foule déjà gagnée à la cause de l'accusation et avide de sang, le président lança :

— Rien que ta culpabilité dans cette affaire permettrait au tribunal de te condamner à mort. Mais il ne sera pas dit que le Comité central de salut public ne veuille faire la lumière sur *toutes* tes activités illégales et contraires à la Révolution, martela-t-il. L'examen des derniers documents découverts dans ton hôtel particulier m'autorise maintenant à t'accuser d'avoir conspiré contre la République. Qu'as-tu à répondre ?

— Conspiré contre la République ? lança dans un cri d'effroi le maître parfumeur. Mais… comment aurai-je pu ? Je ne fais pas de politique !

Dans un geste théâtral, dont il avait le secret, et dont il usait sans discernement pour s'attirer les faveurs du public, le président leva bien haut dans sa main droite un nouvel ensemble de feuillets.

— Il a été découvert dans un tiroir secret des assignats portant sur une somme de plusieurs milliers de livres. Six pour être très précis. Peux-tu en justifier la présence ?

Jean fut rassuré. Oui, il le pouvait.

— Je le reconnais. Ils m'ont été donnés par quatre visiteurs venus d'Amérique en guise de paiement de produits de ma fabrication. Activité qui me permet de faire travailler en ces temps de crise plus d'une quinzaine de commis, vendeurs…

Il fut interrompu brutalement.

— Là n'est pas la question, le coupa le juge en élevant le ton. Contente-toi de t'expliquer sur la présence des assignats.

— Ces assignats m'ont été remis par d'honnêtes

citoyens américains, dont l'un, Thomas Jefferson[3], est à ce que j'en sais ministre plénipotentiaire de son pays. Il s'agit…, et Jean haussa à son tour le ton pour se faire entendre à la fois du tribunal mais surtout du peuple se trouvant dans son dos, dans l'espoir de le gagner à sa cause, de patriotes venus épauler à leur tour notre révolution, tout comme Lafayette est allé soutenir la leur.

Le maître parfumeur, au silence soudain qui s'était abattu dans la salle, devina être sur le point de renverser la situation à son profit, tant le nom du général parti aider les Américains dans leur combat contre les oppresseurs anglais était populaire. Il fut envahi par un fol espoir, auquel succéda immédiatement une grande appréhension en constatant le sourire sardonique qui pointait sur les lèvres du président.

S'adressant cette fois-ci directement à la foule, dont il avait senti qu'elle était sur le point de basculer en faveur de l'accusé, le magistrat éructa littéralement :

— Tu fais preuve de perfidie, citoyen, en essayant de gagner le peuple à ta cause en le trompant. Nul ne met en cause l'honnêteté de Jefferson, mais la tienne seulement. Comment vas-tu expliquer que ces assignats sont des faux ?! Que ces assignats sont justement fabriqués en Angleterre par des émigrés, tes amis, oui je dis bien tes amis, dans le seul dessein de

3. Il sera le troisième président des États-Unis d'Amérique.

nuire au crédit de la République. Tu es complice des faux-monnayeurs ! hurla-t-il.

La versatilité de la foule étant chose bien connue, elle fit immédiatement chorus avec l'accusation devant la gravité de la découverte. Jean, une nouvelle fois, se sentit défaillir. Le crime de faux monnayage avait toujours été réprimé avec la dernière rigueur. Comment cela était-il possible ? Il avait examiné les assignats, n'ignorant rien des rumeurs concernant de faux titres de paiement, et pour en avoir souvent eu l'usage il était persuadé qu'il ne s'agissait pas de fausse monnaie. Il avait laissé le soin à sa femme de ranger cette somme dans un tiroir secret de son meuble personnel.

— Mais pourquoi irais-je falsifier des assignats ? C'est absurde ! trouva-t-il le courage de plaider.

— Pour aider au retour en France de ceux qui t'ont grassement nourri toute ta vie, de ceux qui ont payé des fortunes des parfums te permettant d'acquérir de l'or et des biens en tout genre, de ceux qui constituent ta clientèle, de ceux qui ont toujours affamé le peuple.

— Mais je n'ai aucun contact avec les émigrés, rétorqua-t-il faiblement, conscient que ses dénégations ne seraient pas prises en compte. Il ne savait plus que dire et sentit sa dernière heure arriver.

— Menteur ! s'écria le juge. Que l'on fasse entrer le témoin, ordonna-t-il à un factionnaire armé d'un geste comminatoire.

Jean vit alors se présenter un de ses voisins, tenancier d'une épicerie avec lequel il avait eu régulièrement, lui qui ne se fâchait jamais avec personne, d'incessantes querelles.

— Citoyen, dis-nous ce que tu as observé. Parle sans crainte, tu es sous la protection du peuple.

La face chafouine du commerçant s'éclaira d'un bref sourire de vengeance.

— Plusieurs fois par semaine, la nuit, le ci-devant suppôt des Capet, et il leva un bras vengeur en sa direction, reçoit à la nuit tombée des membres de la noblesse pour comploter. Ils ne quittent son domicile que très tard. Je le jure.

Les cris de colère jaillirent de la foule qui trouvait maintenant que le procès s'éternisait et souhaitait une conclusion plus rapide.

— À mort le parfumeur des Capet, à mort !

Atterré par de si mensongères déclarations, Jean Fardon tenta de se défendre.

— C'est faux. Comment peut-il prétendre qu'il s'agit de nobles s'il faisait nuit ! J'ai toujours eu de mauvais rapports avec ce commerçant qui jalouse mon succès, ses accusations sont pures inventions de sa part et…

— Silence, affameur du peuple, silence ! Je constate que tu ne contestes pas le fait que tu recevais des visites nocturnes mais simplement que ton voisin ne peut apporter la preuve qu'il s'agissait de membre de la noblesse. Pourquoi donc des visites la nuit, alors que tu pouvais les recevoir dans la journée au vu et au su de tout le monde ?

Jean ne pipa mot.

— As-tu maintenant l'audace d'accuser de mensonge celui qui est membre de la garde nationale, toi, le parfumeur de la Cour et de la noblesse, toi qui as servi régulièrement le tyran de la France ainsi que l'Autrichienne ?

Le maître parfumeur ne savait plus que dire qui ne soit pas exploité contre lui. Il baissa les yeux et contempla la pointe de ses pieds, conscient de l'inanité de sa défense.

Le président s'entretint quelques instants, à voix basse, avec les autres magistrats du siège, avant d'annoncer :

— Devant l'extrême gravité des nouvelles accusations, dans le but d'en vérifier le bien-fondé et d'en apprécier l'importance, le tribunal rendra son délibéré plus tard. La séance est levée.

Puis s'adressant à un sans-culotte, il ordonna :

— Reconduisez le prisonnier dans sa cellule, auprès de ses nouveaux amis.

Si Jean Fardon, tout à ses tristes pensées, ne reconnut aucun des trois factionnaires qui le raccompagnèrent, en le soutenant par les aisselles, en direction des sous-sols, ces derniers, dont l'un d'entre eux portait un bandeau cachant un œil mort, se -congratulaient en se donnant des coups de coude. Ils avaient parfaitement identifié celui qu'ils avaient bien des années auparavant rossé, sur ordre.

— Jean ! s'écria une voix féminine.

L'escorte s'arrêta un instant en traversant la cour. Il n'était pas inhabituel que les parents ou proches des futurs condamnés à mort, on ne connaissait aucune autre sorte de sentence, veuillent s'entretenir quelques minutes avec les prisonniers. Moyennant quelque argent, parfois quelques bijoux, qui changeaient prestement et discrètement de mains, les gardes se laissaient alors attendrir.

Le responsable des sans-culottes rajusta son bandeau sur son œil, inquiet. S'il n'avait pas reconnu la femme qui avait poussé le cri, il n'en était pas de même de celui qui l'accompagnait. C'était lui qui avait payé pour voir rosser le prisonnier, c'était lui qui n'avait pas honoré sa parole et, surtout, c'était lui qui lui avait fait perdre un œil d'un coup de bâton ferré en pleine figure. Il n'avait pas oublié son visage. Il accepta donc, après un rapide regard en direction de ses compagnons, la somme glissée dans sa main par celui à qui il devait depuis si longtemps tant de souffrance. Il dut faire un effort pour résister au désir de se venger immédiatement. Mais il se fit une raison. Après tout, la vengeance était un plat qui se mangcait froid, et il espérait pouvoir retirer moult pécunes du tout nouveau pouvoir qui était le sien, avant de prononcer et d'appliquer son propre châtiment.

En s'éloignant rapidement des Tuileries, Amélie s'appuyant à son bras, Quentin ne pouvait s'empêcher d'admirer sa maîtresse. Depuis l'arrestation de son mari, il y avait presque dix mois déjà, il avait remplacé ce dernier dans presque tous les domaines. À la boutique tout d'abord, où il continuait à honorer les quelques commandes, et dans son lit, ensuite. Aussi était-il éberlué de -l'entendre pleurer à chaudes larmes sur le sort de son époux. Décidément, la gent féminine l'étonnerait toujours autant.

— Comment faire pour l'aider à se sortir de ce mauvais pas ? se lamentait-elle.

Que lui dire, alors qu'il avait tout fait, et il n'avait pas ménagé sa peine, pour l'y fourrer ? Tout d'abord en informant le Comité de salut public de l'achat des parfums par Marie-Antoinette et en leur remettant la lettre accusatrice, fort imprudemment présentée par sa maîtresse, à qui il l'avait dérobée. Certes, il n'avait eu l'information que très tard et avait dû faire avec. Puis, en substituant les faux assignats, remis par son père, aux vrais se trouvant cachés dans un tiroir secret de la commode de la chambre d'Amélie ; et enfin en soudoyant, la chose avait été plus aisée, le voisin pour qu'il fournisse un faux témoignage contre un Fardon exécré.

En remerciement de cette dénonciation, il avait pu obtenir une promesse : celle de pouvoir acheter à vil prix les établissements Fardon, qui seraient vendus comme biens nationaux après avoir été confisqués. Il s'agissait là d'une pratique courante qui permettait aux membres du Comité de faire entrer de l'argent dans les caisses de la jeune et impécunieuse République.

Et il préféra ne pas penser à la conjuration concoctée, elle, par son seul paternel, grâce toutefois aux informations soutirées sur l'oreiller à Amélie, et qui avait permis au malheureux Calonne de fuir la France avec les 100 000 livres de son maître tout en acculant ce dernier une nouvelle fois aux portes de la faillite.

Mais il se devait de faire une nouvelle proposition de façon à prouver à Amélie, sans l'ombre d'un doute, sa volonté de l'aider. Sans compter qu'il n'avait toujours pas pu percer le secret de fabrication des formules tant convoitées.

— Nous n'avons pu discuter longuement tout à l'heure avec Jean, à part l'assurer que nous faisions tout ce qui était en notre pouvoir pour le tirer de ce mauvais pas, mais j'ai pris rendez-vous dès demain avec le chef des gardes. Certes, il faudra le rétribuer grassement, mais je pourrais mettre sur pied avec ton époux un système de défense. Peut-être pourra-t-il me conseiller un avocat de ses amis, une piste à explorer ?

Amélie redoubla de pleurs et de gémissements.

Quentin réfléchissait. Le commerce de parfum périclitait depuis l'arrestation puis l'exécution de Leurs Majestés et depuis que les membres de la noblesse, notamment ceux qui avaient trouvé refuge à l'étranger, avaient été spoliés de leurs biens, réquisitionnés par les révolutionnaires. L'heure n'était plus aux embellissements mais à la lutte contre les ennemis de la nation. En cette période de terreur révolutionnaire, l'union sacrée se faisait pour lutter contre les Cours européennes coalisées qui avaient déclaré la guerre à la France. Il était temps pour lui de jouer le dernier acte de sa partition.

Le lendemain matin, après avoir réclamé une forte somme à Amélie, en fait la totalité des liquidités à sa disposition, il retourna aux Tuileries. Grâce au factionnaire borgne en qui il avait trouvé, croyait-il, un allié, il put s'entretenir avec Jean Fardon, lequel avait été extrait de sa geôle sous le fallacieux prétexte d'une visite médicale.

Le maître parfumeur était d'une maigreur extrême. Il tenait son pantalon à deux mains, de nombreuses rides sillonnaient son visage blafard et il exhalait une odeur pestilentielle. Il se précipita dans les bras de son ancien apprenti.

— Je ne pourrai jamais assez te remercier, Quentin, jamais. Tu pourras tout obtenir de moi dès que je serai dehors. Tu n'auras pas affaire à un ingrat, crois-moi...

Jean Fardon s'interrompit alors. Stupéfait, il fixa Belange dans les yeux puis tituba tant le déchirement qui le frappa soudainement fut grand, le submergea et le laissa sans force. Il fallut que Quentin le soutienne pour l'empêcher de choir à terre.

Le Montpelliérain venait de reconnaître dans la fragrance qu'exhalaient les vêtements de celui qui le soutenait le doux parfum du lait corporel créé à l'usage exclusif de son épouse et dont elle s'enduisait soigneusement, soir et matin, le corps. Il maîtrisa les battements de son cœur, ferma les yeux et respira une nouvelle fois longuement. Les effluves l'enivrèrent. Il chancela. Non, il ne pouvait pas se tromper. Son nez restait son seul fidèle compagnon depuis sa jeunesse. Il vacilla une nouvelle fois et il fallut que celui qui le soutenait le saisisse à bras-le-corps pour lui éviter de chuter à terre.

— Allons, Jean, remettez-vous, je fais le maximum pour vous sortir de là.

Quentin s'était totalement mépris sur les raisons de la nouvelle défaillance du fournisseur des Enfants de France.

Jean s'interrogeait, refusant de reconnaître l'évidence. Se pouvait-il qu'il s'égare à ce point ? Non, impossible. Malgré les nombreux mois passés dans la promiscuité de la cellule dans laquelle il croupissait, son nez ne l'avait jamais induit en erreur même s'il ne servait plus maintenant qu'à informer ses codétenus de la prochaine arrivée de la soupe aux choux dont ils n'étaient nourris qu'avec parcimonie et la plus grande irrégularité.

Depuis quand ? s'interrogea-t-il, la mort dans l'âme. Un doute affreux le taraudait. La foudre tombée à ses pieds n'aurait pas eu un effet plus dévastateur. Bien plus que sa malheureuse détention. Depuis quand son épouse le trompait-elle avec son apprenti ? Cela ne pouvait être du temps où il était encore présent au sein de son négoce, non impossible, il s'en serait rendu compte. Cette trahison avait dû se produire au cours de sa détention sur la paille humide du cachot.

— Allons, Jean, reprenez-vous, que diable ! Écoutez ce que j'ai à vous dire. Pour soudoyer le tribunal et prouver qu'*Au messager de Montpellier* on participe activement à l'effort de guerre contre les nations étrangères coalisées contre la République, il nous faudrait remettre au Comité de salut public une somme d'argent très importante. Mais, vous le savez comme moi, les affaires vont au plus mal. Pour me permettre de vous rencontrer, Amélie a dû se départir de ses dernières liquidités et même vendre ses bijoux. J'ai sur moi l'or que je dois donner au sans-culotte qui m'a permis de vous rencontrer, pour vous aider à sortir, à sor-tir de là, m'entendez-vous, martela Quentin, bien décidé à extirper son maître de son hébétude.

Seule l'idée de recouvrer la liberté permit à Jean Fardon de reprendre le contrôle de lui-même. Il déglutit, fit un effort considérable et arriva à balbutier :

— Comment faire, alors ?... Qu'elle vende le commerce.

Quentin regarda le Montpelliérain et eut un haussement d'épaules révélateur.

— Hélas, il n'a plus aucune valeur. Il n'y a plus sur la place de Paris qu'un ou deux confrères qui vivotent. Les autres se terrent à l'idée d'être prochainement arrêtés.

— Que faire ? gémit Jean en s'accrochant désespérément aux revers de la chemise de Quentin. Que faire ?

— Il y aurait peut-être une possibilité…

— Laquelle, laquelle ? Je t'en prie, il faut tout tenter.

— Non, en réalité je ne crois pas que cela aurait la moindre valeur…

— Dis-moi, dis-le-moi, l'implora en pleurs l'ancien parfumeur de la reine. Il faut tout essayer.

Belange porta la main droite à son menton comme s'il réfléchissait longuement. Avant même qu'il ne réponde, il fut interrompu par le factionnaire borgne.

— Dépêchons, citoyen, dépêchons, je dois reconduire le prisonnier dans son hôtel particulier, ricana-t-il.

Jean Fardon était suspendu aux lèvres de son ami Quentin.

— Si vous écriviez, là, tout de suite, le secret de vos principales recettes pour les poudres ou les parfums, peut-être, je dis bien peut-être, pourrais-je en obtenir un bon prix.

— Donne-moi un crayon et du papier, lâcha précipitamment le maître parfumeur, recouvrant cette fois-ci totalement ses esprits.

Quentin fit semblant de tâter longuement les poches de ses vêtements.

— Vous avez de la chance. Tenez, voici de quoi vous satisfaire.

— Allons, citoyen, il faut y aller, maintenant ! les interrompit abruptement le borgne, qui venait de passer la tête par l'entrebâillement de la porte et s'avançait vers eux.

Quentin retint une envie de meurtre. Ce n'était pas le moment d'être importuné.

— Ne vous inquiétez pas, vous serez grassement rétribué, le rassura-t-il.

— Combien ?

Médusé par l'importance du chiffre énoncé, le factionnaire recula.

Sur le point d'obtenir enfin les recettes et par voie de conséquence l'assurance d'être couché définitivement sur le testament de son père, Belange aurait promis la lune.

Le Montpelliérain noircit très rapidement plusieurs pages d'une écriture malhabile, tant il était fébrile, avant d'être happé par les mains malodorantes de ses geôliers.

— Cela suffit, emmenez-le ! ordonna le borgne à ses deux complices.

Puis, s'adressant en baissant la voix à celui à qui il devait d'avoir perdu un œil, il lui intima, menaçant :

— Demain, ici, à la même heure !

Quentin acquiesça d'un simple hochement de tête et fit un effort pour ne pas laisser transparaître sa joie. Tout à sa victoire il n'avait pas perçu la hargne et la menace contenues dans l'injonction de celui qu'il suivait maintenant. Enfin, il avait atteint son objectif et se projetait déjà dans l'avenir. Le sien. Il était hors de question qu'il reste avec Amélie. Comment d'ailleurs lui expliquer qu'il se nommait Tombaret et non Trouvet ?

— Demain, je reviens vous voir pour vous dire si j'ai pu négocier vos recettes, lança-t-il en brandissant les feuillets miraculeux. Ne désespérez pas, maître, trouva-t-il le courage de promettre.

Jean Fardon passa la plus mauvaise nuit de toutes celles passées jusque-là en cellule. Ce qui n'était pas peu dire dans la mesure où ses nuits étaient régulièrement peuplées de cauchemars plus horribles les uns que les autres. Il ressassait maintenant sans cesse son infortune. La trahison de son épouse, plus que tout, l'anéantissait.

Le lendemain, dès potron-minet, trois geôliers ivres ouvrirent la porte de la geôle.

— Holà fainéants, réveillez-vous, cria le borgne qui faisait toujours office de chef de groupe. Vous croyez que la République va vous entretenir et vous loger comme des princes longtemps ?!

Il leva devant ses yeux une feuille et lança :

— Ont un rendez-vous avec la Veuve…

C'était le surnom donné à la guillotine… Le factionnaire, dont la lecture n'avait jamais été le point fort, avait du mal à déchiffrer la feuille sur laquelle figurait la liste des infortunés condamnés à mort. Il énonça ensuite une litanie de noms au milieu desquels, le cœur battant, Jean entendit le sien… Jean Fardon.

Contrairement à la terreur qui s'emparait de lui régulièrement chaque fois qu'on appelait ses codétenus vers leur ultime rendez-vous, Jean ressentit comme une espèce de soulagement. Oui, de soulagement. Il était las de lutter depuis un an, envers et contre tous. Le tribunal n'avait même pas eu le courage de le faire comparaître pour lui annoncer sa décision. Mais il n'était pas surpris outre mesure. Les sentences étaient si nombreuses – la rumeur disait que plus de deux mille six cents condamnations à mort avaient été prononcées en moins de deux ans – que les verdicts, quasi exclusivement liés à la peine capitale, étaient rendus publics par listes et, non pas individuellement, puis connus des citoyens, puisqu'il fallait les nommer ainsi, juste avant leur mise à exécution.

Avant de partir des Tuileries, le maître parfumeur se confessa auprès de Nicolas Beaujon. Il lui confia le petit sachet pendu autour de son cou, renfermant les graines de certaines des plantes qui avaient tant contribué à son succès.

En se quittant, ils ne doutaient pas de se rencontrer très bientôt dans un monde meilleur.

Ils se retrouvèrent ainsi pas moins de quinze à suivre à la queue leu leu, entravés, les gardes-chiourmes vers la charrette devant les conduire à travers les rues de la capitale sous les quolibets, crachats et insultes de la foule, en direction des bras de la Veuve.

Le maître parfumeur, qui se trouva pendant un court laps de temps à proximité du chef d'escorte, le borgne qui lui avait permis de s'entretenir avec Belange, s'enquit auprès de lui :

— Vous devez revoir mon apprenti ?

Le geôlier hésita à répondre puis se contenta d'un simple signe de tête, pensant qu'on allait lui confier un message.

— Il ne vous donnera pas l'argent promis, il s'est moqué de vous, comme il se moque de tout le monde…, lâcha-t-il, désabusé, dans un bref moment de lucidité.

— Silence, citoyen, s'écria le sans-culotte, au comble de la fureur.

Jean Fardon se replia alors sur lui-même, sur ses souvenirs qui revenaient en masse.

Il ne vit pas la foule hurler sa haine envers ceux accusés d'avoir spolié le peuple, tout absorbé à se rappeler, le sourire aux lèvres, le temps où, enfant, en compagnie de son père ils partaient à la recherche des précieuses herbes dans la campagne odoriférante de Montpellier.

Il ne ressentit pas les crachats ni les divers objets que ses compagnons d'infortune s'ingéniaient à éviter. Il faisait appel à sa prodigieuse mémoire qui avait su emmagasiner des centaines de senteurs différentes, et entendait son père lui énoncer les unes après les autres leurs caractéristiques.

Il ne prit pas conscience qu'il descendait de la charrette, tout occupé à se remémorer les parfums qu'exhalait la boutique familiale, puis ceux étourdissants imprégnant son laboratoire *Au messager de Montpellier*, tout occupé à se laisser gagner par un nuage de fragrances capiteuses.

Il ne réalisa pas qu'on l'aidait à grimper les marches en direction de la guillotine. Son esprit était envoûté, étourdi, par tous les effluves magiques créés tout au long de son existence.

C'est le sourire aux lèvres qu'il plaça sa tête là où on le lui demandait. Il avait réussi à s'entourer d'une bulle de fragrances aux odeurs subtiles, envoûtantes et enivrantes qui le grisaient maintenant. Il était ailleurs, il partait pour un voyage sans fin dans un monde aux effluves mystiques, dans un univers où le seul véritable maître était le parfum.

Quentin était présent dans la foule et avait assisté au trépas de son maître. Il n'avait pas voulu sa mort, mais s'y était aisément résigné. Un trait, le dernier, était ainsi tiré sur son passé.

Il pourrait enfin exploiter et reprendre à son compte les fameuses recettes. Quant à son père, ce dernier reconnaîtrait que la mission était largement remplie. Il devrait respecter ses engagements.

Il s'éloignait des lieux de l'exécution, les feuillets toujours précieusement pliés dans la poche de sa veste, et la somme, en or, destinée au factionnaire borgne, dans la poche droite de son pantalon, dressant un plan pour se débarrasser maintenant d'Amélie. Le plus simple serait de lui faire peur et de lui conseiller de retourner dans sa province natale. Oui, c'était une bonne idée. Il dirait avoir appris qu'elle allait être la prochaine sur la liste du Comité et que son seul salut était dans la fuite. Tout à ses pensées il n'avait pas entendu qu'on le hélait.

— Holà, citoyen ! lui lança pour la deuxième fois le factionnaire borgne. Et mon argent ?

Il s'arrêta, se retourna et fit passer prestement sa canne ferrée de sa main droite, pour la libérer et récupérer ainsi la somme destinée à l'argousin, en direction de la gauche. En ces temps de terreur, il avait calculé n'avoir rien à gagner à se mettre à dos le factionnaire. Il n'eut pas le temps d'opérer le changement.

Le borgne, mis en garde par les propos de son prisonnier, ayant une souvenance cuisante de la dextérité dans le maniement du bâton de celui qu'il avait maintenant à sa merci, ne prit aucun risque. Il fit basculer à la vitesse de l'éclair son fusil, porté jusque-là en bandoulière, le saisit dans ses mains et avant que son vis-à-vis n'ait eu le temps de réagir, le larda de coups de baïonnette.

— Tu ne croyais pas me prendre l'autre œil tout de même ! hurla-t-il en crachant sur la dépouille dc celui à qui il devait sa demi-cécité.

Et, pour faire bonne mesure, il bourra de coups de pied le corps sans vie de Quentin, qui n'avait même pas eu le temps d'exciper de sa bonne foi.

Les nombreux témoins de la scène, d'une effrayante banalité, se gardèrent bien d'intervenir. En ces temps-là s'opposer aux sans-culottes était un acte que l'on payait de sa vie.

D'un esprit pratique, le Borgne fouilla malgré tout les poches du cadavre qui gisait à ses pieds. Il subtilisa rapidement et discrètement les rouleaux de pièces d'or tout en criant à ses deux coéquipiers qui, peu désireux de se faire gruger, arrivaient en courant.

— Rien, rien, pas un sou !

Poursuivant ses investigations, il récupéra les quelques feuillets rédigés, en sa présence, la veille, par le suppôt des Capet, les parcourut, et les déchira blanc de colère, dispersant aux quatre vents les précieuses informations, pour lui dénuées de tout intérêt.

Amélie Fardon sut immédiatement, par l'intermédiaire d'une de ses employées envoyée aux nouvelles, que son amant n'avait pu malgré ses promesses intervenir pour obtenir la vie sauve à son mari, dont elle ne pouvait récupérer la dépouille sans risque pour sa propre sûreté. Inquiète de ne pas voir revenir Quentin, elle dépêcha un petit saute-ruisseau de sa connaissance et, effondrée, pleura à nouveau toutes les larmes de son corps en apprenant son décès. Son calvaire n'était pas fini pour autant.

Informé de la mort de son rejeton – il s'apprêtait à en faire son unique héritier – de la bouche même du borgne et de ses acolytes, qui inventèrent une fable à dormir debout pour justifier le trépas de ce dernier. « Nous avons été attaqués par surprise par un groupe de bourgeois qui ont occis ton fils, citoyen, et malgré notre vaillance nous n'avons rien pu faire... » Anselme Tombaret entra dans une grande fureur. Il se présenta devant le comité révolutionnaire et, hors de lui, avec toute la verve et la virulence d'un bon révolutionnaire, s'exclama en pleine séance, peu conscient des risques encourus :

— Est-ce ainsi que la Révolution remercie ceux qui aident à lutter contre les suppôts de Satan ?!

Sa hargne et son éloquence lui gagnèrent tout de suite la sympathie de la foule présente en permanence à l'audience. Un -détachement de sans-culottes fut immédiatement dépêché pour se saisir de celle qui à l'évidence avait voulu se venger de la mort de son mari.

Amélie Fardon ne put échapper à son arrestation que parce qu'elle était absente de son logis lors de l'intrusion des factionnaires, qui s'en donnèrent à cœur joie et saccagèrent boutique et communs. Elle trouva refuge chez une de ses amies et comprit rapidement que sa vie était en danger si elle restait à Paris. Elle n'apprit jamais pourquoi les révolutionnaires lui en voulaient de la sorte. Elle réussit à vendre, pour un dixième de leur valeur, par l'intermédiaire d'un notaire gagné à la cause de la Révolution mais dont elle connaissait l'épouse, ancienne fidèle cliente, les biens du ménage et décida de retourner vivre dans sa ville natale sous son nom de jeune fille.

La vente de la boutique *Au messager de Montpellier* sonna le glas de la présence à Paris d'un parfumeur montpelliérain. D'un parfumeur qui avait su porter haut les couleurs de sa cité non seulement dans la capitale, mais également auprès de toutes les cours parfumées d'Europe. Quelqu'un lui succéderait-il, un jour ?

Amélie, qui avait tant aspiré à briller, ne souhaitait plus maintenant qu'une chose : se faire oublier.

L'abbé Beaujon, alors qu'il était sur le point, à son tour, de rejoindre la place de Grève pour monter sur l'échafaud, répondant aux objurgations pressantes du confesseur apportant à ceux qui le désiraient le réconfort des derniers sacrements, prêta finalement serment à la Révolution, gagnant la vie sauve. Il quitta rapidement Paris, ayant gardé par-devers lui le sachet de graines remis par celui qu'il avait entendu en confession lors de son ultime acte de prêtre libre.

13

De nos jours

— Kevin ! s'écria Patricia, affolée, tombant immédiatement à genoux à côté de lui alors que Bernard sortait de son étui son Sig Sauer.

Au hasard, il tira à deux reprises en direction de l'endroit boisé d'où lui était parvenu, lui semblait-il, le bruit de la détonation. Il savait qu'à défaut de toucher le tireur cela aurait au moins pour mérite de rendre plus périlleuse toute autre tentative.

— Mettons-nous à couvert, ordonna-t-il ensuite à sa collègue, en prenant son supérieur, toujours inanimé, par les épaules, pour le transporter quelques mètres plus loin à l'abri d'un rocher que surplombait un bosquet.

— Oh, ma tête ! gémit l'officier en recouvrant ses esprits.

Portant la main à son crâne, il en retira une paume toute rouge.

— Laissez-moi regarder ! s'exclama la brigadière-chef. Ouf ! Juste une éraflure, Kevin, on peut dire que vous avez la baraka. La balle a simplement effleuré votre cuir chevelu, c'est pour cela qu'il saigne. Tenez, prenez mon mouchoir.

— Je viens de voir une silhouette s'enfuir en courant, s'écria le brigadier Roset. Ne bougez pas, je pars à sa poursuite.

— On vous suit, décida leur chef de groupe qui, rassuré maintenant sur son intégrité physique, retrouvait à la vitesse grand V la plénitude de ses capacités.

Les trois enquêteurs se lancèrent sur les traces du fuyard, qui avait plus d'une centaine de mètres d'avance sur eux. Kevin pesta en silence. Et dire que l'on croyait que la garrigue était constituée d'une végétation rabougrie. Si tel avait été le cas, il aurait pu apercevoir celui qui lui avait tiré dessus, alors que, entre les pins d'Alep et les chênes verts ou blancs, il perdait sa trace.

Au bout de plusieurs minutes de course-poursuite vers ce qu'ils pensaient être la direction de fuite de la silhouette, le lieutenant ordonna :

— Ne bougez plus et taisez-vous !

Ils retinrent tous leur respiration. Excepté le vent qui gémissait très légèrement en caressant les branches de la végétation, le silence était impressionnant.

— Écoutez ! s'écria Bernard en tendant la main.

Un bruit de moteur que l'on emballe se fit entendre.

Kevin ne fit ni une ni deux et partit au pas de course.

Sa condition physique lui permit de distancer très rapidement ses deux collègues et cela malgré la douleur, très supportable mais lancinante, qui lui vrillait les tempes. Il put alors apercevoir, au loin, une berline de petite cylindrée, style Renault Clio ou Peugeot 206, de couleur grise ou foncée lui sembla-t-il, pilotée par une seule personne qui s'éloignait en coupant les virages comme si elle avait le diable à ses trousses en direction du Mas-de-Londres. Kevin stoppa net sa course devenue inutile, fit demi-tour, récupéra ses deux collègues, dont Bernard le visage cramoisi par l'effort, proche de l'apoplexie, et lança :

— On retourne à la voiture, il a pris la fuite en direction du Mas-de-Londres.

En prononçant ces paroles, il se saisit de son téléphone portable pour alerter les gendarmes.

— Merde, cria-t-il, pas de réseau !

Il leur fallut plusieurs longues et précieuses minutes pour retrouver leur véhicule et accéder enfin au réseau téléphonique. L'officier, qui avait composé le 17, s'entretint rapidement avec le centre régional opérationnel de la gendarmerie, puis raccrocha.

— Ils mettent en place le plan Épervier.

Au volant de la Ford Mondeo du service, Bernard se sentait plus à l'aise. Il négociait les virages avec toute la dextérité qui était la sienne en matière de conduite.

— C'est un miracle, lieutenant, que vous n'ayez pas été blessé plus gravement.

— Tiens, tu as retrouvé ton souffle ! Fais gaffe de ne pas nous envoyer dans le décor, cria Patricia alors qu'il venait de se rabattre brusquement, évitant de justesse un véhicule arrivant en face.

— Oui, tu as raison. Deux miracles en si peu de temps… Allez, ne t'inquiète pas, j'ai fait un stage sur le circuit de Monthléry avec les collègues de la BRI, tu te rappelles ?

— Concentre-toi sur ta conduite et économise ton souffle.

— Je prends quelle direction ? questionna le brigadier, apercevant un embranchement non loin devant eux.

Que répondre ? Pouvait-on croire que le fuyard se dirigeait vers Montpellier pour se perdre dans l'anonymat d'une grande ville ? C'était ce qui lui paraissait le plus probable, mais pas sûr à cent pour cent.

— Faites comme vous le sentez.

Bernard prit la direction de Rouet, puis après plusieurs kilomètres sans rencontrer le moindre véhicule suivit le panneau indiquant Les Camps, puis Lauret.

Vingt minutes de course-poursuite sans apercevoir la voiture prise en chasse étaient révélatrices.

— Bon, on l'a perdue. Ce n'est plus la peine de rouler à tombeau ouvert, décida l'officier, qui avait cru à plusieurs reprises leur dernière heure arrivée tant son collègue multipliait les risques de provoquer un accident de la route. Dés notre arrivée je file à l'infirmerie.

— Vous avez mal ?

— Non, ça va, Patricia, mais je ressens comme des démangeaisons et le sang s'est coagulé dans les cheveux. Une fois au service, prenez contact avec toutes les polices municipales des villages situés entre Saint-Martin-de-Londres et Montpellier, demandez s'il existe des caméras de vidéo-protection. Dans l'affirmative, on ira sur place visionner les DVD avant de les saisir, s'il le faut. Bernard ?

— Oui, chef.

— Vous vérifierez si un véhicule Renault ou Peugeot, de petite cylindrée, n'a pas été signalé comme étant volé, il y a quelques jours, ou le sera dans quelques heures. Passez un coup de fil aux gendarmes, demandez-leur s'ils n'ont pas contrôlé ce véhicule. Par ailleurs, faites un balayage informatique pour obtenir auprès du service des immatriculations un listing complet des voitures de ce type.

— Tsss…, siffla le brigadier, manifestement inquiet des résultats de la recherche. Il doit y en avoir des dizaines de milliers. Je me limite à celles immatriculées en 34 ?

L'officier était conscient de l'importance de la recherche et n'ignorait pas que, s'agissant de véhicules parmi les plus vendus sur le marché, les résultats se chiffreraient à des milliers de numéros.

— Oui. Par ailleurs, profitez-en pour vérifier si nos étudiants disposent d'une voiture. Vous voyez ce que je veux dire ?

Une fois arrivés à l'hôtel de police, le lieutenant Normand fila rendre compte à son directeur. Après les interrogations d'usage, les manifestations de soulagement de circonstance et les félicitations, le commissaire divisionnaire rappela à son subordonné les règles de sécurité. Au moment où l'officier s'apprêtait à quitter le bureau directorial, le patron du SRPJ l'interpella.

— Kevin, vous n'oubliez pas... ? La visite obligatoire à la psychologue !

Le chef de groupe esquissa une grimace en guise d'acceptation. Après chaque opération ayant mis leur vie en danger ou s'ils avaient été victimes de blessures, les policiers devaient passer obligatoirement par la case « psychologue ». Le lieutenant trouvait cette mesure judicieuse. Pour les autres, bien évidemment.

En s'éloignant de l'infirmerie, il regagna le bureau de ses deux collègues.

Bernard exultait.

— On n'a pas chômé. On vient tout juste d'identifier la marque et le numéro du véhicule dans lequel le gars qui vous a tiré dessus a pris la fuite. Un coup de bol. Dans un des petits villages traversés, une caméra a pu le filmer. La police municipale de Lauret vient de m'adresser via le Net un lien me permettant de visionner leur DVD. C'est bien la voiture que j'ai prise en chasse, l'heure correspond. C'est une Peugeot 206, de couleur gris anthracite, appartenant à une certaine Mme Hernandez, qui demeure rue des Églantines, quartier de la Chamberte. On y va ?

Le lieutenant regarda sa montre. 22 heures. Trop tard pour taper une perquisition et interpeller qui que ce soit, ils se contenteraient de faire du repérage. Au besoin, il laisserait en planque Patricia et Bernard.

— OK. Elle n'est pas…

— Pas volé, non, chef.

Patricia lança un regard chargé d'inquiétude vers son supérieur.

— Vous vous sentez d'attaque, chef ?

— À cent pour cent, lâcha en guise de réponse l'officier alors que Bernard se moquait de sa collègue en la parodiant à voix basse :

— Vous vous sentez bien, chef… Continue comme ça et tu n'auras pas besoin de passer le concours d'officier, tu seras nommée…

Il s'attira un regard meurtrier qui le réduisit au silence.

Les trois enquêteurs de la Crim appuyés par six collègues de la brigade de répression du banditisme, le fuyard avait largement prouvé qu'il était dangereux, foncèrent sur les lieux.

Hélas, le bâtiment n'existait plus. Aux dires des voisins, vétuste, il avait été détruit un an auparavant.

— Encore une qui n'a pas fait son changement d'adresse sur sa carte grise, maugréa le brigadier en regagnant l'hôtel de police.

— Dès demain, allez au service des cartes grises de la préfecture et voyez si vous pouvez obtenir plus de précisions.

Puis il s'adressa à sa collègue.

— Patricia, mettez le véhicule sous surveillance avec ordre d'interpellation en prenant les précautions d'usage, et soulignez l'obligation de solliciter le concours de la PTS. Pensez aussi à communiquer l'info aux équipages du commissariat et notamment à ceux de la BAC. Qu'ils inscrivent la Peugeot dans la banque de données du LAPI[4]. À mon avis le gars est de Montpellier ou des environs, et même s'il se terre chez lui il peut commettre une erreur.

— Espérons qu'il ne va pas brûler sa caisse ou la balancer dans un canal, soupira le brigadier.

Le lieutenant Normand se racla la gorge puis fit part de sa réflexion.

— L'utilisation d'une Peugeot 206 tendrait à prouver que nous n'avons pas affaire à quelqu'un de fiché au grand banditisme. Donc, il n'aura pas obligatoirement ce réflexe.

— Il faut faire une prière, chef, proposa Bernard, enchanté de sa plaisanterie.

— En ce qui concerne l'activité de nos étudiants étrangers pendant le créneau du coup de feu, il faudra la vérifier.

Il était près de minuit et Kevin se sentait maintenant épuisé. La journée avait été chargée en émotions et le voyage aller-retour à Grasse avait laissé des traces. Il abandonna ses collèges et rentra chez lui.

Il lui semblait dormir depuis quelques minutes

4. LAPI : lecture automatisée des plaques d'immatriculation.

lorsque la sonnerie de son téléphone portable se fit entendre. Il tendit la main vers l'appareil, regarda le nom de l'appelant et décrocha.

— Oui, Charlotte.

— Excuse-moi de te déranger si tôt mais je viens d'apprendre qu'un responsable de l'Osmothèque serait présent aujourd'hui pour une conférence sur les parfums à la fac de chimie. Il y aura sûrement les élèves de Dorian. Tu étais au courant ?

— Euh, non !

— Je pensais que tu pourrais lui poser des questions sur le vol commis à Versailles.

Elle décida de le flatter, bassement, mais elle devinait qu'il n'y serait pas insensible. Un enquêteur de la Crim doit avoir une meilleure approche qu'une pauvre journaliste. Non ?

Kevin pensait surtout que son amie aurait pu attendre 8 heures du matin au lieu d'appeler dès 6 heures pour le lui dire, mais d'un autre côté il savait que ses intuitions n'étaient pas à négliger.

— Merci de l'information, j'y assisterai et j'en profiterai effectivement pour le cuisiner.

Il entendit son petit rire cristallin.

— Oui, on pourra l'interroger.

Il marqua un temps d'arrêt.

— On ?

— J'ai obtenu de mon rédacteur en chef la possibilité de rester encore quelques jours à Montpellier. On se retrouve à la fac ?

Dès 7 heures l'officier décida de regagner son service. Il fallait qu'il contacte la PJ de Nice, avec un peu de chance des empreintes digitales avaient pu être relevées et pourquoi pas également des empreintes génétiques ?

Il leva un instant les yeux vers le tableau qui lui faisait face. Patricia et Bernard l'avaient en permanence tenu à jour.

À côté des noms des différents protagonistes se trouvaient maintenant leurs numéros de téléphone, les soupçons portés, les gardes à vue prises, etc. Il regarda attentivement. Une autre identité avait fait son apparition. La lettre X, en majuscule, désignait l'individu auteur des différents vols ainsi que du coup de feu tiré contre lui. Elle était suivie du magnet supportant le chiffre 7. X7. Il avait l'impression d'avoir devant lui une formule mathématique. Comment identifier X sachant que…

Comme les maths n'avaient jamais été sa partie la plus forte, il valait mieux qu'il se consacre à ce qu'il savait faire. Il plongea la tête dans les dizaines de procès-verbaux qui constituaient maintenant la procédure d'enquête.

Un coup de fil le tira de sa lecture. Il décrocha.

— Ouais, super, déclara-t-il après avoir écouté les déclarations de son interlocuteur. Vous avez fait du bon boulot à Nice. Les empreintes digitales relevées sur le nécessaire de toilette correspondent au nommé Felipe Juarez ? C'est bien ça ! Il n'y en avait pas d'autres ?

— N'en demandez pas trop, lieutenant. On a fait le maximum.

— Et en définitive quels sont les objets dérobés ?

— Aucun.

— Aucun ?

— Vous avez l'air déçu ?

— Non, mais c'est rare qu'un voleur prenne tant de risques pour… rien.

— En fait, lorsque je dis aucun… la responsable du musée nous a confié qu'il manquait quelques herbes séchées qui avaient été laissées dans certains flacons…

— Par souci d'authenticité ?

— Oui, c'est cela.

— Déjà au travail, lieutenant ? lança Patricia qui fit irruption suivie de Bernard alors que leur supérieur raccrochait.

Elle enchaîna, l'air dépité :

— J'ai des nouvelles. Pas terribles, d'ailleurs. Mme Hernandez est décédée depuis sept ans. Ce qui veut dire que l'actuel propriétaire de la 206 n'a pas effectué le transfert de la carte grise à son nom. Impossible, pour l'instant, de remonter jusqu'à lui.

Le chef de groupe leva les deux mains en l'air en signe d'impuissance, puis leur relata la bonne nouvelle en provenance de leur collègues de la PJ de Nice.

— Super. Mais cela nous fait une belle jambe. Primo, on n'était pas saisis du dossier et, secundo, le voleur est mort donc l'action publique est éteinte, déclara alors Patricia.

— Pfff, pfff, ironisa le brigadier Roset en faisant un geste évocateur de la main, on voit que madaaame étudie le droit. Ce qui ne l'empêche pas d'avoir déjà raté une fois le concours d'officier. Patricia, scanda-t-il, il ne suffit pas d'apprendre, il faut comprendre. Je te l'ai déjà dit, et…

Sa collègue saisit sur le bureau de son supérieur le répertoire national administratif, ouvrage de petite dimension mais d'un certain poids et qui avait le mérite de pouvoir être jeté aisément, et, dans un geste d'une rare rapidité, le lui lança à la figure.

— Raté, glousse le brigadier qui s'était baissé tout aussi rapidement. Comme ton concours.

— Bon, ça va, calmez-vous un peu, ordonna Kevin en se levant. Regardez ce que vous avez fait au tableau.

Il s'en approcha. Le magnet portant le chiffre 2, attribué à Dorian Aumaitre, avait glissé à côté de celui indiquant X7.

— Eh bien, voilà la solution ! Patricia, tu as trouvé ! C'est l'aveugle le coupable, se moqua son coéquipier.

Après quelques instants d'hésitation, le lieutenant répara les dégâts.

— Je file au service des cartes grises de la pref, annonça le brigadier. Ce serait bien le diable, je dis bien le diable, si on n'arrivait pas à pouvoir remonter sur l'actuel propriétaire de la voiture.

Patricia secoua la tête. Décidément, son collègue

était lourd. Et pas qu'au sens propre.

— Je vais faire un tour au bureau de l'état civil de la mairie. Avec un peu de chance, cette femme est née à Montpellier. Qu'en pensez-vous, lieutenant ?

— Un instant. Je pense à une autre piste.

Kevin saisit son téléphone pour appeler le bureau des contraventions. Il enclencha la fonction haut-parleur, posa quelques questions et attendit.

— Oui, ce véhicule a été verbalisé, répondit le brigadier-major responsable du service.

Les deux enquêteurs se regardèrent.

— Pour un stationnement je suppose ? se désespéra le lieutenant.

— Non, une non-présentation d'attestation d'assurance.

Patricia mit la main sur l'épaule de son supérieur, sa tête frôla la sienne et elle lança :

— Quel est le nom du conducteur ?

— Un certain Felipe Juarez. La prune a été rédigée il y a un mois.

Les trois policiers échangèrent des regards entendus.

La brigadière-chef, qui avait servi sous l'uniforme en qualité de gardienne de la paix avant d'intégrer les rangs de la PJ, posa une autre question. :

— Et quel est le nom indiqué dans la case « propriétaire » ?

— Simplement : Simone Garcin, sans aucun état civil ni adresse.

— Est-ce qu'il a régularisé en présentant l'assurance de la propriétaire ?

— Non.

— Major, intervint Kevin, scannez la contravention recto verso et envoyez-la-moi. Gardez précieusement l'original, on viendra le récupérer comme pièce à conviction.

Le document arriva quasi immédiatement sur sa boîte mail, et Kevin lança l'impression.

— Simone Garcin, née à Montpellier, lut à haute voix l'officier. Patricia, contactez toutes les agences d'assurances de la région et essayez d'obtenir des indications plus précises. Assurez-vous que cette personne ne soit pas décédée également.

— Ah, chef, nous avons reçu un appel des collègues du commissariat de Rodez. Pas de verbalisation du véhicule et aucun élément intéressant pour nous.

— Dommage, Patricia, mais on ne peut pas gagner à tous les coups.

Puis Kevin se leva.

— J'ai un rendez-vous, il faut que j'y aille.

Surprise, sa collègue demanda :

— Vous voulez que je vienne avec vous ?

— Non, je peux me débrouiller tout seul.

Il savait que Patricia n'apprécierait que très modérément la présence de Charlotte assiste à ses côtés lors de la conférence qui commençait dans une demi-heure au sein de la fac des sciences.

Son amie l'attendait au pied de l'amphi. Elle fit un petit signe de main pour attirer son attention.

— Comment vas-tu ?

Pour avoir une fois déjà affronté sa déception et son mécontentement, il lui avait caché des blessures consécutives à une agression, il préféra tout de suite lui relater les faits. Il remarqua que son amie blêmissait.

— Baisse un peu la tête.

Comme il mesurait plus de 1 m 80 et lui rendait facilement 20 centimètres, il s'assit. Charlotte passa une main légère sur son cuir chevelu, soupira et lâcha, tout en refoulant ses larmes :

— Les flics, c'est connu, ont la tête dure. Il faut bien que cela vous serve à quelque chose, crana-t-elle.

Gêné lui aussi, Kevin préféra changer de sujet.

— On a un début de piste en ce qui concerne le véhicule dans lequel se trouvait le gars qui m'a tiré dessus.

— Bonne nouvelle. Juste un début de piste ?

— Pour le moment, oui. On y va ?

L'amphi était déjà occupé par une centaine de personnes. Ils y pénétrèrent discrètement, le policier craignant de ne pas être le bienvenu, notamment au regard des étudiants mis les uns après les autres en garde à vue. Il soupira de soulagement : ces derniers se trouvaient au premier rang et n'avaient pas prêté attention à son arrivée.

Le conférencier, parfumeur et directeur adjoint du

précieux conservatoire, expliqua être osmothécaire. Il était assisté d'une collaboratrice à qui Charlotte fit un petit signe de la main en s'asseyant. Elle murmura à l'oreille de son ami.

— C'est la chargée de com qui m'a fait visiter l'Osmothèque.

Dorian Aumaitre fit une brève apparition à son tour dans l'amphi et se dirigea immédiatement vers les deux intervenants, qu'il présenta aux étudiants présents, avant de se retirer, laissant la place à l'un de ses collègues.

La conférence, étayée par la projection d'un PowerPoint, débuta par une présentation historique du parfum et du rôle qu'il avait joué chez les Égyptiens, les Grecs et dans toutes les civilisations d'importance. La deuxième partie consista à faire travailler les étudiants. L'osmothécaire mit régulièrement à leur disposition, sur une mouillette, une fragrance différente. Chacun devait y aller de son commentaire en commençant par deviner sa classification. Le parfum entrait-il dans la catégorie des hespéridés, des floraux, des fougères, des chypres, des boisés, des ambrés ou des cuirs ? Quelles étaient les notes de tête, de cœur, de fond, etc. ?

Kevin prenait son mal en patience, attendant la fin de la conférence pour pouvoir interroger plus longuement celui dont il avait entendu les étudiants chuchoter avec le plus grand respect : « C'est un nez… ! »

Charlotte, plus à son aise que lui dans un domaine

qui intéressait au premier chef les femmes – l'assistance n'était composée que de vingt pour cent de garçons –, semblait captivée. Il avait même l'impression qu'elle oubliait le véritable motif de leur présence.

Mais, il se prit petit à petit lui aussi au jeu. Jamais il n'avait eu ainsi l'occasion d'apprécier un nombre aussi important de parfums, jamais il n'avait eu l'occasion d'en deviner les compositions, les arômes, le rôle de certaines molécules de synthèse qui permettaient d'amplifier, d'enrichir ou de modifier les molécules naturelles, etc.

L'heure passa en réalité très rapidement et l'universitaire, collègue de Dorian Aumaitre, remercia participants et intervenants. Alors que les étudiants se levaient, l'officier de police se dirigea vers la communicante. Cette dernière s'adressa à Charlotte.

— Vous êtes bien la journaliste qui… ?

— Oui, et mon ami ici présent est enquêteur au SRPJ de Montpellier. Il souhaiterait vous poser quelques questions sur la disparition du parfum de Fardon…

— Ça tombe bien.

La chargée de communication attendit quelques instants que l'amphithéâtre soit évacué et appela son directeur adjoint, qui rangeait avec minutie les petits pots contenant les différents échantillons soumis à la sagacité des futurs parfumeurs. Elle lui présenta ses interlocuteurs.

— Monsieur Radiveau a quelque chose à vous dire.

D'un certain âge, l'allure distinguée, le langage châtié, le responsable en costume cravate se confia, d'un air gêné.

— Lors de la découverte par Morgane de la disparition du flacon recelant *L'Eau d'ange à la Fardon*, je suis allé sur place. Nous avons trouvé coincé dans un espace au pied même de la vitrine renfermant l'exemplaire unique de ce parfum un mouchoir, dont la présence insolite ne pouvait s'expliquer que par le fait qu'il avait été utilisé pour éviter de laisser des empreintes digitales.

Kevin mit quelques instants à comprendre. Dans la copie du procès-verbal de plainte envoyé par courriel, il n'était pas fait mention de ce mouchoir.

— Vous l'aviez signalé à la police ?

— Heu…, bredouilla le directeur adjoint, je ne crois pas. En fait, j'avais demandé à ce que cela soit précisé, mais n'étant plus présent sur les lieux lors des constatations de vos collègues, rien n'a été fait. Par la suite, j'ai…

— Comment pouvez-vous être certain que le mouchoir n'y était pas la veille ?

— Tout simplement parce que la femme de ménage fait son travail tous les jours et que quelques heures avant la commission du vol elle a juré ses grands dieux que cet endroit dont elle fait quotidiennement et religieusement la poussière était vide de tout contenu. Nous n'avons aucune raison de ne pas la croire.

Le lieutenant avait maintenant une question d'importance en réserve. Il n'eut toutefois pas besoin de la poser.

— J'ai conservé le chiffon dans un bocal.

Le policier eut du mal à contrôler les muscles de son visage.

— Pour les empreintes digitales ?

Ce fut au tour de M. Radiveau de manifester sa surprise.

— Non, pas du tout ! Mais il s'avère que ce mouchoir était imprégné d'une fragrance merveilleuse que je ne connaissais pas. Je suis absolument formel. Et, par pur réflexe professionnel, j'ai souhaité conserver cette odeur, afin de... pour tout vous dire j'avais envisagé d'utiliser un spectrographe de masse pour en déterminer les propriétés.

Kevin regarda alternativement Charlotte puis la chargée de communication. Il ne voyait pas où tout cela le conduisait. Si le parfumeur voulait copier un parfum, il n'avait pas besoin de lui demander l'autorisation.

Morgane ayant pris la mesure de la perplexité du policicr vint à son aidc.

— Il faut vous dire que notre directeur adjoint est un nez très célèbre en France et, s'il vous avoue qu'il n'avait jamais senti cette fragrance-là, c'est pour mieux vous faire comprendre la suite de ses propos.

Le lieutenant porta son attention vers l'osmothécaire.

— Oui, je viens de sentir exactement le même parfum.

— Le même parfum ? Mais où ?

Le directeur adjoint s'éclaircit la voix et affirma :

— Elle se trouvait sur l'écharpe grise avec des franges rouges du maître de conférences dont Morgane me dit qu'il est frappé de cécité et se nomme Dorian Aumaitre. Il est venu nous accueillir pour nous présenter à ses élèves avant de s'éclipser rapidement.

En dépit de ce qu'il venait d'entendre, malgré ses toutes nouvelles connaissances, certes limitées, du domaine de la parfumerie, même si l'information était d'importance, l'enquêteur de la PJ avait du mal à croire que l'on puisse identifier sans coup férir les caractéristiques d'un parfum.

M. Radiveau devina l'incrédulité du policier. À vrai dire, il était fréquent que ses interlocuteurs manifestent le même scepticisme poli.

— Vous admettez, je suppose, qu'un bon sommelier puisse reconnaître avec certitude tel ou tel cru ou tel ou tel millésime, n'est-ce pas ?

Le chef de groupe hocha la tête.

— Eh bien dites-vous qu'il en est de même pour les parfums. Et croyez-moi, j'excelle dans mon domaine de compétence.

Morgane vint au secours de son patron.

— M. Radiveau est trop modeste. Renseignez-vous. Tous les spécialistes vous confirmeront qu'il est le nez numéro un en France. Il n'a pas son pareil.

Kevin imaginait la tête du juge Charabot ou celle du procureur de la République s'il sollicitait une mesure de garde à vue fondée sur la seule certitude olfactive du directeur adjoint de l'Osmothèque. Par contre, et il jeta un rapide coup d'œil en direction de Charlotte, il la voyait bien rédiger un titre à sensation du style : « Une victime qui a du nez » ou « Démasqué grâce au nez de sa victime ».

Le silence s'installa.

L'officier cogitait à toute vitesse. Aussi paradoxal que cela puisse paraître, si la force probante du nez de M. Radiveau frôlait le zéro absolu, il n'en était pas de même avec celui des chiens renifleurs. Certes en matière de preuve on était loin, là aussi, du caractère irréfragable de l'ADN, mais cela valait la peine d'essayer.

— Prenez les dispositions pour que nos collègues de Versailles puissent dans l'instant récupérer le flacon. De mon côté, je vais les prévenir. Ils nous le feront parvenir par TGV immédiatement.

— Par TGV ? s'enquit, curieuse, Charlotte en quittant la faculté aux côtés de son ami.

— Ne t'inquiète pas. Nous avons l'habitude d'agir de la sorte. La police ferroviaire réceptionne le colis à la gare X et le dépose à l'autre bout du territoire à la gare Y quelques heures après. Il n'y a pas plus rapide.

— Et Chloé ? Tu ne peux rien faire pour elle ?

— Si. Identifier le coupable le plus rapidement

possible. Si ce n'est pas elle, se garda-t-il bien de préciser. Une fois de plus, il dissociait les affaires de vol et de meurtre.

Ils se séparèrent en se promettant de se rappeler.

— Lieutenant ! s'exclama Patricia en voyant poindre son chef à l'extrémité du couloir de la PJ. On a du nouveau en ce qui concerne l'activité de nos étudiants lorsqu'on vous a tiré dessus : ils ont un alibi en béton. Ils assistaient tous ensemble au sein de leur amphi à un cours donné par Dorian Aumaitre.

— Pas si vite, pas si vite, objecta le brigadier Roset, en levant la main comme pour tempérer l'affirmation de sa collègue. Le cours était en visioconférence.

— Oui et alors, ça change quoi au problème ? Ils étaient dix-huit à l'écouter dont tous nos suspects. Tu les as vus comme moi, non ?

— Vous avez l'enregistrement ?

Bernard acquiesça d'un mouvement de tête en précisant :

— Je l'ai copié sur ma clef USB, venez dans mon bureau on va le visionner sur mon ordinateur une nouvelle fois.

Les images défilèrent. Elles ne souffraient aucune contestation. On identifiait parfaitement et en permanence tous les étudiants ainsi que leur enseignant. Par ailleurs, un bandeau indiquait avec précision heure et minutes.

Au moment où quelqu'un tirait sur lui, les quatre

étudiants étaient bien à Montpellier dans leur amphi. Olga Petrov s'était même payé le luxe, et elle seule, de poser une question à son maître de conférences, et apparemment elle s'était fait vertement rabrouer, tuant dans l'œuf toute autre velléité.

Ils se séparèrent, perdus en conjectures. Tous pensaient tenir là une piste sérieuse.

Les trois mousquetaires se trouvaient réunis dans un coin de la cafétéria de la faculté. Ils faisaient tous grise mine après cette énième convocation à l'hôtel de police. Les avis divergeaient maintenant et leur belle unanimité d'antan prenait l'eau. Certains étaient partisans de tout avouer avant qu'il ne soit trop tard, quitte à mettre en péril l'obtention de leur diplôme. Olga Petrov essaya d'exorciser l'angoisse qui les taraudait tous.

— Si ça continue on va devoir négocier un abonnement dans les locaux de la PJ, rigola-t-elle, s'ingéniant à détendre l'atmosphère.

Sa plaisanterie tomba à plat. Ses trois collègues n'avaient pas du tout, mais pas du tout envie de rire. Ils savaient se tenir sur la corde raide.

Elle revint à la charge.

— Nous n'avons tué personne tout de même ?

— Tu en parles à ton aise, lui reprocha William Fortier. Ce n'est pas toi qui es allée avec Dorian déterrer le chat ! Dans mon pays, au Canada, on ne rigole pas avec ça.

— Ni piquer un flacon à la pharmacie de la Miséricorde, renchérit Santiago qui avait encore des sueurs froides dans le dos après la parade d'identification au terme de laquelle on lui avait affirmé qu'il avait été identifié. Si je suis convoqué en justice par la suite, et condamné, je suis fichu. Je ne pourrai jamais exercer en Argentine.

— Et moi ! Vous croyez que je n'ai pris aucun risque en planquant le masque dérobé par Felipe dans le bureau de la conservatrice ? s'offusqua Ryan.

Il essuya un ensemble de regards noirs. Nul ne lui répondit qu'il avait simplement réparé sa bourde. Celle d'avoir été assez stupide pour enregistrer sur clef USB les confidences d'Olga. Sans compter que personne n'ignorait qu'il avait agi de la sorte pour dédouaner cette dernière, à qui Felipe avait offert le masque.

Devant un silence lourd de reproches qui s'éternisait, il ajouta :

— Et le risque pris en allant à Rodez ! Vous croyez que je ne me suis pas compromis ? Quant à Olga...

— Je n'ai pas besoin d'un avocat, le coupa la Russe. Vous savez que j'ai piqué le flacon au droguier de la fac de pharma ! Moi aussi, j'ai témoigné en votre faveur en vous fournissant de faux alibis. Je risque autant que vous. Mais nous ne risquons rien tant que nous restons unis. Unis, vous comprenez ce que je vous dis ? Unis ! Les flics n'ont aucune preuve, personne n'a reconnu formellement l'un d'entre nous, sinon nous ne serions pas là à nous inquiéter.

Elle laissa passer un instant de silence, se leva et étendit la main droite au-dessus de la table.

— Un pour tous….

— … tous pour un ! répondirent-ils en chœur.

Inquiète, elle nota que la prestation du serment manquait de chaleur. Il suffisait qu'un seul d'entre eux craque et passe aux aveux pour qu'ils soient tous compromis et que leur habile construction à base d'alibis ne s'effondre. Et encore, ils ne savaient pas tout. Elle décida qu'il était l'heure de contre-attaquer. Le temps de subir le diktat de leur maître de conférences était révolu. Elle sentait ses amis sur le point de flancher. Elle devait réagir, et si possible en tirer un quelconque profit. Elle avait une idée.

Dorian Aumaitre était chez lui à profiter du fruit de ses expérimentations. C'était volontairement qu'il n'avait pas fait long feu lors de la présentation de l'Osmothèque à ses étudiants. Personne n'avait pu le reconnaître, compte tenu du déguisement qu'il avait revêtu alors, mais deux précautions valaient mieux qu'une.

Le carillon de la sonnette retentit. Il pesta. Encore un quémandeur, se dit-il, qu'il aille au diable. Les notes aigrelettes retentirent une nouvelle fois, troublant le silence. En colère, il se dirigea vers la porte d'entrée qu'il ouvrit à la volée, hors de lui :

— Oui, que voulez-vous ?

— C'est Olga, je souhaiterais vous parler.

Médusé, il n'avait jamais pensé que son étudiante se présenterait un jour à son domicile, il se radoucit.

— Entrez. Suivez-moi. Voilà, asseyez-vous ici, indiqua-t-il d'un geste de la main.

Olga avait décidé de ne pas perdre son temps en parlotes inutiles, elle resta debout. Puis, alla droit au but.

— Pourquoi avoir exigé que je formule une question lors de votre cours en visioconférence, en me précisant quel devait en être le contenu et à quel moment exactement je devais la poser ? Vous n'étiez donc pas présent chez vous, cela vous permettant de simuler une réponse en direct ? Vous aviez préenregistré la totalité de votre intervention ?

Seul un silence assourdissant lui fit écho.

Elle s'enhardit et usa d'un ton de plus en plus sarcastique.

— Dois-je faire un lien avec la tentative de meurtre perpétrée sur le flic qui dirige l'enquête ?

Elle ressentit la gêne de son professeur au frémissement qui parcourut son dos. Il ne pipait mot.

Depuis l'assassinat de Felipe, elle cogitait en permanence pour savoir qui était son meurtrier. Certes, la conservatrice pouvait avoir agi par dépit amoureux, mais petit à petit elle avait établi un lien entre diverses confidences de son défunt amant, la nature de ses relations avec leur maître de conférences, et sur les manipulations puis le chantage, car c'en était un, que celui-ci exerçait sur eux de façon à ce qu'ils commettent ici et là divers vols. Ces soupçons, ajoutés maintenant à la certitude qu'il était l'auteur du coup de feu perpétré contre le lieutenant, et qu'il n'était donc pas plus aveugle qu'elle-même, l'incitèrent à le pousser dans ses derniers retranchements. Elle n'ignorait en rien le danger encouru et avait pris certaines précautions en conséquence.

D'une voix sèche, elle ordonna :

— Je veux l'assurance d'obtenir mon diplôme ainsi que la possibilité de bénéficier de toutes vos recherches en matière de parfum. En clair, je veux devenir votre associée. Qu'en pensez-vous ? N'est-ce pas la meilleure manière de vous assurer de mon silence ?

La rapidité avec laquelle Dorian se tourna vers elle, le visage arborant un rictus sardonique défigurant ses traits, la stupéfia. Elle prit son poing en pleine figure, sentit la pommette de sa joue éclater sous la violence du choc et alla valdinguer, inanimée, à quelques mètres de là.

— Voilà ma réponse, cracha Dorian en se rapprochant du corps étendu de la Russe. Je vais m'assurer de ton silence… éternel.

Du pied, il vérifia qu'elle était bien toujours inconsciente et, rassuré, s'éloigna pour chercher un bâillon ainsi que des cordes pour la ligoter.

Il récupéra du fil de pêche ainsi qu'un gant, qu'il lui enfournerait dans la bouche en l'y maintenant au moyen d'une bande adhésive.

De retour devant le corps, il se passa la main sur le visage. Avait-elle fait part de ses soupçons à quelqu'un d'autre ? Avait-elle dit qu'elle venait le voir ? À qui ? Il fit un important effort sur lui-même pour maîtriser les battements de son cœur. Il ne devait pas céder à la panique. Ce n'était vraiment pas le moment. La main sous le menton, il se concentra.

À y bien réfléchir, il en doutait. Il n'ignorait pas que la Russe était très personnelle. Si elle espérait le faire chanter, ce n'était vraisemblablement pas au bénéfice de ses collègues. D'ailleurs, elle n'avait fait aucune allusion à ses amis, sur lesquels elle exerçait un ascendant certain. Que savaient-ils ? Qu'il avait commandité les vols ? OK, c'était vrai, mais il n'existait aucune preuve tangible susceptible d'accorder le moindre crédit à leurs accusations. S'ils s'y essayaient, il prétexterait être victime d'un chantage dont le but était de se voir attribuer le précieux sésame de fin d'année. Et cela se retournerait contre eux. Ils seraient virés de l'université et expulsés de France. Quant à Olga, sa disparition pourrait s'expliquer de plusieurs manières. Soit c'était une coupable sur le point d'être démasquée qui avait préféré prendre la fuite, soit une amoureuse inconsolable de la perte de celui qu'elle venait de tuer et qui voulait attenter à ses jours. Après tout, cela arrivait ! Les flics n'auraient que l'embarras du choix.

Malgré la pertinence de son raisonnement, il hésitait encore à commettre l'irréparable.

Il fit les cent pas dans son appartement, abandonnant sa victime toujours inconsciente.

Comment en était-il arrivé là ? Lui, un brillant universitaire à qui tout était promis ! Il serra les dents. Il fallait qu'il se débarrasse du corps en utilisant une fois de plus la voiture de sa mère. Il savait que c'était risqué. Il n'avait pu échapper à la course-poursuite engagée par les policiers qu'en s'arrêtant en pleine garrigue et en se dissimulant dans un bosquet jusqu'à la nuit tombée. Maintenant la 206 était bien à l'abri dans son garage.

Il n'avait jamais pu se résoudre à la vendre. Elle restait la dernière chose le reliant à celle qui lui avait donné la vie ; à sa naissance, puis redonné goût à la vie, après son accident. Plus encore, elle lui avait redonné la vue, oui la vue. Décédé d'une maladie foudroyante, il y a près de deux ans, le choc qui avait été le sien, à l'idée de se retrouver tout seul dans l'obscurité, avait été quelque part salvateur car il lui avait permis petit à petit de recouvrer la vue.

Il avait alors pris son dossier médical et était allé consulter discrètement des spécialistes à l'hôpital des Quinze-Vingt à Paris, terrorisé à la pensée que cette amélioration pouvait être passagère. On l'avait rassuré en lui expliquant qu'à la suite de l'accident l'ayant plongé dans la nuit, il n'avait été diagnostiqué aucun traumatisme irréversible et qu'il n'était donc pas illogique qu'il recouvre la vue.

Les progrès au début, lents, s'accéléraient maintenant au point qu'il avait presque récupéré la quasi-totalité de son acuité visuelle. Enfin presque. Il n'avait pas encore la dextérité qui était la sienne lorsqu'il pratiquait le tir au club de Mauguio. Pour avoir préjugé un peu trop rapidement de ses capacités, il s'était trouvé à deux doigts de tout perdre.

Il avait eu tort d'imaginer qu'en se débarrassant de cet encombrant diacre, il réglerait son problème. Lorsque le doyen de la faculté lui avait fait part de l'avancée de l'enquête des policiers, lui confiant qu'ils se déplaçaient à Saint-Martin-de-Londres, il avait cru judicieux d'y mettre un point final en éliminant celui qui en était le principal artisan. Comment avait-il pu croire cela ? Il n'aurait jamais commis ce genre d'erreur, avant son accident.

Il devait bien admettre qu'il n'y avait pas eu que sa vue à souffrir du traumatisme causé par la collision frontale. Il était maintenant sujet à d'effroyables colères qui le laissaient épuisé et déprimé et faussaient ses capacités de jugement.

Il fit le bilan.

Pourquoi ne pas avoir claironné haut et fort qu'il recouvrait la vue ? Tout simplement parce qu'il avait alors réalisé que la très confortable mensualité versée chaque mois était subordonnée à son état de santé et qu'une clause en stipulait l'arrêt en cas d'amélioration.

Il se rappelait être entré dans une rage folle lorsqu'il en avait pris connaissance à l'époque, persuadé qu'il s'agissait d'un effet de style !

Maintenant, il ne languissait que d'une chose : confectionner ce parfum, empocher l'argent promis et pouvoir enfin se dispenser de jouer les non-voyants.

Bien que d'un esprit cartésien, il était convaincu que la soudaine amélioration de sa vision était le fruit d'une intervention de sa mère. C'était son dernier geste en sa faveur. Il n'y voyait en aucune façon une manifestation divine. Dieu, s'il existait, ne l'ayant jamais ménagé. Son père était décédé des suites d'une longue maladie, très jeune, obligeant sa mère à faire des ménages ; il avait lui-même été victime d'un terrible accident ; puis avait perdu sa mère, alors qu'elle n'avait que soixante-cinq ans. Aucune raison donc de le créditer de quoi que ce soit. Surtout pas d'un miracle.

En attendant, il devait se débarrasser du corps. Et si jamais les policiers venaient effectuer une perquisition chez lui ? De deux maux, il fallait choisir le moindre. Après tout, la 206 était dans un box au deuxième sous-sol, et tant pis si l'on était en plein après-midi. Il n'avait pas le choix.

Il se mit à genoux à côté de l'étudiante, toujours inanimée, pour commencer sa sinistre besogne.

— Je l'ai ! s'écria Patricia en se précipitant dans le bureau de son chef de groupe. J'ai retrouvé l'assureur. J'ai le nom, l'état civil complet et l'adresse de la propriétaire. C'est une femme. Vous venez avec moi ?

— Impossible, j'attends d'une minute à l'autre l'arrivée du flacon…

— Du flacon ?

— Ah oui, je n'ai pas eu l'occasion de vous briefer.

Et il lui fit part des déclarations du directeur adjoint de l'Osmothèque.

— Mais, il est aveugle !

— En est-on sûrs ?

La brigadière-chef marqua un temps d'arrêt. Quelques mois auparavant, une de ses collègues adepte de la pratique du karaté avait eu la surprise de tirer lors d'un combat contre un adversaire dont elle avait réalisé quelques jours après qu'il se déplaçait en fauteuil roulant et percevait à ce titre une forte indemnité... ! L'affaire avait fait grand bruit dans les colonnes de la presse locale et s'était terminée au tribunal, où le mis en cause avait eu le culot de se présenter en fauteuil roulant, tout en reconnaissant que son amour pour le karaté faisait qu'il retrouvait instantanément l'usage de ses jambes une fois sur le tatami.

Homme de peu de foi, le président du tribunal ne croyant pas aux miracles l'avait condamné.

Patricia n'en démordit pas pour autant.

— Nous avons des preuves de l'accident. Toute une procédure a été rédigée, il a bien été dans le coma, il y a eu un procès couvert par les médias... Demandez à votre amie journaliste, elle vous le confirmera. C'est crédible cette histoire de nez ? Vous y croyez ?

L'officier haussa les épaules.

— Je préfère attendre l'arrivée du flacon en provenance de Versailles. À ce moment-là, on ira taper une perquise chez Aumaitre et on le ramènera.

— S'il est aveugle, je crains qu'on ne puisse le garder longtemps.

— C'est pour cela que nous le ferons au dernier moment. Pour l'instant, foncez avec Bernard effectuez vos vérifications d'adresses, mais n'intervenez pas sans mon ordre.

Il ne s'était pas écoulé plus de quelques minutes que le téléphone de l'officier sonnait.

— Lieutenant, annonça le fonctionnaire de faction à l'accueil de l'hôtel de police, il y a un gars de la SUGE devant moi. Il a un colis pour vous.

— J'arrive.

Après avoir remercié celui qui exerçait des fonctions de surveillance générale au sein du réseau de la SNCF, Kevin regagna son bureau et passa un coup de fil. Coup de chance, les experts de la police scientifique d'Écully se trouvaient ici même au SRPJ dans le cadre d'une tournée nationale dont le but était de sensibiliser leurs collègues à l'aide qu'ils pouvaient recevoir de l'odorologie. Ils étaient là avec leurs chiens, deux malinois et deux bergers allemands formés pendant plus d'un an par les policiers hongrois, les premiers à avoir utilisé cette technique d'identification.

Bien, il suffisait maintenant d'aller chercher l'écharpe en question.

Par radio, il contacta la brigadière-chef, qui annonça sur les ondes son retour. Il diagnostiqua dans le ton de sa réponse l'absence de la pointe d'excitation générée par une bonne nouvelle.

Quelques minutes passèrent et elle se présenta en compagnie de son coéquipier.

— Chou blanc, l'actuelle locataire n'est là que depuis quelques mois et la précédente est partie dans les Îles. Cela prendra du temps pour…

— Nous avons mieux à faire, la coupa l'officier. On file interpeller Dorian Aumaitre pour récupérer son écharpe.

— On demande du renfort ?

— Trois limiers de la PJ contre un aveugle… y aller plus nombreux, cela ferait jaser nos collègues, vous ne croyez pas ?

L'appartement occupé par le maître de conférences se situait au troisième étage d'un immeuble cossu à proximité de la fac des sciences. Les trois enquêteurs frappèrent, en vain, à la porte pendant plusieurs minutes.

— Il est peut-être à la fac, suggéra Bernard.

— Non, j'ai vérifié.

— On casse la porte ?

Le lieutenant réfléchissait. Enfoncer la porte était juridiquement possible. Mais y avait-il urgence ? Sans compter qu'il faudrait dans ce cas-là opérer une perquisition avec deux témoins. Et s'il s'avérait au bout du compte que l'universitaire n'y était pour rien, il allait s'attirer les foudres de l'académie et un retour de bâton de son directeur. Il l'entendait déjà : « Manque de discernement, tonnerait-il. Je m'attendais à mieux de vous ! »

— On va planquer devant son immeuble et…

— Lieutenant ! lança, l'air penaud, Ryan Taylor en se présentant sur le palier.

— Oui !

L'officier réprima un mouvement de surprise et d'agacement.

L'étudiant australien se dandinait d'un pied sur l'autre, comme en proie aux pires inquiétudes.

— Oui ? reprit-il devant son mutisme, toujours étonné de sa présence sur les lieux.

— Je suis inquiet pour Olga.

— C'est-à-dire ?

L'étudiant se frottait les mains l'une contre l'autre.

— En me quittant tout à l'heure Olga m'a dit qu'elle avait un rendez-vous extrêmement important avec quelqu'un, sans me donner de précisions. Elle n'a pas voulu que je l'accompagne. Et depuis une heure maintenant, je n'arrive pas à la joindre sur son téléphone. J'ai frappé à la porte de notre prof mais personne ne répond.

— Pourquoi pensez-vous qu'elle est venue le rencontrer, demanda Patricia, curieuse.

— J'en suis sûr car je l'ai suivie discrètement. Elle est rentrée dans l'immeuble et je n'ai pas bougé de là, or je ne l'ai pas vue sortir. Aussi, en vous apercevant…

Kevin ne fit ni une ni deux. Se pouvait-il que son suspect se terre dans son logement ? Maintenant qu'il était quasiment certain de l'y trouver cela changeait la donne. Ils revinrent devant la porte d'entrée.

Ils eurent beau tambouriner longuement à la porte – plusieurs voisins de palier manifestèrent leur curiosité –, l'universitaire ne fit pas acte de présence.

— Vous craignez pour sa vie ? demanda le brigadier Roset, surpris de la nervosité croissante de Ryan.

L'étudiant se contenta de hausser les épaules tout en se rongeant les ongles.

Patricia se rapprocha de son chef de groupe et lui murmura :

— À mon avis, jaloux comme il est, ce n'est pas pour sa vie qu'il s'inquiète.

Kevin réfléchissait. Il était maintenant submergé par un mauvais pressentiment. Or son intuition ne le trompait que rarement.

— On va enfoncer la porte. Bernard, passez un appel radio, qu'on nous ramène un bélier, et sollicitez le renfort de plusieurs collègues.

— Casser la porte ! s'exclama Ryan, terrifié à l'idée d'être à l'origine de la violence de cette intrusion. Si mon prof sait que c'est à cause de moi, je n'ai plus aucune chance d'obtenir ma licence ! Non, non, je vous en prie, ne tenez pas compte de ce que je viens de vous dire. Après tout, il est peut-être parti en voiture avec Olga.

— Il conduit ! s'exclama Bernard.

L'Australien haussa à nouveau les épaules.

— Mais, non ! Mais il a très bien pu demander à

Olga de piloter sa 206, et comme la sortie du garage se fait de l'autre côté, je ne les aurais pas vus s'en aller…

Un silence de mort s'ensuivit. Ce fut le lieutenant qui, le premier, reprit ses esprits.

— Quelle voiture avez-vous dit ?

— Une vieille 206 grise qui appartenait à sa mère. Elle est garée dans un box fermé au sous-sol.

— Vous savez où ?

— Oui, je crois. Une fois Felipe l'avait conduite pour nous amener en boîte de nuit.

— Montrez-nous. On vous suit.

Les enquêteurs se précipitèrent au sous-sol de l'immeuble, précédés par Ryan.

— Voilà, normalement elle est stationnée dans ce box.

Kevin put jeter un coup d'œil à l'intérieur du garage. Pas de véhicule.

— Ils sont partis ensemble, suggéra le brigadier.

— Ah, non ! s'écria l'étudiant. Lorsque Olga m'a dit qu'elle avait rendez-vous, ce n'était pas pour faire une balade avec lui. Je vous le garantis. Elle ne l'aimait pas beaucoup. D'ailleurs, il n'y avait que Felipe à être dans ses bonnes grâces.

Le lieutenant prit sa décision.

— OK, on vous remercie. On vous tiendra au courant.

Les trois policiers regagnèrent l'air libre et Kevin passa immédiatement un coup de fil à son service.

— Faites une diffusion générale pour la recherche

du véhicule Peugeot 206 en stipulant qu'elle vient de quitter le centre-ville. Attention, précisa-t-il, les individus peuvent être armés. Par ailleurs, faites-moi géolocaliser par triangulation, tout de suite, les numéros de téléphone suivants.

Et il communiqua celui d'Olga Petrov ainsi que celui de Dorian Aumaitre. Alors qu'il s'apprêtait à raccrocher, pris d'une soudaine intuition, il y ajouta le fameux numéro en 99.

— Où peut-il être allé ? s'enquit Bernard.

— Je n'en sais rien. On reste ici jusqu'à ce qu'on obtienne des infos de la géolocalisation. Il peut très bien revenir et…

La radio se mit à grésiller. C'était la salle radio de la PJ.

— Le LAPI monté sur un véhicule sérigraphié du commissariat vient de croiser la Peugeot. Le temps que la patrouille fasse demi-tour, elle l'a perdue de vue. Ils se trouvaient vers le quartier des Prés d'Arènes.

— On y fonce !

— Les voitures de la BAC sont déjà derrière, transmit l'opérateur.

Bernard se mit au volant et prit la direction du lieu indiqué.

Au bout de quelques minutes, le crachotement de la radio vint perturber le silence des enquêteurs, occupés à scruter les véhicules doublés ou croisés tout en se cramponnant aux sièges tant leur chauffeur ne ménageait pas sa peine.

— Ça y est ! On dispose des géolocalisations, annonça de façon lapidaire l'opérateur. Les trois téléphones doivent se trouver dans le même véhicule. La cartographie indique qu'il se déplace vers la mer. Il circule avenue de Palavas. Le directeur vous envoie six voitures en renfort.

— Qu'est-ce qu'il va foutre là-bas ? cria Bernard pour se faire entendre par-dessus le bruit de la sirène qui hurlait sur le toit de la Ford Mondeo.

Il doubla une file de véhicules à l'arrêt devant un feu rouge et parvint enfin à son tour à s'extirper de l'agglomération et à prendre l'avenue de Palavas.

— Il a obliqué sur la gauche, en direction de Lattes ! lança la radio.

Kevin coupa le deux tons. L'intensité de la sirène gênait la réception des communications radio, l'empêchait de se concentrer et générait un stress inutile pour l'instant.

La voix du commandant, chef de la totalité des effectifs de la brigade criminelle, se fit entendre clairement sur les ondes. Kevin savait que son collègue devait être devant un écran d'ordinateur doté de la cartographie de la région, essayant d'anticiper la direction de fuite de la Peugeot 206, aidé en cela par les bips-bips des téléphones portables. Il positionnait ainsi les voitures venant au fur et à mesure se rattacher au dispositif de traque.

Le commandant ordonna à plusieurs unités, dont certaines étaient en train de revenir de Nîmes, de se diriger vers la ville de Mauguio pour couper la route de la 206. Il confirma que plusieurs véhicules de la BAC se joignaient également à la course-poursuite.

Régulièrement, l'opérateur radio transmettait des informations :

— Il est sur la route en direction de Mauguio… Il passe au pied des pistes de l'aéroport… Il se trouve dans la commune de Vauguière-le-Bas… Il prend la D172 et va pénétrer dans Mauguio…

La litanie se poursuivait sans aucun autre commentaire.

Le silence radio s'imposait à tous les équipages. Dans ce type d'événement, seul le PC gérait les communications radio de façon à ne pas encombrer les fréquences.

La sécheresse des informations fut brutalement coupée par une indication plus précise.

— Un automobiliste vient d'appeler le 17, il déclare avoir failli être percuté par un fou qui pilotait une Peugeot 206 grise.

Kevin intervint sur les ondes.

— Demandez des précisions sur le chauffeur. Y avait-il un passager féminin dans la voiture ?

La réponse laconique ne se fit pas attendre.

— Une seule conductrice, race blanche, cheveux blonds.

Un grand silence s'ensuivit.

Patricia fut la première à faire part de son incompréhension.

— Je ne pige pas. Elle ne peut pas être l'auteur du coup de feu contre vous, lieutenant, puisqu'elle assistait en présence de plusieurs dizaines d'autres étudiants à la visioconférence !

Bernard fut plus pragmatique.

— En tout cas, le téléphone en 99 se trouve dans sa poche…

— Du moins dans la voiture qu'elle pilote, rectifia Kevin. La seule façon de comprendre ce que tout cela signifie est de l'interpeller et…

— La Peugeot prend la route des cabanes de Mauguio ! le coupa l'opérateur radio.

Kevin connaissait assez bien la région. Il formula une hypothèse.

— Il va vers les étangs. Bernard tournez à droite, on va prendre un raccourci.

— PJ18 – c'était l'indicatif de la Ford pilotée par Bernard – vous vous rapprochez de la 206, informa la voix du commandant de la brigade criminelle.

L'officier se rappela que leur Ford étant équipée d'une balise permettant de la géolocaliser, le responsable du dispositif visualisait précisément la distance entre les deux véhicules.

— Cible en vue ! s'écria tout à coup Bernard alors qu'ils se trouvaient au sommet d'une petite côte.

Il enclencha le deux tons.

Olga Petrov, après avoir entendu le hurlement caractéristique de la sirène de police, jeta un coup d'œil dans le rétroviseur et, paniquée, aperçut le gyrophare de la voiture qui la poursuivait. Décidément, ce n'était pas son jour. Elle avait échappé de peu à la mort, son visage lui faisait un mal d'enfer et elle avait maintenant les flics à ses trousses. Elle devait à tout prix les distancer et balancer discrètement le corps de Dorian dans l'eau. Elle croyait encore à sa bonne étoile. Elle lui avait permis de faire échec au sort que lui réservait son prof. Lorsqu'il s'était approché d'elle pour la ligoter, elle avait utilisé le paralyseur shocker électrique qu'elle avait pris la précaution d'emporter avec elle. Il avait fait des miracles et elle revoyait le corps de son agresseur tressautant sous l'effet des 500 000 volts. Elle avait renversé la situation.

Elle avait usé à plusieurs reprises, en modulant les décharges électriques, de son instrument pour susciter les aveux de Dorian. Ainsi qu'elle le soupçonnait, il avait fini par avouer avoir tué Felipe devenu, à ses dires, trop gourmand. « Il me faisait chanter, menaçant de révéler que j'avais recouvré la vue et voulait les formules de mes recherches », avait-il lâché entre deux sanglots de douleur.

Sous le coup de la haine, elle avait porté à son maximum le voltage de l'arme serrée dans sa main, sachant qu'une décharge électrique prolongée d'une telle intensité pourrait mettre fin à ses jours. Puis elle avait réfléchi. Cela ne ferait pas revenir à la vie Felipe. Elle avait alors décidé de s'approprier les diverses formules ayant permis à Dorian de ressusciter des plantes à partir de leur ADN. Une façon comme une autre de venger son ami, s'était-elle dit, refoulant sa propre ambition, celle de profiter des fruits du labeur de l'universitaire.

Certes, elle avait dû insister et ce n'était que grâce à la douleur générée régulièrement par son arme qu'il s'était finalement confié. Elle serrait maintenant dans la poche de son blouson de cuir, contre sa poitrine, les sept ou huit feuillets manuscrits rapidement rédigés.

Son cœur battait la chamade et elle entendait même les coups donnés par Dorian, enfermé, bâillonné et ligoté, dans le coffre. Il avait dû revenir à lui. Elle avait eu du mal à y traîner son corps, mais après tout il occupait simplement la place qu'il lui destinait.

Kevin prit le combiné de la radio et communiqua avec précision l'information à toutes les voitures du dispositif. Il ne restait plus qu'à espérer une faute de conduite de la Russe.

— On ne pourra pas la doubler, le chemin est trop étroit, râla-t-il.

— Ce n'est pas un problème, chef. Je vais la percuter et l'aider à perdre le contrôle de son véhicule.

— Fais gaffe, tu vas l'envoyer dans l'étang !

— Et alors, Patricia, elle doit savoir nager ! Et puis, je pourrai toujours lui faire du bouche-à-bouche.

Prenant des risques insensés, Bernard mettait à l'épreuve toutes les ficelles et techniques apprises lors de son stage sur le circuit de Montlhéry. Ses passagers se cramponnaient de plus en plus fermement aux sièges. La route, de moins en moins carrossable, n'aidait pas à la stabilité de leur voiture. Mais la distance entre les deux véhicules diminuait à vue d'œil.

La Ford de la PJ, au moteur gonflé, fut rapidement à quelques dizaines de mètres de son objectif. La 206 filait mais ne pouvait espérer les distancer longtemps. Le hurlement du deux tons mettait les nerfs à vif de tout le monde, poursuivants comme poursuivis. Kevin passa son brassard police autour de son avant-bras imité en cela par Patricia. Ils dégagèrent leur arme de service de son étui.

L'avant de la Ford touchait pratiquement l'arrière de la 206, mais la conductrice ne s'arrêtait pas.

— On ouvre le feu ? demanda la brigadière-chef en descendant la vitre de sa portière arrière. Je peux toucher les pneus.

Même s'il connaissait les capacités de sa collègue – elle obtenait régulièrement les meilleures notes de la PJ aux séances de tir – l'officier n'en voyait pas l'utilité.

— Non, regardez, elle va se planter !

En effet, à plusieurs reprises la conductrice de la Peugeot avait failli rentrer dans le décor, les pneus de sa voiture ayant mordu sur les bas-côtés boueux.

— Il y en a marre. Je la percute ! décida Bernard.

Et avant que qui que ce soit ne puisse contester sa décision, il heurta violemment la Peugeot. L'arrière de la 206 chassa, mais Olga ne perdit pas pour autant le contrôle de son véhicule.

— Bon Dieu, elle va s'arrêter, oui ou non, s'énerva le brigadier Roset. Ça suffit maintenant.

Il ralentit légèrement la vitesse de la Ford puis accéléra brutalement. Le choc fut très violent et précipita la Peugeot 206, après un tête-à-queue sur sa droite, dans l'eau bourbeuse d'un étang.

Ils virent tous Olga s'en extirper comme un beau diable et prendre ses jambes à son cou.

Kevin, arme au poing, suivi de sa collègue, sauta de la voiture et fonça immédiatement à sa poursuite. Lorsqu'il vit cette dernière porter la main à l'intérieur de son blouson, inquiet, il lança une sommation : «Halte, police!», avant de tirer un coup de feu en l'air, dont le seul effet fut de donner des ailes à l'étudiante.

Mais elle ne pouvait pas lutter avec l'officier de la PJ qui, arrivant à sa hauteur, la faucha d'un coup de pied dans les jambes. Elle tomba tête la première dans l'eau saumâtre de l'étang, se releva, et réalisant avoir pied, elle entreprit de s'éloigner de ses poursuivants de l'eau jusqu'à la poitrine. Là non plus, elle ne parvint pas à distancer le chef de groupe qui en quelques enjambées la rejoignit puis la ceintura. Elle se débattit violemment et à plusieurs reprises ils chutèrent dans l'eau.

Mais force resta à la loi. Au plus fort, en l'occurrence. Avec l'aide de Patricia, il parvint non sans mal à menotter Olga Petrov, qui hurlait en se débattant maintenant :

— Les formules, les formules !

— Qu'est-ce qu'elle raconte, celle-là ? lâcha, agacée, la brigadière-chef, de l'eau encore jusqu'à la poitrine.

À deux reprises elle venait de piquer une tête dans l'étang et était trempée, frigorifiée et énervée.

— Dans la poche de mon blouson, les formules…

Patricia plongea la main dans la poche intérieure droite du blouson de l'étudiante, puis dans la gauche. Elle en retira un amas informe, car gorgé d'eau, de feuilles de papier. Elle réalisa que l'encre avait coulé et que tout était illisible. Elle s'apprêtait à remettre le tout dans la poche de sa propre veste lorsque la Russe poussa un rugissement et la mordit sévèrement à la main.

L'enquêtrice sous le coup de la douleur frappa à la joue sa prisonnière et, de rage, jeta au loin les pages détrempées pour disposer de ses deux mains et maîtriser celle qui manifestement piquait une crise de nerfs.

Terrifié, Dorian Aumaitre suffoquait. Il avait du mal à respirer et souffrait le martyre suite aux multiples décharges électriques encaissées. Il avait le corps meurtri par les nombreux coups reçus lors des déplacements incontrôlés de la 206 qui l'avait ballotté de droite à gauche et de gauche à droite. Il avait cru sa dernière heure arrivée en saisissant qu'un véhicule, celui des policiers, venait de percuter la voiture de sa mère, l'envoyant valdinguer violemment une fois de plus contre les montants du coffre. Il criait de toutes ses forces, affolé qu'un simple gémissement sorte de ses lèvres bâillonnées.

Après le hurlement de la sirène de police, la course-poursuite à laquelle il participait bien involontairement, il ne comprenait pas pourquoi le silence l'environnait tout à coup. Il réalisa alors que les flics avaient dû partir à la poursuite d'Olga. Il donna de nombreux coups de pied sur les parois du coffre, sans parvenir à l'ouvrir pour autant.

Alors qu'il avait le visage plaqué au bas des sièges arrière, il vit de l'eau pénétrer lentement par l'avant du véhicule. Il comprit immédiatement, au lent glissement qui s'accentuait maintenant, que la 206 dans laquelle il était prisonnier s'enfonçait inexorablement.

Il redoubla de vigueur en multipliant les coups de pied sur la carrosserie, terrorisé à l'idée de périr noyé.

Le brigadier Roset s'était lancé lui aussi sur les traces de ses deux collègues, tout en sachant qu'il ne pourrait les rattraper. La course à pied, ce n'était pas pour lui. Ayant réalisé le succès de l'interpellation, il opta pour faire demi-tour. Il revint en soufflant vers la 206 et la vit glisser lentement dans l'eau bourbeuse de l'étang. Il ne pouvait pas y faire grand-chose et décida d'appeler une dépanneuse. Il tenait son téléphone à la main et s'apprêtait à composer le numéro du garage de permanence lorsqu'il entendit des gémissements et des coups en provenance du coffre.

— Bon Dieu, s'écria-t-il en se précipitant pour l'ouvrir. Il ne put y arriver. Il saisit la poignée de la portière arrière gauche et s'arc-bouta pour empêcher le véhicule de glisser. En vain. Comme aspiré par un effet de succion, l'avant de la voiture s'enfonçait inéluctablement. Fébrile, il lança un regard désespéré autour de lui, avisa une grosse branche morte sur la berge à une dizaine de mètres, bondit, la récupéra et fonça la coincer sous la roue arrière de la 206, qui s'immobilisa enfin.

Il soupira puis cria en tapant à plusieurs reprises sur le coffre :

— Ne vous inquiétez pas, on va vous tirer de là !

Seuls de sourds gémissements ponctués de coups lui répondirent.

Il se rua pour saisir dans la Ford le cric dont il se servit pour forcer la fermeture du haillon arrière de la 206.

Dès son ouverture il reconnut, les yeux exorbités, bâillonné et ligoté, Dorian Aumaitre. Il lui passa les mains sous les aisselles et l'extirpa de sa prison. Puis, il arracha l'adhésif le bâillonnant. Celui-ci cracha le gant qui l'étouffait et aspira une grande goulée d'air. Le laissant allongé par terre, Bernard fila récupérer un couteau dans sa voiture et revint trancher les liens qui le saucissonnaient. Il n'avait pas terminé sa besogne que, prenant ses jambes à son cou, l'universitaire s'échappa. Il sauta par-dessus un premier fossé rempli d'eau, suivit sur quelques dizaines de mètres un chemin boueux et essaya à nouveau de franchir un second ruisseau. Il se réceptionna mal et, épuisé, ne parvint pas à se relever. Bernard qui s'était élancé à sa poursuite se laissa tomber sur lui de tout son poids et lui passa les menottes.

Prostré, haletant, Dorian Aumaitre ne prononça pas un mot.

En cortège, plusieurs autres véhicules de la PJ venaient de les rejoindre, et les enquêteurs regagnèrent vite l'hôtel de police. La Peugeot 206 fut conduite au siège du SRPJ pour être examinée par les experts de la police scientifique pendant que l'enseignant-chercheur et Olga Petrov, sous le régime de la garde à vue, en présence de leurs avocats, étaient interrogés.

Si l'étudiante ne fut pas avare de confidences, hantée par la nécessité de justifier son geste, il n'en alla pas de même de son professeur. Sur les conseils de son avocat, l'universitaire refusa de dire quoi que ce soit, réservant ses déclarations au juge d'instruction.

Assisté de plusieurs de ses collègues, le lieutenant Normand fit une perquisition à son domicile. La moisson d'objets découverts et saisis s'avéra riche de promesses.

À la fin de la journée, Kevin appela Charlotte. Il lui apprit une bonne nouvelle. Le juge des libertés et de la détention venait d'autoriser la remise en liberté de son amie. Elle pouvait aller la chercher immédiatement, la levée d'écrou étant en cours.

Moins d'une heure s'écoula avant que Charlotte ne le rappelle. Chloé avait regagné son domicile. Après l'avoir remercié, professionnellement, elle le pressa de questions.

— Alors, que s'est-il passé ? Ils ont avoué ?

Kevin lui relata les faits. Il savait que dans moins d'une heure le procureur de la République ferait une conférence de presse.

— Aumaitre n'a pas dit un mot. Heureusement, son véhicule a été plus bavard que lui. Le pied-de-biche ayant été utilisé pour fracturer l'ancienne distillerie de parfum, tout comme la porte de l'herbier a été retrouvé à côté du pneu de secours.

— Vous avez trouvé des traces de...

— Rien, absolument rien. Il avait été nettoyé à l'eau de Javel. Coup de chance, il n'en a pas été de même avec le tapis du coffre, sur lequel il avait été déposé après avoir servi à assommer Felipe. Du sang et des cheveux y ont été prélevés par les spécialistes. L'ADN de Felipe Juarez a été identifié.

Charlotte notait à toute vitesse.

— Vous avez effectué une perquisition chez lui ?

— Bien sûr. Elle a été fructueuse. Des poils de chat ont été découverts sur une des tables de son laboratoire. Nous n'avons pas les résultats encore mais il y a fort à parier qu'ils permettront d'établir un lien avec l'animal exhumé dans le jardin de la distillerie...

— Je suis sûre qu'il s'agit de la chatte Doucette, de

Jean Fardon. Vous avez trouvé son corps ?

— Non, pas plus que l'arme de poing ayant servi à tuer Felipe. Par contre, on a pu récupérer le flacon de Jean Fardon dérobé à l'Osmothèque, seule une partie du jus conservé a été utilisée. Les pots subtilisés au droguier de la fac de pharma ainsi qu'à la chapelle de la Miséricorde ont été découverts également...

— Intacts ?

Le policier connaissait l'intérêt de son amie pour tout ce qui touchait au patrimoine et à l'histoire.

— Oui, rassure-toi.

— C'est terminé pour toi ?

— Non, on va faire travailler les chiens spécialisés dans la reconnaissance des odeurs car...

La journaliste masqua mal sa surprise.

— Pourquoi ? Il avait le flacon chez lui et Olga a tout avoué. Est-ce vraiment utile ?

— Indispensable, pour plusieurs raisons. Dorian peut très bien accuser un de ses étudiants. N'oublie pas qu'il n'a rien dit pour l'instant, il ne desserre pas les dents. Faute pour nous de prouver qu'il est le voleur des pots ou flacons, il ne sera que receleur et il peut ainsi charger quelqu'un d'autre dont il faudra alors démontrer la culpabilité ou l'innocence.

— Euh... !

— Oui ?

— Je n'ai jamais assisté au travail des chiens. Je ne peux pas venir ?...

Le policier réfléchit. Pourquoi pas, il lui devait

bien ça. De toute façon, l'identification s'effectuerait en l'absence de tous témoins autres que les maîtres-chiens intervenants. Les enquêteurs seraient partie prenante de l'opération par le biais d'une glace sans tain. Il ne fallait pas perturber les malinois.

— OK, viens tout de suite.

— Euh… !

— Oui, quoi encore ?

— Je peux amener mes deux stagiaires ?

Et de peur qu'il ne s'étrangle d'émotion, elle précisa :

— Ne t'inquiète pas, leur reportage ne peut pas sortir de l'école de journalisme.

Elle se garda bien de spécifier qu'il n'en irait pas de même avec le sien.

Charlotte, Michel, Magali, Kevin et plusieurs membres du SRPJ attendaient derrière une glace sans tain. De l'autre côté, un maître-chien plaçait à même le sol cinq bocaux renfermant des odeurs liées à plusieurs personnes, dont Dorian Aumaitre.

Kevin expliqua :

— Un spécialiste, membre du service d'orodologie, après avoir revêtu une combinaison, a appliqué un tissu spécial sur le mouchoir découvert au pied de la vitrine de l'Osmothèque. Il l'a ensuite enveloppé dans du papier d'aluminium pour fixer l'odeur pendant au moins une heure. Ce tissu se trouve maintenant dans un des bocaux, le numéro 3 en fait. Lorsque le chien fera son apparition devant nous, il aura mémorisé l'odeur de l'écharpe que portait Dorian Aumaitre…

— Celle que l'Osmothécaire a cru reconnaître ? souffla Charlotte.

— Exact. S'il identifie la même odeur en provenance d'un des tissus déposés dans un des bocaux démunis de couvercle, il se couchera devant. L'opération sera répétée une deuxième fois. Ce n'est qu'après ce second passage qu'on pourra parler d'identification.

Tout le monde retint son souffle. Le malinois, après avoir reniflé lentement le contenu de tous les bocaux, se coucha devant celui portant le chiffre 3.

— Super, murmura Kevin. Attendons l'autre passage.

Les flacons furent déplacés, celui contenant l'odeur de Dorian portait maintenant le numéro 5. Le malinois fit un nouveau passage, et se coucha devant.

L'officier de police se frotta les mains.

— Identification réussie.

Le malinois fut flatté et récompensé par son maître.

— C'est dingue quand on y pense, ne put s'empêcher de faire remarquer Magali. On accorde plus de crédit à la truffe d'un animal qu'à la parole d'un homme !

— Si ça peut vous rassurer, intervint Kevin, j'ai appris que chez le malinois ou le berger allemand, la muqueuse olfactive est de 200 centimètres carrés contre 2 à 3 pour l'être humain, soit 200 millions de cellules olfactives chez le chien contre 5 millions chez l'homme. Quant à la zone olfactive du cerveau, elle est de 10,1 % chez cet animal et seulement de 0,29 pour l'homme.

— Pas aussi pertinent que l'ADN, tout de même ? fit remarquer Michel.

— Non, l'odorologie n'a pas la même force probante devant les tribunaux. Mais sachez qu'il est un cas pour lequel cette science peut être plus performante que l'empreinte génétique.

— Ah bon ! s'étonna Charlotte.

— Oui. La science n'arrive pas à différencier de vrais jumeaux. L'empreinte olfactive, si.

La soirée fut longue pour tous les enquêteurs du SRPJ. Il fallait maintenant mettre les bouchées doubles pour interroger et confronter tous les témoins, étudiants, suspects, etc. Une fois le dossier entre les mains du juge Charabot, ils seraient tous mis en examen et les policiers ne pourraient plus les entendre.

La nuit fut donc très courte ainsi que la journée du lendemain, tant les actes de procédure et perquisitions se multiplièrent. L'effectif au complet de la brigade criminelle s'y colla.

Deux jours après les arrestations, Kevin avait donné rendez-vous à Charlotte dans un restaurant du centre-ville.

La journaliste était impatiente de le retrouver. Connaître la suite des investigations policières, notamment les aveux éventuels de Dorian Aumaitre, si possible avant tout le monde, était primordial pour boucler le reportage de ses stagiaires qui la portaient maintenant aux nues. Pour le sien également.

Pour rien au monde elle n'aurait avoué que la joie de revoir son ami était quand même plus importante encore.

Elle était venue en avance et sortit son ordinateur portable pour mettre la dernière main à ses propres notes. Elle avait décidé d'évoquer non pas seulement la vie du parfumeur de Marie-Antoinette, mais également celle d'un de ses aïeux attaché au service de la Grande Demoiselle, fille de Monsieur, frère cadet du roi Louis XIII. Pour ce faire, elle avait pris contact avec la bibliothèque de la mairie de Toulouse qui disposait, numérisé sur CD, du *Catalogue des marchandises rares, curieuses et particulières qui se font et débitent à Montpellier concernant la santé, les parfums et les embellissements.* Il s'agissait d'un petit abrégé imprimé chez « Michel Chastel, imprimeur de Sa Sainteté demeurant en Avignon en l'an MDC LXV III ».

Même si le support informatique ne lui procurait pas le même plaisir ni les mêmes sensations qu'un support papier, le contenu qui se déroulait sous ses yeux, l'usage du vieux français notamment, la plongea dans des abîmes de joie. Nul doute que ses études universitaires en histoire de l'art n'y étaient pas étrangères. Elle éprouvait toujours une jouissance ineffable à s'immerger dans le passé, à se mettre à la place des personnages qui, plusieurs siècles auparavant, avaient écrit ce qu'elle lisait maintenant, plusieurs siècles après. Elle se sentait parfois l'héritière de pensées secrètes et se plaisait à imaginer partager les difficultés puis le bonheur dû à la réussite de ceux qui avaient marqué leur époque et étaient passés à la postérité.

Au fur et à mesure de sa lecture, elle réalisa qu'elle s'évadait et s'offrait à bon compte un voyage olfactif aux effluves mystiques dans un univers d'autant plus mystérieux qu'elle n'avait jamais eu l'occasion d'en apprécier ainsi les contours et la profondeur. Elle fut rapidement sous le charme, subjuguée, comme envoûtée même, en parcourant les ingrédients et recettes utilisés plusieurs siècles auparavant. Érotisme, séduction, spiritualité, sensualité, exotisme, elle entamait une incursion en terre de parfums, découvrant les matières premières et secrets de fabrication du parfumeur.

Le temps s'était arrêté. Elle n'entendait plus les bavardages de ses voisins de table et voyageait maintenant dans l'histoire, dans un univers de rêve et de fantasme que les mots avaient du mal à traduire. Oui, réalisa-t-elle, les parfumeurs étaient bien les alchimistes d'hier et les magiciens d'aujourd'hui…

Elle prit soudain conscience qu'on lui touchait l'épaule depuis plusieurs secondes et dut brutalement s'extraire de son rêve. Le visage crispé par la colère, elle leva les yeux vers l'importun.

— Je ne te dérange pas ? sourit Kevin.

Elle fit un effort et le rassura, tout en soupirant.

— Non, pas du tout. Bien au contraire, mais tu as interrompu un voyage…

Son ami s'était penché par-dessus son épaule et lut ce qui apparaissait à l'écran.

— Je comprends. Oui, désolé d'avoir…

Elle lui prit la main et lui demanda de s'asseoir à son côté.

— Je t'attendais avec impatience.

— Tu avais donc la tête ailleurs ? Tu savais que dernièrement la NASA avait expérimenté dans l'espace la réaction d'un bouton de fleur ? Un bourgeon s'est ouvert et a laissé s'échapper une aromatique inconnue.

Charlotte exprima son ignorance par une grimace qui le fit sourire. Elle décida de revenir à des considérations plus terre-à-terre.

— Alors, le prof reste toujours muré dans son mutisme ?

— Incroyable, mais oui, et cela malgré les témoignages de ses étudiants, paniqués par sa conduite et rassurés par son arrestation. Ils sont passés aux aveux.

— Vous ne pourrez pas l'accrocher pour le meurtre ? Il prétendra avoir prêté son véhicule à quelqu'un d'autre, non ?

Kevin sourit.

— Maintenant, on le tient…

Charlotte ouvrit de grands yeux étonnés.

— Mais tu m'as dit…

— Je t'ai rapporté son comportement au début de son audition avant qu'on ne lui assène le coup de grâce. En réalité tout à fait par hasard.

— Ah, bon !

— Il niait toujours la réalité des faits lorsqu'on lui a dit que son attitude déplairait au juge Charabot. Alors là il est devenu plus loquace.

— Ah ! Et pourquoi ? Il a eu peur ?

— Tiens-toi bien ! Il a été particulièrement affecté par ce qu'il appelle un nouveau coup du sort. D'après lui, Charabot est issu d'une famille de parfumeurs grassois et il interprète son intervention comme une action délibérée pour réduire à néant toute velléité de Montpellier à vouloir revenir sur la scène internationale de la parfumerie. Le juge m'a confirmé, quand je lui ai annoncé qu'au seul prononcé de son nom Dorian s'était mis à table, que ses ancêtres étaient effectivement parfumeurs mais il m'a assuré qu'il y avait belle lurette que plus personne de sa famille n'œuvrait dans ce domaine.

— Et alors ?

— Devant les preuves irréfutables, je parle des résultats des analyses ADN qui prouvent que le sang et les cheveux découverts dans son véhicule appartenaient à Felipe, il a fini par tout reconnaître. Sa cécité à l'origine, l'amélioration de son état, passé sous silence de peur de perdre d'importantes allocations, sa volonté de recréer des parfums identiques à ceux de Fardon, la tentative de meurtre sur ma personne…

— Et les recettes ? Vous les avez trouvées chez lui au cours de votre perquisition ?

Kevin, qui avait attaqué un amuse-gueule, termina sa bouchée.

— Non. Il n'écrit plus rien maintenant. Il a expliqué avoir été obligé de se débarrasser de Felipe car ce dernier une fois en possession de la formule, qu'il avait eu le malheur de noter avant de la lui confier, voulait l'exploiter à son bénéfice dès l'obtention de sa licence. Seule Olga l'avait fait par la suite mais…

— Oui. Je me souviens de ce qu'en a fait ta collègue…

— De toute façon, tout était illisible.

— Ça me rappelle l'histoire du parfumeur de Marie-Antoinette. Les siècles ont passé mais le comportement des hommes est toujours le même, philosopha Charlotte. Mais il l'a tué rien que pour ça ?

— Pour ça et parce qu'il le faisait chanter, menaçant de révéler qu'il n'était plus aveugle…

— Ce qui explique les sommes en espèces déposées sur son compte et son train de vie.

— Tout à fait.

— Et le fruit de ses travaux ? Ce que vous avez découvert dans son laboratoire ?

— Nous avons mis l'appartement sous scellés. Je crains que les semis périssent faute d'entretien. La justice déterminera ce qu'il y aura lieu de faire. De toute façon, il y avait un problème d'OGM, et j'ai comme l'impression que l'affaire mourra ainsi de sa belle mort sans que qui que ce soit n'ait à se prononcer, au risque de déclencher une énième polémique sur ce sujet.

— Autrement dit, le résultat de ses recherches sera perdu ? sembla regretter la journaliste.

Kevin haussa les épaules en un geste d'impuissance.

— Cela ne relève pas de mon domaine de compétence et...

— Et l'histoire du faux permis, tu as pu avoir des infos ?

— Olga nous a avoué qu'il avait été falsifié au bénéfice de Dorian par des connaissances de son ami Felipe. Elle n'en sait pas plus et on ne pourra pas remonter plus loin.

La journaliste consulta ses notes. Il y avait encore quelques points qu'elle était désireuse d'éclaircir.

— Dorian avait obtenu le numéro de téléphone en 99 grâce à ce faux permis ?

Le lieutenant hocha la tête avant d'ajouter :

— Oui. On n'a toujours pas la réponse à notre demande d'identification de tous les appels téléphoniques, mais peu importe, nous avons maintenant de solides billes.

— Et, l'histoire de la visioconférence ?

— Pas mal vu de la part de l'universitaire. Il avait programmé son alibi, comme je te l'ai expliqué, mais Olga a tout balancé.

— Et l'arme du crime ? Je parle de l'arme de poing

ayant servi à tuer le Mexicain.

— Jeté dans les étangs, de même que le fusil utilisé pour essayer de me flinguer. Mais Dorian ne se rappelle pas exactement où. Alors, autant chercher une aiguille dans une botte de foin ! Mais, et toi, tu restes ici ?

— Je dois aider mes deux stagiaires à boucler leur reportage, qui va être présenté devant toute l'école, puis je devrai regagner Paris.

Kevin fit un effort pour cacher sa déception.

— Ah bon !

— Tiens, regarde ce que je t'ai acheté.

Et elle lui tendit un petit coffret estampillé Galimard.

Il l'ouvrit et en extirpa une sorte de crayon.

— C'est… ?

— Un stylo vaporisateur de parfum. Tu peux le porter discrètement sur toi.

Kevin sourit. Effectivement, un stylo passerait inaperçu, alors que si ses collègues le voyaient transporter un flacon… certains seraient capables de lui demander si c'était de l'eau bénite. Il mit la main dans la poche de sa veste et lui présenta le pendentif en variolite qu'il lui avait offert un an auparavant et qu'elle avait déposé dans sa boîte aux lettres avant de partir pour Paris.

Il serra les dents. Anxieux, il craignait qu'elle ne l'accepte.

Charlotte prit le bijou, le fit tourner longuement

dans la paume de sa main, et le lui tendit, se demandant si elle ne pourrait pas obtenir une affectation à plein temps au sein de l'école de journalisme.

Elle lui en voulait toujours, réalisa-t-il, la gorge sèche, en le récupérant sans un mot. Comme il s'apprêtait à le remettre dans sa poche, en tâchant de faire bonne figure, elle s'exclama :

— Qu'attends-tu pour me le passer autour du cou ?

Il s'exécuta puis l'embrassa.

REMERCIEMENTS

Mes remerciements vont à Yves Pelissier, professeur de pharmacognosie ; ainsi qu'au docteur Chantal Marion, responsable du droguier de la faculté de pharmacie à l'université Montpellier-1 ; au docteur Isabelle Parrot, maître de conférences, directrice de la licence pro parfum, arômes et cosmétiques à l'université Montpellier-2 ; à Véronique Bourgade, conservatrice, directrice du pôle patrimoine scientifique à l'université Montpellier-2 ; à Natacha Abriat, conservatrice, responsable du secteur inventaire et connaissance du patrimoine de la Région Languedoc-Roussillon ; à Éric Vinay, journaliste, directeur adjoint de l'École supérieure de journalisme (ESJ Pro) ; à Martine et Pierre Benaud, antiquaires- brocanteurs ; et enfin à mon ami Christian Siatka, généticien, directeur général de l'école de l'ADN à Nîmes.

Tous, à titre divers et chacun dans leur domaine de compétence, m'ont été d'un grand secours. Qu'ils en soient remerciés.

T.D.O Éditions, SARL

Composition, mise en page : T.D.O Éditions
ISBN : 978-2-36652-191 [illegible]

Dépôt légal décembre 2015
8e impression mars 2016
Imprimé en France par les presses de CPI Bussière [illegible]

T.D.O Éditions, SARL

Composition, mise en page : TDO Éditions
ISBN : 978-2-36652-191-7

Dépôt légal décembre 2016
Ré-impression mars 2020
Imprimé en France sur les presses de CPI Bussière (2050839)